JASMIN TAILOR

somehow you

JASMIN TAILOR

Somehow You

Roman

1. Auflage

Jasmin Tailor
c/o AutorenServices.de
Birkenallee 24
36037 Fulda

Lektorat: Lovelyscript Lektorat
Umschlaggestaltung: Casandra Krammer – www.casandrakrammer.de
Covermotiv: © Aepsilon, anna42f, Subbotina Anna, -strizh- – Shutterstock.com
Layout & Buchsatz: Stefanie Scheurich

Bibliografische Information der Deutschen Nationalbibliothek:
Die Deutsche Nationalbibliothek verzeichnet diese Publikation in der Deutschen Nationalbibliografie; detaillierte bibliografische Daten sind im Internet über dnb.d-nb.de abrufbar.

Dieses Buch ist auch als E-Book erhältlich.

Was wäre das Leben, hätten wir nicht den Mut,
etwas zu riskieren?

– Vincent van Gogh

1. Kapitel

»Verdammt, Emily!«

Ich stockte in meiner Bewegung und sah zu Todd, der mit grimmiger Miene am Küchentisch saß.

»Kannst du dich endlich mal hinsetzen? Ich versuche zu arbeiten und du machst mich noch wahnsinnig.« Er schaute von seinem Computerbildschirm zu mir auf.

Zerknirscht zuckte ich mit den Schultern und lehnte mich gegen die Anrichte. »Ich kann einfach nicht glauben, dass heute mein letzter Tag ist. Das fühlt sich so unwirklich an.«

Todd seufzte, stand auf und schenkte sich Kaffee nach. »Wie lange warst du jetzt in Amerika?«

Ich schnappte mir ebenfalls eine Tasse und streckte sie ihm auffordernd entgegen. »Ziemlich genau drei Monate. Dabei kommt es mir vor, als wäre ich erst letzte Woche in San Francisco gelandet und vorgestern durch den Grand Canyon gewandert. Und jetzt bin ich schon hier.«

Bei dem Gedanken an all die Erlebnisse musste ich schmunzeln. Kaum zu glauben, wie viele Orte ich in so kurzer Zeit bereist hatte. Auch wenn ich die stundenlangen Fahrten in muffigen Reisebussen nicht vermissen würde, war es das wert gewesen.

Eine Welle der schlechten Laune überrollte mich. »Und jetzt ist alles vorbei.« Ich stöhnte auf und setzte mich an den runden Tisch.

Todd starrte mittlerweile wieder auf seinen Laptop und nickte abwesend. Er hatte alles richtig gemacht. Sein Job als freiberuflicher Fotograf ermöglichte ihm oft von zu Hause aus zu arbeiten, regelmäßig zu reisen und ständig wechselnden Aufgaben nachzugehen.

»Ein Job ist doch nichts Schlechtes«, sagte er und riss mich aus meinem Selbstmitleid.

Unruhig rutschte ich auf dem Stuhl herum. »Ich weiß. Und ich freue mich auch auf zu Hause. Aber die Zeit hier war so aufregend. Ich kann mir kaum vorstellen, wieder einen geregelten Tagesablauf zu haben.«

Natürlich stimmte, was er sagte. Mein Marketing-Studium hatte mir großen Spaß gemacht und ich wusste, dass ich einen Job in diesem Bereich ebenfalls lieben würde. Trotzdem fiel es mir schwer, mich der Realität zu stellen. Zu verlockend war es gewesen, heute zu entscheiden, wohin es morgen gehen sollte. Keine Verpflichtungen zu haben und einfach frei zu sein.

Erneut sprang ich auf und tigerte zwischen dem geräumigen Wohnzimmer und der offenen Küche hin und her.

»Jetzt reicht es! Bei deiner Unruhe kann ich mich nicht konzentrieren.« Anklagend schaute mich Todd an.

Was war ich für eine schlechte Freundin? Ich wusste, dass er gerade an einem wichtigen Projekt arbeitete. Trotzdem war ich nur am Jammern. Stattdessen sollte ich für seine Gastfreundschaft dankbar sein. Schließlich hatte er mir sofort angeboten, bei ihm zu wohnen, als er von meiner Reise gehört hatte und dadurch sparte ich mir eine Menge Hotelkosten. Außerdem tat es gut, nach so langer Zeit ein vertrautes Gesicht zu sehen.

»Tut mir leid. Ich wollte dich nicht nerven oder ablenken. Ich gehe mal ein bisschen spazieren.«

Vielleicht würde mich die frische Luft beruhigen.

Ich griff nach meinem senfgelben Pulli, den ich unachtsam auf die Couch geschmissen hatte, und steckte mir Todds Zweitschlüssel in die Bauchtasche.

Erleichtert lächelnd fuhr er sich durch sein platinblondes Haar. »Danke, Darling. Ich fahre später zu Mike. Wir müssen den weiteren Ablauf von unserem Projekt besprechen. Aber morgen sehen wir uns noch vor deiner Abreise, oder?«

Ich nickte und schloss die Tür des Apartments hinter mir.

Langsam trottete ich durch Brooklyn. Die meisten Geschäfte hatten bereits geschlossen, trotzdem war auf den Straßen noch einiges los.

Aus den Bars schallte Musik und bunte Graffitis strahlten mir von Häuserwänden entgegen. Durch die bereits sinkende Sonne und das flackernde Licht der Straßenlaternen wirkte es fast so, als würden mich die abstrakten Figuren und Gesichter verhöhnen. Jaja, morgen bin ich weg.

Ich atmete tief ein und schloss für einen kurzen Moment die Augen.

Dieser unverwechselbare Geruch einer pulsierenden Großstadt lag in der Luft und für Anfang Juni war es angenehm mild.

Ich schluckte den aufsteigenden Kloß in meinem Hals herunter und folgte dem Weg in Richtung Brooklyn Bridge, die sich imposant vor mir in den goldenen Abendhimmel erhob.

Dort angekommen entdeckte ich das berühmte alte Karussell, das ich früher nur aus Büchern und Filmen gekannt hatte. Tagsüber konnte man hier viele Kinder beobachten. Wie sie lachend ihre Runden auf den Rücken der hölzernen Pferdchen drehten, während heitere Musik aus den Lautsprechern schallte. Doch um diese Tageszeit war der Platz einsam und verlassen.

Ich hörte das stetige Plätschern des East Rivers, der einige Meter vor mir lag und den Wind, der leise durch das Karussell pfiff. Eine Böe zerzauste mir die Haare und ich band sie zu einem Knoten zusammen. Das sah wahrscheinlich nicht besonders hübsch aus, aber wer achtete hier schon auf mich? Vor meiner Reise nach Amerika hatte ich mir eigentlich einen Bob schneiden lassen wollen, was mir meine kleine Schwester Lea zum Glück ausgeredet hatte. Im Nachhinein war ich froh, meine lange braune Mähne behalten zu haben.

Auch wenn ich schon einige Male in dem kleinen Park unterwegs gewesen war, musste ich wieder nach der richtigen Straße suchen, um auf die Brücke zu gelangen. In den ersten Tagen hatte es mich ziemlich verwirrt, dass man nicht durch den Brooklyn Bridge Park auf die Brooklyn Bridge laufen konnte. Verrückte Stadt.

Einige Minuten wanderte ich durch die Straßen und versuchte, mich an den Fußweg über die Brücke zu erinnern. Wieso sah im Dämmerlicht alles so anders aus?

Als ich ihn endlich gefunden hatte, betrat ich den Weg mit einem flauen Gefühl im Bauch. Das hier war also mein letzter Spaziergang. Morgen ging es zurück in die Realität.

Würde ich auf die Schnelle überhaupt einen Job finden? Und eine neue Wohnung musste ich mir auch schleunigst suchen. Meine Eltern hatten mir zwar angeboten, dass ich, solange ich wollte, zurück in mein ehemaliges Kinderzimmer konnte. Aber egal wie toll unser Verhältnis war, engte mich der Gedanke regelrecht ein.

Im Gegensatz zum üblichen New Yorker Gedränge war es heute erstaunlich ruhig. Die Brücke war nach der Rushhour kaum befahren und da sich der Fußgängerweg eine Etage über der Fahrbahn befand, konnte ich die wenigen vorbeisausenden Autos genau beobachten.

Mir stiegen der salzige Geruch des Flusswassers, die Abgase der Fabriken und die staubige Luft in die Nase. Kaum zu glauben, aber selbst das würde ich vermissen. Wie sehr ich diese sonst so hektische Stadt in kürzester Zeit doch liebgewonnen hatte.

Ich war dankbar, dass heute Abend fast keine Touristen unterwegs waren. Nur eine Handvoll Menschen lief gehetzt oder gedankenverloren an mir vorbei. Ich dagegen schlenderte in aller Seelenruhe auf die Mitte der Brücke zu. Die wirren Gedanken über meine Rückkehr wurden leiser, als ich mich an das Geländer lehnte und die Aussicht genoss. Der Fluss lag ruhig und glatt unter mir.

Auf einmal knackte es zu meiner Linken. Im Dämmerlicht konnte ich wenige Meter von mir entfernt die Silhouette eines Menschen ausmachen.

Bestimmt war das noch jemand, der diesen besonderen Moment genießen wollte.

Als ich mich wieder dem Sonnenuntergang zuwandte, ertönte ein weiterer Laut. Es klang wie ein Stöhnen.

Ich zögerte. Sollte ich nachsehen? Aber vielleicht wollte die Person genau wie ich einfach ihre Ruhe.

Plötzlich begann die Gestalt zu schwanken. Mehrmals pendelte sie hin und her, dann knallte sie mit einem lauten Schlag auf den Betonboden.

Ich rannte los. Als ich einen jungen Mann mit dunklen Haaren erkannte, blieb ich abrupt stehen. *Stephan.* Für einen Moment kam er mir unendlich bekannt vor. Bilder von einem lachenden Mann erschienen vor meinem inneren Auge. Wie er schelmisch zwinkerte und mir lässig den Arm um die Schultern warf. Ich schnappte nach Luft. Mein Magen krampfte sich schmerzhaft zusammen. Das konnte nicht sein. Hektisch versuchte ich, meinen Atem zu kontrollieren und die aufsteigende Panik zu unterdrücken. Das Blut rauschte in meinen Ohren und mir wurde eiskalt. Ein weiteres Stöhnen erklang. Ich ballte meine Hände zu Fäusten und schüttelte den Kopf. Diese Stimme kannte ich nicht. Das hier war nicht Steph. Er konnte es gar nicht sein.

Mit zitternden Beinen ging ich die letzten Schritte auf den Mann zu. Seine schlanken Finger tasteten nach dem Metall des Brückengeländers. Als er es nach mehreren Versuchen endlich zu greifen bekam, zog er sich in eine sitzende Position.

»Ist alles okay?« Meine Stimme hörte sich ungewohnt piepsig an.

Der Blick des Mannes schoss in meine Richtung.

Sein Gesicht war blass und von dunklen Schatten gezeichnet. Auch wenn er etwas mitgenommen aussah, war er wahrscheinlich nur ein paar Jahre älter als ich.

Ich versuchte zu schlucken. Was, wenn er irgendein Junkie war und aggressiv wurde? Andererseits sah er nicht so aus, als könnte er einer Fliege etwas zuleide tun.

Seine Augen rasten zu mir und wieder zurück auf den Gehweg. »Was willst du?«

Unschlüssig verlagerte ich mein Gewicht von einem Fuß auf den anderen. »Ich wollte mir den Sonnenuntergang anschauen und dann habe ich dich gesehen. Ich dachte, vielleicht brauchst du Hilfe.«

Während ich antwortete, bemerkte ich den Geruch von Alkohol. Ob er ein Obdachloser war? Dafür waren seine Haare aber zu akkurat geschnitten, oder?

»Hilfe? Ich brauche keine Hilfe. Mir geht‘s richtig richtig gut.«

Eine Joggerin tauchte vor uns auf. Sie verlangsamte ihr Tempo und musterte uns mit einem fragenden Blick.

»Mir geht‘s guuuuut«, brummte der Fremde erneut.

Die Frau schüttelte kurz den Kopf, dann lief sie einfach weiter.

Irgendwie tat er mir leid. Es war schon niedlich, wie er so hilflos auf dem Boden saß. Ich könnte Freunden von ihm Bescheid geben. Vielleicht waren sie sogar in der Nähe, wenn sie vorher zusammen in einer Bar gewesen waren?

»Soll ich jemanden für dich anrufen?«

Der junge Mann hob den Kopf und versuchte, mir in die Augen zu schauen. »Nein. Ich brauche keine Hilfe.«

Entmutigt seufzte ich auf. Heute war mein letzter Tag und den wollte ich eigentlich genießen. Andererseits konnte ich jetzt auch nicht einfach gehen. »Okay. Und wo wohnst du?«

»In Elllai.« Mit einem dumpfen Laut ließ er seinen Kopf gegen das Geländer knallen. Aber er schien den Schmerz nicht zu spüren.

»Wo?«

»Na, in Elllai. Hollywood, Walk of Fame und so. Warst du da mal? In Hollywood kann man super wandern. Wandern macht Spaß. Bergab und bergauf.« Mit seiner Hand vollführte er wellenartige Bewegungen.

Los Angeles also. Was machte er dann betrunken in New York?

»Ja, ich war schon dort. Aber wieso bist du dann hier?«

»Geschäftlich. Ich muss arbeiten.«

»Und du arbeitest als Schnaps-Tester?« Mir rutschte die Frage heraus, bevor ich darüber nachdenken konnte.

»Neeeeeein.« Er lachte. »Schnaps-Tester. Das wäre bestimmt lustig. Zumindest lustiger als mein Job. Du bist lustig. Ich kenne nicht viele lustige Menschen. Alle sind immer so ernst. Ich mag keinen Ernst. Außer Ernst. Kennst du Ernst? Der hat gute Bücher. Also geschrieben. Ob er Bücher bei sich daheim hat, weiß ich nicht.« Er lachte erneut und fuhr sich ungeschickt mit einer Hand durch die wild abstehenden Haare.

Der Typ war doch echt bescheuert. Saß hier betrunken auf dem Boden und anstatt sich helfen zu lassen, redete er wirren Blödsinn.

»Und wo wohnst du hier in New York?« So kamen wir nicht weiter.

»Du kennst Ernst nicht, oder?« Er gluckste. »Das ist doch Allgemeinbildung.«

Ich presste die Lippen fest aufeinander. Bis jetzt fand ich ihn ja ganz süß, aber das war frech. »Zufälligerweise lese ich sehr viel und wenn du mir seinen vollständigen Namen sagst, kenne ich den Autor vielleicht.« Ich wusste selbst nicht genau, wieso ich mich auf dieses Spiel einließ. So langsam ging er mir auf die Nerven.

Konzentriert zog er seine Augenbrauen zusammen und mir fiel auf, dass ich noch gar nicht nach seinem Namen gefragt hatte.

»Du bist lustig. Und kitschiges Liebeszeug zählt nicht als Literatur. Meine Mama liest immer so Zeug. Da weiß man schon am Anfang, wie's endet und trotzdem heult sie dabei. Bist du auch so eine Heulsuse?«

Genervt verschränkte ich die Arme. Ich hatte ihm wirklich helfen wollen, aber jetzt reichte es. »Nein, ich bin keine Heulsuse. Und das geht dich auch nichts an. Einen schönen Abend noch. Ich hoffe, du bist zu der nächsten Person, die dir helfen will, netter.« Dann machte ich auf dem Absatz kehrt und lief los.

»Ich brauche keine Hilfe«, rief er mir noch undeutlich hinterher.

Ich ignorierte ihn aber. Wieso sollte ich mich von ihm provozieren lassen?

Nach einigen Schritten schepperte es laut. Sofort drehte ich mich um und suchte den Boden nach dem jungen Mann ab.

Er war gerade dabei, ein Bein über die Brüstung zu hieven. War er lebensmüde? Mein Herz pochte augenblicklich wild in meinem Brustkorb und ich rannte auf ihn zu. Kaum hatte ich ihn erreicht, packte ich seinen Arm und zog daran. »Bist du noch ganz sauber? Was machst du da?«

Sein Blick wanderte zu der Hand auf seinem Pullover, dann kratzte er sich am Kinn. »Was ist dein Problem? Ich will auch mal was Verbotenes machen. Nicht immer brav sein. Brav sein ist langweilig. Ich muss immer perfekt sein. Ich mag aber nicht immer perfekt sein.«

Ich hörte die Resignation in seiner Stimme. Trotzdem machte sich die Erleichterung in mir breit. Er hatte zumindest nicht vor, absichtlich zu springen.

»Das verstehe ich. Aber deine Aktion ist gefährlich. Was ist, wenn du abrutschst?« Vorsichtig ließ ich meine Hand sinken und musterte ihn.

Mir war klar, dass ich ihn nicht festhalten konnte, falls er fallen würde. Dafür war er viel zu groß. Er überragte mich schließlich um mindestens eine Kopflänge.

»Und wenn schon.« Er zuckte gleichgültig mit den Schultern.

Mein Herz verkrampfte sich. »Sag so etwas nicht. Du bist betrunken.« Fahrig befeuchtete ich meine trockenen Lippen und wartete auf seine Reaktion.

»Ich bin nicht betrunken. Zumindest nicht arg. Bin ja kein Schnaps-Tester.« Er lachte laut auf und schwankte dabei von einer Seite zur anderen. »Vielleicht habe ich ein klitzekleines Bisschen getrunken. Aber ein bisschen Spaß muss sein. Kennst du die Gummibären Bande? Die haben auch immer Spaß und hüpfen hin und her.«

Bevor ich seine Worte verarbeiten konnte, begann er schon zu singen.

»Gummibääääärn.«

So absurd diese Situation auch war, konnte ich mir ein Lachen nicht verkneifen. Obwohl ich den Text auf Englisch nicht auswendig kannte, war die Titelmelodie der Serie ein Teil meiner Kindheit gewesen.

»Spaß kann man auch anders haben. Komm bitte runter. Dann reden wir weiter.«

Hastig schüttelte der junge Mann seinen Kopf und schwankte dabei erneut. Was dachte er sich dabei? Für ihn war das offensichtlich alles nur ein Scherz. Aber darüber machte man keine Scherze. Schon gar nicht mit mir.

Frustriert seufzte ich auf. Ich hatte einen Master in Marketing und nicht in Psychologie. Vielleicht sollte ich die Polizei rufen? Aber was würde er machen, sobald ich meine volle Aufmerksamkeit nicht mehr ihm widmete?

»Sing mit mir.«

»Was?«

»Du sollst mit mir singen. Gummibääärn …«, trällerte er sofort lauthals drauf los.

»Okay.«

Er stoppte und schaute mich zufrieden grinsend an.

»Unter einer Bedingung«, fügte ich triumphierend hinzu.

Sofort zogen sich seine Augenbrauen missmutig zusammen.

»Kennst du den Spruch, eine Hand wäscht die andere?«

»Natürlich. Ich habe ja Allgemeinbildung.«

Wie konnte man so viel Schwachsinn reden? »Na also, dann ist es ja ganz einfach: Du möchtest, dass ich mit dir singe. Ich möchte, dass du von dem Geländer runter kletterst. Also tun wir uns gegenseitig einen Gefallen und sind beide glücklich.«

Eine Weile starrte er auf die Wellen unter uns, dann nickte er. »Zuerst singen. Dann klettern.«

Er war wirklich eine harte Nuss. Ich schluckte. »Okay. Fang an.«

Sofort strahlte er von einem Ohr zum anderen und begann zu singen.

Ich holte noch einmal tief Luft, versuchte, mich an den Text zu erinnern und stieg mit ein.

Nachdem wir den Refrain ganze drei Mal wiederholt hatten, zupfte ich sachte an seinem Pullover. »Genug gesungen. Jetzt musst du mir einen Gefallen tun und da runterkommen.«

Er schnaufte, dann nickte er aber zu meiner Erleichterung. Umständlich versuchte er, sein Bein über das Geländer zu schwingen und schwankte bedrohlich, als sein Fuß an dem Metall hängen blieb. Dabei fielen mir seine Schuhe auf. Sie waren aus braunem Leder und sahen teuer aus. Passend dazu trug er eine dunkelblaue Anzugshose. Eigentlich sah er recht schick aus. Nur der hässlich grüne Pullover, an dessen Saum ein weißes Hemd hervorblitzte, störte das Gesamtbild.

Mit einem lauten Plumps landete er auf dem Betonboden.

»Auuu«, jaulte er auf.

»Wie heißt du eigentlich?« Ich ignorierte gekonnt sein Gejammer, schließlich war er selbst schuld an seiner Situation.

»Damian«, nuschelte er.

»Schön, Damian. Also, soll ich jetzt jemanden für dich anrufen?«

Vielleicht war er mittlerweile kooperativer.

»Ich brauche keine Hilfe. Ich will niemanden anrufen. Es interessiert sich sowieso niemand für mich.«

Mein Magen verkrampfte sich.

»Aber du kannst hier nicht einfach sitzen bleiben. Kannst du aufstehen?«

Damian nickte langsam. »Ich glaube, mir ist ein bisschen schwindelig. Aber ich kann das.« Dann stützte er sich mit den Händen auf den Boden und holte tief Luft. Umständlich winkelte er ein Bein an und versuchte, sich aufzurichten. Als er dabei sein Gewicht auf das rechte Knie verlagerte, keuchte er.

Mit einem Ruck kippte sein Körper auf die Seite und sein Kopf schlug auf dem Boden auf. Er stöhnte.

Sofort kniete ich mich neben Damian, griff nach seiner Schulter und half ihm in eine sitzende Position.

»Aua.« Mit einem weiteren Stöhnen fasste er sich an die Stirn und betrachtete seine Finger.

»Bin ich in Pommes gefallen?«

Ich stockte. Hatte er eine Gehirnerschütterung?

»Ich habe Ketchup am Kopf.«

Oh nein. Seine Finger glänzten rötlich. Ich rückte näher an ihn heran und drehte sein Gesicht vorsichtig zu mir. Konzentriert musterte ich seine Stirn und entdeckte ein kleines rotes Rinnsal.

Auch das noch.

Damian wollte erneut danach tasten, aber ich fing seine Hand ab und hielt sie fest. »Nicht. Du bringst noch Dreck in die Wunde.«

Er nickte und grinste dümmlich.

»Okay. Dann beobachte ich die Sterne. Die tanzen so schön. Und wie sie funkeln. Ich glaube, ich muss schlafen.« Seine Augen fielen zu und sein Kopf sackte auf meine Schulter.

Verdammt.

Ich schaute mich um, doch hier war weit und breit keine Menschenseele. Umständlich angelte ich mein Handy aus der Hosentasche. Wie war die Nummer des Krankenwagens? Mit zitternden Händen entsperrte ich das Display und begann zu googeln.

»Was machst du?«

Ich zuckte zusammen.

Damian hob den Kopf und starrte auf meinen Schoß.

»Ich rufe einen Rettungsdienst. Du musst in ein Krankenhaus.«

»Nein!« Sofort saß er kerzengerade. »Kein Krankenhaus, bitte.«

Langsam ließ ich das Handy sinken und musterte ihn. Es war das erste Mal, dass er freundlich zu mir war und sogar das Wort bitte verwendete.

»Und wieso nicht? Du blutest. Und solange du mir nicht sagst, wen ich für dich anrufen soll, weiß ich keinen anderen Weg.«

»Kein Haus.«, wiederholte Damian seine Worte. Dann griff er in die Bauchtasche seines Pullovers und fischte ein zerknittertes Heftchen heraus. »Deswegen.«

Zögernd nahm ich ihm das Papier aus der Hand und strich es glatt.

»Seite fünf, oder so.«

Ich schlug die richtige Stelle auf und erstarrte augenblicklich. War das Damian? Neben einem Bericht war das Bild eines Mannes abgedruckt. Er trug einen schicken grauen Anzug und grinste gewinnend in die Kamera. Der Mann war attraktiv. Die dunklen Haare, der leichte Bartschatten. Und seine blauen Augen, die regelrecht funkelten.

Damian riss mir das Heft aus der Hand. »Krankenhaus ist schlechte Werbung.«

Auf einmal wurde ich unfassbar wütend. Er jammerte hier herum, er hätte niemanden? Dabei war er offensichtlich bekannt genug, dass eine Zeitung über ihn berichtete!

Ohne weiter auf ihn zu hören, wählte ich die angezeigte Nummer.

Ich war so sauer, dass mir Damians Bewegung erst auffiel, als er mir mein Handy schon aus der Hand gerissen hatte.

»Kein Haus!«

Empört stemmte ich die Hände in die Hüften. »Willst du mich eigentlich verarschen? Du jammerst hier die ganze Zeit rum und ich dachte zwischenzeitlich sogar, du wärst ein Obdachloser. In Wirklichkeit bist du wahrscheinlich nur ein Kerl dem irgendetwas nicht passt und der deswegen jetzt bockig ist.«

Damians Mund verzog sich, dann schüttelte er den Kopf. »Du hast doch keine Ahnung. Mir passt so vieles nicht. Alles wird mir diktiert. Ich kann nichts entscheiden. Es ist, als zöge mein Leben einfach an mir vorbei und ich kann nichts dagegen machen. Ich bin ein Passagier, der zufällig im Zug sitzt. Zzzzschhhhh.« Er gestikulierte wild mit den Händen und schwankte.

Ich biss mir auf die Lippe. Hoffentlich würde er nicht noch einmal umfallen.

»Ich habe keine Chance, die Richtung zu ändern.« Wieder flogen seine Hände durch die Luft. »Oder einen anderen Weg zu wählen. Alles ist geplant und niemand fragt, was ich eigentlich will.«

Bei diesen Worten musste ich schlucken. Auch wenn er durch den Alkohol offensichtlich ein wenig emotional war, schien er es ernst zu meinen. »So schlimm wird es schon nicht sein. Es gibt bestimmt auch ganz viele positive Dinge in deinem Leben. Außerdem kann man immer etwas ändern, wenn man es stark genug will.«

Damian zuckte mit den Schultern.

Während ich sprach, versuchte ich Blickkontakt herzustellen, aber er starrte auf den Boden. »Es gibt bestimmt viele Menschen, die zu dir gehören«, fuhr ich fort. Wut stieg dabei in mir auf. Wie konnte er behaupten, er hätte niemanden?

»Menschen, die dir nahestehen. Menschen, die dir jetzt gerne helfen würden.«

Menschen, die ich jetzt anrufen könnte.

Damian atmete zitternd ein- und aus. »Diese Menschen, die sehen mich nur als Maschine. Ich soll dies, das oder jenes für sie tun. Wie eine Maschine eben. Wenn ich nicht wäre, würde es einen anderen geben. Ich bin nicht wichtig.«

Die Verzweiflung drang unmissverständlich aus seiner rauen Stimme. Ein dicker Kloß bildete sich in meinem Hals und mein Ärger verpuffte schlagartig. Wieder blitzten Erinnerungen an Stephan vor mir auf. Unser Stadtfest im Sommer. Wie wir lachend zu der Musik tanzten.

Vorsichtig lehnte ich mich ein wenig zu ihm herüber. »Einen Menschen kann man doch nicht ersetzen. Jeder ist einzigartig und besonders. Vielleicht gibt es Menschen mit den gleichen Fähigkeiten wie du oder deinem Humor oder die dir ähnlich sehen. Aber sie werden niemals du sein.« Ich strich mir eine Strähne aus dem Gesicht, die sich durch den leichten Wind aus meinem Zopf gelöst hatte. »Hast du Familie?«, fragte ich mit sanfter Stimme.

Mittlerweile versank die Sonne endgültig hinter der Stadt. Einige Minuten war es still zwischen uns. Meine Beine kribbelten, doch ich traute mich nicht, sie zu bewegen. Damian war noch immer leicht gegen mich gelehnt und ich wollte nicht riskieren, dass er erneut umfiel.

»Ja, ich habe Familie. Falls man sie so nennen kann.«

Überrascht schaute ich zu ihm. »Wieso solltest du sie nicht als deine Familie bezeichnen?«

Er strich sich über das Gesicht und betrachtete seine Finger. Das Rot daran erinnerte mich schlagartig an seine Kopfverletzung. Was, wenn sie genäht werden musste oder sich entzündete?

»Für meinen Vater bin ich ein Angestellter. Ich soll irgendwann seine Firma übernehmen. Aber er hat mich nie gefragt, was ich eigentlich möchte. Meine Mutter dagegen hält sich aus allem raus.« Er seufzte theatralisch. »Für sie zählt nur Publicity. Wohltätigkeitsveranstaltung hier, Geschäftsessen da.« Er räusperte sich. »Mich hatten sie nicht geplant. Meine Mutter war sehr jung, als sie mich bekam. War völlig überfordert. Schließlich musste sie sich auf einmal neben ihrem perfekten Ruf auch noch um ein Kind kümmern.« Er spie die Worte förmlich aus. »Bei Cole waren sie dann schlauer. Haben ihn direkt in ein Internat geschickt. Aber mich nicht. Ich war der Vorzeigesohn. Ich musste immer funktionieren.«

Ich versuchte, das unangenehme Gefühl in meiner Magengrube zu ignorieren, während ich das Gesagte verdaute.

Vielleicht stimmte, was er mir erzählte. Vielleicht hatte er aber auch eine falsche Einstellung zu seiner Familie und realisierte nicht, wie es wirklich war.

»Ich verstehe dich, aber deine Wunde muss verarztet werden. Ich glaube nicht, dass du dir Sorgen wegen schlechter Werbung machen musst. Hättest du mir nicht das Bild gezeigt, hätte ich dich in der Zeitschrift niemals erkannt.«

Damian grummelte etwas Unverständliches. Dann legte er den Kopf in den Nacken und starrte in den Himmel. »Ich kann das nicht riskieren.«

Wieso machte er sich so einen Druck?

»Dann lass mich wenigstens mal nachschauen, wie schlimm die Verletzung ist.« Ich richtete mich auf und drehte Damians Gesicht zu mir.

Seine Augen hatte er wieder geschlossen. Vorsichtig stupste ich ihn an. »Hey.«

»Lass mich in Ruhe. Ich will schlafen«, grummelte er mit rauer Stimme.

Auch wenn ich Mitleid mit ihm hatte, schaffte er es trotzdem, mich zu verärgern. »Oh nein. Du bist selbst schuld. Du hast dich betrunken und jetzt musst du mit den Konsequenzen umgehen. Du schläfst mir nicht ein.«

Damian brummte etwas Unverständliches, dann setzte er sich allerdings aufrecht hin. »Du bist gemein. Sei mal lieb. Und wieder lustig. Vorhin warst du lustiger.«

Ich rückte ein Stück von ihm weg. »Ich bin nicht lieb zu dir? Ich habe dich davon abgehalten, auf der Brücke herumzuklettern. Und jetzt versuche ich, dir sogar noch mit deiner Wunde zu helfen. Sei mal etwas dankbarer.«

Damian kratzte sich mit zusammengepressten Lippen das Kinn. »Du hast recht. Du bist toll.«

Das war ja ein Meinungswechsel vom allerfeinsten.

»Aber singen kannst du nicht.«

Ich verdrehte die Augen. Dem musste ich leider zustimmen.

»Kennst du Ernst? Der hat tolle Bücher.«

Nicht das schon wieder. Aber wahrscheinlich sollte ich diese sinnlose Unterhaltung mit ihm weiterführen, so blieb er wenigstens wach und wurde hoffentlich nüchtern.

»Wie heißt Ernst denn mit Nachnamen?«

Sofort schüttelte Damian wild den Kopf. »Nicht Ernst. Ernest. Hmmmway.«

Auf einmal fiel es mir wie Schuppen von den Augen und ich lachte los. Wie konnte ich nur so dumm sein? Er brachte mich noch ganz durcheinander. »Natürlich kenne ich Ernest. Was findest du denn an ihm?«

Damian antwortete nicht und ich hatte schon Angst, er wäre eingeschlafen. Aber er starrte mit leerem Blick in die Ferne. »Lange her, dass ich was von ihm gelesen habe. Aber ich mag das Buch: Der alte Mann und das Meer. Der Mann hat einen ganz großen Fisch geangelt und ist trotzdem gestorben. Man kann noch so viel haben und stirbt. Also wieso nach etwas Großem streben? Man stirbt doch sowieso.«

In gewisser Weise stimmte, was er sagte. Man sollte mit dem zufrieden sein, was man hat.

»Ich denke schon, dass man nach etwas streben sollte. Aber man sollte auch erkennen, wann es genug ist. Man muss nicht nach dem größten Fisch suchen. Ein kleinerer würde bestimmt auch glücklich machen«, sprach ich meine Gedanken laut aus.

»Du bist also Fischer?«

Innerlich schlug ich mir mit der Hand gegen die Stirn. Sollte Damian tatsächlich ein Geschäftsmann sein? Aber gut, er war gerade nicht in bester Verfassung. Da sollte man ihm sein dummes Gebrabbel verzeihen.

»Lass mich jetzt mal deine Stirn anschauen.« Ich schaltete die Taschenlampe an meinem Handy an, um nichts zu übersehen. Konzentriert musterte ich sein Gesicht. Es war eigentlich eher ein Kratzer als eine richtige Wunde. Vermutlich würde es reichen, wenn man sie ausspülte. »Ich glaube, du musst nicht ins Krankenhaus. Aber ich garantiere für nichts. Wenn eine Narbe zurückbleibt, ist das nicht meine Schuld!«

Damian grinste breit. »Ein hübsches Gesicht kann nichts entstellen.«

Na, da war aber jemand selbstbewusst. Allerdings musste ich ihm zustimmen. Seine Lippen waren perfekt geschwungen und der dunkle Bart verlieh ihm einen verwegenen Ausdruck.

»Und was machst du jetzt? Du kannst doch kaum laufen.«

Wie um es zu beweisen, stand er schwankend auf und hielt sich am Geländer fest. Dann löste er seinen Griff von dem Metall. »Ich kann laufen. Sogar ohne Hände.«

Skeptisch schüttelte ich den Kopf. Was, wenn er aus Versehen in den East River fiel?

»Und wenn du mitkommst?« Seine Stimme war nicht mehr als ein Flüstern.

Ich schluckte. Was hatte ich mir da eingebrockt?

Damian machte einen Schritt auf mich zu und schlang einen Arm um meine Schultern.

Was sollte das denn jetzt?

»Bitte …« Damian stockte. »Wie heißt du eigentlich?«

»Ich bin Emily.«

»Bitte, E-E-Milly. Lass mich nicht allein.«

Mein Magen krampfte sich zusammen. »Und was habe ich davon?« Eigentlich war mir klar, dass ich nicht einfach gehen konnte. Nicht nach Stephan.

»Du verbringst Zeit mit mir?«

Ich verdrehte die Augen. Wie konnte man so überzeugt und gleichzeitig unsicher sein? »Als ob das etwas Positives wäre.«

Damians Augen wurden groß, bevor er mich noch näher an sich zog. »Bitte. Ich sag nicht oft bitte. Aber bitte.«

Auch wenn ich keinen blassen Schimmer davon hatte, wie es weitergehen sollte. Eines wusste ich mit Sicherheit. Ich konnte Damian nicht zurücklassen. Ich musste diesen traurigen, blauen Augen helfen.

2. Kapitel

»Okay«, sagte ich leise.

Damian zog seine Augenbrauen überrascht zusammen, dann grinste er mich an. Leicht schwankend löste er seinen Arm von meiner Schulter und fuhr sich durch die zerzausten Haare. »Hmpf …«, grummelte er vor sich hin. »Was machen wir jetzt?«

Unschlüssig starrte ich auf den Fluss.

Er musste auf jeden Fall nach Hause und die Wunde säubern. Vielleicht sollte er auch die Stirn kühlen, um Kopfschmerzen vorzubeugen. Wobei er sowieso einen schrecklichen Kater haben würde. Da würden die Schmerzen auch nicht weiter auffallen.

»Wo wohnst du denn?«

Damian zuckte zusammen, dann straffte er die Schultern. »Im Shoemaker. Ich bin nur für einige Termine hier. Aber dorthin will ich nicht. Also ins Shoes, nicht nach Los Angeles. Ich war den ganzen Tag nicht da und mein Vater wird bestimmt auf meine Rückkehr warten«, erklärte er bedrückt.

Wow. Das Shoemaker war eines der berühmtesten und teuersten Hotels der Stadt. Dafür musste man verdammt viel Geld verdienen und selbst dann war es wahrscheinlich schwierig, ein freies Zimmer zu bekommen. Aber wenn sogar ein Magazin über Damian berichtete, war das für ihn wohl kein Problem.

Ich seufzte. Ich konnte verstehen, dass er in diesem Zustand nicht zurück wollte. Jetzt war mein Abend sowieso gelaufen, also wieso nicht eine gute Tat vollbringen?

»Okay. Dann suchen wir dir ein anderes Hotel. Kennst du dich hier aus?«

Damian kratzte sich am Kinn. »Ich kenne New York sehr gut. Aber alle Hotels, die ich kenne, kennen auch mich. Außerdem liegen meine Sachen im Shoes und ich habe kaum noch Geld dabei.«

Das wurde ja immer komplizierter. Eigentlich blieb uns nur eine Option. »Wenn du nicht in dein Hotelzimmer kannst, dann hole ich deine Sachen und du wartest irgendwo um die Ecke. Also, wenn du das möchtest. Auf der Fahrt dorthin kann ich nach einem anderen Hotel für dich schauen«, erklärte ich zufrieden meinen Plan.

»Das würdest du für mich tun?«

Wieso klang er so verwundert? Das war doch genau das, worum er mich gebeten hatte.

Ich lächelte ihn selbstsicher an und lief los.

Damian starrte mich noch einige Sekunden an, dann trottete er mir hinterher.

Als wir endlich vor der Brücke standen, brauchte ich einen kurzen Moment, um mich zu orientieren. Wo war nochmal die Subway Haltestelle, von der aus eine Bahn nach Midtown fuhr?

Ich wollte weitergehen, aber Damian zögerte.

»Was ist los?« Ich musterte ihn.

»Wo willst du hin? Das Shoes ist auf der anderen Seite der Brücke. Wir sind in die falsche Richtung gelaufen.« Er wedelte mit dem Finger wild vor meinem Gesicht herum. »Außerdem werden wir in so einer Straße niemals ein Taxi finden.«

Ich musste augenblicklich lachen. Taxi? Wovon träumte er nachts? »Wir werden sicher nicht mit dem Taxi fahren. Du hast selbst gesagt, dass du kaum Geld dabei hast. Und ich kann es mir erst recht nicht leisten. Wir nehmen wie ganz normale Menschen die Subway. Da musst du jetzt wohl durch.«

Damian schluckte, setzte sich aber in Bewegung.

An der Haltestelle angekommen zögerte ich mit einem Mal. Sollte ich wirklich mit einem völlig fremden Mann in die dunkle Subway-Station gehen? Hier war fast nichts los. Außerdem waren in einer Stadt wie New York die Leute viel zu sehr mit sich selbst beschäftigt, um eine junge Frau in Not wahrzunehmen. Oder auch einen jungen Mann, wenn er betrunken über eine Brücke stolperte. Doch dann erinnerte ich mich an all das Gute, das mir auf meiner Reise passiert war. Wie mich eine liebenswerte alte Dame, ohne zu zögern vom Supermarkt zu meiner Unterkunft gefahren hatte. Und das nur, weil ich die Bushaltestelle nicht finden konnte.

Ich hatte mich immer auf mein Bauchgefühl verlassen und nie war etwas passiert, wieso also jetzt daran zweifeln? Damian war vielleicht ein nerviger Idiot, aber bestimmt nicht gefährlich.

Mit einem tiefen Atemzug wischte ich die Bedenken beiseite. »Wieviel Geld hast du dabei?«

Mein Kleingeld würde für zwei Fahrkarten nicht reichen.

Damian tastete zuerst seine Hosentaschen ab und wühlte schließlich darin. Nach wenigen Sekunden förderte er einige Münzen hervor.

Na super. Das war nicht genug.

Sorgfältig schaute ich in alle Richtungen. In meiner ganzen Zeit in den USA war ich nur einmal schwarzgefahren. Und das auch nur, weil mir unerwartet das Geld ausgegangen war.

Geschickt schwang ich ein Bein über das Drehkreuz und zog

das andere nach. Auf der anderen Seite angekommen, schaute ich auffordernd zu Damian hinüber. »Na los, beeil dich!«

Er starrte mich mit großen Augen an. »Das ist jetzt nicht dein Ernst?«

Ich zuckte mit den Schultern. »Die Fahrkarten sind zu teuer. Also bleibt uns nichts anderes übrig.«

Damian fuhr sich unruhig durch die Haare, dann stütze er sich gegen das Metall. »Da soll ich drüber klettern und dann noch schwarzfahren? Wenn das jemand mitbekommt, lande ich direkt wieder auf der Titelseite eines Klatschmagazins.«

Ich stemmte die Hände in die Hüften und lachte. »Das ist nicht dein Ernst«, ahmte ich ihn nach. »Jetzt machst du dir Gedanken darüber, was andere von dir denken? Was glaubst du wäre passiert, wenn nicht ich dich auf der Brücke entdeckt hätte, sondern ein anderer? Und über das Brückengeländer bist du auch geklettert, also stell dich jetzt bitte nicht so an.«

Damian atmete laut aus. Anscheinend war er es nicht gewohnt, dass ihm eine Frau die Meinung sagte und sich nicht von seinem Charme einlullen ließ. Beleidigt verschränkte er die Arme vor der Brust. »Ich stelle mich nicht an. Aber ich bin gerade nicht ganz sicher auf den Beinen, falls dir das noch nicht aufgefallen ist.«

Seinen angetrunkenen Zustand hatte ich tatsächlich für einen Moment ausgeblendet. »Wenn du nicht klettern willst, musst du eben untendurch krabbeln.«

Damian musterte mich eindringlich. Wenn er nicht einwilligte, wusste ich auch nicht mehr weiter.

Unruhig nestelte ich an meinem Pulli.

»Wieso tust du das? Also das alles? Du kennst mich doch gar nicht. Als ich dir die Zeitung gezeigt habe, kanntest du mich nicht. Und die Leute von dem Magazin kennen mich auch nicht«, murmelte er wirr.

»Das stimmt, ich kenne dich nicht. Und ich wüsste auch nicht, woher ich dich kennen sollte. Aber wie ich vorhin schon sagte: Jeder Mensch ist etwas Besonderes.« Zaghaft berührte ich seine Hand. Sie war eiskalt. Der Weg war also anstrengender gewesen, als er zugeben wollte. Ich versuchte seinen Blick einzufangen und verlor mich für einen Moment in seinen Augen. Sie waren nicht einfach blau. Grüne und graue Sprenkel durchzogen die Iris mit einem wilden Muster. Sofort musste ich an den See denken, an dem ich auf meinem Weg nach Dallas übernachtet hatte. Aufgewühlt und gleichzeitig beruhigend.

»Ich weiß genau, was passieren kann, wenn Menschen glauben, sie wären allein. Sie machen dumme Dinge. So wie du auf der Brücke. Also lass mich dir einfach helfen«, fuhr ich meinen Monolog fort.

Bei dem Gedanken an Stephan bildete sich erneut ein Kloß in meinem Hals und mir wurde schwindelig. Schnell blinzelte ich die aufsteigenden Tränen weg.

»Alle interessieren sich für mich. Aber niemand sorgt sich um mich. Ist doch komisch, oder? Nie geht es wirklich um mich. Immer nur um den Mann mit viel Geld. Alle wollen das von mir. Meinen Ruhm und mein Geld.« Gegen Ende war Damian immer leiser geworden.

Was sollte man einem Mann sagen, der dachte, er wäre allein?

»Ich weiß genau, wie es ist, wenn man falsche Freunde hat und sich einsam fühlt. Das ist der einzige Grund, warum ich dir helfen möchte. Mir ist egal, ob du reich, arm, hässlich oder hübsch bist. Für mich zählt nur, dass es dir wieder besser geht.«

»Glaub mir, Süße. Ich bin nicht hässlich.«

Die Überheblichkeit in seiner Stimme war kaum zu überhören, aber er lächelte dabei schelmisch. Wollte er so etwa von seinen Problemen ablenken? Eigentlich gingen sie mich aber auch nichts an.

»Vielleicht bist du nicht hässlich, dafür aber eingebildet. Aber keine Sorge – auch damit komme ich klar«, erwiderte ich mit einem Zwinkern.

Damian kratzte sich am Kinn. »Wahrscheinlich bin ich eingebildet. Aber wenn dir auf jeder Party die Frauen vor deinen Füßen liegen, dann wird man wohl so.«

»Du meinst, zu deinen Füßen liegen?« Ich korrigierte ihn schmunzelnd, um die lockere Stimmung aufrecht zu erhalten.

Seine Augenbrauen zogen sich ruckartig zusammen. »Ist doch scheiß egal, wie der blöde Spruch heißt. Du wärst bestimmt genauso schlimm wie diese Frauen.«

Ich schnappte nach Luft. Vielleicht erinnerte mich Damian in gewisser Weise an Stephan, aber so arrogant wäre er niemals gewesen. »Weißt du was? Das muss ich mir nicht gefallen lassen. Du kennst mich nicht. Was fällt dir ein, von einer Person auf andere zu schließen? Vor allem, nachdem du dich über die Oberflächlichkeit der Leute beschwert hast? Vielleicht solltest du mal an deinem Verhalten arbeiten. Schönen Abend noch.« Betrunken hin oder her. Das war einfach zu viel.

Ich schaute ihm ein letztes Mal in die Augen, dann machte ich auf dem Absatz kehrt und lief los. Irgendwo gab es bestimmt noch einen zweiten Ausgang. Was hatte ich mir dabei gedacht, ihm helfen zu wollen?

»Ich bin ein Idiot.« Damians Stimme hallte zwischen den Wänden.

Mit einem Ruck blieb ich stehen und lauschte.

»Es tut mir leid. Ich weiß, du versuchst mir gerade zu helfen. Bitte geh nicht.«

Langsam drehte ich mich zu ihm um.

In seinem Blick lag Verzweiflung und er raufte sich die Haare. »Geh nicht. Ich habe mich wie ein Arschloch verhalten und das hast du nicht verdient.«

Ich wusste, dass ich ihn nicht alleinlassen wollte. Aber wenn das funktionieren sollte, musste er wirklich aufhören, dauernd so verletzend zu sein.

Langsam schlenderte ich zurück und stützte meine Hände auf das Drehkreuz. Wir kamen sowieso nicht weiter, solange er nicht darüber kletterte.

Damian streckte die Hand aus und berührte meinen Arm. Auch wenn er es nicht aussprach, konnte ich Dankbarkeit in seinem Blick erkennen.

»Wenn du möchtest, dass ich dir helfe, dann beweise es.« Ich deutete auf das Hindernis zwischen uns.

Seine Finger krallten sich in den Stoff meines Pullovers. »Mach ein bisschen Platz.«

Ich nickte und trat von dem Drehkreuz weg.

Damian musterte das Hindernis noch einmal argwöhnisch. Langsam ging er einige Schritte zurück.

Was sollte das denn werden? Bevor ich überhaupt reagieren konnte, rannt er wie wild geworden auf die Absperrung zu.

Mein Herz machte einen Satz und ich kniff die Augen fest zusammen. Hoffentlich verletzte er sich nicht nochmal.

Als ich ein schleifendes Geräusch hörte, riss ich sie allerdings wieder auf. Damian schlitterte wie ein kleines Kind auf einer Rodelbahn auf seinen Knien über den Boden und duckte sich unter dem Drehkreuz hindurch. Vor meinen Füßen blieb er breit grinsend sitzen.

»Tadaa«, rief er euphorisch. Ungeschickt rappelte er sich auf und grinste mich an.

»Was soll das? Das ist nicht lustig«, grummelte ich los. Trotzdem musste ich lachen. Irgendwie war es schon witzig.

Als ich zu ihm aufsah, verstummte ich aber augenblicklich. Mein Mund wurde trocken.

Hier war die Beleuchtung deutlich besser als auf der Brücke und seine blauen Augen leuchteten mir regelrecht entgegen.

Er war wirklich so attraktiv wie auf dem Foto.

»Hast du jetzt genug gestarrt?«, unterbrach er meine Schwärmerei mit einem missmutigen Gesichtsausdruck.

Ertappt zuckte ich zusammen. Aber ich würde niemals zugeben, dass mich sein gutes Aussehen aus der Bahn warf. »Jetzt hör mir mal zu. Ich weiß, ich habe gesagt, dass ich dir helfen werde. Aber wenn du dich weiterhin so überheblich verhältst, bin ich weg. Und ich bin definitiv nicht wie all die anderen, denn für mich kannst du noch so attraktiv sein. Eine Koralle ist auch hübsch anzusehen und kann dich vergiften.«

Damian schluckte. Dann schaute er sich interessiert in der Haltestelle um. »Modern ist aber auch anders. Sehen alle Subway-Stationen so aus?«

Ungläubig starrte ich ihn an. Das war ja wieder ein Themenwechsel vom Feinsten. Aber egal. Hauptsache, ich konnte ihn bald in einem Hotel abliefern.

»Warst du noch nie in einer Subway Station?«, platzte es aus mir heraus.

Damian zuckte mit den Schultern. »Nein, ich bin mit einem Chauffeur aufgewachsen und mit 16 habe ich mein erstes Auto bekommen.«

Ein Zimmer im Shoemaker, das Foto in diesem Magazin und jetzt auch noch ein eigener Chauffeur – wer war dieser Mann?

Ich setzte mich wieder in Bewegung und führte uns an das richtige Gleis.

Unsicher strich ich mir eine Strähne aus dem Gesicht. Sollte ich ihn fragen, wieso er sich so betrunken hatte? Ich linste zu Damian. Er war größer als ich und hatte breite Schultern – soweit ich das durch den weiten Pulli einschätzen konnte. Allgemein strahlte er eine unglaubliche Präsenz aus. Und obwohl er mit der Schramme am Kopf etwas mitgenommen aussah, konnte ich ihn mir gut als Mitarbeiter einer großen Firma oder Ähnliches vorstellen.

»Du starrst mich schon wieder an.« Er hatte nicht mal einen Blick in meine Richtung geworfen.

Meine Wangen wurden augenblicklich heiß und ich schaute schnell zur Seite. »Sorry. Ich wollte nicht, dass du dich unwohl fühlst«, nuschelte ich.

Hoffentlich würde der Zug bald kommen.

»Schon okay. Mir ist das nicht unangenehm, denn ich bin es von all den anderen Frauen gewohnt.«

Ich schnaufte. Erst entschuldigte er sich und jetzt kam er wieder mit solchen Sprüchen. Er sollte definitiv weniger Alkohol trinken, wenn er dadurch so arrogant wurde. Oder war er immer so? »Wie oft soll ich es dir noch sagen, Damian? Ich. Bin. Nicht. So. Deine Überheblichkeit nervt. Nur weil du gut aussiehst, heißt das doch nicht, dass du dir alles erlauben kannst.« Die letzten Worte fauchte ich ihm entgegen.

Damian musterte mich intensiv. »Du findest mich also heiß?« Er wackelte anzüglich mit den Augenbrauen und grinste frech.

War das sein Ernst? Wie konnte jemand, der sich vor wenigen Stunden noch bemitleidet hatte, auf einmal so doppeldeutig und fröhlich sein?

Eigentlich kannte ich die Antwort bereits.

Das Gefühl der Machtlosigkeit drohte mich zu übermannen. »Tu das nicht.« Meine Stimme war nicht mehr als ein Flüstern.

Ich wollte mir nicht anmerken lassen, wie aufgebracht ich war und schluckte. Trotzdem konnte ich die aufsteigenden Tränen in meinen Augen nicht unterdrücken.

Verwirrt runzelte Damian die Stirn und kam näher. »Habe ich etwas Falsches gesagt? Ich wollte dich doch nur ein bisschen ärgern.«

Schnell blinzelte ich. Doch eine Träne löste sich aus dem Augenwinkel und lief an meiner Wange herab.

Damian trat einen weiteren Schritt auf mich zu. Vorsichtig strich er mir mit zitternden Fingern über die Wange. Meine Haut kribbelte unter seiner Berührung.

Genauso rasch, wie diese zärtliche Geste entstanden war, beendete er sie, indem er seine Hand ruckartig zurückzog.

Sofort räusperte ich mich und trat einen Schritt beiseite. »Ich kenne dieses Spiel. Du setzt eine Maske auf und versteckst hinter deinen Witzen, wie es dir wirklich geht. Damit machst du dich aber kaputt. Glaub mir. Also keine Spielchen mehr. Zumindest nicht, wenn ich dir helfen soll.«

Damians Augen waren immer größer geworden und ich konnte die Überraschung in ihnen erkennen. »Womit willst du mir helfen?«

Ich zuckte mit den Schultern. So genau wusste ich das selbst nicht. Am wichtigsten war jetzt aber erstmal, dass er Schlaf nachholte und ausnüchtern konnte. »Naja. Ich denke, eine Dusche würde für den Anfang nicht schaden.« Ich versuchte, die Leichtigkeit von vorhin wieder aufleben zu lassen.

Damian grinste breit. »Das klingt sinnvoll. Wenn du magst, kannst du natürlich auch gerne beim Einseifen helfen.«

Ich prustete laut los. Dieser Mann machte mich noch verrückt. »Das kannst du vergessen.«

Mit zusammengekniffenen Augen fuhr er sich durch die Haare. »Danke.« Seine Stimme war nicht mehr als ein Flüstern. Erneut machte er einen Schritt auf mich zu. »Ich weiß nicht wieso, aber ich glaube dir. Ich meine, dass du nicht wie die anderen bist. Und, dass es dir um mich geht. Verrückt.

Da kommt einfach ein kleines, süßes Mädchen daher. Ein Mädchen, das ich normalerweise nicht mal beachtet hätte. Und trotzdem fühle ich mich wohl bei dir.«

Es dauerte einen Moment, bis ich die Worte verarbeitet hatte. Einerseits freute mich, dass er selbst merkte, dass es mir um ihn ging. Vielleicht würde er mir auf diese Weise mehr Respekt entgegenbringen. Andererseits kratzte es an meinem Ego, dass er mich in einer anderen Situation niemals wahrgenommen hätte.

Das Rauschen des heranfahrenden Zuges riss mich aus meinen Gedanken. Schweigend betraten wir das Abteil und setzten uns.

Ein älterer Mann auf dem Platz gegenüber musterte uns argwöhnisch, blieb aber still. Während ich nervös mit meinen Fingern spielte, starrte Damian gedankenverloren aus dem Fenster.

Ich bemerkte erst, dass ich dabei war, die kleinen Hautfetzen um meine Nägel abzureißen, als sich eine warme Hand auf meine legte. Sofort stoppte ich in der Bewegung.

Damian lächelte mich an und zog seine Hand wieder zurück.

Nach einer gefühlten Ewigkeit wurde endlich die richtige Haltestelle angekündigt. Damian fiel es ein wenig schwerer als mir, in dem wackelnden Waggon zu den Türen zu laufen. Aber das geschah ihm gerade recht.

Als wir mit einem Ruck anhielten, geriet er ins Taumeln.

Reflexartig griff ich nach seinem Arm und versuchte ihm Halt zu geben. Sein Körper prallte hart gegen meinen und ich musste all meine Kraft aufbringen, um nicht selbst umzufallen.

Ich sog die Luft ein. Der Geruch von teurem Parfum stieg mir in die Nase und meine Haut begann zu kribbeln.

Verdammt. Was war nur los mit mir? Ich wusste, dass Damian ein arroganter Idiot war, und trotzdem genoss ich seine Nähe.

Frustriert schüttelte ich den Kopf und löste mich von ihm.

Zu meiner Erleichterung öffneten sich genau in diesem Augenblick die Türen und der verwirrende Moment war vorbei.

An der frischen Luft versuchte ich mich zu orientieren.

»Da vorne ist das Shoes.« Damian nickte mit dem Kopf auf ein Straßenschild zu unserer Rechten. Nervosität schwang in seiner Stimme mit.

Ich lächelte ihm beruhigend zu und deutete auf eine Parkbank, die einige Meter entfernt auf der anderen Straßenseite stand. »Du wartest hier auf mich.«

Gemeinsam liefen wir zu der Sitzgelegenheit. Dort fischte er seine Zimmerkarte umständlich aus der Hosentasche. »Zimmer 409. Bring mir ein paar Klamotten, meinen Kulturbeutel, mein Handy, und meinen Laptop mit«, zählte er konzentriert auf. »Ach so, und Klamotten. Und mein Handy brauche ich auch. Habe ich schon den Kulturbeutel erwähnt?«, wiederholte er fahrig.

Auch wenn es mich ärgerte, dass er weder bitte noch danke gesagt hatte, war seine Art irgendwie süß. »Mach dir keine Sorgen. Ich werde schon alles finden. Bleib einfach hier sitzen.«

Daraufhin ließ er sich mit einem lauten Plumps auf die Bank fallen. »Ich möchte einfach nicht, dass mein Vater oder jemand anderes an meine Sachen geht. Deswegen brauche ich sie.«

Noch einmal schaute ich ihm eindringlich in die Augen. »Ich werde alles holen. Versprochen. Bleib einfach hier. Ich beeile mich.« Dann drehte ich mich um und wollte loslaufen.

»E- E- Milly warte!«, rief mir Damian auf einmal panisch hinterher.

Ich drehte mich alarmiert um. Hatte uns jemand entdeckt?

Er starrte mich mit aufgerissenen Augen an. »Habe ich gesagt, dass ich Klamotten brauche?«

Eigentlich war er mir in den letzten Minuten recht nüchtern vorgekommen, aber der kurze Spaziergang hatte ihn anscheinend ziemlich aufgewühlt.

Lächelnd nickte ich. »Klamotten, Handy, Kulturbeutel und Laptop.«

Damian streckte beide Daumen in die Höhe.

Vor mich hin grinsend drehte ich mich um und lief zu dem imposanten Eingang.

Die riesige Glastür schwang geräuschlos auf und ließ mich das majestätische Foyer betreten. Edler Marmorfußboden glänzte mir entgegen und leise Musik hallte durch den großen Raum mit der hohen Decke.

Mir stockte der Atem. Ich hatte schon einige pompöse Hotels gesehen, doch dieses übertraf alle. Ich löste mich aus meiner Starre und suchte nach den Aufzügen.

Zu meiner Linken war die Rezeption – ein Tresen aus dunklem Mahagoniholz und eine Reihe von Uhren an der Wand, welche die Zeit überall auf der Welt anzeigten. Daneben waren einige bequem aussehende dunkelgrüne Samtsessel zu kleinen Sitzgruppen drapiert. In einem von ihnen saß ein älterer Mann. Er sah müde aus und sein Blick glitt immer wieder zur Eingangstür. Seine dunklen Haare waren von grauen Strähnen durchzogen und standen wild in alle Richtungen ab. Sofort musste ich an Damian denken und daran, wie er sich die Haare raufte. Ob das sein Vater war?

Ich wandte den Blick ab und lief zu den Aufzügen an der gegenüberliegenden Seite. Während ich darauf wartete, dass sich die Türen öffneten, schaute ich erneut zu dem Mann. Er trug einen grauen Anzug, welcher trotz seiner Schlichtheit exklusiv und edel wirkte. Die passende silberne Krawatte hing gelockert um seinen Hals.

Mit einem »Ping« öffnete sich der Aufzug und ich beeilte mich, einzusteigen. Im Inneren stand ein Page, der mich mit schmalen Lippen musterte.

»Guten Abend, Ma'am. In welchen Stock darf ich Sie begleiten?«, fragte er mit einem aufgesetzten Lächeln.

»Zimmer 409, bitte.«

Ich war mir nicht sicher, ob sich das Zimmer im vierten Stock befand und wollte auf keinen Fall Aufsehen erregen. Für einen Moment wanderten die Augenbrauen des Pagen nach oben, dann beeilte er sich hektisch, den richtigen Knopf zu drücken.

Als sich die Türen schlossen, schaute der ältere Mann aus dem Foyer in meine Richtung und unsere Blicke trafen sich. Sofort war ich mir sicher. Das musste Damians Vater sein. Diese strahlendblauen Augen würde ich überall wiedererkennen.

Im richtigen Stockwerk angekommen, verabschiedete ich mich mit einem Nicken und stieg mit klopfendem Herzen aus. Nicht nur, dass es hier mindestens genauso prunkvoll war wie im Foyer, gleich würde ich Damians Zimmer betreten und so vielleicht ein wenig mehr über ihn erfahren.

400, 401, 402, … suchend lief ich den Gang entlang.

Plötzlich hörte ich Stimmen hinter mir. Hatte der Page bemerkt, dass ich nicht in dieses schicke Hotel gehörte? Kalter Schweiß bildete sich in meinem Nacken. Sollte ich mich irgendwo verstecken? Die Stimmen kamen immer näher. Hektisch lief ich weiter. Gerade als ich mich schon auffliegen sah, entdeckte ich ein großes Fenster, welches von einem samtenen Vorhang umrahmt war. Ich quetschte mich hinter den dunkelroten Stoff und hielt ängstlich die Luft an. Meine Hände zitterten und ich ballte sie zu Fäusten. Schwere

Schritte eilten an meinem Versteck vorbei. Ich atmete mehrmals tief ein und aus, dann linste ich in den Flur. Zwei Männer verschwanden am Ende des Gangs um die Ecke.

»Es tut mir leid, aber ich darf Ihnen die Zimmertür nicht einfach öffnen«, sagte eine piepsige Stimme.

Dann klopfte es laut.

»Das haben wir doch schon versucht.« Die andere Stimme schnaufte. »Mr. O'Brian macht einfach nicht auf und geht auch nicht an sein Handy. Er war den ganzen Tag unauffindbar und er hat morgen früh einen wichtigen Termin. Wenn Mr. O'Brian nicht auftaucht, haben wir ein Problem.«

Ging es hier um Damian? Die Stimmen waren leider zu leise, um alles zu verstehen. Sollte ich es wagen und mich näher schleichen? Ich biss die Zähne zusammen und bewegte mich auf die Ecke zu.

»Ich darf Ihnen nicht helfen. Es tut mir wirklich leid, Mr. Hudson.«

Sollte ich etwas sagen? Offensichtlich machten sie sich Sorgen um Damian. Wobei, in seinem Zustand sollte ihn besser niemand sehen.

Plötzlich hörte ich die Schritte der Männer wieder näherkommen. Mist. Zurück zu dem großen Vorhang würde ich es jetzt nicht mehr schaffen. Schnell bückte ich mich und gab vor, meine Schuhe zu binden.

Meine Sorge war unbegründet, denn die beiden eilten an mir vorbei, ohne von mir Notiz zu nehmen. Als sich die Aufzugstür geräuschvoll schloss, stand ich erleichtert auf. Mit weichen Knien lief ich zu der richtigen Tür und öffnete sie.

Das Zimmer war riesig. Alles war in eleganten Tönen gehalten und ein Panoramafenster zeigte eine unglaubliche Aussicht auf die hell leuchtenden Laternen im Central Park. In den letzten Tagen hatte ich dort viel Zeit verbracht und zwischen all den grauen Straßen und Häusern erstrahlte er tagsüber regelrecht als saftig grüner Fleck. Zu meiner Linken stand ein Schreibtisch aus schwarzem Metall, auf dem ein Handy, ein Laptop und anderer Kleinkram lagen. Der Duft von Damians Parfum lag in der Luft. Ich atmete tief ein und schaute mich weiter um. Neben dem Kingsize Bett entdeckte ich einen Handgepäckkoffer und einen größeren Reisekoffer. Ich legte den kleineren auf das Bett und öffnete ihn. Abgesehen von einem Pullover war er zum Glück leer, so sparte ich Zeit. Eilig ging ich zurück zu dem Schreibtisch, nahm sowohl Laptop und Ladekabel als auch Handy und Geldbeutel und packte alles in den Koffer. Dann lief ich zu dem großen Kleiderschrank und öffnete ihn. Neben fein säuberlich aufgereihten Hemden lagen in den Fächern noch einige Hosen und Shirts. Es wunderte mich nicht, dass ich kaum Freizeitkleidung finden konnte. In Damians Umfeld trug man wahrscheinlich sogar für einen entspannten Abend auf der Couch ein Poloshirt und eine farblich passende Stoffhose.

Ich packte die oberste Hose sowie zwei schwarze Shirts ein. Dann ging ich weiter in das weiß geflieste Badezimmer. Dort schnappte ich mir Damians Kulturbeutel.

Auf dem Nachttisch entdeckte ich noch eine ordentlich zusammengelegte Jogginghose. Bei seinem edlen Kleidungsstil hätte ich fast mit einer Hose aus Flanell oder Seide gerechnet.

Nun kamen wir zu dem unangenehmen Part. Damian brauchte Unterwäsche. Mit einem mulmigen Gefühl im Bauch durchsuchte ich die Schränke. Nach wenigen Sekunden hatte ich Socken und schwarze, eng geschnittene Boxershorts gefunden. Immerhin hatte er Geschmack. Es gab nichts Schlimmeres, als erwachsene Männer, die wie ein pubertierender Teenager schlabbrige Boxershorts mit wilden Mustern trugen.

Nachdem ich alles eingepackt und den Koffer geschlossen hatte, ließ ich meinen Blick ein letztes Mal durch den Raum wandern. Dann verließ ich das Zimmer und vergewisserte mich, dass die Tür wirklich verschlossen war.

In der Lobby machte sich Erleichterung in mir breit. Damians Vater war verschwunden. Nicht, dass er den Koffer seines Sohnes erkennen würde.

Erst als ich das Hotel mit dem Gepäck in der Hand verlassen hatte, wurde mir bewusst, dass ich am ganzen Körper zitterte. Ich ließ meine Schultern einige Male kreisen und schaute mich nach Damian um.

Er saß noch immer auf der Bank und starrte mit leerem Blick auf seine zusammengefalteten Hände.

»Hey.«

Er zuckte zusammen, bevor er sich bei meinem Anblick wieder entspannte und mir sogar ein kleines Lächeln schenkte. »Du bist wieder da!«, murmelte er überrascht.

Zufrieden grinsend stellte ich den Koffer neben ihn. »Natürlich. Ich habe es dir doch versprochen.«

»Menschen versprechen viel. Und das meiste halten sie nicht ein.« Damian machte eine wegwerfende Bewegung.

Mir wurde flau im Magen. Natürlich hatte ich auch schon erlebt, dass jemand sein Versprechen gebrochen hatte. Trotzdem tat es mir leid, dass Damian so schlechte Erfahrungen gemacht hatte. Vorsichtig setzte ich mich zu ihm. »Ich hoffe, ich habe alles Nötige eingepackt. Wenn du möchtest, suche ich jetzt nach einem Hotel.«

»Ja, bitte.« Einen winzigen Augenblick strahlten mich seine blauen Augen an und mir wurde angenehm warm. Wenigstens schien er meine Hilfe mittlerweile zu schätzen. Um nicht wieder beim Starren erwischt zu werden, zog ich mein

Handy aus der Tasche und begann das Internet zu durchforsten.

»Hier habe ich etwas. Das Hotel hat zwar nur zweieinhalb Sterne, dafür können wir aber hinlaufen«, sagte ich nach kurzer Zeit zufrieden.

Damian zog die Stirn kraus, nickte aber seufzend. »Das wird schon reichen.«

Ich musste mir ein Lachen verkneifen. Vermutlich hatte er noch nie in einem schlechteren Hotel als 4-Sterne-Plus übernachtet. Ich startete das Handy-Navi und drehte mich im Kreis, bis der Kompass in die richtige Richtung zeigte.

»Bitte in 200 Metern rechts abbiegen«, erklang die monotone Stimme.

Damian schaute mich überrascht an. »War das Dänisch?«

Ich schüttelte den Kopf und lief los.

Während er mich neugierig von der Seite musterte, setzte er sich ebenfalls in Bewegung. »Holländisch«, riet er mit aufgeregter Stimme weiter.

Wieder schüttelte ich den Kopf und konnte nicht verhindern, dass sich meine Mundwinkel zu einem Grinsen verzogen.

»Das ist gemein. Ich bin betrunken. Normalerweise würde ich die Sprache sofort erkennen«, nörgelte er los.

Spöttisch zog ich die Augenbrauen zusammen. »Du gibst also endlich zu, dass du betrunken bist?«

Daraufhin kratzte er sich verlegen am Kopf. »Sag noch etwas in deiner Sprache!«

Mir war klar, dass er mir keine Antwort geben würde, daher tat ich ihm den Gefallen und sagte einige Sätze auf Deutsch.

»Schwedisch. Nein. Deutsch!«, rief er siegessicher und ich nickte bestätigend.

Bis zur nächsten Ecke grübelte Damian schweigend vor sich hin.

»Du kommst also aus Deutschland? Das hört man dir gar nicht an«, unterbrach er nach kurzer Zeit die Stille.

Verwirrt schaute ich ihn an. »Wie meinst du das?«

Damian zuckte mit den Schultern. »Deutsche haben oft so einen komischen Akzent, wenn sie Englisch sprechen.« Dann versuchte er, diesen vermeintlich komischen Akzent nachzuahmen.

Automatisch dachte ich an das grottenschlechte Englisch meiner besten Freundin Mia. Damian hatte eindeutig recht. Und auch wenn seine Imitation furchtbar klang, war es schön, ihn so herumalbern zu sehen.

»In fünfhundert Metern befindet sich das Ziel auf der linken Seite«, plärrte auf einmal das Handy.

Kritisch betrachtete ich das Hotel vor uns. Die gelbe Fassade bröckelte an einigen Stellen und über der Tür hing ein Schild mit der Aufschrift »HOTEL«. Es war definitiv nichts Besonderes, aber es würde ausreichen. Jetzt mussten wir nur noch hoffen, dass sie ein freies Zimmer für Damian hatten.

Abrupt hielt er mich am Arm fest. »Ich kann nicht nach einem Zimmer fragen. In New York kennt mich fast jeder.«

Daran hatte ich nicht mehr gedacht.

Damian kramte kurz in seinem Koffer und holte seinen Geldbeutel hervor. Er nahm einige Scheine und streckte sie mir entgegen. »Kannst du mir ein Zimmer buchen? Bitte?«

Kopfschüttelnd musterte ich das Geld. Das waren insgesamt 500 Dollar. Ich nahm ihm zwei Scheine aus der Hand. »Ich bin mir sicher, dass ein Zimmer in diesem Hotel unter hundert Dollar kostet«, erklärte ich auf Damians fragenden Blick hin lachend.

Kaum zu glauben, dass er so viel Bargeld dabei hatte. Fünfhundert Dollar waren ungefähr das, was ich während meiner Reise in zwei bis drei Wochen ausgegeben hatte. Und zwar inklusive Essen, Fahrtkosten, Museen und vielem mehr. Aber das war offensichtlich eine ganz andere Liga.

Wir betraten das altmodische Foyer und ich musste augenblicklich schlucken. Zwischen dem Shoes und diesem Hotel lagen wirklich Welten. Damian blieb stehen und ich ging alleine auf die Rezeption zu. Dort stand ein älterer Mann mit zurückgegelten Haaren und einem roten Hemd, auf dem ein kleiner Kaffeefleck prangte. Auffällig wanderte sein Blick über meinen Körper, bevor er mich schief anlächelte.

»Hallo, ich bin Frank. Wie kann ich dir um diese Uhrzeit behilflich sein?«

Mir lief ein Schauer über den Rücken, aber ich lächelte höflich. »Mein Freund und ich wollen die Nacht hier verbringen. Haben Sie noch ein Zimmer frei?«

Eigentlich hätte ich ihm nichts von einem Freund sagen müssen, aber wie sollte ich Damians Anwesenheit sonst erklären? Nicht, dass er noch etwas Falsches von mir dachte.

Sein Lächeln wurde verkrampfter und er reichte mir den Schlüssel. »Zimmer 15. Kostet achtzig Dollar die Nacht.«

Sofort nahm ich ihn entgegen und legte einen Hunderter auf den Tresen. Mit einem unverständlichen Grummeln kramte er 20 Dollar aus der Kasse und schob sie mir zu. Ich schnappte mir das Geld und drehte mich um.

Damian grinste mich verschlagen an, als ich auf ihn zulief. »Der Typ hätte sich auch gerne ein Zimmer mit dir geteilt.«

Ich schüttelte den Kopf, bevor mir ebenfalls ein Lachen entwich. »Lass uns einfach dein Zimmer suchen.«

Noch immer grinsend griff Damian nach seinem Koffer und lief los. Schön, dass ihn die Situation so belustigte.

An der Wand gegenüber der Rezeption hing ein altmodisches Holzschild auf dem *Zimmer 0 – 20* stand. Ein Pfeil deutete auf die Treppe daneben.

»Kein Aufzug?« Enttäuschung schwang in seiner Stimme.

Es tat mir fast schon leid, dass er in seinem Zustand da hochmusste. Aber eigentlich war er ja selbst schuld.

Langsam erklommen wir Stufe für Stufe. Endlich oben angekommen, stützte sich Damian schwer atmend an der Wand ab und kniff die Augen zusammen.

Ich schaute mich um. Wir standen vor einem langen Gang mit hässlich gelbem Teppich. Damians Zimmer war nur einige Schritte entfernt.

Neugierig öffnete ich die quietschende Tür und betrat sein Zimmer.

3. Kapitel

Das Erste, was mir auffiel, war der unangenehme Geruch nach alten Möbeln. Aus den Augenwinkeln sah ich, wie Damian ebenfalls die Nase rümpfte. Schnell lief ich zu dem kleinen Fenster und öffnete es sperrangelweit.

Vielleicht würde die frische Luft ein wenig helfen. Dann schaute ich zu Damian.

Wie sollte es jetzt weitergehen? Zum Glück war Todd bei Mike, sonst würde er sich bestimmt schon Sorgen machen. Und eigentlich ging morgen mein Flug zurück nach Deutschland. Aber konnte ich ihn jetzt allein lassen? Natürlich war er betrunken auf diese Brücke geklettert und schien keine Selbstmordgedanken zu hegen, aber wer garantierte mir, dass es nicht noch einmal passieren würde? Außerdem schien er in einer echten Krise zu stecken. Nur weil er jetzt in einem Hotelzimmer war, hatte ich ihm also noch lange nicht geholfen.

»Wenn es dich nicht stört, würde ich schnell unter die Dusche hüpfen«, sagte Damian mit rauer Stimme. Unsicher strich er sich durch die Haare und zog die Augenbrauen zusammen. Dachte er etwa, ich würde verschwinden, sobald er das Zimmer verließ?

Ich lächelte in seine Richtung. »Mach dir keine Sorgen. Ich warte so lange auf dich.«

Die Dusche würde ihm hoffentlich helfen, endgültig einen klaren Kopf zu bekommen.

Er stieß erleichtert die Luft aus, schnappte sich seinen Koffer und verschwand in dem kleinen Badezimmer.

Nach wenigen Sekunden hörte ich einen heftigen Knall und kurz darauf einen lauten Fluch. Dann ging allerdings das Wasser an. Ob er in der Dusche ausgerutscht war? Aber wenn er Hilfe bräuchte, würde er sich schon melden.

Ich ließ mich auf das Bett fallen.

Wer Damian wohl war? Anscheinend war er ziemlich bekannt. Sollte ich das Internet nach ihm durchforsten? Aber was würde mir das überhaupt bringen? Der Klatschpresse konnte man sowieso nicht alles glauben. Wahrscheinlich sollte ich ihn lieber ohne irgendwelche Vorurteile kennenlernen und mir mein eigenes Bild machen. Schließlich schien er viele Facetten zu besitzen.

Ich konnte nicht einmal genau sagen, was mich an ihm so sehr faszinierte. Seine arrogante Art war es jedenfalls nicht. Vielleicht war es der verzweifelte Ausdruck in seinen aufgewühlten Augen gewesen, der mich regelrecht dazu zwang, ihm helfen zu wollen.

Als die Badezimmertür aufschwang, schaute ich auf. Meine Wangen wurden augenblicklich glühend heiß. Damian trug nur eine Jogginghose. So schnell wie möglich senkte ich den Blick wieder. Aber ich hatte genug gesehen. Seine dunklen Haare, die noch feucht waren und wild in alle Richtungen abstanden. Die einzelnen Wassertropfen, die auf seiner nackten Haut glänzten. Oh ja, dieser Mann war nicht von schlechten Eltern.

Damian kam näher und ich bemühte mich, locker zu wirken. Ich wollte wirklich nicht wieder beim Starren erwischt werden, aber der unerwartete Anblick seines nackten Oberkörpers hatte mich völlig aus der Bahn geworfen.

Ich hörte sein raues Lachen wie durch Watte, während er mit trägen Schritten auf mich zu kam.

»Habe ich dir den Atem verschlagen, Kleine?«, raunte er.

Die kalte Dusche hatte seiner arroganten Art offensichtlich keinen Dämpfer verpasst.

Ich schüttelte den Kopf. Er hatte zwar recht, doch das würde ich niemals zugeben.

Ich wollte ihm beweisen, dass mir sein Anblick nichts ausmachte und straffte die Schultern. Um nicht wieder verlegen zu werden, konzentrierte ich mich darauf, ihm in die Augen zu schauen. »Dass du ziemlich eingebildet bist, hast du oft genug bewiesen. Denkst du nicht, so langsam reicht es? Außerdem bist du selbst schuld, wenn du hier halbnackt durch die Gegend läufst.«

Damians blaue Augen funkelten belustigt und seine weißen Zähne blitzten mir entgegen. »Als ob dich mein Anblick stören würde. Außerdem ist das nicht eingebildet, sondern eine Tatsache.«

Ich ließ ihn nicht aus den Augen, während er immer näher auf das Bett zukam. Mein Mund war wie ausgetrocknet.

»Oder ist mein Äußeres so schlimm und deswegen schaust du mir zwanghaft ins Gesicht?«

Mit diesen Worten blieb er vor der Bettkante stehen und ich musste den Kopf in den Nacken legen, um ihn weiterhin anschauen zu können.

Verdammt. Wo war mein Pokerface?

Ungelenk stand ich auf.

Nun trennten uns nur noch wenige Zentimeter voneinander. Ein Hauch von Duschgel und Parfum lag in der Luft. Hastig konzentrierte ich mich wieder auf das Wesentliche. Irgendwie musste ich ihn doch von seinem hohen Ross stoßen können.

Dann kam mir eine Idee.

Mit aller Macht zwang ich meinen Atem zur Ruhe. Ich

schluckte und ignorierte mein wild klopfendes Herz. Als ich mich endlich unter Kontrolle hatte, löste ich den Blick von Damians Augen. Bewusst langsam musterte ich seine vollen Lippen und ließ meinen Blick weiter zu seinem Oberkörper wandern. Sein Bauch war straff und die Schultermuskeln ausgeprägt.

Unauffällig versuchte ich, meine Lippen zu befeuchten. Jetzt nicht schwach werden, Emily.

Dann platzierte ich meine Hände auf seiner Brust.

Damians Augen weiteten sich ungläubig, als ich mit einer zärtlichen Geste über seine glatte Haut strich. Meine Finger zitterten kaum merklich, während die Berührung kleine Stromschläge durch meinen Körper schickte. Irgendwie hatte ich mir das leichter vorgestellt.

»Vielleicht hast du recht«, hauchte ich. »Vielleicht verfällt dir wirklich jede Frau.«

Damian schien seine Fassung zurückerlangt zu haben, denn er grinste spöttisch. Selbstbewusst legte er seine Hände auf meine Hüfte und strich von dort über meinen Rücken.

Ich holte stockend Luft.

Auch wenn ich irgendwie damit gerechnet hatte, verletzte es mich, dass er tatsächlich auf meinen Flirtversuch einging. Er dachte also wirklich, ich wäre nicht anders. Umso wichtiger, dass ich ihm endlich einen Denkzettel verpasste.

Ich konzentrierte mich nicht zu lachen und stellte mich auf die Zehenspitzen. Dabei schaute ich ihm tief in die Augen und kam seinem Gesicht immer näher. Seine Muskeln zuckten unter meinen Händen. Seine Haut war unfassbar weich. Ich atmete noch einmal ein und legte meine Lippen an sein Ohr. »Ich bin aber nicht wie jede!« Dann stieß ich ihm lachend gegen die Brust.

Damian taumelte einen Schritt zurück und starrte mich

mit offenem Mund an. Schnell huschte ich an ihm vorbei und brachte den nötigen Abstand zwischen uns.

»Und hör auf, mich Kleine zu nennen«, fügte ich grinsend hinzu, drehte mich um und schloss das Fenster schwungvoll.

Als ich wieder zu ihm sah, stand Damian noch immer mit einem verdatterten Ausdruck im Gesicht an derselben Stelle. Ein Hochgefühl machte sich in mir breit. Mit dieser Aktion hatte ich es ihm endlich gezeigt.

Ungläubig schüttelte er den Kopf und fuhr sich durch die feuchten Haare. Einen Atemzug später war er wieder der Alte und setzte ein charmantes Lächeln auf. Auch wenn ich ihm diesen selbstsicheren Gesichtsausdruck nicht abkaufte, war es interessant zu wissen, wo der Unterschied zwischen seiner aufrichtigen guten Laune und der gespielten war.

Bei Stephan hast du es nicht gemerkt. Mein Herzschlag beschleunigte sich bei diesem Gedanken. Aber ich kannte das Gefühl mittlerweile nur zu gut und zwang mich, die aufkeimende Unruhe zu unterdrücken.

»Vielleicht bist du ja wirklich anders«, murmelte Damian.

Mein Kopf dröhnte und ich hatte keine Kraft mehr, um weiter mit ihm zu zanken. Daher zuckte ich nur mit den Schultern und ließ mich auf dem Sessel vor dem Fenster nieder.

»Und wie soll es jetzt weitergehen?«, sprach ich das Unvermeidliche an.

Damian drehte sich ruckartig zu mir und presste die Lippen zu einem Strich zusammen. Fast könnte man meinen, er hätte Angst. Aber so schnell, wie dieser Ausdruck erschienen war, verschwand er auch wieder und seine Miene wurde verschlossener.

»Ich weiß es nicht«, antwortete er resigniert. »Du hast mich hergebracht. Jetzt kann ich ungestört nüchtern werden. Du kannst also ruhig gehen.«

Auch wenn seine Stimme dabei vollkommen gleichgültig klang, entging mir das Flackern in seinen Augen nicht.

»Das meinte ich nicht«, erwiderte ich behutsam. »Ich habe dir gesagt, dass ich dir helfen möchte. Das habe ich ernst gemeint. So kann es doch nicht weitergehen.«

Damian befeuchtete seine Lippen und schaute nachdenklich durch den Raum. Nach einigen Sekunden schüttelte er kaum merklich den Kopf und suchte meinen Blick. »Wieso tust du das?«

Ich schluckte. Die Frage war berechtigt, doch leider konnte ich sie nicht wirklich beantworten. Zögernd suchte ich trotzdem nach den richtigen Worten. »Du hast gesagt, niemand fragt, was du möchtest. Ich kann nur schwer nachvollziehen, wie sich das anfühlen muss. Meine Eltern haben meine Träume immer unterstützt und dafür bin ich ihnen unendlich dankbar. Ich bin eine junge Frau, die durch halb Amerika gereist ist, anstatt sich einen Job zu suchen. Trotzdem haben sie sich nie beschwert. Aber ich hatte einen Freund, dem es ähnlich ging. Vielleicht ist das meine Art, etwas wieder gut zu machen.«

Das beantwortete zwar nur bedingt seine Frage, aber besser konnte ich es nicht erklären.

»Und was willst du dafür?«

Ich starrte ihn an. Hatte er mir etwa nicht zugehört? Dann erinnerte ich mich an seine Worte vor dem Shoes. Er hatte einfach kein Vertrauen in die Menschen.

»Ich erwarte nichts von dir, Damian.« Ich schaute ihm fest in die Augen. »Außer vielleicht ein wenig Höflichkeit mir gegenüber.«

Seine blauen Augen wanderten über mein Gesicht, als würden sie einen Beweis für meine Worte suchen. »Danke, Kleine.«

Ich warf ihm einen gespielt bösen Blick zu, obwohl ich mich an den Spitznamen ein wenig gewöhnt hatte.

Ein leises Lachen entwich seiner Kehle und seine Mundwinkel verzogen sich zu einem verschmitzten Grinsen. »Entschuldige. Danke, Milly.«

Ich stimmte in sein Lachen mit ein. So hatte er mich vorhin genannt, als er meinen Namen gestottert hatte. Irgendwie gefiel es mir, dass er den Spitznamen auch im nüchternen Zustand weiterhin benutzte.

»Was hast du Morgen für einen wichtigen Termin?« Ich erinnerte mich an das Gespräch, welches ich im Hotel belauscht hatte.

Das Bett knarzte laut, als sich Damian seufzend darauf niederließ. »Morgen ist eine Spendengala, auf der meine Anwesenheit erwartet wird.« Er runzelte die Stirn. »Woher weißt du überhaupt davon?«

»Versteh das bitte nicht falsch, aber wieso ist es denn so wichtig, dass du dort hingehst? Und was ist so schlimm daran? Ich habe im Hotel gehört, wie ein Mr. Hudson davon sprach und es klang, als würde die Welt untergehen, wenn du nicht kommst.«

Damian spielte gedankenverloren mit einem Fussel an seiner Hose und mir fiel erneut sein nackter Oberkörper auf. »Willkommen in meiner Welt!«, sagte er mit einem ironischen Unterton und schaute zu mir auf.

Sofort riss ich meinen Blick von ihm los und tat, als würde ich das Bild an der Wand betrachten. Aus den Augenwinkeln konnte ich sehen, wie er kurz grinste.

»Mr. Hudson ist der Assistent meines Vaters und ein anständiger Mann. Aber auch er macht natürlich das, was mein Vater möchte. Mich wundert es nicht, dass er im Hotel auf der Suche nach mir war. Die Gala morgen ist nichts Besonderes. Mehrere wohlhabende Familien und Firmen sammeln für die staatlichen Kinderheime. Meine Familie wird auch dort sein, da die beste Freundin meiner Mutter die Organisatorin des Ganzen ist.«

Für mich klang das eigentlich nach etwas sehr Gutem. Trotzdem verstand ich nicht, wieso Damian unbedingt anwesend sein musste. »Ist ja alles schön und gut, aber wieso musst du da sein?«

Damian lachte bitter auf und raufte sich die Haare. »Es ist so wichtig, dass ich komme, weil ich dort versteigert werde.«

Ich schnappte nach Luft. »Du wirst was?«

Damian lachte noch immer, doch ich konnte die Frustration in seiner Stimme hören. »Um genau zu sein, geht es um ein Date mit mir. Es ist Tradition, dass verschiedene Aktionen mit bekannten Leuten versteigert werden. So muss man sich um keine Versteigerungsobjekte kümmern und es ist hilfreich für die Publicity. Mit dem Chef des Shoes kann man zum Beispiel eine Partie Golf ersteigern. Für viele Geschäftsleute ist das ein passender Vorwand, um wichtige Kontakte zu knüpfen. Für andere ist es reiner Zeitvertreib. Mein Angebot ist ein Tagestrip zum Bear Mountain mit meiner Yacht. Und wieso es ein Weltuntergang ist, wenn ich nicht komme? Kleines, ich habe dir doch schon gesagt, dass mich die Frauen lieben.«

Ich wollte etwas erwidern, aber Damian sprach sofort weiter. »Das ist eine Tatsache, also hör auf zu meckern.«

Seine schroffe Art versetzte mir einen Stich. Wieso konnte er nicht einfach nett sein? Aber ich verstand, dass ihn diese Versteigerung frustrierte. Ich würde auch nicht gerne mit einem Unbekannten auf ein Treffen geschickt werden. Mit einem zuckersüßen Lächeln schluckte ich meinen bissigen Kommentar hinunter. »Ich wollte überhaupt nicht meckern,

Honigbärchen. Aber wenn du mich weiter Kleines nennst, werde ich ungemütlich.«

Damian zog die Augenbrauen zusammen. Wahrscheinlich merkte er gar nicht, dass er mich dauernd mit diesem blöden Spitznamen ansprach. Er schluckte. »Honigbärchen? Ist das dein Ernst?«

»Hört sich blöd an, oder?« Ich grinste fröhlich.

Seine Augen funkelten ebenfalls, bevor er wieder missmutig dreinschaute. »Fakt ist, dass mein Date an diesem Abend das höchste Gebot bekommen wird. Das ist immer so. Also muss ich kommen. Schließlich ist das Geld für einen guten Zweck.«

Angewidert schüttelte ich den Kopf. Auch wenn er natürlich recht hatte und auf diese Weise wahrscheinlich viele Spenden generiert werden konnten, war es doch irgendwie unmenschlich.

»Wer kommt denn auf so eine blöde Idee? Einen Menschen zu versteigern, als wäre er ein Objekt? Was ist denn, wenn dich jemand ersteigert, auf den du gar keine Lust hast?«

Damian zuckte mit den Schultern. »Die meisten Frauen, die dort mitsteigern, sind nervige Püppchen. Sie sind gelangweilt von ihrem Leben als reiche Erbinnen und ein Date mit mir ist eine willkommene Ablenkung. Ich hatte noch nie ein angenehmes Date bei einer dieser Versteigerungen. Aber naja, das wird eben von mir erwartet. Kannst du jetzt verstehen, wieso ich keine Lust mehr auf das Ganze habe?«

Mitfühlend nickte ich. »Ich verstehe, dass dich das nervt. Trotzdem war die Aktion auf der Brücke eine blöde Idee.« Ich konnte es mir nicht verkneifen, ihm jetzt wo er endlich nüchtern war, die Meinung zu sagen.

Mit hängendem Kopf stützte er die Hände auf seine Knie. »Natürlich hast du recht. Ich hatte viel zu viel getrunken. Da sind die Sicherungen bei mir durchgebrannt.«

Auch wenn mich das Thema noch immer aufwühlte, beschloss ich, es fürs Erste fallen zu lassen. Er war nicht Stephan. Er hatte sich nichts dabei gedacht, als er auf das Geländer geklettert war. Er war einfach betrunken gewesen.

Der Gedanke an die Auktion weckte gemischte Gefühle in mir. Auch wenn ich den Kinderheimen gerne helfen wollen würde, war das doch irgendwie krank.

»Vielleicht ist ja diesmal jemand nettes dabei.« Selbst ich hörte mir an, wie gestellt das klang. »Aber ist es nicht auch irgendwie egoistisch, einen blöden Tag nicht ertragen zu wollen, obwohl man damit vielen Kindern ein besseres Leben schenken könnte?«, sprach ich meinen nächsten Gedanken laut aus.

Damian seufzte auf. »Das sage ich mir auch immer wieder. Aber wieso kann ich das Geld nicht einfach selbst spenden? Mir würde es nicht wehtun und ich könnte auf den blöden Tag verzichten. Das möchte meine Mutter allerdings nicht, da mein Date so viel Aufmerksamkeit für die Spendenaktion bringt. Auch das kann ich irgendwie verstehen, aber es geht ums Prinzip. Ich werde wieder nicht gefragt. Niemand interessiert sich für mich.«

Auch wenn das alles absurd klang, konnte ich ihm folgen. In meinem Marketingstudium hatte ich gelernt, wie wichtig gute Publicity ist.

»Aber die Frauen, die dich ersteigern wollen, interessieren sich doch für dich.«

Mit hochgezogenen Augenbrauen schaute er mich an. »Komm schon, Milly. So naiv bist du nicht. Die Frauen dort sind alle oberflächlich und nur an meinem Ruf oder meinem Geld interessiert.«

Ich war mir nicht sicher, ob das eine Beleidigung oder ein Kompliment sein sollte, aber ich verkniff mir eine bissige Antwort.

Irgendwie tat es mir leid, Damian so reden zu hören.

Langsam stand ich auf, setzte mich neben ihn auf das Bett und wartete, bis er mir in die Augen schaute. »Hätte ich das nötige Kleingeld, würde ich dich sofort ersteigern. Wenn du nicht gerade selbstverliebtes Zeug von dir gibst, bist du nämlich eigentlich ziemlich nett.« Ich straffte die Schultern. »Und ich war noch nicht bei dem Bear Mountain«, fügte ich grinsend hinzu.

Nicht, dass er wieder überheblich wurde.

Damian lachte auf.

Es war schön zu sehen, wie ein fröhliches Strahlen die Frustration für einen kurzen Moment aus seinen Augen vertrieb. Dann wurde er wieder ernst. »Du könntest mein Geld nehmen.« Er hatte so leise gesprochen, dass ich mir nicht sicher war, ob ich ihn richtig verstanden hatte. Doch als sich sein Blick bittend in meinen bohrte, realisierte ich seine Worte.

Kurz zögerte ich.

Mein Flieger war für morgen Abend gebucht. Das durfte ich nicht vergessen. Aber ich konnte ihn auch nicht einfach so zurücklassen. Vielleicht könnte ich den Flug um ein paar Tage verschieben? In Deutschland würde ich mir sowieso einen Job suchen müssen. Ob ich das in den nächsten Tagen, oder erst in einigen Wochen machte, spielte keine große Rolle.

Unsicher strich ich mir eine lose Strähne aus dem Gesicht. »Eigentlich fliege ich morgen nach Hause. Aber wenn wir dafür eine Lösung finden, dann machen wir es so. Du wirst auf die Gala gehen und ich werde den Ausflug mit dir ersteigern. Dann verbringen wir einen aufregenden Tag am Bear Mountain miteinander, bei dem du mir natürlich auf die Nerven gehst, weil du ein Macho bist. Und dann überlegen wir uns, was du vielleicht noch ändern könntest, um glücklicher zu werden.«

Damians Augen weiteten sich.

Was ging in ihm vor?

»Würdest du das wirklich für mich machen?«

Etwas verunsichert zuckte ich mit den Schultern. »Ja, wieso nicht? Natürlich fühle ich mich nicht wohl dabei, dein Geld auszugeben. Aber es ist für einen guten Zweck und eigentlich auch für dich. Allerdings müsste ich noch bei der Airline anrufen. Es würde nur gehen, wenn ich meinen Flug verschieben kann. Denn ich kann es mir nicht leisten, einen neuen zu buchen.« Ein wenig unangenehm war es mir schon, zuzugeben, dass ich fast pleite war. Aber anders ging es nun mal nicht.

Damian blinzelte einige Male. »Du meinst das wirklich ernst?« Abrupt sprang er auf. Unsicherheit flackerte in seinem Blick.

Dachte er wirklich so schlecht über Versprechungen von anderen Menschen? Hatte ich ihm heute Abend aber nicht bewiesen, dass ich immer zu meinen Worten stand?

»Das war kein Spaß von dir, oder?«, fragte er mit rauer Stimme.

Sofort schüttelte ich den Kopf und lächelte. »Wenn wir das mit meinem Flug klären können, werde ich dir helfen.«

Sofort entspannte sich seine Haltung. Lässig ließ er sich neben mich auf das Bett plumpsen. »Wegen deinem Flug brauchst du dir keine Sorgen machen. Wenn du ihn nicht verschieben kannst, dann zahle ich dir den Rückflug. Oder noch einfacher wäre es, wenn du unseren Jet nehmen würdest. Ich könnte es mit einem Geschäftstreffen in Deutschland verbinden und dich heimfliegen. Dann sind wir zeitlich ungebunden.«

Bei dem Wort *Privatjet* wurde mir schummrig. Dass er viel Geld hatte, war mittlerweile klar, aber so viel?

Während ich noch über sein Angebot nachdachte, strahlte mich Damian bereits an und mir blieb nichts anderes übrig, als zurückzugrinsen.

Dann wurde ich aber wieder ernst. »Damian, ich möchte kein Geld von dir annehmen. Auch, wenn ich dein Angebot zu schätzen weiß.«

Es tat mir leid, seiner guten Laune einen Dämpfer versetzen zu müssen. Aber das war einfach nicht meine Art.

Seine Augenbrauen schossen fragend in die Höhe. »Darüber musst du dir wirklich keine Gedanken machen. Geld ist mir nicht wichtig. Ich habe genug davon. Außerdem tue ich das ja auch für mich. Denn wenn du bleibst, hilfst du mir damit.« Seine Stimme klang dabei fast schon flehend. »Wenn es dir dann leichter fällt mein Geld anzunehmen, kannst du dir ja einfach einreden, dass es eine egoistische Handlung meinerseits ist.«

Ich schüttelte den Kopf. Es war süß zu sehen, wie er sich darum bemühte, meine Meinung zu ändern.

Wenn ich genauer darüber nachdachte und ehrlich zu mir selbst war, hatte ich sowieso keine andere Wahl. Für mich war klar, dass ich ihn in dieser Situation nicht alleinlassen konnte. Ich würde morgen bei der Fluggesellschaft anrufen und versuchen, das Ticket umzubuchen und wenn es nicht funktionierte, würde ich wohl oder übel Damians Angebot annehmen müssen. Es sei denn, mir fiel noch eine andere Lösung ein.

»Okay.«

»Wirklich?« Skepsis lag in seinem Blick.

Ich nickte und stand auf.

»Wo willst du hin?«, fragte Damian verwirrt.

»Zurück zu Todd, dem Bekannten, bei dem ich wohne. Es ist spät und wir sollten etwas Schlaf bekommen, wenn wir morgen auf der Gala fit sein wollen. Apropos, was macht eigentlich deine Wunde am Kopf?«

Als hätte er ganz vergessen, dass er sich verletzt hatte, fasste er sich an die Stirn. »Pocht ein bisschen, aber sonst ganz okay. Ich habe sie mir im Spiegel mal angeschaut, scheint halb so wild zu sein.«

»Das freut mich. Wenn du jetzt morgen noch ohne Kater aufwachst, ist doch alles besser gelaufen als gedacht.«

Damian wollte noch etwas sagen, doch dann grinste er nur halbherzig.

Mit den Schultern zuckend lief ich weiter in Richtung Tür. Damit waren wir hier fertig und langsam sollte ich auch zurück.

»Würdest du die Nacht bei mir bleiben, Emily?«

Ich stoppte in meiner Bewegung. Damians Stimme war kaum mehr als ein Flüstern gewesen.

Wow. Nicht nur, dass er mich zum ersten Mal bei meinem richtigen Namen genannt hatte, er fragte mich auch noch höflich. Langsam drehte ich mich zu ihm um und hob fragend die Augenbrauen.

»Ehm …«, druckste er drauf los. »Also, wegen der Gala. Ich muss dir doch noch alles erklären und so.«

Nachdenklich zupfte ich an meinem Pulli. Sollte ich die Nacht hier verbringen? Bei einem völlig fremden Mann, über den ich fast nichts wusste? In einem Hotel, wo mich niemand suchen würde? Außerdem gab es hier auch keine Couch zum Schlafen, also müssten wir uns zwangsläufig die Matratze teilen. Und was war, wenn er mit *nicht allein sein* doch Sex meinte? Damian sah schließlich unheimlich attraktiv aus und mit Sicherheit hatte er schon einige Frauen in seinem Bett gehabt. Aber so eine war ich nicht.

»Bitte, Emily. Ich verspreche dir, mich nicht wie ein Arschloch zu benehmen und werde natürlich die Finger von dir lassen, falls du davor Angst hast.« Er fuhr sich mit der Hand durch die Haare.

Sollte ich das wirklich tun? Ich hatte zwar die letzten drei Monate immer wieder bei Leuten auf der Couch geschlafen, aber das hier war etwas anderes. Keiner von ihnen war Damian gewesen.

»Außerdem weiß ich, wenn du hier schläfst, dass du morgen noch da sein wirst«, murmelte er auf einmal.

Mein Mund wurde trocken und mein Herz verkrampfte sich. Er sah aus, wie ein einsamer Welpe. Ich konnte ihn einfach nicht alleinlassen.

Ich schluckte die Bedenken hinunter. Ich konnte Todd eine Nachricht mit der Adresse des Hotels schicken. So war ich auf der sicheren Seite.

»Okay«, antwortete ich ruhig. Dann ging ich zurück zu dem großen Bett und blieb unschlüssig davor stehen.

Damian lächelte mich dankbar an und seine Augen funkelten faszinierend. »Soll ich dir ein T-Shirt von mir leihen, indem du schlafen kannst? Wenn du magst, kannst du auch meine Hose haben, mich stört es nicht in Unterwäsche zu schlafen.«

Ohne dieses ganze Macho-Gehabe konnte er wirklich charmant sein. Ich nickte, auch wenn mir der Gedanke, Damian in diesen engen, schwarzen Boxershorts zu sehen, ein wenig unangenehm war. Dass wir uns eine Bettdecke teilen mussten, wurde mir in diesem Moment ebenfalls erst richtig bewusst. Natürlich war es nicht das erste Mal, dass ich mir mit einem Mann das Bett teilte, aber Damian war eben doch ein Fremder. Und dazu auch noch ein verdammt gutaussehender Fremder.

Mein Magen krampfte sich zusammen und ich konnte nicht sagen, ob es ausschließlich Unbehagen war.

Nachdem ich Todd eine SMS geschickt hatte, zog ich mir in dem winzigen Badezimmer die Sachen an. Kein Wunder, dass sich Damian vorhin irgendwo gestoßen hatte, wenn selbst ich kleiner Knirps das Bad als eng empfand. Ich musste die Hosenbeine mehrmals umschlagen und den Bund mit der Kordel festschnüren, damit sie mir nicht von der Hüfte rutschte. Dann tapste ich vorsichtig zurück in das Schlafzimmer.

Damian lag bereits unter der Bettdecke und grinste mich fröhlich an. »Und du behauptest, du wärst nicht klein«, neckte er mich mit einem Blick auf die Jogginghose.

Gespielt genervt verdrehte ich die Augen. Diesen albernen Damian mochte ich. »Ich habe nie gesagt, dass ich nicht klein bin. Ich möchte nur nicht so bezeichnet werden«, erklärte ich achselzuckend. Zögerlich blieb ich an der Bettkante stehen. Sollte ich einfach zu ihm in das Bett klettern?

Als hätte er meine unausgesprochene Frage gehört, schlug er die Decke auf der freien Bettseite zurück und klopfte einladend auf die Matratze. Ich bedankte mich mit einem stummen Lächeln, schlüpfte hinein und kuschelte mich in die dünne Decke.

Sofort breitete sich eine Gänsehaut auf meinem gesamten Körper aus. Damians Shirt war zwar viel zu lang, super-bequem und roch auch noch angenehm männlich, aber sonderlich warm war es nicht. Und durch das lange Lüften vorhin war der Raum ziemlich abgekühlt. Ein Schauer ergriff mich.

Ohne ein Wort darüber zu verlieren, rückte Damian ein Stück näher an mich heran und gab mir so mehr von der gemeinsamen Decke. Gleichzeitig spürte ich die Hitze, die von seinem Körper ausging.

»Wieso magst du es nicht, wenn ich dich Kleines nenne?« Damian durchbrach die Stille zwischen uns.

Es überraschte mich, dass er sich dafür interessierte.

»Naja, zum einen nervt es, wenn man immer auf seine Größe reduziert wird. Ich weiß selbst, dass ich klein bin. Und zum anderen ist es ja auch irgendwie eine Verniedlichung und welche Frau möchte schon süß oder niedlich sein?«, erklärte ich meine Gedanken.

Eine Zeit lang war es still zwischen uns. Gerade als ich dachte, er wäre vielleicht eingeschlafen, seufzte Damian. »Das verstehe ich. Mich nervt es auch manchmal, wenn mich Frauen nur wegen meines Aussehens wollen. Aber wieso willst du nicht süß sein? Ich meine, ja ich gebe zu, ich stehe auf große Frauen mit langen Beinen. Aber es gibt genügend Männer, die selbst nicht so groß sind oder einfach kleine Frauen attraktiver finden.«

Ich wusste, er wollte mich damit aufmuntern und das rechnete ich ihm hoch an. Dennoch war dieser Versuch genauso erfolgreich, wie meiner, ihn davon zu überzeugen, dass ihn dieses Jahr jemand nettes ersteigern würde. Also gar nicht.

»Es kann ja nicht jeder groß, schlank und vollbusig sein. Also mach dir da mal keine Sorgen. Du bist ein liebes Mädchen und genau richtig so.«

Obwohl das aus Damians Mund vermutlich einem Kompliment gleichkam, bildete sich ein Kloß in meinem Hals.

Ich schluckte. Mir sollte es egal sein, dass ich nicht sein Typ war.

Mittlerweile war es stockdunkel im Zimmer, trotzdem drehte ich Damian den Rücken zu. »Danke«, flüsterte ich so gelassen wie möglich. »Sei mir nicht böse, aber ich bin ziemlich müde. Ich möchte jetzt schlafen. Gute Nacht, Damian.«

Die Bettdecke spannte sich, als er sich hinter mir bewegte. Er murmelte noch etwas, dass sich wie »du auch, Milly« anhörte, dann war es still.

In meinem Kopf kreisten die Gedanken. Damians Aussage, dass nicht jeder vollbusig und schlank sein könne, nahm ich irgendwie persönlich. Mir war klar, dass ich keine großen

Brüste hatte. Aber ich war dennoch zufrieden. Und wollten wir nicht eigentlich noch über den Ablauf der Gala sprechen?

Ich lauschte. Damians Atemzüge waren gleichmäßig und träge. Wie konnte man so schnell einschlafen? Ich musste ihn morgen früh unbedingt darauf ansprechen.

Vorsichtig rutschte ich in eine bequemere Position. Die Wärme, die sein Körper neben mir ausstrahle, hüllte mich angenehm ein. Ich entspannte mich und schloss die Augen.

4. Kapitel

Verschlafen kuschelte ich mich tiefer in die Decke. Was war das für ein irrer Traum gewesen? Und wieso war es so verdammt heiß? Hier war es irgendwie auch viel gemütlicher als auf Todds alter Couch.

Auf einmal machte es klick und mir fielen die Ereignisse des gestrigen Abends wieder ein. Mit einem Ruck setzte ich mich auf. Zumindest versuchte ich es, aber ein schwerer Arm, welcher quer über meinem Bauch lag, hinderte mich daran. Ich schaute zur Seite und musste augenblicklich grinsen.

Neben mir lag Damian.

Seine Haare standen wild in alle Richtungen ab und sein Gesicht war in dem großen Kissen vergraben. Ein Wunder, dass er so überhaupt Luft bekam.

Regungslos betrachtete ich ihn weiter. Seine Haut war perfekt gebräunt und die Muskeln an seinem Arm zuckten ab und zu unkontrolliert. Er sah so friedlich aus. Nichts erinnerte an die Zweifel und Unzufriedenheit von gestern.

Ich ließ mich zurück in das weiche Kissen sinken und bemühte mich den Arm, der noch immer um meinen Bauch geschlungen war, nicht zu berühren. Seine Nähe erklärte auch die unglaubliche Hitze, die ich beim Aufwachen gespürt hatte. Wie es ihm nach dem gestrigen Abend wohl ging?

Damian grummelte etwas vor sich hin und hob verschlafen den Kopf. Hastig schaute er durch das Zimmer, sein

Atem wurde hörbar schneller und sein Arm zog mich noch ein wenig näher. Nach einigen Sekunden hatte er sich aber gefangen und entspannte sich. »Du bist tatsächlich noch da.«

Ich lachte leise und versuchte unauffällig, etwas Abstand zwischen uns zu bringen. Ob er noch so arrogant war? Oder würde er mit dieser flirtenden Art einfach weitermachen? Und wollte er überhaupt noch, dass ich mit ihm auf die Gala ging?

»Ich habe dir doch versprochen zu bleiben.«

Daraufhin zuckte Damian mit den Schultern. »Menschen versprechen viel«, wiederholte er seine Worte vom gestrigen Abend.

Erst jetzt schien er zu bemerken, dass sein Arm die ganze Zeit auf mir lag. Ohne eine Miene zu verziehen, zog er seine Hand von meinem Bauch.

Für ihn war es wahrscheinlich nichts Besonderes, neben einer fremden Frau aufzuwachen. Mein Magen verkrampfte sich für einen kurzen Moment. Wieso dachte ich überhaupt darüber nach?

Ich versuchte mit einem Kopfschütteln die Gedanken zu vertreiben und setzte mich auf.

»Sorry«, brummte er, streckte die Arme über den Kopf und fuhr sich durch die Haare.

Meine Wangen wurden augenblicklich heiß. Trotzdem nahm ich meinen Mut zusammen und grinste ihn frech an. »Was tut dir leid? Dass du gestern ein Idiot warst?«

Hoffentlich verstand er den Scherz und war nicht sofort eingeschnappt.

Damian lachte rau auf. »Den Seitenhieb habe ich wohl verdient. Ich meinte eigentlich, dass ich dir so nahegekommen bin. Dabei hatte ich dir doch gestern versprochen, dich nicht anzurühren.«

War das der gleiche Mann, wie gestern Abend?

Er schaute mich mit ernster Miene an und ich winkte schnell ab. »Kein Problem.«

Mein Handy vibrierte auf dem Nachtisch und rettete mich aus dieser verwirrenden Situation.

Ich griff danach und entsperrte den Bildschirm. Todd hatte mir geschrieben, wann ich heute vorbeikommen würde, um mein Gepäck zu holen, da er noch einen Geschäftstermin hatte.

Mein Herz machte einen Satz, als ich merkte, dass es bereits zwölf Uhr war. Hastig drehte ich mich zu Damian. »Wann geht die Gala heute Abend denn los? Wir haben bereits zwölf. Und du musst dich noch umziehen und …« Ich stockte, dann fiel es mir wie Schuppen von den Augen. »Oh Gott. Was soll ich anziehen? Ich habe doch gar nichts für so eine Veranstaltung.«

Damian lachte laut auf.

Machte er sich etwa über mich lustig? Ich verschränkte die Arme vor meiner Brust.

Als er sich im Bett aufrichtete, fiel die Decke auf seinen Schoß. Wieder einmal hatte ich eine tolle Aussicht auf seinen durchtrainierten Oberkörper. Innerlich stöhnte ich auf. Dieser Anblick brachte mich noch ins Grab.

»Entspann dich, Milly«, sagte er locker. »Die Gala beginnt um 19:00 Uhr. Mein Anzug hängt schon im Hotel. Und dann kaufst du dir eben noch ein Kleid.«

Ich schnappte nach Luft. Für ihn schien das keine große Sache zu sein. Für mich aber schon. »Damian, ich weiß nicht, ob du mir gestern richtig zugehört hast. Aber ich bin relativ knapp bei Kasse, da meine Reise heute eigentlich zu Ende wäre. Ich kann mir nicht einfach ein neues Kleid kaufen. Ich wüsste nicht einmal, wo ich überhaupt danach suchen sollte.

Geschweige denn, was man auf so einer schicken Gala in New York überhaupt trägt.«

Ich zwang mich, ruhig ein- und auszuatmen. Normalerweise interessierte ich mich, sehr zum Leidwesen meiner Mutter, nicht wirklich für Mode. Aber mir war bewusst, dass ich eine Gala mit Damian nicht mit den Veranstaltungen vergleichen konnte, auf die ich meine Eltern hin und wieder begleitet hatte.

Damian fuhr sich erneut durch die zerzausten Haare und überlegte einen Moment. In einer fließenden Bewegung stand er auf und holte sein Handy aus dem Koffer.

Wie konnte er so ausgeschlafen wirken? Hatte er etwa keinen Kater?

Kurz verzog er das Gesicht, als er auf das Display schaute. Ich wollte gar nicht wissen, wie viele verpasste Anrufe in seiner Abwesenheit eingegangen waren. Schließlich rief er jemanden an.

»Dude, wo steckst du? Dein alter Herr sucht dich schon seit gestern.« Eine männliche Stimme drang aus dem Lautsprecher.

Damian seufzte genervt. »Hey Marco. Ja, ich weiß. Tut mir leid, falls er dich damit genervt hat. Sag mal, bist du heute im Laden?«

Auf der anderen Seite der Leitung raschelte es kurz. »Kein Thema. Ja, natürlich bin ich arbeiten. Nicht jeder kann so faulenzen wie du.« Dabei lachte die Stimme auf, als hätte sie etwas super Witziges gesagt.

Damian verdrehte die Augen.

Als er von seiner Arbeit erzählt hatte, klang das nach ziemlichem Leistungsdruck und nicht, als wäre er ein Faulenzer.

Er überspielte die Aussage des Freundes mit seinem typischen Lachen. »Tja, ich habe mir den richtigen Job gesucht.

Aber jetzt im Ernst. Eine Freundin von mir kommt heute Abend spontan mit auf die Gala von Amber und hat kein Kleid. Hast du vielleicht etwas Passendes?«

Wieder hörte ich diesen Marco lachen. »Soso, eine Freundin. Also ist sie gut im Bett? Oder wie kommt sie zu der Ehre, dich begleiten zu dürfen? Gib mir ihre Maße durch und ich schaue was ich habe.«

Ich schnappte nach Luft. Also war er wirklich ein Aufreißer. Damian warf mir einen entschuldigenden Blick zu.

»Sie ist eine Freundin, Marco. Nicht mehr. Sie ist ziemlich klein, einen-Meter-und-sechzig oder so. Normale Figur«, beschrieb er vage.

Wieso fragte er mich nicht einfach nach meiner Größe? Ich verschränkte die Arme vor meiner Brust. Vielleicht sollte Marco nicht mitbekommen, dass ich gerade bei ihm war? Wobei ich mir ehrlich gesagt auch nicht sicher war, was meine europäische Kleidergröße hier in Amerika bedeutete.

»Was musst du noch wissen?«, fragte Damian weiter.

Der Freund schnaufte verächtlich. »Ein-Meter-sechzig? Dann such lieber mal in der Kinderabteilung.«

Mein Magen verkrampfte sich. Das musste ich mir nicht mit anhören. Genervt stand ich auf und wollte ins Badezimmer verschwinden. Aber ich kam nicht weit, denn als ich mich an Damian vorbeiquetschen wollte, hielt er mich mit seiner freien Hand fest und zog mich ein wenig näher.

»Das ist nicht lustig, Marco. Deine Schwester ist selbst auch nicht größer und schon ausgewachsen. Hilfst du ihr jetzt oder nicht?«

Immerhin nahm er mich in Schutz und ritt nicht auch noch darauf herum.

»Ja, wir werden schon was finden«, grummelte der Typ. »Ich werde meinen besten Freund schon nicht hängen lassen.

Schick sie her und ich werde aus ihr etwas ganz Besonderes zaubern.«

Mit einem zufriedenen Lächeln im Gesicht nickte Damian, bevor er sich bedankte und auflegte.

Ich startete einen neuen Versuch, die wenigen Schritte in das anliegende Zimmer zu gehen.

»Es tut mir leid, was Marco gesagt hat. Er meint das nicht so und wollte nur einen Spaß machen. Seine Witze sind manchmal etwas gewöhnungsbedürftig«, murmelte Damian und kam mir noch näher.

Sein Atem kitzelte auf meiner Haut und mein Herzschlag beschleunigte sich.

Zittrig atmete ich aus und machte einen Schritt von ihm weg. »Ich weiß, dass du es gut meinst. Aber denkst du wirklich, ich möchte mich von jemandem einkleiden lassen, der sich über mich lustig macht? Ohne, dass er mich überhaupt jemals gesehen hat?«

Damian runzelte die Stirn. Wahrscheinlich hätten die meisten Frauen alles dafür getan, um mit ihm shoppen gehen zu dürfen. Aber so war ich eben nicht.

»Du hast recht. Das war blöd. Aber bitte glaub mir, dass Marco einer meiner besten Freunde und ein cooler Typ ist.«

Zärtlich strich er über meinen Arm. Die Berührung jagte einen Schauer durch meinen Körper. Wieso fühlte sich das nur so gut an?

Ich versuchte mich zu konzentrieren. Dann gingen wir eben zu diesem Marco. Mir konnte sowieso egal sein, was er über mich dachte. Schließlich würde ich ihn danach nie wieder sehen.

Mit einem halbherzigen Lächeln löste ich mich von Damian und verschwand im Bad. Ich musste dringend durchatmen und mich ein wenig frisch machen.

Als ich zurück in das Zimmer kam, saß Damian bereits angezogen auf dem Bett und wartete.

»Sag mal, du hast nicht zufällig mein Sakko gesehen?«, suchend schaute er sich um.

Ich musste grinsen. Gestern hatte ich ihn mit dem hässlich grünen Pulli tatsächlich kurz für einen Obdachlosen gehalten.

Dann hob ich den Pullover vom Boden auf und schüttelte den Kopf. »Du hattest den hier an.«

Damian verzog verwundert das Gesicht. »Ich kann mich nicht daran erinnern, wie ich an dieses Schmuckstück geraten bin. Mein armes Sakko.«

Ich lachte. »Du solltest es definitiv in Ehren halten.«

Er erwiderte mein Lächeln und kurz flackerte etwas in seinen Augen auf, dass ich nicht ganz deuten konnte.

»Auf jeden Fall. Außerdem steht er für den Abend, an dem wir uns kennengelernt haben. Also hat er mich irgendwie zu dir gebracht.«

Mir wurde warm. Das hatte er süß gesagt.

Dann streckte er mir einen Zettel und einige Geldscheine entgegen. »Das ist die Adresse von Marcos Laden. Sag ihm, dass ich dich geschickt habe und dass er alles auf meine Rechnung schreiben soll. Und hier ist Geld für ein Taxi. Ich will nicht, dass du wegen mir nochmal schwarzfahren musst.«

Ich starrte auf seine Hand. Wollte er mich wirklich allein losschicken? Nachdem sich dieser Typ so über mich lustig gemacht hatte? Und auch wenn es aufmerksam von ihm war, an Geld für die Fahrt zu denken, fühlte ich mich schlecht dabei es anzunehmen.

Unwohl trat ich von einem Bein auf das andere. »Wieso kommst du nicht mit?«

Wollte er etwa nicht mit mir gesehen werden?

Langsam stand Damian auf und kam einige Schritte auf

mich zu. »Versteh das bitte nicht falsch. Unter anderen Umständen würde ich mit dir gehen. Aber ich habe es gestern Abend so genossen unerkannt und normal zu sein, das würde ich gerne noch ein paar Stunden genießen. Einfach mal faul auf dem Bett liegen und einen Film schauen. Ich weiß nicht, wann ich das zum letzten Mal gemacht habe. Und wenn ich dann zurück in das Hotel komme, muss ich mich auf den Abend vorbereiten.« Er kratzte sich am Kopf. »Außerdem brummt mir der Schädel.« Mit einem verlegenen Grinsen zuckte er die Schultern.

Ich konnte mir ein Schmunzeln nicht verkneifen. Wenigstens sah der Kratzer halb so schlimm aus. Aber den Kater hatte er verdient.

Auch wenn es ein seltsames Gefühl war, ohne Damian einkaufen zu gehen, konnte ich ihn verstehen. Eine Auszeit würde ihm bestimmt guttun.

Er schaute mich eindringlich an. »Mach dir bitte keine Gedanken wegen des Kleides. Bei Marco bist du in den besten Händen und das bisschen Geld kann ich problemlos verkraften.«

Ich wollte ihm widersprechen, aber er schüttelte energisch den Kopf.

Oh Mann. Er war es wohl wirklich gewohnt, anderen Menschen Befehle zu erteilen und zu delegieren.

Also streckte ich ihm den Pulli entgegen und nahm im Gegenzug das Geld und die Adresse.

Als wäre das Thema damit für ihn erledigt, reichte er mir anschließend sein Handy und sah mich auffordernd an. »Gib mir deine Handynummer und ich sende dir eine Nachricht. Dann kannst du mir deinen Standort schicken und ich sage dir, wann dich mein Chauffeur abholt. Ich muss leider schon früher da sein, sonst hätte ich das natürlich persönlich gemacht.«

Zögernd speicherte ich meine Daten ein. Einfach auf seine Kosten shoppen zu gehen, gefiel mir immer noch nicht. Unschlüssig schaute ich mich um und suchte nach einer Lösung.

Auf einmal spürte ich Damians Finger unter meinem Kinn. Sanft drehte er mein Gesicht, sodass ich ihn anschauen musste. Seine Berührung kitzelte auf meiner Haut und sein Blick ging mir durch Mark und Bein.

»Hör auf, so viel nachzudenken.«

Ich seufzte. Wie sollte ich ihm meine Gedanken bloß erklären? Fahrig befeuchtete ich meine Lippen. »Du hast mir gestern gesagt, dass alle auf dein Geld und deinen Ruhm aus sind. Dass sich niemand für dich interessieren würde und du nie nach deinen Wünschen gefragt wirst. Aber ich bin nicht so. Ich gehe nicht auf diese Gala, um ein Kleid von irgendeinem Designer zu tragen oder reiche Leute kennenzulernen. Aber wenn ich dir zeigen will, dass es mir um dich geht, dann kann ich nicht dein Geld annehmen.«

Damians Augen weiteten sich, bevor er sich durch die Haare fuhr.

Ruckartig zog er mich an seine Brust und umarmte mich. »Du bist unglaublich. Ich weiß nicht, womit ich das gerade jetzt verdient habe.«

Ich war völlig überrumpelt.

»Frag mich, was ich will«, hauchte er mit den Lippen nahe an meinem Ohr.

Meine Kehle war wie ausgetrocknet und mein Kopf leer. Es fühlte sich wie eine Ewigkeit an, bis mir meine Stimme wieder gehorchte und ich antworten konnte. »Was möchtest du, Damian?«

Seine starken Arme pressten mich noch fester an seinen Körper, bevor er sich behutsam von mir löste und meinen Blick einfing. »Ich möchte mich nicht mehr so allein fühlen.

Ich möchte, dass du mit mir auf diese Gala gehst. Und ich möchte, dass du mich dein Kleid bezahlen lässt. Ich weiß, du erwartest keine Gegenleistung. Aber ich will es.«

Benommen nickte ich. Wenn er so ehrlich und verletzlich war, konnte ich ihm einfach nichts abschlagen. »Okay. Du darfst mein Kleid bezahlen.« Eigentlich wollte ich noch viel mehr sagen, aber mir fehlten die Worte.

»Danke, Milly. Für alles.«

Ich zwang mich zu einem Lächeln und brachte endlich Abstand zwischen unsere Körper. Zitternd atmete ich durch. Dann verließ ich fast schon fluchtartig das Hotelzimmer.

An der frischen Luft musste ich mehrmals blinzeln, bis sich meine Augen an die strahlende Sonne gewöhnt hatten. Dann legte ich mir einen Plan für den Tag zurecht: Natürlich würde ich kein Taxi nehmen, das dauerte bei dem Verkehr viel länger als mit der Subway. Außerdem war ich dafür auch zu geizig. Da würde ich Damian lieber das Geld zurückgeben. Zuerst würde ich nach Brooklyn fahren und in Todds Wohnung duschen. Außerdem sollte ich mir eine Erklärung überlegen, wieso ich noch länger in New York blieb und natürlich meinen Eltern Bescheid geben. Hoffentlich waren sie mir nicht böse. Besonders meine Mutter hatte sich total auf meine Heimkehr gefreut.

Während der Fahrt schrieb ich Todd eine SMS, dass ich auf dem Weg war. Anschließend rief ich bei der Fluggesellschaft an. Auch wenn mir Damian seinen Jet angeboten hatte, wollte ich den Flug verschieben. Die Frau am Telefon war überraschend zuvorkommend und ich hatte Glück: Da mein Flug sowieso überbucht war, konnte sie ihn problemlos stornieren.

Mir fiel ein Stein vom Herzen. Auch wenn es schwierig werden würde, kurzfristig einen neuen Flug für denselben

Preis zu finden, konnte ich zumindest einen Großteil selbst bezahlen. Außerdem hatte ich nun in wenigen Tagen wieder Geld auf dem Konto und das war ein beruhigendes Gefühl.

An der richtigen Haltestelle stieg ich aus und kaufte mir noch schnell einen belegten Bagel. Ich liebte diese Dinger einfach. Auf dem Weg zu Todds Wohnung kam ich zum Glück an einem Geldautomaten vorbei. Damians Geld wollte ich ausschließlich für die Fahrkarten nutzen und mein restliches Bargeld hatte ich soeben für das Frühstück ausgegeben. Mit einem flauen Gefühl im Magen hob ich die letzten 20 Dollar ab. Natürlich hatte ich auf meinem Konto in Deutschland noch Rücklagen, aber ich hatte mir extra für die Reise ein separates Konto einrichten lassen, damit ich den Überblick über meine Ausgaben behielt. Konto leer – Reise vorbei. Alles wäre perfekt geplant gewesen, hätte ich nicht Damian getroffen.

Ich klingelte an Todds Haustür. Ich hatte zwar einen Schlüssel, aber ich fand es unpassend einfach hineinzuspazieren, solange er da war. Als er nach einigen Sekunden nicht öffnete, schloss ich auf. Vielleicht war er wieder bei seinem Kollegen Mike?

Auf dem Esstisch entdeckte ich einen Zettel für mich.

Hey Emily!
Freut mich, dass du doch noch länger in New York bleibst.
Leider haben wir uns verpasst.
Ich muss kurzfristig nach Boston, aber morgen Abend komme ich zurück. Falls du früher gehen solltest, schmeiß mir den Schlüssel einfach in den Briefkasten.
Ansonsten reden wir morgen Abend. :)
Fühl dich wie zuhause, Todd

Es war nicht das erste Mal, dass mich Todd allein in seiner Wohnung ließ, und ich freute mich über sein Vertrauen mir gegenüber.

Mit einem Blick auf die Uhr wurde mir bewusst, dass ich mich so langsam beeilen musste.

Hektisch sprang ich unter die Dusche und zog mir danach eine einfache Jeans und dazu ein lockeres Top an. Dann schnappte ich mir meine Jacke, googelte den Weg zu Marcos Laden und ging los.

Während der Fahrt schrieb ich meinen Eltern eine Nachricht. Ich wollte sie nicht anlügen, aber die Wahrheit würde meine Mutter definitiv beunruhigen. Wie erklärte man auch, dass man sich verpflichtet fühlte, einem Fremden zu helfen? Besonders nach der Sache mit Steph. Also schob ich vor, dass ich einen Freund aus dem Studium getroffen hätte und wir gemeinsam noch etwas Zeit verbringen wollten. Anschließend schrieb ich auch meinen Freunden, dass sich mein Aufenthalt verlängerte.

Ich staunte nicht schlecht, als ich mitten in der Upper East Side die Stufen der Subway-Haltestelle erklomm. Was für ein Laden dieser Marco wohl führte? Das musste High-Fashion sein, wenn ich mich hier so umschaute. Eigentlich hätte mir klar sein können, dass mich Damian nicht in irgendein Einkaufszentrum schickte. Teure Autos schlängelten sich durch die vielbefahrene Straße und Frauen mit Louis Vuitton-Taschen stolzierten an mir vorbei.

Mich erinnerte das Ganze an Beverly Hills in Los Angeles. Nur, dass hier keine Palmen die Straßen säumten und alles total hektisch war.

Das Schaufenster von Marcos Laden war beeindruckend: Mehrere Puppen waren in elegante Kleider und schicke Anzüge gehüllt und der Boden glitzerte saphirblau. Ich atmete tief durch, bevor ich mit einem mulmigen Gefühl im Bauch das Geschäft betrat.

Wie dieser Marco wohl war? Am Telefon war er nicht sonderlich sympathisch gewesen.

»Willkommen, wie kann ich Ihnen behilflich sein?«, fragte mich eine blonde, gertenschlanke Frau mit piepsig hoher Stimme. Sie trug ein schwarzes Kostüm, welches mit Sicherheit teurer als meine gesamte Reiseausstattung war. Dennoch wirkte es irgendwie billig an ihr, da es regelrecht zu viel von allem zeigte.

Ich verwarf meine negativen Gedanken und lächelte sie freundlich an. »Vielen Dank, ich suche Marco.«

Ihre Augenbrauen schossen überrascht in die Höhe, bevor sie mich mit einem abschätzigen Blick musterte. »Es tut mir leid, aber ich glaube nicht, dass Marco Zeit für Sie hat.«

Ich presste die Lippen fest aufeinander. Irgendwie konnte ich verstehen, dass sie mir gegenüber skeptisch war. Schließlich passte ich offensichtlich nicht zu diesem Laden. Trotzdem war ihr Verhalten einfach unverschämt.

»Du musst die Kleine von Damian sein.« Ein tiefer Basston entspannte die Stimmung zwischen uns.

Dankbar für die Unterbrechung drehte ich mich um. Ein junger Mann, vielleicht ein paar Jahre älter als ich, kam auf uns zugeschlendert. Er hatte braungelocktes Haar, das schick nach hinten gestylt war. Dazu trug er einen modernen Anzug, mit einem auffälligen blauen Blumenmuster aus Samt. Ich wusste nicht wieso, aber der Mann strahlte regelrecht vor Freundlichkeit. Wie von selbst zogen sich meine Mundwinkel nach oben und ich erwiderte sein Lächeln.

»Ja, die bin ich. Auch wenn ich nicht gern Kleine genannt werde. Emily ist mir lieber.«

Marcos Grinsen wurde noch breiter, bevor er mich in eine kurze Umarmung zog und dann meine Hand nahm. Aus den Augenwinkeln konnte ich sehen, wie uns die Blondine verwirrt musterte. War das hier wirklich Marco? Am Telefon hatte er ganz anders geklungen. Oder war das Alles tatsächlich ein Spaß gewesen?

»Komm, lass uns nach hinten gehen. Möchtest du etwas trinken?«

Ohne auf meine Antwort zu warten, zog er mich mit sich in den hinteren Bereich des Ladens.

»Die Dame. Würdest du dich bitte einmal dorthin stellen, damit ich mir ein Bild von deiner Figur machen kann?« Mit einer ausladenden Geste deutete er auf ein kleines Podest vor einem Spiegel mit goldenem Rahmen.

Auch wenn er jetzt sympathisch wirkte, wurde mein Mund trocken. Normalerweise kleidete er bestimmt irgendwelche Models ein. Trotzdem versuchte ich mir nichts anmerken zu lassen und befolgte seine Anweisungen.

Marco schlenderte in aller Ruhe um mich herum. »Du bist ja richtig hübsch. Als Damian anrief hatte ich das Gefühl, ich müsste ein Wunder bewirken. Aber bei dir wird das ganz einfach. Naja, über deinen Stil können wir diskutieren. Aber das sagen genauso viele über mich.« Dabei deutete er auf sein auffälliges Sakko. »Nein, im Ernst. Du bist wirklich hübsch.«

Ich konnte nicht anders, als zu grinsen. Sein Kompliment tat unglaublich gut und den Seitenhieb über meinen Stil konnte ich problemlos verkraften. Damit hatte er schließlich nicht unrecht.

»Du hast gesagt, ich solle lieber in die Kinderabteilung gehen.« Herausfordernd zog ich die Augenbrauen nach oben.

Überrascht weiteten sich seine Augen, dann schaute mich Marco eindringlich an.

»Darling, das war ein Scherz. Ich wusste nicht, dass du mithörst. Sonst hätte ich das natürlich niemals gesagt. Das war echt nicht böse gemeint.« Reue zeichnete sich auf seinem Gesicht ab.

Seine Worte beruhigten mich und bei so einer herzlichen Art konnte ich auch nicht lange böse sein.

»Schwamm drüber.« Ich machte eine wegwerfende Bewegung. Nachtragend zu sein war nicht mein Ding.

Noch einmal lächelte mir Marco entschuldigend zu und verschwand dann hinter einem Vorhang.

»Was möchtest du trinken?«, hörte ich ihn rufen.

Kurz überlegte ich. Woher sollte ich wissen, was er da hatte? »Eine Cola, bitte.«

Marcos Kopf tauchte hinter dem grauen Vorhang auf. Übertrieben entsetzt schaute er mich mit seinen braunen Knopfaugen an. »Wir sind in der Upper East Side. Wir trinken hier Champagner, Whisky oder ähnliches. Oder trinkst du etwa keinen Alkohol? Dann wäre das Leben ja nur halb so spaßig.«

Ich konnte nicht anders, als zu lachen. Marcos fröhliche Art war einfach ansteckend, auch wenn seine Aussage ziemlich überheblich war. Da ich mich aber nicht gut genug mit teuren Getränken auskannte, um mich für etwas zu entscheiden, zuckte ich mit den Schultern. »Überrasch mich doch einfach.«

Marco deutete breit grinsend eine Verbeugung an. »Ich werde die Dame nicht enttäuschen.«

Während er unsere Getränke holte, schaute ich mich in dem Laden um. Hier war es bei weitem nicht so vollgestopft, wie in typischen Kleidergeschäften. An einzelnen Stangen hingen wenige, aber dafür sehr exklusive Kleider.

»Na dann kann's ja losgehen!«, rief Marco euphorisch.

Auf den kleinen Tisch neben mir stellte er ein Tablett, auf dem zwei Gläser mit einer prickelnden Flüssigkeit standen. Eifrig schnappte er sich die Gläser und reichte mir eins von beiden. »Auf einen wundervollen Mittag, zauberhafte Frau. Ich werde dich zum Hingucker des Abends machen.«

Wir stießen an und ich konnte nicht vermeiden, dass meine Wangen bei seinen Komplimenten zu brennen begannen.

Marco lachte, als er meine vermutlich feuerroten Wangen bemerkte. »Hat dir Damian noch nie gesagt, wie hübsch du bist? Oder wieso schaust du wie ein verschrecktes Reh?«

Augenblicklich fielen mir Damians Worte ein. Ich versuchte, mir nichts anmerken zu lassen, aber ich konnte nicht verhindern, dass meine Mundwinkel wieder nach unten sanken.

Mit gerunzelter Stirn beobachtete Marco meine Reaktion. »Was hat der Idiot gesagt, dass dir dein umwerfendes Lächeln vergeht, meine Liebe?«

Etwas überrascht über seine Art und den Kosenamen, erwiderte ich seinen Blick. Dann schüttelte ich den Kopf. Schließlich sollte ich nicht mit Damians Freund über seine schroffe Art reden. »Nicht so wichtig. Nur, dass ich nicht sein Typ bin.«

Das klang deutlich enttäuschter, als gewollt.

Marco strich sich ungläubig durch das gestylte Haar. »Dieser Mann hat keine Augen im Kopf. Glaub mir, er wird heute Abend bereuen, das gesagt zu haben.«

Sollte ich ihm erzählen, dass ich Damian helfen würde? Anscheinend dachte er, ich würde etwas für seinen Freund empfinden. Aber wenn ich Marco von unserem Plan für die Versteigerung erzählte, missbrauchte ich Damians Vertrauen, oder nicht? Schließlich hatte er mich am Telefon auch als eine Freundin vorgestellt und hatte ihm den wahren Hintergrund verschwiegen.

»Woher kennt ihr euch eigentlich?«, fragte ich neugierig.

Marco runzelte die Stirn, bevor er laut überlegte. »Wir kennen uns seit der Highschool. Ich habe mich schon immer für Mode interessiert und mich dementsprechend gekleidet.« Er deutete erneut auf seinen ausgefallenen Anzug. »Die Jungs aus meiner Klasse haben mich deswegen immer fertig gemacht. Damian war eine Klasse über mir. Ich weiß noch ganz genau, wie sie mich auf dem Pausenhof schikaniert haben. Dieser eine Typ, Rick, hat mir die Fliege vom Hals gerissen. Hat behauptet, sowas würden Schwuchteln tragen. Dass ich auch noch Italiener bin, hat ihm erst recht nicht gefallen.« Ein finsterer Ausdruck legte sich über Marcos Gesicht. »Damian hat das mitbekommen. Er ist einfach zu Rick hin und hat gesagt: Und wieso trägt sowas dann dein Dad? Oh Mann, ist Rick daraufhin ausgerastet. Sie haben sich geprügelt, aber Damian war stärker. Letztendlich hat er diesem Arschloch meine Fliege als Stirnband aufgesetzt und ihm einen Tritt in seinen Allerwertesten verpasst. Seit diesem Tag haben wir die Pausen miteinander verbracht und wurden Freunde. Als ich mich selbstständig gemacht habe, hat er auf jeder Veranstaltung meine Anzüge getragen. Nicht, weil ich ihn darum gebeten habe. Sondern einfach, weil er wusste, dass es die beste PR für mich ist. So ist Damian. Auch wenn er manchmal ruppig wirkt, ist er ein toller Freund.« Marco atmete tief ein und aus. Das Thema lag ihm wohl ziemlich am Herzen.

Irgendwie passte das zu Damian. Er war gestern wirklich unsensibel gewesen. Aber heute Morgen hatte er sich so bemüht. Harte Schale und ein weicher Kern, oder wie sagte man?

Marco klatschte in die Hände. »Aber genug geredet. Los geht's!«, rief er fröhlich. Dann drehte er sich um, trank noch einen großen Schluck aus seinem Glas und ging zielstrebig zu einer Kleiderstange.

Ich nutzte die Gelegenheit, um ebenfalls etwas zu trinken, und genoss den herben Geschmack des Champagners auf meiner Zunge. Das konnte lustig werden.

5. Kapitel

Ehe ich mich versah, hatte Marco bereits drei Kleider in der Hand, die er in eine riesige Umkleidekabine hing.

»Fangen wir erstmal mit diesen an. Vielleicht ist das Richtige ja schon dabei.« Bestimmend deutete er auf die Kabine. »Soll ich mit reinkommen und dir helfen?« Er grinste schelmisch.

Lachend verdrehte ich die Augen. Typisch Mann.

»Spaß beiseite. Wenn du Hilfe bei einem Kleid brauchst, sag Bescheid. Dann schicke ich Maria zu dir«, fügte er etwas ernsthafter hinzu.

»Danke. Aber ich glaube, das bekomme ich allein hin.«

Als ob ich mir von dieser Giftspritze helfen lassen würde.

Mit einem begeisterten Lächeln im Gesicht nickte mir Marco zu, bevor er schwungvoll die Tür hinter mir schloss.

Ehrfürchtig betrachtete ich die drei Kleider. Eines davon war in einem zarten Rosa und pompös, wie das Ballkleid einer Prinzessin. Ich konnte mir beim besten Willen nicht vorstellen, wie dieses Kleid zu mir passen könnte. Das Nächste bestand aus einem wunderschönen dunkelblauen Stoff. Es war um die Brust eng geschnitten und würde angezogen locker bis zu den Knöcheln fallen. Das letzte Kleid war aus tausenden Pailletten, die im Licht der Kabine golden schimmerten. Obwohl es sehr auffällig und soweit ich das erkennen konnte, überall sehr eng war, wirkte es überhaupt nicht anstößig. Aber was hatte ich bei so einem exklusiven Laden auch erwartet?

Da mich das Barbie-Kleid am wenigsten ansprach, entschied ich mich zuerst für das blaue.

Mit kribbelnden Fingern zog ich mich aus und schlüpfte hinein.

Obwohl sich der Stoff um meine Knöchel bauschte, saß es ansonsten wie angegossen. Der Schnitt gefiel mir, denn er betonte meine Oberweite, ohne dabei zu aufreizend zu wirken.

Um ehrlich zu sein, hatte ich ein wenig Angst vor Marcos geschultem Auge. Nur, weil ich mich darin hübsch fand, hatte das ja nichts zu bedeuten.

Mit klopfendem Herzen trat ich aus der Kabine.

»Bellissima!«, rief Marco begeistert. Sofort schnappte er sich meine Hand und drehte mich um meine eigene Achse. Dann zog er mich vor den riesigen Spiegel und legte mir von hinten die Hände auf die Schultern. »Die Farbe steht dir sehr.«

Ich nickte begeistert.

Auch wenn ich noch nie ein bodenlanges Kleid angehabt hatte, war ich positiv überrascht, wie toll es aussah. Ich war immer der Meinung gewesen, zu klein für solche Kleider zu sein. Aber der tiefe Beinausschnitt und die kräftige Farbe ließen mich groß und schlank erscheinen.

Glücklich bewunderte ich mein Spiegelbild.

»Aber es ist nicht das richtige Kleid für heute Abend.«

Meine Freude verpuffte augenblicklich und ich riss die Augen auf. Mit einem Kloß im Hals schaute ich zu Marco. »Du hast doch gesagt, es sieht gut aus?«

Marco lachte und drückte mit seinen warmen Händen meine Schultern. »Liebling, an dir wird fast alles bezaubernd aussehen. Aber wir wollen doch, dass Damian die Augen ausfallen. Ich bin mir sicher, wir können das noch toppen.«

Ich hatte gar nicht gemerkt, dass ich die Luft angehalten hatte. Aber jetzt atmete ich erleichtert aus. Das klang doch schon viel besser. Der Gedanke, Damian zum Staunen zu bringen, gefiel mir. Im Hotelzimmer hatte ich ihn schließlich schon einmal aus dem Konzept gebracht. Das würde ich zu gerne wiederholen und ihn so von seinem hohen Ross stoßen.

Marco schob mich energisch zurück in die Umkleide. »Probiere das goldene Kleid«, rief er.

Übertrieben vorsichtig wechselte ich die Kleider. Bei so exklusiven Stoffen wollte ich auf keinen Fall einen Riss oder Ähnliches riskieren.

Als alles an der richtigen Stelle saß und ich in den Spiegel schaute, erstarrte ich in meiner Bewegung.

Das war nicht ich. Also, irgendwie schon. Aber in einer viel schöneren Version. Ich konnte kaum glauben, wie viel so ein Kleid ausmachte. Der Goldton harmonierte perfekt mit meiner eher blassen Haut und das Funkeln der Pailletten spiegelte sich in meinen Pupillen. Der Stoff schmiegte sich weich an meine Brüste und betonte sie, ohne zu viel zu zeigen. Am Rücken dagegen entblößte ein tiefer Ausschnitt den Schwung meiner Wirbelsäule. In diesem Moment fühlte ich mich elegant und begehrenswert.

»Bist du da drin eingeschlafen?«, trällerte Marcos Stimme durch die Tür.

Ich warf noch einen letzten Blick an mir herab, straffte die Schultern und verließ die Kabine.

Marco starrte mich mit leicht geöffnetem Mund an.

»Na, was sagst du?« Ich drehte mich vorsichtig hin und her. Durch das Kleid fühlte ich mich gleich viel selbstbewusster.

Mit einem großen Schritt kam er auf mich zu und blieb dicht vor mir stehen. »Wie ein Engel«, hauchte er. »Wenn dich Damian nicht will, dann heirate mich!«

Seine Art war einfach herrlich. Ich lachte auf. »Also lässt du mich so gehen?«

Marco nickte hastig. »Auf jeden Fall. Du wirst die schönste Frau des Abends sein. Genau für solche Momente bin ich Designer geworden, Emily.«

Bei seinen Worten konnte ich nicht verhindern, das Tränen in meinen Augen brannten. Seit wann war ich denn so emotional? Ich schluckte und versuchte sie wegzublinzeln. Doch Marco hatte längst bemerkt wie gerührt ich war und zog mich sanft in seine Arme.

»Mach dich selbst nicht so schlecht. Gott lässt alles so lange wachsen, bis es perfekt ist. Und du warst eben ziemlich schnell perfekt.«

Ich lachte auf. Marco wusste genau, wie er die Stimmung lockern konnte. Ich genoss noch einen Moment die Wärme seiner Umarmung, bevor ich mich von ihm löste. »Vielen Dank!«

Er lächelte mich herzlich an und strich mir eine Träne von der Wange. »Gern geschehen. Aber wir sind noch lange nicht fertig.«

Fragend zog ich meine Augenbrauen nach oben.

»Denkst du wirklich, ein Kleid ist alles was du brauchst? Was ist mit Schuhen, Schmuck und einer Handtasche?«

Natürlich. Daran hätte ich auch denken können.

»Marco, ich habe keine Ahnung, wo ich all das so schnell herbekomme.«

Hastig schaute ich mich nach einer Uhr um.

Doch er winkte beruhigend ab. »Keine Sorge, ich kümmere mich um alles.«

Er war ein echter Profi.

»Maria, kommst du mal bitte.« Obwohl Marco noch immer höflich und gelassen wirkte, duldete seine Stimme keinen Widerspruch.

Sofort kam die Blondine auf uns zugestöckelt. Ihre Augen weiteten sich, als sie mich in dem Kleid erkannte. Auch wenn ich eigentlich ein sehr ausgeglichener Mensch war, ließ ich es mir nicht nehmen, sie schadenfroh anzugrinsen.

»Würdest du bitte das Kleid abstecken. Wir gehen von Schuhen mit einem Absatz von zehn Zentimetern aus.«

Leider konnte ich mich an Marias verkniffenem Gesichtsausdruck nicht erfreuen, da mich Marcos letzter Satz aufschreckte. Zehn Zentimeter? Wie sollte ich bloß darauf laufen?

Marco schien meinen Blick bemerkt zu haben. »Mach' dir keine Sorgen, das schaffst du schon. Ich muss kurz ein paar Anrufe tätigen. Wenn Maria fertig ist, kannst du es dir auf der Couch gemütlich machen. Dein Champagner ist bestimmt noch kalt und hilft gegen die Aufregung.«

Nachdem Marco in dem vorderen Teil des Ladens verschwunden war, machte sich Maria an die Arbeit. Eigentlich hatte ich mit einem blöden Kommentar ihrerseits gerechnet, aber sie war wohl doch professioneller als gedacht.

Wieder umgezogen ließ ich mich auf die Couch sinken, trank einen Schluck Cola und checkte mein Handy.

Ich hatte eine Nachricht von meinem besten Freund Nick und eine von einer unbekannten Nummer.

Hat bei Marco alles geklappt?

Damian. Ob er schon zurück im Shoes war? Sofort speicherte ich die Nummer ein und tippte eine Antwort.

Ja, ich habe ein Kleid gefunden. Danke der Nachfrage. :)
Ist bei dir alles okay?

Ich nutzte die Gelegenheit, um auch Nick direkt zu antworten. Er hatte mich gefragt, wieso ich doch noch länger in Amerika blieb. Ich versuchte, bei meiner Antwort wieder so nah wie möglich an der Wahrheit zu bleiben. Er kannte mich zu gut und durchschaute meistens, wenn ich flunkerte.

Also schrieb ich, dass ich durch Zufall einen alten Freund getroffen hatte und noch ein wenig Zeit mit ihm verbringen wollte. Nick wusste, dass ich früher mit meinen Eltern oft in Amerika gewesen war und wir einige Geschäftsfreunde wie Todd hier hatten. Daher war die Ausrede recht glaubhaft.

Trotz der Zeitverschiebung trudelte wenige Sekunden späterseine Antwort ein.

Ein alter Freund? Ist er heiß? ;)

Augenblicklich musste ich lachen und schaute mich ertappt um. Zum Glück war ich allein, sonst würde man mich noch für verrückt halten.

Ich erinnerte mich noch gut daran, wie ich Nicklas am ersten Tag an der Universität kennengelernt hatte. Wir waren beide verzweifelt auf der Suche nach dem Veranstaltungsraum gewesen und hatten uns sofort verstanden. Von dem Tag an waren wir unzertrennlich und wohnten sogar drei Jahre gemeinsam in einer WG.

Bei dem Gedanken an meine Studienzeit musste ich schmunzeln.

Rückblickend waren wir ein perfektes Team gewesen. Nicklas hatte mir das spaßige Studentenleben gezeigt und ich hatte dafür gesorgt, dass er durch die Klausuren kam. Noch immer grinsend tippte ich eine Antwort.

Ja, er ist heiß. Aber ein Macho … :P

Nicklas reagierte sofort.

Also eher mein Geschmack als deiner. :P Du suchst dir ja immer Langweiler … Trotzdem viel Spaß! Vielleicht wagst du mal ein kleines Abenteuer? ;)

Ich schüttelte den Kopf. Typisch Nick. Leider hatte er eine Schwäche für überhebliche und eingebildete Männer. Entweder sie hintergingen ihn, oder sie waren einfach im wahrsten Sinne des Wortes Schweine: tranken aus der offenen Milchpackung, aßen, ohne zu fragen meine Schokoriegel oder ließen ihr dreckiges Geschirr stehen. Jedes Mal geriet er aufs Neue an den Falschen und letztendlich saßen wir gemeinsam auf meinem Bett und futterten Eiscreme.

Obwohl ich Damian anders einschätzte, musste ich vorsichtig sein. Irgendetwas an ihm zog mich an. Vielleicht war es aber auch nur die Erinnerung an Stephan. Auf ein Abenteuer würde ich mich mit ihm jedenfalls nicht einlassen.

»Ich habe mit ein paar Kollegen telefoniert.« Marco tauchte neben mir auf. »In einer Stunde kommt ein Mitarbeiter von ihnen mit Schuhen und Accessoires vorbei. Bis dahin werde ich das Kleid umnähen, schließlich läuft uns die Zeit davon. Außerdem habe ich mit meiner Schwester telefoniert. Sie ist Hair- und Make-up-Artist und wird sich um dein Styling kümmern. Sie wird dich hier abholen, mit in dein Hotel oder wo auch immer du wohnst fahren, damit du deine Sachen packen kannst und dich dort dann auch zurechtmachen.«

Perplex starrte ich Marco an. Was würde ich in dieser Situation ohne ihn machen?

Als hätte er meine Gedanken gelesen, grinste er breit und klatschte in die Hände. »Danken kannst du mir später. Ich schlage vor, du nutzt die Stunde, um noch eine Kleinigkeit essen zu gehen. Denn danach wirst du keine Zeit mehr haben.«

Ich war unglaublich froh, dass er sich um alles kümmerte. Also schnappte ich mir meine Handtasche und stand wenige Minuten später an einem Hotdog-Wagen. Die Dinger gab es in New York an jeder Ecke und der Snack kam meinem Geldbeutel zugute.

Nach dem Essen schlenderte ich noch eine Weile durch die Straßen bis es Zeit war wieder zurückzugehen.

Bevor ich den Laden betrat, checkte ich noch einmal mein Handy. Und tatsächlich hatte ich eine neue Nachricht von Damian.

Das freut mich :) Ja. Ich bin jetzt zurück im Hotel und mache mich auch fertig. Hoffentlich wird der Abend nicht so schlimm wie letztes Jahr …

Der Arme. Ich versuchte, ihn mit meiner Antwort zu beruhigen.

Es kann gar nicht so schlimm werden, schließlich bin ich dabei! :) Wie hat dein Vater auf deine Rückkehr reagiert?

Hatte er ihm die Wahrheit gesagt? Oder war sein Vater wirklich so kalt, wie Damian behauptete? War es ihm etwa egal, wo sich sein Sohn herumtrieb, solange er pünktlich bei der Gala erschien? Aber dann hätte ich ihn gestern Abend doch nicht wartend im Foyer gesehen.

Während ich noch darüber nachdachte, trudelte Damians Antwort ein.

Ich hoffe es … Ich habe ihm gesagt, dass ich mit Freunden feiern war und dann dort auf der Couch eingeschlafen bin.

Er war nicht glücklich, aber egal. Die Wunde auf der Stirn ist leider nicht zu übersehen. Habe gesagt, dass ich von der Couch gefallen bin.
Wer hat die eigentlich verarztet?

Irgendwie schade, dass Damian seinen Vater anlügen musste. Andererseits sollten sie seine Probleme auch nicht zwischen Tür und Angel besprechen, also war es wahrscheinlich besser so. Als ich seinen letzten Satz las, musste ich lachen. Wenn er einen Filmriss hatte, würde es sicherlich witzig werden, ihn an seine Gesangseinlage zu erinnern.

Ihm die Geschichte mit seiner Wunde zu erklären, würde jetzt allerdings zu lange dauern. Also steckte ich das Handy wieder ein und betrat den Laden. Sofort eilte der hübsche Italiener auf mich zu.

»Du hast aber getrödelt. Ich hoffe, du hast etwas gegessen. Es steht schon alles bereit, also hopp-hopp!«

Lachend salutierte ich und ließ mich von ihm erneut in den hinteren Bereich des Ladens ziehen. Dort drückte er mich auf die Couch und hielt mir ein Paar goldene Schuhe mit schwindelerregend hohen Absätzen vor die Nase.

Zögerlich probierte ich sie an und stand auf. Unbeholfen lief ich die ersten Schritte, aber nach wenigen Metern wurde ich sicherer. Überraschenderweise waren sie sogar richtig bequem und ich konnte einigermaßen darin laufen.

»Perfekt.« Marco klatschte begeistert in die Hände.

Dankbar lächelte ich ihn an. Er hatte in kurzer Zeit so viel für mich getan.

»Marcolino, lass dich drücken!«, rief eine fröhliche Stimme hinter uns.

Marco grinste sofort von einem Ohr zum anderen. Dann drehte er sich schwungvoll um und ließ sich von der schwarzhaarigen Schönheit, die auf ihn zugestürmt kam, umarmen. Gemeinsam kamen sie auf mich zu.

»Emily, darf ich dir vorstellen? Das ist meine Schwester Elena.«

Bevor ich etwas sagen konnte, begrüßte sie mich mit Küsschen rechts und links auf die Wange.

»Es freut mich, dich kennenzulernen. Und Marco hat nicht übertrieben. Du bist echt hübsch.«

Verdattert über ihre direkte Art bemühte ich mich um ein Lächeln. »Ähm, vielen Dank.«

Elena klatschte begeistert in die Hände. Diese Geste lag wohl in der Familie. »Na dann, schnapp dir deine Sachen und los. Wir haben kaum noch Zeit und viel zu tun.«

Marco reichte mir eine Tasche. »Hier sind die Schuhe, passender Schmuck und eine Handtasche drin. Dein Kleid hängt bereits in Elenas Auto. Ich wünsche dir viel Spaß heute Abend. Du wirst alle verzaubern, da bin ich mir sicher.« Dann umarmte er mich ein letztes Mal.

Ein Klos bildete sich in meinem Hals. Wie konnte man so hilfsbereit und herzlich sein? Gerührt bedankte ich mich bei Marco, bevor Elena und ich zu ihrem Auto liefen und gemeinsam losfuhren.

»Oh, ich freue mich schon so darauf, dich zu stylen. Wie stehst du zu Glitzer- oder Smokey-Eyes? Und was sollen wir mit deinen Haaren machen?«, plapperte Elena sofort drauf los.

Wieder konnte ich mir ein Lachen nicht verkneifen. Diese Familie war echt ansteckend positiv. »Man könnte fast meinen, du wärst aufgeregter als ich.«

Elena verdrehte grinsend die Augen. »Warte ab. Spätestens auf dem Weg zur Gala wirst du dir vor Nervosität in dein hübsches Kleidchen pinkeln und dann bist du froh, dass ich mich um alles gekümmert habe.«

Bei ihrer Wortwahl prustete ich laut los. Aber natürlich hatte sie recht. Im Moment kam mir alles so unwirklich vor, dass ich nicht weiter über den Abend nachdachte.

»Also, ich bin absolut gegen Glitzer. Das bin einfach nicht ich. Smokey-Eyes finde ich dagegen ganz okay, solange es nicht zu angemalt oder wie ein Pandabär aussieht. Und wegen meinen Haaren vertraue ich dir voll und ganz.«

Elena nickte verständnisvoll und konzentrierte sich dann weiter auf den Verkehr.

Schon nach kurzer Zeit parkte sie das Auto vor Todds Wohnung. Als Elena den Kofferraum öffnete, staunte ich nicht schlecht. Dort lagen nicht nur die Hülle, in der sich das Kleid befand und die Tüte mit den Accessoires. Zwei Koffer und eine riesige Tasche quetschten sich dazu. Gemeinsam trugen wir alles zum Eingang. Konzentriert tippte ich den Code ein und schloss anschließend die Wohnungstür auf. Da Todds Schuhe nicht im Flur standen, war er wohl noch nicht zurück aus Boston. Oder er war schon wieder unterwegs. Das würde ihm ähnlichsehen.

Sobald ich Elena das Wohnzimmer gezeigt hatte, begann sie die Koffer zu öffnen.

Mir wurde schwindelig, als ich das ganze Make-up und die vielen Schminksachen sah.

»Na dann. Setz dich bitte und lass uns loslegen.« Hastig strich sich Elena eine Strähne aus dem Gesicht und deutete auf den Stuhl vor dem Fenster. Auf dem Schreibtisch daneben breitete sie ihre Sachen aus.

»Zuerst mache ich dir die Haare und dann schminke ich dich.«

Bevor ich überhaupt antworten konnte, hatte sie schon eine Bürste in der Hand. Dieser Wirbelwind war nicht zu stoppen.

Müde lehnte ich mich auf meinem Stuhl zurück und versuchte, meine Gedanken zu sortieren. Ich hatte in den letzten drei Monaten so viel erlebt und trotzdem war kein Tag wie der Heutige gewesen. Oder wie letzte Nacht. Und auch Marco war mit seinen Komplimenten und der fröhlichen Art unglaublich lieb. Aber was würde mich heute Abend erwarten? In den Semesterferien hatte ich regelmäßig in der Firma meines Vaters geholfen und wenn ich an die unfreundlichen Möchtegern-Schickimickis dachte, zog sich mein Bauch unangenehm zusammen. Allerdings war das hier die High-Society von New York und wahrscheinlich ganz Amerika. Hier würden nochmal andere Regeln gelten.

Um mich von meiner aufkommenden Nervosität abzulenken, fischte ich mein Handy aus der Tasche und checkte die Nachrichten.

Marco hat mir gesagt, dass Elena dich zurechtmacht. Ich bin gespannt. Mein Chauffeur wird dich um 7 Uhr abholen. Ich werde schon dort sein.

»Was hat dir Damian geschrieben?«

Elena versuchte nicht einmal zu verheimlichen, dass sie auf mein Handy geschaut hatte.

»Ach, nichts Besonderes. Nur, dass mich sein Chauffeur um sieben Uhr abholen wird.

Elena schaute kurz auf die Uhr und nickte. »Kein Problem. Das schaffen wir.«

Ich zögerte. Sollte ich sie nach Damian fragen? Marco hatte mir schon ein bisschen über ihn erzählt, aber so ganz schlau wurde ich immer noch nicht aus ihm.

»Kennst du Damian gut?«

Die Frage klang selbst in meinen Ohren holprig.

Elena zupfte an meinen Haaren, bevor sie antwortete. »Marco und Damian sind schon seit der Schulzeit Freunde. Früher war er oft bei uns zuhause zu Besuch und später haben sie mich immer wieder mit auf Partys genommen. Der Vorteil, wenn man die kleine Schwester ist.« Sie lachte.

Das konnte ich gut nachvollziehen. Lea hatte mich auch regelmäßig dazu überredet, sie mit auf meine Partys von der Universität zu nehmen.

»Er ist so ein toller Mann«, schwärmte sie vor sich hin.

»Läuft da etwas zwischen euch?« Die Worte platzten aus mir heraus und ich biss mir auf die Lippen. Das ging mich doch gar nichts an.

Elena stockte in ihrer Bewegung.

»Entschuldige, das war unpassend von mir.«

Sie kicherte, ging zu dem Schreibtisch und lehnte sich dagegen. Ihr Wangen waren rot angelaufen, aber ihr schien das nichts auszumachen. »Ach, ist doch kein Problem. Schließlich hast du heute Abend ein Date mit ihm. Da wäre ich auch neugierig. Um ehrlich zu sein, sind wir ein paar Mal miteinander ausgegangen. Wir haben uns echt super verstanden. Aber als wir uns dann geküsst haben, war es seltsam. Damian ist für mich wie ein Bruder. Wir haben beide gemerkt, dass wir uns zwar mögen, aber da keine verliebten Gefühle sind. Rückblickend hätte uns das klar sein können. Wir würden auch überhaupt nicht zusammenpassen.«

Mein Magen verkrampfte sich. Ich mochte Elena. Und ein Kuss war an sich ja nichts Schlimmes. Sie hatte selbst gesagt, dass sie keine Gefühle füreinander hatten. Trotzdem missfiel mir der Gedanke irgendwie.

»Macht er das denn oft? Also, mit Frauen ausgehen?«

Sie zuckte mit den Schultern. »Naja. Er hält sein Privatleben ziemlich geheim. Auf Partys lässt er sich zum Beispiel nie intim mit einer Frau erwischen. Dafür ist er viel zu diskret. Aber Frauen reden nun mal viel und da gibt es schon einige Gerüchte.«

Das passte zu Damians Aussage, dass er jede haben konnte.

»Aber du musst dir keine Sorgen machen. Wenn sich Damian auf eine Frau einlässt, ist er ihr treu. Da bin ich mir sicher. Er hat einfach noch nicht die Richtige gefunden. Aber vielleicht ändert sich das ja jetzt.«

So würde ich ihn eigentlich auch einschätzen. Vielleicht wollte er sich genau aus diesem Grund nie binden? Damit er sich nicht rechtfertigen musste, wenn er sich dann doch mit einer anderen Frau traf?

»Wir haben kein Date. Wir sind nur Freunde.«

Mit skeptischer Miene verschränkte Elena die Arme vor der Brust. »Ich kenne Damian wirklich gut. Und er hat noch nie eine Freundin zu Marco geschickt. Er geht auch immer allein auf solche Veranstaltungen, egal wie viele Frauen sich um ihn reißen. Das ist so sein Ding. Ich kann mir also nicht vorstellen, dass er in dir nur eine Freundin sieht.«

Wie sollte ich ihr erklären, dass wir keine Gefühle füreinander hatten, ohne unseren Plan zu verraten?

»Das mit uns ist kompliziert«, antwortete ich vage.

»Aha.« Elena grinste breit. Sie griff nach einer Haarspange und stellte sich wieder hinter mich. »Damian ist ein toller Mann. Eine nette Freundin würde ihm guttun.«

Ich zupfte einen Fussel von meiner Hose. »Mal schauen, was der Abend so bringt. Was genau macht die Firma seines Vaters eigentlich?« Ich erntete einen verwirrten Blick von Elena.

»Pr'O'Brians ist eine der einflussreichsten Firmen der USA. Sie haben sich mit Immobilien ein riesiges Imperium aufgebaut. Damian ist direkt nach seinem Abschluss in das Familienunternehmen eingestiegen.«

Puh, für die Familie zu arbeiten war bestimmt nicht immer einfach.

»Und was macht er sonst so? Also in seiner Freizeit?«

Wieder runzelte Elene verwunderten die Stirn.

Dafür, dass ich mich als eine gute Freundin von ihm ausgab, wusste ich viel zu wenig über ihn.

Sie überlegte kurz, dann wackelte sie grinsend mit den Augenbrauen. »Der Kerl ist nicht nur ein schlaues Köpfchen. Er hat auch schon für mehrere Kampagnen gemodelt. Außerdem spielt er gerne Golf, soweit ich weiß.«

Wieso hatte ich auch an normale Hobbies, wie Freunde treffen, Fußball schauen oder Ähnliches gedacht? Wir sprachen hier schließlich von Damian.

Nach zwei weiteren Stunden war Elena endlich fertig. Dankbar stand ich auf und streckte meine steifen Beine. Sie kribbelten sofort unangenehm und ich hüpfte hin und her, um das Gefühl loszuwerden. Neugierig wollte ich zu dem großen Spiegel im Flur laufen, aber Elena hielt mich am Arm fest.

»Noch nicht. Erst musst du das Kleid und den Schmuck anziehen. Dann wirkt das ganz anders. Ich geh uns mal aus der Küche etwas zu trinken holen. In der Zeit kannst du dich anziehen.«

Mit klopfendem Herzen öffnete ich die Tüte von Marco. In ihr befanden sich neben einer Handtasche und den Schuhen noch zwei Kästchen, in denen vermutlich Schmuck war. Eilig zog ich meine aktuelle Kleidung aus und schlüpfte in das Kleid.

»Uh lala«, hörte ich auf einmal hinter mir und drehte mich um.

Elena kam mit zwei Tassen Kaffee bewaffnet auf mich zu und musterte mich.

»Chica, du siehst heiß aus. Das Kleid ist der Wahnsinn.« Mit einem zufriedenen Lächeln auf den Lippen reichte sie mir eine Tasse.

Schön, dass sie sich offensichtlich in Todds Küche zurechtgefunden hatte. Dankbar nahm ich sie ihr ab und trank einen großen Schluck. Der Abend würde bestimmt lang werden und da konnte ich eine Portion Koffein gut gebrauchen.

Elena half mir noch mit dem Verschluss des Kleides und reichte mir die Schuhe. Nachdem ich die High-Heels und den edel verpackten Schmuck ebenfalls angezogen hatte, schnappte ich mir die neue Handtasche. Dann packte ich noch alles Nötige für den Abend hinein.

»Hier.« Elena reichte mir ihren Lippenstift. »Er ist sowieso fast leer. Behalte ihn. Dann kannst du vor Ort dein Make-up nochmal auffrischen.«

Dankbar packte ich ihn ein und schaute auf die Uhr. In fünf Minuten sollte mich Damians Chauffeur abholen. Das nannte ich ein perfektes Timing.

»Darf ich mich jetzt endlich anschauen?«

Elena nickte und ich ging mit klopfendem Herzen in den Flur.

Aufgeregt hob ich meinen Blick und konnte nicht fassen, was ich sah. Das Kleid setzte meine Kurven perfekt in Szene. Durch den hohen Beinausschnitt wirkten meine Beine viel länger und die dünne Kette um den Hals betonte das Dekolleté verführerisch.

Elena hatte meine Haare gelockt und einen Teil hochgesteckt, sodass nun ein paar einzelne Strähnen verspielt um meine Schultern tanzten. Meine Begeisterung wuchs, als ich mein Gesicht genauer betrachtete. Ein dezenter Lidschatten hob meine blauen Augen hervor und ließ sie strahlen. Auch der blasse Lippenstift passte perfekt zu meinem Hautton und meine Lippen wirkten voll und sinnlich.

»Genug geschaut. Lass uns gehen.«

Gemeinsam packten wir ihre Utensilien zusammen, räumten die Wohnung auf und liefen nach draußen.

Schon nach wenigen Schritten blieb ich überrascht stehen. Auf der Straße parkte eine schwarze Limousine und davor stand ein älterer Mann in einem farblich passenden Anzug.

»Hallo, Sie müssen Emily sein. Mein Name ist Luis und ich bin der Chauffeur von Mr. O´Brian.« Er nickte mir höflich zu, bevor er sich an Elena wandte.

»Hallo Miss Russo. Es freut mich, Sie mal wieder zu sehen.«

Elena lachte und umarmte ihn stürmisch. Steif erwiderte Luis die Geste. Er tat mir fast schon leid. Mit ihrer Herzlichkeit war ich vor wenigen Stunden auch noch überfordert gewesen. Dann griff sie nach meinen Schultern und schaute mich eindringlich an. »Du siehst umwerfend aus. Genieß den Abend und lass dich von dem ganzen Tamtam nicht verunsichern. Ich würde mich freuen, wenn wir uns irgendwann wiedersehen würden.«

Ihre Worte beruhigten mich und ich umarmte sie glücklich. »Noch einmal vielen Dank für alles.«

Während Elena zu ihrem Auto lief, öffnete Luis die Autotür und bedeutete mir, einzusteigen.

»Tu nichts, was ich nicht auch tun würde!«, rief sie mir kichernd hinterher.

Also mit Damian rumknutschen? Mein Magen verkrampfte sich und ich beeilte mich, in den Wagen zu steigen.

Beeindruckt schaute ich mich im Inneren der Limousine um und merkte dadurch erst spät, dass wir bereits losgefahren waren. Mit zitternden Händen richtete ich das Kleid. Die ganze Zeit hatte ich meine Gedanken an die Gala unterdrückt, doch jetzt breitete sich ein flaues Gefühl in meinem Magen aus und mein Mund wurde trocken.

Was würden die Leute über mich sagen? Würden sie merken, dass ich eigentlich nicht dazugehörte?

Um mich abzulenken, kramte ich mein Handy aus der Tasche. Sowohl Nicklas als auch meine Eltern hatten mir geschrieben. Schnell beantwortete ich beide Nachrichten.

Zum Glück waren meine Eltern so locker. Sie hatten mir die Ausrede sofort abgekauft und nicht weiter nachgefragt. Meine Mutter machte sich nur Sorgen wegen des Rückfluges. Aber da ich den Flug storniert hatte, konnte ich sie beruhigen. Außerdem machte sie sich fast immer Sorgen. So waren Mütter eben.

Der Wagen hielt vor einem imposanten Gebäude. Mit klopfendem Herzen starrte ich aus dem Fenster. Worauf hatte ich mich da eingelassen?

Eine große Steintreppe führte zu der riesigen Eingangstür, an der zwei in schwarz gekleidete Männer standen. Anscheinend kontrollierten sie die Gästeliste und die Personalien. Würde ich überhaupt hereingelassen werden? Hatte Damian Bescheid gesagt, dass ich kommen würde?

»Brauchen Sie noch einen Moment oder darf ich aussteigen und Ihnen die Tür öffnen?«, fragte Luis höflich.

Nervös blickte ich noch einmal zu der Treppe. Gerade schritten drei Frauen in atemberaubenden Kleidern hinauf.

Luis drehte sich auf seinem Sitz zu mir um. »Machen Sie sich keine Sorgen. Das wird bestimmt ein sehr schöner Abend.«

Augenblicklich musste ich lachen. Er hatte ja keine Ahnung.

Ich strich mein Kleid glatt und nickte ihm zu.

Auf dieses stille Kommando hin stieg Luis aus dem Wagen, um mir wenige Sekunden später die Tür zu öffnen und den Arm zu reichen. Dankbar hielt ich mich an ihm fest und gab mir alle Mühe, zumindest einigermaßen elegant auszusehen.

»Herr im Himmel, lass mich bloß nicht auf die Nase fallen«, fluchte ich leise vor mich hin.

Meine Beine zitterten und die hohen Schuhe halfen nicht gerade, das Gleichgewicht zu halten.

Luis lachte leise, bevor er sich vorsichtig von mir löste. »Sie schaffen das schon.«

6. Kapitel

Die Treppe wurde von zwei großen Fackeln beleuchtet und wirkte aus der Nähe noch imposanter. Luis fuhr davon und ich fühlte mich augenblicklich wie bestellt und nicht abgeholt. Hoffentlich würde ich in den hohen Schuhen nicht stolpern und hinfallen. Das wäre unfassbar peinlich. Vor allem, da mich die drei Damen von der Eingangstür aus beobachteten.

Ich straffte die Schultern und presste die Handtasche fest an meine Seite. Was sie wohl über mich dachten?

Eine der Frauen hatte schwarze Haare und trug ein kurzes grünes Kleid. Sie war ungefähr in meinem Alter und erinnerte mich mit ihrem aufgeregten Blick an Lea. Immer wieder wanderten ihre Augen an mir auf und ab und sie nickte anerkennend. Augenblicklich war ich froh, in Marco einen so erfahrenen Berater gehabt zu haben. Die Zweite dagegen war in ein extravagantes rotes Kleid gehüllt. Sie hatte ihre blonden Haare kunstvoll hochgesteckt und war etwas älter als ihre Begleiterinnen. Während sie mich herablassend ansah, rümpfte sie die Nase. Am sympathischsten wirkte die dritte Frau. Sie trug ein bodenlanges, granitfarbenes Kleid und lächelte mich freundlich an.

Ich stieg die Stufen nach oben und erwiderte ihr Lächeln.

Dort angekommen schaute ich mit klopfendem Herzen zu den Männern und wartete darauf, dass die jungen Damen hinein gingen.

Stand ich auf der Liste? Wenn nicht, wollte ich mich auf keinen Fall vor ihnen blamieren.

Die Frau in Rot schwebte als Erstes an mir vorbei. Dabei würdigte sie mich keines Blickes. Ich wusste, dass ich nicht dazugehörte, aber hatte man ihr keine Manieren beigebracht? Erst anstarren und dann ignorieren war wirklich unhöflich. Die Frau im grünen Kleid musterte mich noch einmal bewundernd, während sie ebenfalls das Gebäude betrat. Aber auch sie sagte nichts.

»Kann ich dir irgendwie helfen? Du siehst ein bisschen verloren aus«, sprach mich die Letzte freundlich an.

Überrascht hob ich den Blick.

Ich hätte nicht damit gerechnet, dass sie auf mich zukommen und mir sogar ihre Hilfe anbieten würde.

»Danke, das ist lieb von dir. Ich bin zum ersten Mal hier. Und das auch sehr spontan. Ehrlich gesagt bin ich mir nicht sicher, ob ich auf der Gästeliste stehe.«

Die junge Frau nickte verständnisvoll. »Ich war auch super nervös vor meiner ersten Gala. Komm einfach mit mir rein. Wenn du nicht auf der Liste stehst, lege ich ein gutes Wort für dich ein. Ich bin Samantha, aber nenn mich ruhig Sam.«

Mir fiel ein Stein vom Herzen.

Dankbar stellte ich mich auch vor und begleitete sie an die Tür.

»Hallo Anton, schön dich zu sehen«, sagte sie zu einem der beiden Männer.

Der Angesprochene wurde sofort rot und lächelte sie schüchtern an. »Hallo, Miss Edison. Sie sehen wie immer sehr hübsch aus.«

»Vielen Dank. Das ist meine Freundin Emily, sie müsste auch auf der Liste stehen.«

Ich biss mir auf die Lippe und nickte ihm eilig zu.

Anton überflog stirnrunzelnd seinen Zettel, bevor sich sein Blick entspannte.

»Emily ohne Nachnamen. Jetzt erinnere ich mich. Mr. Damian O'Brian hat sie vorhin auf meiner Liste hinzugefügt.«

Sam musterte mich mit einem überraschten Blick.

»Ähm, ja. Ich habe mich kurzfristig dazu entschieden heute herzukommen und Damian hatte mir angeboten, sich darum zu kümmern.« Ich versuchte bewusst, die Wirklichkeit so wenig wie möglich zu verdrehen. Ich wollte nicht, dass jemand unnötig Fragen stellte.

»Na, dann kann es ja losgehen.« Lächelnd hakte sich Sam bei mir ein.

Auf der anderen Seite der Tür steuerten wir die Garderobe an. Kurz davor führte sie mich allerdings ein Stück weg von den Leuten.

»Du kennst Damian O'Brian? Tiffany, die Frau im roten Kleid, ist eine gute Freundin von ihm.« Dabei setzte sie das »gute Freundin« mit ihren Fingern in Anführungszeichen. »Pass lieber auf. Ich glaube, Tiffany hätte gerne mehr von Damian. Sie wird nicht begeistert sein, wenn sie mitbekommt, dass er dich eingeladen hat.«

Mir fiel das Gespräch mit Elena ein. Sie hatte auch gesagt, dass Damian nie in Begleitung zu solchen Veranstaltungen ging. Aber eigentlich war ich ja nicht mit ihm hier, sondern sein Gast. Diese Tiffany wirkte von ihrem Auftreten so ganz anders als Elena. Ob er sie interessant fand?

»Und, hat sie Chancen bei ihm?«

Eigentlich mochte ich es nicht, über andere Frauen zu tratschen. Aber ich wollte unbedingt mehr über Damian erfahren. Auch, wenn es nur sein Liebesleben betraf.

Sam schüttelte den Kopf. »Das bezweifle ich. Er sagt den Frauen immer ganz offen, dass er keine Beziehung möchte.

Aber jede hofft natürlich, dass sie ihn ändern kann. Damian ist aber auch ein knallharter Geschäftsmann. Tiffanys Eltern sind hier zum Beispiel sehr bekannt. Ich denke, er ist oft so charmant, um später einmal davon zu profitieren.«

Ich musste schlucken. Dass er ein Playboy war, konnte ich mir denken. Daraus hatte er kein Geheimnis gemacht.

Unruhig knetete ich meine Hände. »Naja. Die Frauen kennen seinen Ruf. Wenn sie sich dann trotzdem auf ihn einlassen, ist das ihre Entscheidung. Er macht ihnen, wie du selbst sagst, ja nichts vor.«

Sam runzelte kurz die Stirn. »Das stimmt. Ich wollte ihn damit auch nicht beleidigen oder so«, ruderte sie zurück. »Ich finde dich einfach sympathisch und wollte nicht, dass du an die Falschen gerätst oder Stress mit Tiffany bekommst.«

Ich lächelte sie versöhnlich an. Sie hatte es vermutlich nett gemeint und war einfach eine Quasselstrippe.

Gemeinsam machten wir uns auf den Weg zu dem großen Hauptsaal. Bevor wir den Raum betraten, versicherte ich mich noch einmal, dass mein Kleid so saß, wie es sollte.

Wir standen auf einer kleinen Empore, von der eine Treppe in den Saal hinab führte. Für einen Moment genoss ich es, das Geschehen überblicken zu können, ohne in der Menge zu stehen. Eine Wolke an verschiedenen Geräuschen waberte zu uns hinauf und ich ließ meinen Blick über die Leute schweifen.

Nah am Fuß der Treppe stand Damian. Er unterhielt sich mit Tiffany und einigen anderen Frauen. Selbst aus dieser Entfernung sah er unglaublich attraktiv aus.

Sein dunkelblauer Anzug schmiegte sich perfekt an seinen Körper und betonte die breiten Schultern. Außerdem hatte er sich rasiert und auch seine Haare waren gekämmt und standen nicht mehr wild in alle Richtungen ab.

»Er sieht verdammt heiß aus, nicht wahr?«, raunte mir Sam ins Ohr.

Überrascht schaute ich sie an. »Ich dachte, du hältst nicht viel von ihm?«

Daraufhin lachte sie und verdrehte die Augen. »Jeder, der klar bei Verstand ist, kann nicht leugnen, dass Damian O'Brian ein Gott ist. Das heißt aber nicht, dass ich mich für ihn interessiere.«

Sie zögerte kurz und ich nutzte den Moment, um noch einmal zu Damian zu schauen.

»Siehst du die Frau da? Das ist eher mein Geschmack.«

Ich riss meinen Blick von ihm los und entdeckte eine zierliche Frau, die ein Tablett mit kleinen Häppchen durch die Menge trug.

»Jetzt habe ich dich geschockt, oder?« Sams Stimme war leiser geworden und klang traurig.

Eilig schüttelte ich den Kopf und lächelte sie an. »Wieso sollte ich geschockt sein? Liebe ist doch etwas Wundervolles. Egal zu wem. Und sie sieht echt hübsch aus.«

Sam zuckte mit den Schultern. »Meine Eltern schämen sich noch immer und versuchen, mir jeden Mann in unserem Alter schmackhaft zu machen.«

Das musste schlimm sein. Nicks Familie dagegen war so verständnisvoll. Sie hatten von Anfang an akzeptiert, dass ihr Sohn irgendwann mal einen Mann heiraten würde. Aber in dieser reichen Welt war offensichtlich vieles nur eine Fassade.

»Na dann bringen wir mal Schwung in die Party.« Sam grinste fröhlich und strich sich durch die Haare.

Sie war gut darin, sich nichts anmerken zu lassen. Aber das Lächeln erreichte ihre Augen nicht.

»Stört es dich nicht, dass deine Eltern ein Problem damit haben?«

Daraufhin zuckte sie kurz mit den Schultern. »Am Anfang hatte ich schwer damit zu kämpfen. Aber mittlerweile weiß ich, dass ich nicht jedem alles rechtmachen kann. Daher kann ich damit gut umgehen. Schlimm ist es nur, wenn neue Freundschaften dadurch nicht entstehen können. Deswegen erzähle ich es meistens auch direkt am Anfang, dann werde ich nicht im Nachhinein verletzt. Aber genug philosophiert. Lass uns den Saal aufmischen.«

Noch immer grinsend betrat sie die Treppe und ich ließ mich von ihrer guten Laune anstecken. Auch wenn ich hier war, um Damian zu helfen, war es beruhigend, jemanden an meiner Seite zu wissen.

Mein Blick wanderte wieder zu ihm und ich konnte seinen Zwiespalt deutlich sehen. Einerseits genoss er die Aufmerksamkeit der Frauen, auf der anderen Seite war sein Lächeln zu verkrampft, um natürlich zu wirken.

Merkten sie das etwa nicht?

Gerade als ich die Hälfte der Treppe geschafft hatte, flüsterte Tiffany etwas in Damians Ohr und deutete in meine Richtung. Als Damians Blick ihrem folgte, blieb ich wie angewurzelt stehen. Seine Augen wanderten den langen Beinausschnitt meines Kleides nach oben und sein Mund öffnete sich ein wenig.

Augenblicklich bekam ich eine Gänsehaut. Irgendwie schmeichelte es mir, dass ihm meine Beine anscheinend gefielen. Aber der Mann vor mir war immer noch Damian. Der Mann, der betrunken auf der Brücke herumgetorkelt war und der kein Vertrauen in die Menschen hatte. Der Frauen als Spielzeug betrachtete und fast jede haben konnte.

Mit einem leichten Lächeln auf den Lippen musterte er mein Dekolleté, wo er einen Moment länger verweilte.

Mein Mund wurde trocken.

Sam beugte sich kichernd zu mir. »Ich glaube, in Damians Kopf spielt sich gerade ein heißer Film ab. Zumindest hat er diesen sexy Blick drauf.«

Kaum hatte sie zu Ende gesprochen, begannen meine Wangen zu glühen. »Sam!«, zischte ich empört.

Sie lachte und zog mich weiter die Treppe hinunter.

In diesem Moment hob Damian seinen Kopf und schaute mir charmant lächelnd ins Gesicht. Sofort erstarrte er. Seine Augen weiteten sich und die Erkenntnis schien ihn zu treffen.

Tausende Emotionen spiegelten sich in seinem Blick. Überraschung, Bewunderung und noch vieles mehr. Sein Mund öffnete sich und er strich sich durch die Haare. Dann biss er sich auf die Lippen und straffte die Schultern. Ohne weiter auf die Frauen um ihn herum zu achten, kam er zum Fuß der Treppe. Dabei ließ er mich keine Sekunde aus den Augen.

Sein Blick fesselte mich und ich versuchte zu schlucken. Neben mir hörte ich Sam kichern und aus den Augenwinkeln sah ich, wie Tiffany missbilligend den Mund verzog.

Mit weichen Knien ging ich die letzte Treppenstufe zu Damian hinab. Unsicher blieb ich vor ihm stehen. Trotz meiner High-Heels war ich noch immer ein gutes Stück kleiner als er und ich musste den Kopf in den Nacken legen, um ihn anzuschauen.

Er räusperte sich und sein Blick wanderte noch einmal zurück zu meinem Ausschnitt.

»Mein Gesicht ist etwas weiter oben«, witzelte ich.

Hoffentlich merkte er nicht, wie unsicher ich war.

Damians Blick schnellte wieder zu meinen Augen und er lächelte ertappt. »Du siehst unglaublich aus. Das Kleid steht dir fantastisch.«

Dann kratzte er sich verlegen am Kinn. Er wollte noch etwas sagen, wurde aber von Tiffany unterbrochen. Wie selbstverständlich schlang sie den Arm um Damians Hüfte und lächelte Sam und mich kalt an.

»Da bist du ja, Samantha. Wir dachten schon, wir hätten dich verloren.« Dabei lachte sie, als hätte sie etwas unglaublich Witziges gesagt. »Und wen hast du uns mitgebracht? Ich habe dich noch nie gesehen.«

Sam verdrehte die Augen. Zum Glück konzentrierte sich Tiffany aber auf Damian und sah es nicht.

»Hat dir Damian nichts von seiner Begleitung erzählt?« Sams Stimme klang unschuldig, aber ihr Grinsen verriet, wie viel Spaß ihr die Situation machte.

Tiffany schnappte nach Luft, hatte sich aber schnell wieder gefangen und presste ihre Lippen fest aufeinander.

Sofort strich Damian besänftigend über ihre Taille und zog sie ein wenig näher. Er wusste wirklich, wie er mit einer Frau umzugehen hatte.

»Tiff, darf ich dir Emily vorstellen? Sie ist eine gute Freundin und hat spontan beschlossen, mir heute Abend Gesellschaft zu leisten.«

Sie warf mir ein falsches Lächeln zu, bevor sie mit einem Schmollmund zu Damian schaute. »Aber Darling. Du weißt doch, dass ich dir gerne jederzeit Gesellschaft leiste.«

Am liebsten hätte ich den Kopf geschüttelt. Wie konnte man so dreist sein?

Sam dachte wahrscheinlich dasselbe, denn sie räusperte sich und hakte sich bei mir unter. »Es hat echt Spaß gemacht, mit euch zu plaudern. Aber jetzt müssen wir uns etwas zu trinken holen«, erklärte sie übertrieben freundlich.

Unauffällig schaute ich zu Damian. Ich war mir nicht sicher, ob bei ihm alles okay war.

Er nickte kaum merklich. Trotzdem sollte ich ihn nicht zu lange allein lassen. Gleichzeitig war ich aber auch froh, für eine Weile von dieser anstrengenden Person wegzukommen.

Sam steuerte sofort auf die Bar zu und bestellte uns etwas. Dabei beobachtete sie immer wieder auffällig die junge Kellnerin, die durch die Menge lief.

»Warum sprichst du sie nicht an, wenn sie dir doch so gefällt?«

Wir suchten uns mit den Gläsern einen Stehtisch ein wenig abseits des Geschehens.

»Das sagst du so leicht. Aber zum einen weiß ich ja nicht, ob sie auf Frauen steht und zum anderen würden mich meine Eltern enterben, wenn ich etwas mit einer Kellnerin anfangen würde.« Sie verdrehte theatralisch die Augen.

Wissend zog ich die Brauen nach oben. »Also ist es dir doch wichtig, was deine Eltern sagen?«

Sam schüttelte lachend den Kopf. »Du hast recht. Eigentlich zählt das Argument mit meinen Eltern nicht. Aber ich weiß trotzdem nicht, ob sie Interesse hat.«

Da ich ihr leider zustimmen musste und selbst kein Profi im Flirten war, zuckte ich nur mit den Schultern und schaute mich interessiert um.

Der Saal war riesig. Eine Band stand auf einer kleinen Bühne gegenüber der Treppe und einige Paare tanzten im Takt. Alle anderen standen um die Tanzfläche herum und unterhielten sich. Suchend scannte ich den Raum nach Damian ab, konnte ihn aber nicht finden.

Sam erzählte mir die ganze Zeit gut gelaunt Geschichten über vergangene Galen und ich musste mich beherrschen, um nicht laut loszulachen.

Nach einiger Zeit ließ ich meinen Blick noch einmal durch die Menge schweifen und dieses Mal fand ich Damian. Er war wieder umringt von mehreren Frauen, nun hatte er aber sein mir bekanntes Lächeln aufgesetzt und wirkte alles andere als glücklich. So sehr ich die Gesellschaft von Sam auch schätzte, war ich nicht zum Spaß hier.

Ich entschuldigte mich bei ihr und steuerte auf Damian zu.

Um an ihn heranzukommen, musste ich mich regelrecht an den anderen Frauen vorbeidrängen. Als er mich bemerkte, blitzte für einen kurzen Moment Erleichterung in seinen Augen auf, bevor er wieder seine Maske aufsetzte. Sanft legte ich meine Hand an seinen Rücken, neigte den Kopf zur Seite und lächelte ihn kokett an. Zumindest sollte es so aussehen. Ich hatte noch nie bewusst mit einem Mann geflirtet und fühlte mich ziemlich lächerlich dabei. Aber wenn ich ihn vor den Frauen retten wollte, musste ich das durchstehen. Schließlich konnte ich ihn nicht einfach wegziehen, ohne Aufsehen zu erregen.

Ich holte tief Luft, dann wandte ich mich mit einem übertriebenen Lächeln an seine Verehrerinnen. »Es tut mir leid, aber dieser Mann hat mir einen Tanz versprochen. Und den muss ich mir jetzt holen.« Dabei zwinkerte ich sie verschwörerisch an.

Einige lachten und nickten, andere verzogen missmutig das Gesicht.

Ich kam mir unglaublich albern vor.

Verwirrt runzelte Damian die Stirn, aber er fing sich schnell wieder und reichte mir höflich seinen Arm.

Mit einem unwiderstehlichen Lächeln bedachte er seine Verehrerinnen. »Ladies, die Pflicht ruft.«

Dann hakte ich mich dankend bei ihm unter und er führte mich auf die Tanzfläche. Ich konnte hören, wie die Frauen seinen Namen tuschelten, und musste mich zwingen, nicht die Augen zu verdrehen. Grinsend blieb ich auf der Tanzfläche stehen und ließ mich von Damian in den Arm nehmen.

»Danke für die Rettung«, flüsterte er leise, während er mich näher an sich zog und die richtige Haltung für Walzer einnahm.

Auch wenn mich die plötzliche Nähe zu Damian verunsicherte, legte ich meine Hand in seine. Sanft umschloss er sie und begann den ersten Schritt. Er gab sich offensichtlich Mühe, behutsam zu tanzen. Schließlich wusste er nicht wie gut, oder schlecht, ich war. Doch da würde ich ihn endlich auch mal überraschen können.

Mit 14 hatte ich meinen ersten Tanzkurs belegt und daraus war eine Leidenschaft geworden. Um ihm zu zeigen, dass er sich wegen mir nicht zurückhalten musste, nahm ich eine perfekte Haltung ein.

Bei jeder Bewegung berührte meine Hüfte seine und kleine Stromschläge durchzuckten mich. Ich war überrascht, welche Wirkung Damian auf mich hatte, schließlich hatte ich schon mit einigen Männern getanzt. Aber so hatte es sich noch nie angefühlt. Ich musste mich zusammenreißen, um nicht von ihm zu weichen und dieses Kribbeln zu beenden. Zum Glück konnte ich die Tanzschritte in- und auswendig.

Damian wurde mutiger und probierte neben dem Grundschritt nun auch die ein oder andere Figur. Gekonnt folgte ich seinen Bewegungen. Ich hätte nicht gedacht, dass er so ein guter Tänzer war. Vielleicht ein wenig konservativ, aber wenn ich mich hier so umsah, tanzten alle anderen genauso.

Auf einmal spürte ich seinen heißen Atem an meinem Hals und seinen Mund an meinem Ohr. »Wo hast du gelernt, so zu tanzen?«

Die Erinnerungen an Stephan blitzten vor meinem geistigen Auge auf. Ich presste die Lippen zusammen und versuchte auf die Schritte zu achten.

Damian musterte mich. Ob er meine Unruhe bemerkte?

Dann wirbelte er mich herum und führte eine besonders schwierige Figur. Bei den vielen Drehungen und Wendungen musste ich mich sehr konzentrieren, um keinen Schrittfehler zu machen und somit umzufallen.

Machte er das gerade mit Absicht? Ich war ihm auf jeden Fall dankbar für diese Ablenkung, auch wenn er nicht einmal wusste, was los war.

Während ich mich drehte, nahm ich aus den Augenwinkeln wahr, wie uns einige Menschen beobachteten. Am Ende der Figur stellte ich mich auf die Zehenspitzen, um leise mit Damian reden zu können. Das war allerdings schwieriger als gedacht. Durch die geänderte Haltung verlagerte sich mein Schwerpunkt und ich war kurz davor, das Gleichgewicht zu verlieren. Damians Arm spannte sich auf meinem Rücken an und gab mir so Halt. Mein Körper kribbelte.

Die Musik wechselte und die Band spielte einen Tango.

Als wollte er mich fragen, ob ich diesen Tanz auch beherrschte, zog er die Augenbrauen nach oben. Anstelle einer Antwort nahm ich die richtige Tanzhaltung ein und schmiegte mich an ihn.

»Was wolltest du gerade sagen?«

Damian war mir noch näher als zuvor und sein Atem kitzelte an meinem Hals. Ein Schauer ergriff meinen Körper. Ich schluckte. »Ich habe das Gefühl, wir werden von allen Seiten angestarrt.«

Damian ließ seinen Blick durch die Menge schweifen und beugte sich wieder zu mir. »Natürlich starren sie uns an. Schließlich tanzt du gerade mit einem der begehrtesten Junggesellen weit und breit. Außerdem tanze ich normalerweise nicht.«

Bei seiner eingebildeten Antwort musste ich lachen. Aber Damian hatte recht. Die meisten Frauen warfen ihm schmachtende Blicke zu und wünschten sich wahrscheinlich, an meiner Stelle zu sein.

»Und wieso tanzt du dann jetzt?«

Damian grinste ebenfalls und mir fiel erneut auf, wie faszinierend es war, wenn er ehrlich lachte. Seine blauen Augen funkelten und kleine Grübchen bildeten sich auf seinen Wangen.

»Weil deine Gesellschaft viel besser ist als die der anderen Frauen. Da wird das Tanzen zur Nebensache.«

Seine Miene war unergründlich und mein Herz klopfte ein wenig schneller. Was ging in ihm vor?

»Bilde dir aber bloß nichts darauf ein«, fügte er spöttisch hinzu.

Sein schelmischer Gesichtsausdruck verriet mir allerdings, dass er scherzte.

Auf einmal führte er einen Ausfallschritt. Gekonnt folgte ich seiner Bewegung. Unsere Gesichter kamen sich immer näher und meine Haut prickelte. Damit hatte ich nicht gerechnet.

Damian schaute mir tief in die Augen und ich vergaß für einen Moment die Menschen um uns herum. Dann wanderte sein Blick über meinen Arm. Als er die Gänsehaut sah, grinste er spitzbübisch. »Mache ich dich nervös?«

Ich schluckte, grinste aber frech zurück. Das würde ich niemals zugeben. »Wovon träumst du nachts?«

Geschickt löste ich mich aus der Position und wir tanzten weiter als wäre nichts gewesen.

Nach einigen Takten war das Lied zu Ende und Damian zog mich eng in eine Schlusspose. Berauscht vom Tanzen nahm ich wie durch einen Nebel wahr, wie Gäste applaudierten und uns anerkennende Blicke zuwarfen.

»Glaub mir, Milly. Meine Träume sind nicht jugendfrei«, flüsterte er mit rauer Stimme, hauchte mir einen Kuss auf die Wange und ging einen Schritt zurück.

Ich realisierte nicht sofort, was er gesagt hatte. Zu sehr kribbelte meine Haut unter seiner Berührung.

Auf einmal machte es *klick* und ich musste lachen. Das war wieder typisch für ihn. Spielerisch schlug ich ihm auf den Arm und verdrehte die Augen. Damian zwinkerte mir ungeniert zu.

»Damian, mein Schatz.«

Überrascht drehte ich mich um und eine hübsche Frau kam auf uns zu. Sofort fielen mir ihr strahlendes Lächeln und die dunklen Haare auf. Sie musste mit Damian verwandt sein. Die Frau umarmte ihn liebevoll und wandte sich dann zu mir.

»Hallo, ich bin Damians Mutter Tracey. Ich möchte euch nicht lange stören. Aber ich musste unbedingt die Frau kennenlernen, die meinen Sohn zum Tanzen überreden konnte.«

Sie wirkte sehr sympathisch, trotzdem versteifte sich Damian neben mir. Auch die Umarmung hatte er eher über sich ergehen lassen, als sie zu erwidern.

Höflich lächelnd streckte ich ihr meine Hand entgegen. »Freut mich, Sie kennenzulernen. Ich heiße Emily. Und Ihr Sohn ist ein ausgezeichneter Tänzer.«

Während wir unsere Hände schüttelten, nickte Tracey und warf Damian einen liebevollen Blick zu. »Dieses Talent hat er nicht von mir geerbt. Aber sein Vater ist auch ein toller Tänzer. Liebling, ich wollte dir Bescheid geben, dass die Auktion gleich beginnt.«

Für einen Moment presste Damian seine Lippen fest aufeinander, bevor er gezwungen lächelte und nickte. Mir gefiel diese Versteigerung immer noch nicht, aber daran konnte ich nichts ändern.

Unauffällig griff ich nach seiner Hand und drückte sie bestärkend. Unser Plan würde schon funktionieren. Sofort entspannte sich seine Miene ein wenig und er erwiderte den Druck.

»Hoffentlich sehen wir uns später noch einmal«, sagte Tracey an mich gewandt und eilte davon.

Seufzend atmete Damian aus und deutete auf eine Tür zu seiner Linken. »Die Auktion findet in dem Saal nebenan statt. Dort gibt es freie Platzwahl und man hat eine Bieternummer. Wer also bieten möchte, hebt sein Schild hoch und der Auktionator erhöht den Preis um einhundert Dollar«, erklärte er.

Ich nickte und lächelte ihn an. »Mach dir um mich keine Sorgen, ich komme schon klar.«

Halbherzig erwiderte er mein Lächeln, doch dann verfinsterte sich sein Blick. »Bitte mach dir keine Gedanken um das Geld und hör nicht auf mitzubieten.«

Ich schaute ihn fest an und wünschte mir so sehr, er würde mir vertrauen und sich beruhigen. »Ich lass' dich nicht im Stich«, versprach ich ihm mit belegter Stimme.

Kurz blitze Erleichterung in seinen blauen Augen auf. Trotzdem blieb seine Haltung angespannt. »Danke!« Er machte kehrt und verschwand in der Menge.

Suchend schaute ich mich nach Sam um. Ohne Damian an meiner Seite fühlte ich mich sofort fehl am Platz.

Auf einmal tippte mir jemand auf die Schulter und ich wirbelte herum. Hinter mir stand Sam.

»Na, habt ihr genug geturtelt?«

Sofort wurden meine Wangen warm. »Aber wir …«

»Spar dir deine Ausrede. Ich habe Augen im Kopf und zwischen euch knistert es gewaltig. Aber egal. Die Auktion geht in zehn Minuten los. Lass uns rein gehen und einen Platz suchen«, plapperte sie fröhlich vor sich hin.

Ich nickte und gemeinsam machten wir uns auf den Weg.

In dem großen Saal angekommen, schaute ich mich neugierig um. Vor einer kleinen Bühne waren Stuhlreihen aufgestellt und die vordersten Plätze waren schon besetzt. Riesige

Kronleuchter hingen von der Decke und durch die bodentiefen Fenster und ausladenden Balkontüren konnte man den Nachthimmel und einzelne Sterne sehen. Neben der Tür stand ein Tisch, hinter dem ein junger Mann in einem schwarzen Frack wartete.

»Kann ich Ihnen helfen?« Er machte eine ausschweifende Bewegung und deutete auf die vor ihm ausgebreiteten Schilder.

Ich erinnerte mich an Damians Worte über den Ablauf der Auktion und nickte. »Ja. Ich möchte auf jeden Fall mitbieten. Wie sieht es bei dir aus, Sam?«

Daraufhin grinste sie vielsagend und wackelte mit den Augenbrauen. »Möchtest du etwa das Date mit Damian? Aber lass dir eins gesagt sein, die Konkurrenz ist groß.«

Ich knuffte sie grinsend in die Seite. »Versuchen kann man es ja.«

Sie würde sowieso mitbekommen, dass ich auf das Date bot.

Dass Sam nun dachte, ich würde auf ihn stehen, war mir etwas unangenehm. Aber im Prinzip konnte es mir egal sein. Schließlich kannte ich sie kaum und würde sie nach der Auktion wahrscheinlich auch nie wieder sehen.

Um das Thema zu wechseln, ließ ich mir eine Nummer geben und nannte meinen Namen.

»Wie läuft das eigentlich ab? Ich halte das Schild hoch und wenn kein anderer mitbietet, habe ich gewonnen? Und wann bezahle ich?«

Der Mann trug meine Personalien in eine Liste und nickte. »Entschuldigen Sie. Ich bin davon ausgegangen, dass Sie darüber informiert sind. Wir haben hier selten neue Gesichter.« Dabei lächelte er mir höflich zu. »Sie halten Ihr Schild hoch, bis niemand mehr mitbietet. Dann erklärt der Auktionator die Versteigerung für beendet. Nach der Auktion treffen

Sie sich mit der Person, die das Angebot gespendet hat. Gemeinsam vereinbaren Sie einen Termin, an dem Sie die ersteigerte Aktion einlösen. Dann überweisen Sie der Person das Geld und die wiederum übergibt es persönlich an ein Kinderheim der Stiftung. Manche Bieter wollen bei der Übergabe dabei sein, schließlich wird auch die Presse vor Ort sein. Aber das ist jedem selbst überlassen«, ratterte er herunter.

Frauen wie Tiffany wollten bestimmt dabei sein, wenn es eine Möglichkeit gab, in einer Zeitung abgelichtet zu werden.

Dankbar für die Erklärung nickte ich dem Mann zu. Damian hätte mir gestern Nacht wirklich mehr Informationen über die Gala geben sollen.

Gemeinsam suchten Sam und ich uns einen Platz weit hinten.

Kaum hatten wir uns gesetzt, betraten Tracey, eine andere Frau und ein älterer Mann die Bühne.

»Meine Damen und Herren. Willkommen bei unserer diesjährigen Spendengala. Mein Name ist Amber und ich bin die Vorsitzende dieser Stiftung. Wir sind dankbar, dass Sie so zahlreich erschienen sind und freuen uns umso mehr, unsere diesjährigen Auktionen vorzustellen. Doch jetzt begrüßen wir erst einmal unseren Auktionator Dr. Foster.« Bei ihren letzten Worten deutete sie mit einer einladenden Geste auf den grauhaarigen Mann.

»Das geht jetzt mindestens eine halbe Stunde so. Sie erzählen was die Stiftung alles Tolles macht und bla bla bla«, raunte mir Sam gelangweilt zu und verdrehte dabei theatralisch die Augen.

Ich kicherte leise und schüttelte den Kopf. Zum Glück tummelten sich alle im vorderen Bereich, sodass sich niemand von unserem Geflüster gestört fühlen würde.

Sollte ich sie über Damian ausfragen? Schließlich wollte

ich schon gerne wissen, worauf ich mich mit dieser Auktion einließ.

»Sag mal, was weißt du über Damian? Ich meine …« Ich zögerte. Wie sollte ich sie ausfragen, ohne zu viel zu verraten? »War er schon immer so? Also ein Playboy? Oder hatte er auch mal eine richtige Beziehung?« Ich rutschte auf meinem Stuhl hin und her.

Sam lachte laut auf, wofür sie einen bösen Blick von einem Mann einige Reihen vor uns erntete. »Ich habe es dir vorhin schon gesagt. Damian will keine Beziehung und soweit ich weiß, hatte er auch noch nie eine Freundin. Vor ein paar Monaten wurde er ziemlich oft mit Claudia, der Tochter eines anderen Immobilienmoguls gesehen. Aber seit neustem ist es ziemlich ruhig zwischen ihnen und ich kann mir nicht vorstellen, dass da wirklich etwas lief. Es langt eben nie für mehr als ein bisschen Spaß. Apropos, woher kennt ihr euch eigentlich?«

Ich schluckte. Genau diese Frage hatte ich gefürchtet.

»Ähm. Durch unsere Eltern.«

Zum Glück schien Sam diese Antwort zu reichen, denn sie nickte und erzählte etwas über die letzte Auktion.

Aber ich konnte ihr nicht mehr folgen, sondern dachte über das Gehörte nach. Hatte er sich gestern deswegen so betrunken? Weil er Streit mit dieser Claudia hatte? Das konnte ich mir aber eigentlich nicht vorstellen. Eher, dass er sich selbst Druck machte, der perfekte Mitarbeiter für seinen Vater zu sein. Außerdem war es bestimmt nicht einfach, wenn man auf Schritt und Tritt beobachtet wurde. Und andere Leute dann auf Veranstaltungen wie heute darüber tratschten. Leider war ich gerade nicht besser, indem ich Sam über ihn ausquetschte. Das schlechte Gewissen breitete sich in mir aus.

Auf einmal zwickte mir Sam in den Arm. »Das ist jetzt die vorletzte Versteigerung, danach kommt Damian. Pass auf, dann siehst du wie es abläuft.«

Interessiert richtete ich mich auf und schaute zur Bühne. Manchmal nervte es wirklich, klein zu sein.

Eine schlanke Frau mittleren Alters ergriff das Mikrofon. »Liebe Gäste und Freunde. Wie jedes Jahr freue ich mich, etwas zu unserer traditionellen Auktion beisteuern zu können. Mein Name ist Miranda und mir gehört das Wellness and Fitness Resort ‚Vinyasa Flow' in Hampton Bays.«

Die Frau passte perfekt in mein Bild von so einem Resort. Ihre blonden Haare glänzten im Licht der Kronleuchter und sie strotzte vor positiver Energie.

»Für das nächste halbe Jahr bin ich ausgebucht. Aber Sie können heute exklusiv einen zweitägigen Aufenthalt ersteigern. In dem Angebot inbegriffen sind mehrere Beauty-Anwendungen, ein persönliches Coaching und natürlich die Nutzung unseres Fitnessstudios.«

Tracey trat nun neben Miranda und schenkte dem Publikum ein strahlendes Lächeln. »Also, wenn das mal nicht ein tolles Angebot ist. Ein Wellness-Wochenende könnte ich auch dringend gebrauchen, vielleicht sollte ich mitbieten.«

Die Menge lachte höflich und Tracey gab noch immer strahlend das Mikrofon an Dr. Foster weiter.

»Meine Damen und Herren, das Startgebot liegt bei dreitausend Dollar. Viel Spaß.«

Sofort schossen einige Schilder in die Höhe und ich schaute mich um.

Das war ja einfach.

»Da wir so viele Interessenten haben, erhöhe ich sofort auf 3500 Dollar«, sagte der Auktionator nach wenigen Sekunden.

Wow. Das war aber ein großer Sprung. So viel Geld für ein bisschen Wellness? Ob das bei den vorherigen Versteigerungen auch so gewesen war? Wobei mir Damian gestern auch viel zu viel Geld für das Hotel gegeben hatte.

Das hier waren wohl ganz andere Dimensionen.

Nach und nach wurden immer weniger Schilder gehoben und Dr. Foster erhöhte den Preis kontinuierlich. Am Ende waren noch zwei Bieter übrig.

»Vielen Dank für Ihr Interesse. Wir sind jetzt bei 5600 Dollar. Wer bietet 5600 Dollar?« Dr. Fosters schaute zwischen den beiden hin und her.

Als der Mann seine Bieternummer hob, wurde es augenblicklich still in dem großen Raum. Alle Blicke lagen jetzt auf der jungen Frau. Würde sie weiterhin mitbieten? Schulterzuckend schüttelte sie allerdings den Kopf.

»Meine Damen und Herren, wir haben einen Käufer. Für 5600 Dollar geht der zweitägige Aufenthalt im ‚Vinyasa Flow' an den Herren mit der roten Krawatte. Bitte kommen Sie im Anschluss nach vorne, um die Formalitäten zu klären. Und nun darf ich das Wort ein letztes Mal an Tracey O'Brian weitergeben.« Winkend verabschiedete sich Miranda von dem applaudierenden Publikum und Damians Mutter übernahm erneut das Mikrofon.

»Liebe Gäste. Die letzte Auktion ist wie immer der Höhepunkt des Abends. Und auch heute haben wir etwas ganz Besonderes für Sie.«

Damian betrat in seinem dunkelblauen Anzug die Bühne und ein Raunen ging durch die Menge. Von allen Seiten hörte man aufgeregtes Gekicher und Getuschel. Ich konnte es verstehen. Er sah einfach umwerfend aus.

Sam stupste mich verschwörerisch an. »Auf in den Kampf. Ich wünsche dir viel Glück.«

7. Kapitel

Nachdem Damian zur Begrüßung kurz die Hand gehoben hatte, sprach Tracey weiter. »Meinen Sohn muss ich Ihnen ja wahrscheinlich nicht mehr vorstellen.«

Die Menge lachte und Damian fuhr sich lässig durch die Haare. Die meisten Frauen fanden das wahrscheinlich unfassbar sexy und zugegeben, das war es auch. Aber ich kannte diese Geste mittlerweile als ein Zeichen dafür, dass er unsicher war oder er sich nicht wohlfühlte.

Seine Mutter schien das allerdings nicht zu merken, denn sie redete unbeirrt weiter. »Aber Sie wissen noch nicht, was für ein unglaubliches Erlebnis es heute zu ersteigern gibt.«

Mit einer liebevollen Umarmung, welche Damian halbherzig erwiderte, übergab sie ihm das Mikrofon.

Ich konnte regelrecht spüren, wie ein Ruck durch ihn ging. Seine Schultern strafften sich und er begann in typischer Manier zu lächeln. Aber es erreichte seine Augen nicht.

Sein Blick wanderte erneut angespannt über die Menge und als er mich entdeckte, verharrte er kurz. In meinem Magen kribbelte es. Ich lächelte ihn zaghaft an und wedelte leicht mit meiner Bieternummer. Keine Sekunde später löste er den Blick von mir.

»Vielen Dank, dass ich heute hier sein darf. Auch dieses Jahr habe ich mir etwas Besonderes überlegt. Den Höchstbietenden oder die Höchstbietende nehme ich mit auf meine

Yacht. Wir machen einen Tagestrip zu dem atemberaubenden Bear Mountain. Ich freue mich, wenn wir von dem Geld vielen Kindern helfen können.«

Das Publikum jubelte begeistert und Damian lächelte noch einmal gewinnend in die Runde, bevor er das Mikrofon mit einem höflichen Händeschütteln an Dr. Foster weitergab.

»Na, dann können wir ja beginnen. Das Anfangsgebot liegt bei eintausend Dollar.«

Kaum hatte er den Satz beendet, schossen zig Schilder nach oben. Ich ließ mein Schild unberührt auf dem Schoß liegen, da der Preis bei der großen Nachfrage sowieso noch steigen würde. Schnell waren zweitausend Dollar erreicht und es boten elf Frauen und ein Mann fleißig mit. Soweit ich das mitbekommen hatte, waren die Endbeträge der vorherigen Auktionen immer zwischen fünf- und siebentausend Dollar gewesen. Also hatte ich auf jeden Fall noch Zeit. Kaum zu glauben, wie viel Geld hier an einem Abend ausgegeben wurde.

Eine der fleißigen Bieterinnen war natürlich Tiffany. Und auch zwei weitere Frauen hatte ich zuvor schon bei Damian stehen sehen. Die anderen kannte ich nicht.

Mittlerweile waren wir bei dreitausend Dollar und acht Bieterinnen. Der Mann hatte schnell aufgegeben. Damians Blick wanderte immer wieder angespannt zu mir.

Bei viertausend Dollar sah ich, wie er zunehmend nervöser wurde. Auch wenn er weiterhin gekonnt lächelte und mit Scherzen die Menge erheiterte, fuhr er sich immer wieder durch die Haare. Als der Auktionator fünftausend Dollar ankündigte, hob ich zum ersten Mal mein Schild. Schließlich wollte ich Damian nicht unnötig beunruhigen. Er sollte wissen, dass er mir vertrauen konnte.

Es boten noch Tiffany, drei andere Frauen und ich mit, als wir bei sechstausend Dollar ankamen.

»Noch fünf Damen sind übrig und wir haben bereits jetzt einen wunderbaren Preis erzielt. Egal, wer die Glückliche sein wird, die Kinder werden noch glücklicher sein.« Dr. Foster heizte die Stimmung an und Tiffany schaute sich verwirrt von ihrem Platz aus um.

Da Sam und ich in der vorletzten Reihe saßen, hatte sie mich anscheinend zuvor noch nicht als Konkurrentin wahrgenommen. Sie funkelte mich böse an, bevor sie wieder ihr falsches Lächeln aufsetzte und sich an Damian wandte. Sam feuerte mich kichernd an und ich konnte nicht anders als den Kopf über diese absurde Situation zu schütteln.

Bei siebentausend Dollar tat mir mein Arm langsam weh. Ich konnte nicht fassen, wie viel die Frauen für ein erzwungenes Date mit Damian zahlen wollten.

Die nächsten beiden Frauen stiegen bei achttausend Dollar aus, sodass wir jetzt noch zu dritt waren.

Siegessicher funkelte mich Tiffany an. Innerlich lachte ich auf. Sie hatte ja keine Ahnung.

»Meine Damen und Herren, es ist unfassbar. Es sind noch drei Damen eisern dabei und wir haben schon jetzt den heutigen Höchstpreis erreicht. Um das Ganze noch ein bisschen spannender zu gestalten, bitte ich die Bieterinnen zu uns auf die Bühne, um sich vorzustellen«, rief der Auktionator begeistert in die Menge.

»Scheiße«, entfuhr es mir. Damit hatte ich nicht gerechnet.

»Was ist los?« Sam runzelte die Stirn.

Ich zögerte. Aus den Augenwinkeln sah ich, wie sich Tiffany bereits erhob. »Was soll ich bloß sagen?«, fluchte ich leise.

Sam verstand natürlich nicht, worin mein Problem lag. »So schwer ist das nicht. Sag einfach, wer du bist und womit du oder deine Eltern ihr Geld verdienen. Ach so, und natürlich, dass du dich freust den Kindern helfen zu können.«

Mit zitternden Händen nickte ich und setzte mich dann in Bewegung. Dabei warf ich Damian einen hilflosen Blick zu und er zuckte entschuldigend mit den Schultern.

Ich zwang mich zu einem Lächeln und rief mir die endlosen Geschäftsmeetings meines Vaters ins Gedächtnis. Nach dem Abitur und während des Studiums hatte ich immer mal wieder als Aushilfe für ihn gearbeitet, um ein bisschen Geld zu verdienen. Dort hatte ich mich auch oft mit schnöseligen Kunden herumschlagen müssen. Ich musste mir nur vorstellen, dass das hier so ein Meeting war und ich den Leuten etwas verkaufen wollte.

Selbstsicher ging ich die letzten Schritte auf die Bühne und schüttelte Dr. Fosters Hand. Dann folgte ich Tiffany und der anderen Frau. Beide liefen zu Damian und begrüßten ihn mit Küsschen rechts und links auf die Wange, bevor sie sich neben ihn stellten.

Als ich mit der Begrüßung an der Reihe war, sah ich Damians blaue Augen aufblitzen. Sanft legte er mir eine Hand an die Taille und zog mich ein wenig näher, um mich dann auf die rechte Wange zu küssen.

»Ich wusste nichts davon«, raunte er mir unauffällig zu.

Ich hörte ihm an, dass er genauso nervös war wie ich. Als er mir den zweiten Kuss auf die linke Wange drückte, antwortete ich leise. »Ich schaffe das.« Dann trat ich einen Schritt zurück und schaute ihm noch einmal vielsagend in die Augen.

Währenddessen hatte sich die erste Frau bereits vorgestellt und nun ging Tiffany nach vorne.

»Guten Abend. Mein Name ist Tiffany Young von Young Airlines. Damian und ich sind bereits seit Jahren befreundet und umso mehr würde es mich freuen, wenn ich nun mit dieser Freundschaft armen Kindern helfen dürfte.« Sie lächelte kurz dem Publikum zu und stellte sich wieder neben Damian.

Bemüht selbstbewusst hob ich den Kopf, nahm Dr. Foster das Mikrofon ab und trat nach vorne.

»Hallo. Mein Name ist Emily Martin und ich komme aus Deutschland. Kinder sind unsere Zukunft und ich würde mich freuen, die Zukunft von einigen verbessern zu dürfen. Wir sind hier in dem Land der unbegrenzten Möglichkeiten, aber wir dürfen nie vergessen, dass nicht jeder diese Möglichkeiten bekommt. Ich bin dankbar für das, was ich habe und für das, was ich anderen damit geben kann.«

Nachdem ich mit dem kleinen Monolog fertig war, befeuchtete ich meine trockenen Lippen mit der Zunge. Hoffentlich merkte keiner, dass ich nicht zu dieser Gesellschaft gehörte.

Unsicher drehte ich mich zu Damian. Doch er lächelte mich warm an und ein Ausdruck von Stolz huschte über sein Gesicht.

Im selben Moment begann der Saal zu applaudieren. Mir fiel ein Stein vom Herzen und ich ging schnell zurück zu den anderen Frauen.

»Ich denke, mit diesen wahren Worten können wir die Bieterinnen erlösen und weiter machen.«

Aus den Augenwinkeln nahm ich noch einen bösen Blick von Tiffany wahr, aber ich ignorierte ihn und machte mich so schnell wie möglich aus dem Staub.

Zurück an meinem Platz lächelte mich Sam begeistert an. »Du warst super. Nachdem du so Panik hattest, hätte ich ehrlich gesagt nicht gedacht, dass du eine gute Rednerin bist.«

»Danke.« Ich presste meine zitternden Hände in den Schoß und lehnte mich zurück.

Die Auktion ging weiter und bei neuntausendfünfhundert Dollar tuschelte die Menge ungläubig. Mir wurde flau im Magen, wenn ich an das viele Geld dachte. Zum Glück war es für einen guten Zweck.

Die andere Frau hörte mit einem enttäuschten Blick in meine Richtung bei zehntausend Dollar auf zu bieten.

Jetzt waren also nur noch Tiffany und ich übrig.

Bei zehntausendfünfhundert Dollar mischte sich dann sogar Dr. Foster ein.

»Meine Damen. Ich kann kaum glauben, wie großzügig Sie sind. Dennoch muss ich Sie daran erinnern, dass es sich um einen reinen Tagesausflug handelt.«

Ich musste Schmunzeln. Wenigstens war ich nicht mehr die Einzige, die das alles absurd und viel zu übertrieben fand. Doch Tiffany gab nicht auf, auch wenn sie mittlerweile den Mund zu einem schmalen Strich zusammengepresst hatte.

»Du machst sie fertig«, jubelte Sam aufgeregt.

Allerdings war Tiffany zäh und hielt weiterhin bei jeder Preiserhöhung ihr Schild hoch.

Bei elftausend Dollar zögerte sie einen Moment, hob ihr Schild dann aber erneut. Ich war mir sicher, lange würde dieses blöde Spiel nicht mehr gehen.

Mittlerweile hatten sich mehrere Menschen zu mir umgedreht und beobachteten mich argwöhnisch. Sicher fragten sie sich, wer ich wohl war. Ich fühlte mich unwohl unter ihren Blicken, aber ich hielt an meinem Versprechen Damian gegenüber fest.

Daher setzte ich mein freundlichstes Lächeln auf, als ich erneut mit dem Schild durch die Luft wackelte.

Noch bevor ich es überhaupt realisieren konnte, kreischte Sam auf. Tatsächlich hatte Tiffany ihr Schild nicht mehr gehoben. Ich hatte gewonnen.

Der Saal applaudierte laut. Mein Blick galt aber Damian.

Seine Augen sprühten vor Erleichterung und ich konnte nicht anders, als ebenfalls breit zu grinsen.

»Herzlichen Glückwunsch an die Nummer 26. Für elftausendsiebenhundert Dollar haben Sie den Tagesausflug mit Damian O'Brian ersteigert. Bitte kommen Sie nach der Auktion zu uns, um Kontakt zu Mr. O'Brian aufzunehmen.«

Nachdem Damian und Dr. Foster unter Applaus die Bühne verlassen hatten, übernahmen Tracey und Amber das Mikrofon. Sie bedankten sich ausführlich bei allen Mitwirkenden und wünschten noch einen angenehmen Abend.

Die meisten Leute standen danach auf und verließen tuschelnd den Raum.

Sam erhob sich ebenfalls grinsend. »Na dann, ab zur Bühne mit dir. Dein Mr. O'Brian wartete bestimmt schon auf dich. Aber geh Tiffany am besten aus dem Weg. Nicht, dass sie dir noch die Augen auskratzt.«

Ich lachte laut auf und nickte. »Oh ja, du hast recht. Ihr möchte ich heute nicht mehr begegnen. Sehen wir uns später noch?«

Sam war mir sympathisch und mit ihr fühlte ich mich nicht ganz so fehl am Platz. Sofort zog sie ihr Handy aus der Tasche und reichte es mir. »Ich bin mir nicht sicher, ob wir uns noch einmal sehen werden. Für den Fall, dass ich schon weg bin, kannst du mir gerne deine Nummer geben.«

Ich tippte sie ein, umarmte Sam kurz und ging dann los.

Mein Herz klopfte wild und ich konnte mir ein breites Grinsen nicht verkneifen. Jetzt, wo unser Plan so gut aufgegangen war, konnte ich es kaum erwarten, Damian endlich wiederzusehen. Vielleicht konnte er den Abend nun zumindest ein bisschen leichter ertragen.

Vor der Bühne hatten sich bereits einige Leute versammelt. Damian stand mit einer der anderen Bieterinnen etwas abseits. Sie zupfte aufreizend an seiner Krawatte und lachte kokett. Seine Hand lag auf ihrer Taille und er grinste sie selbstsicher an. Es war aber weder das aufrichtige Lächeln, welches ich so an ihm mochte, noch das gestellte Lächeln. Dieses war ehrlich, aber gleichzeitig auch ungeniert und forsch. Ich musste das Gespräch erst gar nicht hören, um zu wissen, worum es ging. Dennoch trat ich einen Schritt näher.

»Was für ein Zufall. Ich wohne auch im Shoes. Vielleicht verirre ich mich ja heute Nacht ganz aus Versehen in dein Zimmer«, gurrte die junge Rothaarige.

Ich erstarrte. Wie konnte man sich so billig an jemanden ranmachen?

»Was wäre ich für ein Gentleman, wenn ich zulassen würde, dass sich eine so hübsche Frau verirrt? Da begleite ich dich lieber direkt auf dein Zimmer. Nur, um auf Nummer sicher zu gehen.« Er grinste sie durch halb geschlossene Lider an und zog sie näher.

Mir klappte der Mund auf. War das sein Ernst?

Die Frau kicherte begeistert. Wahrscheinlich konnte sie ihr Glück kaum fassen. »Wie wäre es mit jetzt sofort?« Sie reckte ihm aufreizend die Brüste entgegen.

Damians siegessicheres Grinsen wurde noch breiter, während er seinen Blick auf ihr ruhen ließ.

Sofort musste ich daran denken, wie er mich am Anfang des Abends gemustert hatte. Als wäre ich begehrenswert. Jetzt wurde mir aber klar, dass Damian die Gabe besaß, jeder Frau das Gefühl geben zu können, etwas ganz Besonderes zu sein.

Auf einmal fühlte ich mich gar nicht mehr so hübsch in dem Kleid und meine Schultern sackten kraftlos nach unten. Ich zögerte. Sollte ich einfach gehen? Dabei hatte ich ihm doch einen Gefallen getan. Oder etwa nicht?

»Ich muss hier noch mein Date für den Tagesausflug treffen. Du hast mich ja leider nicht ersteigert. Aber ich bin mir sicher, du wirst das später wieder gutmachen, oder nicht?«

Ich presste die Lippen fest aufeinander. Wie konnte er das sagen? Ich hatte ihm helfen wollen. Dieses ganze Theater machte ich doch für ihn.

»Das werde ich«, zwitscherte die Frau. »Du tust mir so leid. Ich meine, hast du sie gesehen? Ich weiß nicht, wer sie eingeladen hat. Aber nur weil sie ein hübsches Kleid trägt, ist sie noch lange nichts Besonderes. Außerdem habe ich noch nie von dem Namen Martin gehört, was macht sie überhaupt hier?«

Mein Magen verkrampfte sich und mir wurde schlecht. Meine Augen brannten und Hitze durchschoss meinen Körper. Hatte ich mich so sehr in Damian getäuscht? Aber wieso hatte er mich dann überhaupt mitgenommen?

Schwungvoll drehte ich mich um. Bloß weg hier. Das musste ich mir nicht gefallen lassen.

Doch ausgerechnet jetzt lief ich direkt in Dr. Foster hinein. »Miss Martin. Konnten sie mit Mr. O'Brian alles klären?«

»Ja, danke«, nuschelte ich hastig und suchte nach einem Ausgang.

Ich konnte die Tränen nicht länger zurückhalten und wollte auf keinen Fall so gesehen werden.

Damian musste meinen Namen gehört haben, denn er schaute auf. Als er mir ins Gesicht sah, fiel der flirtende Ausdruck von ihm ab. Stattdessen verzogen sich seine Lippen zu einem überraschten *Oh*. Er hatte wohl nicht bemerkt, dass ich die Unterhaltung mit angehört hatte.

Enttäuscht erwiderte ich seinen Blick für einige Sekunden, dann drehte ich mich um und flüchtete durch eine der Glastüren aus dem Raum.

Frustriert seufzte ich auf. Ich hatte nicht darauf geachtet, welche Tür zurück in den anderen Saal führte und so stand ich nun im Freien auf einem Balkon.

Auch wenn ich das nicht geplant hatte, war ich über die frische Luft dankbar. Erschöpft lehnte ich mich an das Geländer.

Was war bloß passiert? Der Abend war wie am Schnürchen gelaufen. Alles hätte perfekt sein können. Die Tränen hörten nicht auf, aus meinen Augen zu rinnen. Die Worte der Frau hallten in meinem Kopf. Aber Damians Antwort verletzte mich noch viel mehr.

Für diesen Mann hatte ich meinen Flug nach Deutschland verschoben. Ich hatte mir vorgenommen ihm zu helfen, aber offensichtlich war ich von seinem Aussehen genauso geblendet gewesen, wie all die anderen Frauen.

Mit einem leisen Quietschen wurde die Glastür hinter mir geöffnet und ich hörte Schritte auf mich zukommen.

»Emily«, flüsterte seine vertraute Stimme und kurz darauf spürte ich eine Hand an meinem Rücken.

Blitzschnell drehte ich mich um und trat zurück. Ich wollte nicht schwach vor Damian sein. Bemüht selbstsicher fuhr ich mir mit der Hand über mein Gesicht und wischte die Tränen weg. Hoffentlich hatte ich jetzt nicht Elenas aufwändiges Make-up zerstört.

»Was willst du, Damian?« Meine Stimme klang überraschend fest und ich reckte anklagend das Kinn.

Daraufhin kam er einen Schritt auf mich zu und strich sich durch die Haare. »Das was Beatrice über dich gesagt hat, tut mir leid.«

Ich schaute ihn an. War das etwa alles?

»Und was ist mit dem, was du gesagt hast?«, fauchte ich verletzt.

Damians Augenbrauen wanderten für einen Moment nach oben, bevor er sich wieder gefasst hatte. Seine Gesichtszüge wurden härter und sein Blick kalt. Abwehrend verschränkte er die Arme vor der Brust und kniff die Augen zu schmalen Schlitzen zusammen. »Du weißt schon, dass man die Gespräche von anderen Leuten nicht belauscht.« Seine Stimme war monoton und gefühllos.

Mir klappte der Mund auf. »Mehr hast du dazu nicht zu sagen? Ich war für dich auf dieser blöden Gala. Wenn ich dir nicht gut genug bin, hättest du Beatrice fragen können, ob sie dich ersteigert.« Bei jedem einzelnen Wort wurde ich lauter, aber das war mir egal. »Nur weil dir die Frauen zu Füßen liegen, musst du dich nicht wie ein Arsch verhalten.«

Damians Mundwinkel zuckten und seine Stimme wurde ebenfalls lauter. »Du hast doch überhaupt keine Ahnung. Du bist wie die anderen, die sich ein Bild von mir machen, ohne den leisesten Schimmer zu haben. Du weißt absolut nichts über mich. Wach auf, Milly. In dieser Welt muss man eben sagen, was der andere hören will. Oder man muss so handeln, wie es von einem erwartet wird. Wir sind hier nicht in deiner Rosa-Pony-Welt, in der alles in Ordnung ist. Hier gelten andere Regeln. Also schau mich nicht so vorwurfsvoll an und verurteile mich nicht.«

Damians Brust hob und senkte sich schnell. Er hatte die Hände zu Fäusten geballt und seine Knöchel wurden weiß. Dann sah ich aber einen verdächtigen Glanz in seinen Augen. Ruckartig drehte er sich von mir weg und ging zu dem Geländer auf der anderen Seite.

Rosa-Pony-Welt. Was dachte er sich eigentlich dabei? Nur weil ich meine Sorgen nicht im Alkohol ertränkte, war bei Weitem nicht alles in Ordnung.

»Denkst du das wirklich von mir? Dass ich in meiner perfekten Traumwelt leben würde und die Wirklichkeit nicht sehe? Dass ich keine Probleme habe? Jeder Mensch hat sein Päckchen zu tragen. Aber Damian, du hast in dieser Welt so viele Möglichkeiten. Möglichkeiten von denen andere ihr Leben lang träumen. Alles, was du dafür tun müsstest, wäre deinen Kopf einzuschalten. Hör auf mit dieser arroganten Art und vor allem: Hör auf die Leute zu verletzen, die es gut mit dir meinen.«

Damian starrte mich einen Moment an, bevor er sich die Haare raufte und sich räusperte. »Aber was ist, wenn der Preis für diese Möglichkeiten einfach zu hoch ist? Lieber habe ich nichts von all dem als das. Aber ich habe keine Wahl. Es wurde mir einfach aufgezwungen. Du redest von einem Päckchen? Bei mir ist es ein ganzer Lastwagen.«

Wie ich dieses Selbstmitleid hasste.

»Du klingst wie ein bockiges Kind. Wie hast du vorhin gesagt? Wach auf.« Ich äffte ihn nach. »Du bist ein erwachsener Mann und nicht der einzige mit Problemen. Aber man kann immer etwas daran ändern. Glaub mir, die letzten Jahre waren die Hölle für mich. Trotzdem jammere ich nicht herum. Und ich würde dich niemals schlechtreden oder verletzen, um davon zu profitieren.«

Überrascht öffnete Damian den Mund und kam auf mich zu, doch ich war noch nicht fertig. »Ja, du verletzt mich damit. Ich habe den Abend genossen. Aber nicht, weil es eine Gala ist, sondern weil ich deine Gesellschaft mag. Aber das spielt jetzt keine Rolle mehr.«

Ich wollte bloß noch weg. Ich hatte gedacht, ich könnte ihm helfen. Der Gedanke an Steph schoss durch meinen Kopf. Aber Damian war nicht Steph. Er wollte meine Hilfe nicht. Das musste ich mir eingestehen. Es war sinnlos.

»Was weißt du schon. Du hast nicht mein Leben. Du weißt nicht, wie du in meiner Situation handeln würdest. Deine schlauen Ratschläge kannst du behalten«, knurrte Damian.

Erneut brannten Tränen in meinen Augen. Wie konnte er es wagen? »Du hast recht. Ich habe nicht dasselbe erlebt. Aber ich kenne das Gefühl trotzdem. Ich weiß, wie es ist, wenn man nur noch funktioniert. Wenn man all die Emotionen, die in einem brodeln, unterdrückt. Wenn man gute Miene zum bösen Spiel macht. Wenn man sich lebendig fühlen möchte, aber nichts hilft. Glaub mir, ich kenne das. Auch deine Bettgeschichten werden dich nicht glücklich machen. Aber es bringt nichts, wenn ich dir das sage. Du musst es verstehen.«

Ich hatte alles gesagt. Ausgelaugt lief ich auf die Tür zu, aber Damian griff nach meiner Hand. Sofort durchzuckten mich kleine Stromschläge und ich entriss sie ihm. Das konnte ich jetzt nicht gebrauchen.

Enttäuschung flackerte in seinem Blick auf, dann wurde er wieder kalt. »Dann geh doch und lass mich in Ruhe. Ich brauche deine verdammte Hilfe nicht. Dieser Abend war eine blöde Idee. Bevor ich dich kannte, bin ich auch mit allem zurechtgekommen.«

Ich hatte nicht mehr die Kraft, mich zu streiten. »Wenn du das wirklich glaubst, kann ich daran nichts ändern, Damian. Aber denke immer daran: Ich habe dir nicht den Alkohol eingeschenkt, sondern dich von der Brücke geholt.« Mit diesen Worten drehte ich mich erneut um und griff nach der Türklinke.

Plötzlich ertönte ein lautes, metallenes Scheppern. Dann ein Fluchen. »Scheiße, verdammt. Bitte bleib.«

Was sollte das? Die ganze Zeit erniedrigte er mich und jetzt sollte ich bleiben? Ich war doch nicht sein Punchingball. Trotzdem blieb ich reglos stehen.

»Natürlich stimmt, was du sagst. Es war schwachsinnig, so über dich zu reden. Ich bin es einfach gewohnt, meinen Willen durchzusetzen. Du hast mich zu Recht am Anfang als

Arschloch bezeichnet. Denn das bin ich. Ich musste noch nie Rücksicht auf jemanden nehmen. Im Büro bin ich der Chef und habe das Sagen und bei den Frauen sagt sowieso jede ja. Ich verlasse mich ausschließlich auf mich selbst und dafür muss ich auch auf niemanden achten. Außerdem bin ich es nicht gewohnt, jemanden zu haben. Jemanden wie dich. Du interessierst dich für mich und ich verstehe einfach nicht, warum? Du willst mein Geld nicht. Du willst auch keine Aufmerksamkeit, oder all den Fame. Du bist einfach da. Und jetzt soll ich dir auf einmal vertrauen? Einer Unbekannten? Dabei wusste ich vor diesem Abend nicht einmal deinen Nachnamen. Ich wusste nicht, dass du tanzen kannst oder sonst irgendwas. Ich weiß nur, dass du für mich da warst.«

Eigentlich war ich noch immer sauer auf ihn, aber mir wurde wieder klar, wie einsam sein Leben sein musste.

»Aber habe ich dir nicht gezeigt, dass du mir vertrauen kannst?« Meine Gefühle spielten verrückt und meine Kräfte waren so langsam am Ende. Mein Kopf pochte und mir wurde kalt. »Ich will einfach für dich da sein und dir in deiner jetzigen Situation helfen. Das funktioniert aber nicht, wenn du mich von dir wegstößt.«

Mit wenigen Schritten kam Damian auf mich zu und berührte meine Arme.

Diesmal ließ ich es zu.

»Doch, das hast du. Ich bin ein Idiot, dass ich dich so behandelt habe. Dabei bist du die erste Person seit langer Zeit, die mir ein Gefühl von Sicherheit gibt. Es tut mir ehrlich leid, Milly. Ich habe den Gedanken, dass ich nicht mehr ganz allein bin, noch nicht verarbeitet. Aber das entschuldigt es natürlich nicht«, sagte er aufrichtig.

Vorsichtig lächelte ich ihn an. »Daran werden wir dann wohl noch arbeiten müssen.«

Ich konnte ihn nicht zurücklassen.

Damian atmete erleichtert auf. Er zögerte einen Moment, bevor er mich in seine Arme schloss. »Danke. Du warst unglaublich heute Abend.«

Der Duft seines Parfums stieg mir in die Nase und mein Herz pochte wild. Während mich seine warmen Hände an sich pressten, verarbeitete ich alles. Langsam fiel die Anspannung von mir ab. Damian gab mir die Zeit, die ich brauchte, und ich hätte noch ewig so stehenbleiben können.

Irgendwann löste er sich von mir und schaute mich mit einem entschuldigenden Lächeln an. »Ist wieder alles okay zwischen uns?«

Fröstelnd strich ich mir über die nackten Arme und zuckte mit den Schultern. Was sollte ich dazu sagen? Natürlich hing mir der Streit noch in den Knochen. Dieses Gefühl würde auch nicht so schnell verschwinden.

Damian seufzte und strich mir über den Arm. »Wir sollten wieder reingehen. Ich möchte nicht, dass du krank wirst.«

»Willst du etwa zurück zu Beatrice?« Die Worte waren mir herausgerutscht, bevor ich darüber nachdenken konnte.

»Nein, ich suche nicht nach ihr.« Damian fuhr sich durch die Haare. »Sie ist wütend abgehauen, als ich sie für dich hab stehenlassen.«

»Ich habe ehrlich gesagt nicht damit gerechnet, dass du mir hinterherläufst.«

Damian Blick wurde traurig. »Denkst du so schlecht von mir?«

Auch wenn ich ihn verletzen würde, wollte ich nicht lügen. »Ich kenne dich kaum und kann dich oft nicht einschätzen. Mal bist du lieb und führsorglich und dann wieder abweisend und arrogant. Und theoretisch hast du ja bekommen, was du wolltest. Du musst auf kein Date gehen. Mein Job ist erledigt.«

Zärtlich griff er nach meiner Hand. »Was ich will, ist dich nicht zu verlieren. Ich brauche dich, Milly. Du bist die Erste, die mein Leben so wie ich es kenne in Frage gestellt hat. Die Erste, die sich nur für mich interessiert. Ich kann gar nicht genau sagen was es ist, aber du hast in mir den Wunsch geweckt, etwas verändern zu wollen. Ich wusste, wie scheiße meine Aktion mit Beatrice war. Ich wollte mich bei dir entschuldigen.«

Überrascht klappte mir der Mund auf. »Entschuldigen? Das hat ja fabelhaft funktioniert.«

Seine Schultern sackten nach unten und er schaute überall hin, nur nicht in meine Augen. »Ich weiß. Das habe ich verbockt. Mir sind die Sicherungen durchgebrannt. Für mich war Angriff in diesem Moment die einzige Verteidigung. Es tut mir leid. Ich hätte so nicht reagieren dürfen.« Seine blauen Augen bohrten sich in meine und flehten stumm um Verzeihung.

»Lass uns wieder reingehen«, wechselte ich das Thema.

Damian griff um mich herum und öffnete die Tür. Als ich an ihm vorbei wollte, schlang er seinen Arm um meine Hüfte und vergrub sein Gesicht in meinen Haaren. »Ich weiß, ich habe kein Recht dazu. Aber bitte sag mir, dass du mir verzeihst. Verlass mich nicht.«

Die Angst in seiner Stimme brach mir fast das Herz und ich nickte zögernd. »Ich verlasse dich nicht, Damian. Ich verspreche dir, wir werden einen Weg finden, der dich glücklich macht. Und ich versuche dir zu verzeihen.«

Er presste mich mit einem Seufzen noch ein wenig enger an sich. »Danke. Das bedeutet mir viel. Und ich werde jeden Tag daran arbeiten, dass du es irgendwann kannst.«

Dann löste er sich von mir und wir verließen den Balkon.

Der Versteigerungsraum war mittlerweile vollkommen leer und man hörte die Band aus dem anderen Saal. Meine Haut prickelte durch die wohlige Wärme angenehm und mich überkam ein Schauer.

Damian stellte sich zaghaft lächelnd neben mich und hielt mir seinen Arm hin. »Darf ich die Dame begleiten?«, fragte er charmant.

Ich schüttelte fassungslos den Kopf. Es war erschreckend zu sehen, wie leicht er seine Gefühle überspielte.

»Ich weiß ja nicht, wie es dir geht. Aber ich könnte einen Drink vertragen.«

Oh ja. Dankbar hakte ich mich bei ihm unter und nickte.

An der Bar schaute er mich fragend an. »Was möchtest du haben?«

Ich überflog die Karte und bestellte mir einen Caipirinha. Den kannte ich wenigstens. Damian nahm einen Whiskey und mit unseren Gläsern bewaffnet suchten wir uns ein ruhiges Fleckchen.

Die Menschen um uns herum starrten und tuschelten, aber ihn schien das nicht zu interessieren.

Unwohl strich ich mir eine Strähne aus dem Gesicht.

»Mir ist aufgefallen, dass du mich bereits ziemlich gut kennst. Leider eher die schlechten als die guten Seiten, aber naja. Ich dagegen weiß fast nichts über dich.« Damian runzelte die Stirn.

Ich zuckte mit den Schultern. »So viel gibt es über mich auch nicht zu erzählen.«

Daraufhin warf er mir einen eindringlichen Blick zu und schüttelte den Kopf. »Das glaube ich dir nicht. Was machst du zum Beispiel hier in den USA?«

Dieses Thema gefiel mir. Über meine Reise konnte ich stundenlang erzählen. »Nachdem ich in Deutschland meinen Master gemacht hatte, wollte ich unbedingt reisen. Das liegt bei uns in der Familie. Wir haben schon immer Urlaub in fremden Ländern gemacht«, erklärte ich ihm. »Naja, und nach dem Studium war das die beste Gelegenheit dafür. Wenn ich erst einmal arbeite, werde ich mir keine drei Monate einfach frei nehmen können. Und wer weiß, was die Zukunft noch bringt. Mir war außerdem von Anfang an klar, dass ich eigentlich Alles sehen wollte. Ich konnte mich einfach für keine Küste entscheiden. Also habe ich mich dazu entschlossen, eine Rundreise zu machen.«

Interessiert hörte mir Damian zu. »Und wo warst du überall?«

Ich lächelte bei dem Gedanken an meine Route. »Eigentlich hatte ich fast nichts geplant. Zuerst bin ich nach San Francisco geflogen. Dort hatte ich mir für zwei Nächte ein Hotel gebucht und danach wollte ich einfach schauen, wohin es mich zieht. Der Rückflug von New York war auch fest geplant, sodass ich zumindest ungefähr wusste, wo es lang gehen sollte. Von San Francisco ging es also nach Los Angeles. Von dort aus nahm ich den Bus nach Las Vegas. Durch Zufall traf ich ein Pärchen aus Dänemark mit einem Wohnmobil, die mir anboten mich mit nach Dallas zu nehmen. Nach ein paar Tagen ging es dann mit dem Bus weiter nach Austin. Danach New Orleans, Orlando und Miami. Und zuletzt die Ostküste mit Washington D.C., Philadelphia und New York.«

Damian schaute mich fasziniert an.

»Du hast wahrscheinlich mehr von diesem Land gesehen als die meisten Amerikaner. Wo hast du denn gewohnt? Als Frau allein ist das wirklich mutig und irgendwie auch gefährlich, oder nicht?«

Ich musste lachen, denn das war die Reaktion der meisten Leute. »Ich bin bewusst allein gereist, denn ich wollte von niemandem abhängig sein. Aber ich habe schon darauf geachtet, immer mein Pfefferspray dabeizuhaben und dunkle

Ecken zu meiden. Außerdem hatte ich mich vorher informiert und mir überlegt, dass ich Couchsurfing machen wollte. So war ich auch nie allein.«

Fragend hob Damian die Augenbrauen. Er war nicht der Erste, der noch nie von dieser Möglichkeit gehört hatte. Es überraschte mich, dass so wenig Menschen von Couchsurfing wussten.

»Das ist eine Plattform, auf der du angibst, dass du eine Couch zum Übernachten suchst. Oder, dass du deine eigene Couch oder dein Gästezimmer anbietest. Ich habe geschaut, wer eine gute Bewertung hat und in San Francisco wohnt. Und dann habe ich bei ihm übernachtet. Das war eine spannende Erfahrung. Mit mir haben noch zwei andere junge Frauen das Angebot angenommen, sodass wir eine richtige Übernachtungsparty im Wohnzimmer hatten. Mit ihnen habe ich mir dann auch die nächsten Tage die Stadt angeschaut.«

Ungläubig schüttelte Damian den Kopf. »Kaum zu glauben, dass Menschen so etwas anbieten. Einfach eine fremde Person in die Wohnung zu lassen ist echt waghalsig. Hattest du nie Angst, dass etwas passieren könnte?«

Ich zuckte mit den Schultern. »Das erste Mal war schon etwas komisch, aber die Leute in San Francisco waren total hilfsbereit und haben mir sofort die Angst genommen. Natürlich lief nicht immer alles perfekt. Aber im Großen und Ganzen war es genau richtig für mich und ich würde es immer wieder so machen.«

Damian schaute sich in dem mittlerweile fast leeren Saal um. »Ich würde gerne mehr darüber hören, aber ich glaube, die Angestellten wollen aufräumen. Ich will sie nicht unnötig von ihrem Feierabend abhalten. Sollen wir auch gehen?«

Tatsächlich taten mir die Füße inzwischen weh und ich nickte. Daraufhin bot er mir erneut seinen Arm an.

Ich ließ meinen Blick durch den Raum schweifen. Bei dem ganzen Trubel hatte ich vergessen, nach Sam zu schauen. Allerdings waren, abgesehen von einigen Kellnern, kaum noch Gäste da. Wahrscheinlich war sie schon auf dem Heimweg. Da stach mir auf einmal die Kellnerin, die Sam so süß fand, ins Auge.

Plötzlich hatte ich eine Idee. Sollte ich das wirklich tun? Aber was hatte ich schon zu verlieren?

»Hast du einen Stift dabei?«

Verwirrt runzelt Damian die Stirn, nickte dann aber und zauberte einen Kugelschreiber aus seinem Jackett. Ich nahm die Serviette unter meinem Glas und zog mein Handy aus der Tasche. Nachdem ich fertig war, entschuldigte ich mich kurz bei Damian.

Zielstrebig ging ich auf die Kellnerin zu. »Hey, ich bin Emily.«

Schüchtern schaute sich die junge Frau um. »Ähm, waren Sie mit dem Service nicht zufrieden? Dann bin ich leider die falsche Ansprechpartnerin. Aber ich hole gerne meinen Chef, wenn Sie wollen.«

Sofort winkte ich ab. »Nein, nein. Der Service war hervorragend. Ich habe ein persönliches Anliegen. Meine Freundin Sam fand Sie sehr interessant und hat sich leider nicht getraut, Sie anzusprechen. Ich will Ihnen auf keinen Fall zu nahetreten. Aber falls Sie Interesse an einem Date mit ihr haben – hier ist ihre Nummer. Ich werde ihr nicht sagen, dass ich Ihnen die Nummer gegeben habe, also wenn Sie sich nicht melden, wird sie es auch nie erfahren. Ihre Entscheidung.«

Lächelnd legte ich die Serviette auf das Tablett in ihrer Hand und lief zurück zu Damian. Hoffentlich war es für Sam in Ordnung, dass ich einfach so ihre Nummer weitergegeben hatte.

»Was war das denn?« Damian musterte mich verwundert.

Grinsend hakte ich mich bei ihm unter und zog ihn zum Ausgang. »Ich habe Amor gespielt.«

Damian schüttelte lachend den Kopf und wir schlenderten nach draußen.

Luis stand mit dem Wagen bereit. Ob er schon lange wartete?

Im Innenraum drehte sich Damian auf dem Sitz, sodass er mir wieder in die Augen schauen konnte. »Erzähl mir von den nicht so perfekten Dingen.«

Ich lachte und strich mir eine Strähne hinter das Ohr. »Puh, wo soll ich anfangen? Eigentlich ist sogar vieles nicht wie geplant gelaufen. Das erste Mal, dass mir Couchsurfing komisch vorkam, war in Los Angeles. Ich wohnte bei einem jungen Mann. Frag mich nicht wieso, aber fast alle Anbieter sind männlich oder Paare. Naja, egal. Auf jeden Fall war er wirklich nett und hat am ersten Abend sogar für mich gekocht. Zwei Freunde kamen vorbei und es war echt lustig. Als ich schlafen gehen wollte, habe ich ihn nach einer Decke gefragt, weil ich nur einen dünnen Schlafsack dabeihatte. Philipp meinte allerdings, dass alle Decken in der Wäsche wären. Aber wenn ich wollte, könnte ich gerne in seinem Bett schlafen. Er musste sowieso arbeiten und würde sich morgens einfach dazu kuscheln.«

Damian schaute mich schockiert an und ich musste lachen.

Er war der größte Playboy, aber das wunderte ihn jetzt?

»Natürlich habe ich das Angebot dankend abgelehnt und mit meinem dünnen Schlafsack wie geplant auf der Couch geschlafen. Aber. Und jetzt kommt das große Aber. Ich schwöre bei Gott, dass Philipp die Klimaanlage nachts angeschaltet hat. Ich habe so verdammt gefroren, obwohl es tagsüber für April richtig warm war«, erzählte ich grinsend weiter.

Noch immer konnte ich diese absurde Situation bildlich vor Augen sehen. Damian stimmte in mein Lachen mit ein.

»Nein im Ernst. Ich habe mit Socken, Jogginghose und Pulli geschlafen und mir war trotzdem unglaublich kalt.« Ich schüttelte den Kopf.

Damian lachte immer noch ausgelassen und legte seine Hand gedankenverloren auf meinen Oberschenkel. »Wahrscheinlich war das seine Masche und er war ganz enttäuscht, dass du auf der Couch durchgehalten hast«, witzelte er.

Für einen kurzen Moment war ich von seiner Berührung abgelenkt. Durch den dünnen Stoff des Kleides nahm ich die Wärme intensiv wahr und meine Haut prickelte angenehm.

Ich konzentrierte mich wieder und lachte ebenfalls. »Deswegen bin ich auch nur drei Tage in L. A. geblieben, danach wurde es mir zu viel. Außerdem war mir die Stadt auch irgendwie zu versnobt.«

Damian grinste von einem Ohr zum anderen und es war schön, ihn nach dem angespannten Abend endlich wieder Lachen zu sehen.

»Mir gefällt Los Angeles ehrlich gesagt auch nicht besonders. Ich würde viel lieber in Seattle oder San Francisco leben.«

»Mr. O'Brian, wir sind da.«

Ich hatte fast vergessen, dass Luis mit uns im Auto saß.

Mein Magen verkrampfte sich. Schade, dass wir schon vor Todds Wohnung waren. Ich wollte mich noch nicht von Damian verabschieden. Wie ging es jetzt weiter? Wir wollten doch gemeinsam eine Lösung für seine Unzufriedenheit finden. Und mussten wir das Date einlösen, um den Schein zu wahren? Oder fragte da niemand nach?

Damian drückte bestimmt meinen Oberschenkel. »Ich weiß, das klingt jetzt komisch. Aber möchtest du noch mit zu mir kommen?« Verlegen kratzte er sich am Kinn.

Ich musste lachen als ich sah, wie er mich unsicher musterte. »Ernsthaft? Der große Damian O'Brian wird schüchtern, wenn er eine Frau zu sich einlädt?«, witzelte ich.

Damian lachte erleichtert auf. »Mach dich nicht lustig. Bei dir ist das eben etwas anderes, weil ich dich nicht ins Bett bekommen will.«

War das ein Kompliment oder eine Beleidigung?

»Bitte Milly. Ich fände es schön, wenn wir noch ein bisschen reden könnten. Übernachte bei mir.«

Auch wenn ich es nie zugeben würde, freute ich mich über seine Frage. Daher nickte ich ein wenig zu schnell. »Ich hole ein paar Sachen aus der Wohnung und dann können wir zu dir.«

Leise betrat ich Todds Wohnung. Ich hatte den ganzen Tag nichts von ihm gehört. Ob er wieder in New York war? Lieber ging ich auf Nummer sicher, schließlich wollte ich ihn auch nicht wecken. Eilig packte ich und lief zurück zum Auto. Luis nahm mir hilfsbereit die Tasche ab und wenige Minuten später fuhren wir weiter.

8. Kapitel

Vor dem Hotel angekommen, klappte mir der Mund auf. Auch wenn ich schon einmal hier gewesen war, beeindruckte mich das prunkvolle Foyer aufs Neue.

Im Aufzug bemühte ich mich ein Gähnen zu unterdrücken, doch es gelang mir nicht.

Grinsend schaute Damian zu mir herunter. »Na, ist da jemand müde? Oder langweile ich dich?«

Ich grinste ihn breit an. »Wie könnte ich mich in dieser Begleitung langweilen? Ich meine, du bist Damian. Du könntest jede haben. Aber. Oh. Mein. Gott. Du möchtest Zeit mit mir verbringen«, ahmte ich den Ton der schmachtenden Frauen auf der Gala nach und fächelte mir mit einer übertriebenen Geste Luft zu.

Damian schüttelte ungläubig den Kopf. »Du bist echt einmalig, Milly.«

Meine Wangen wurden warm und ich strich mir eine Strähne aus dem Gesicht.

Als wir auf dem Weg zu Damians Zimmer an dem roten Samtvorhang vorbeikamen, musste ich schmunzeln. Rückblickend war mein Versteckspiel vor Mr. Hudson und dem Hoteldirektor ein wenig albern gewesen.

Nachdem Damian aufgeschlossen hatte, legte er meinen Rucksack auf einen Stuhl. »Ich springe noch schnell unter die Dusche, wenn es dich nicht stört? Ansonsten fühle dich wie zuhause.«

Ich nickte und ließ mich auf das riesige Bett fallen. Irgendwie erinnerte mich das sehr an letzte Nacht. Nur, dass Damian diesmal nicht betrunken war. »Klar, kein Problem. Geh ruhig.«

Dann verschwand er im Bad und ich sank in die weichen Kissen. Der Tag war verwirrend gewesen. Die letzten drei Monate waren kein Vergleich zu heute. Bei dem Gedanken an Marco und Elena musste ich lächeln. Sie waren so herzliche Menschen. Doch auch Damians Mutter schien auf den ersten Blick nett zu sein und ich konnte nicht verstehen, wieso Damian dachte, er wäre ihr nicht wichtig.

Meine Lider wurden immer schwerer und ich schloss die Augen.

»Hey Kleines. Tut mir leid, dass ich dich wecken muss. Aber du zerknitterst dein hübsches Kleid.«

Neben mir saß Damian und grinste mich an.

»Lass mich in Ruhe«, grummelte ich verschlafen vor mich hin und drehte ihm den Rücken zu.

Durch die Kissen hörte ich sein gedämpftes Lachen. Seine Hand strich zärtlich meinen Arm entlang und langsam verschwand die Müdigkeit. Vorsichtig drehte ich mich zu ihm und setzte mich auf.

»Na, war es etwa so langweilig ohne mich?«

Ich verpasste Damian einen leichten Schlag gegen die Brust und schüttelte den Kopf. Theatralisch fasste er sich an die Stelle und tat, als hätte er Schmerzen, bevor er lachte.

Es war schön zu sehen, wie gelöst er sein konnte.

Obwohl ich den Moment mit ihm sehr genoss, hatte er recht. Darum bemüht, das teure Kleid nicht noch mehr zu zerknittern, stand ich auf. »Ich gehe mich mal frisch machen.«

Damian nickte und schlenderte zu der Minibar an der Wand. »Möchtest du auch etwas trinken?« Er inspizierte ihren Inhalt und angelte sich ein Bier.

Verblüfft schaute ich ihn an. »Du trinkst Bier? Ich dachte, die Reichen trinken Champagner.«

Damian zog die Augenbrauen hoch und lachte. »Wer hat denn das gesagt? Vielleicht auf besonderen Veranstaltungen, aber bestimmt nicht privat. Das ist doch alles nur Show.«

Ich zuckte mit den Schultern. »Marco hat das gesagt, als ich eine Cola wollte.«

»Ja, das ist typisch für ihn. Aber Marco liebt dieses High Society Leben. Für ihn gehört das alles zum Business.«

Das konnte ich mir bei ihm gut vorstellen.

»Ich nehme auch eins«, sagte ich und ging in das riesige Badezimmer.

Auch wenn meine Frisur perfekt gewesen war, tat es gut, endlich die ganzen Klammern zu lösen. Vorsichtig fuhr ich mir durch die offenen Haare und seufzte bei dem angenehmen Gefühl wohlig auf. Dann band ich sie zu einem lockeren Dutt zusammen. Ich wollte mir noch meine Jogginghose und einen Pulli anziehen, aber ich bekam den Verschluss des Kleides nicht auf. Ich versuchte es aus verschiedenen Winkeln, aber es klappte einfach nicht. Seufzend gab ich mich geschlagen und ging zu Damian zurück.

Er stand noch immer an die Bar gelehnt, tippte aber gleichzeitig konzentriert auf seinem Handy.

Ohne seinen Blick vom Bildschirm zu lösen, öffnete er die Minibar. »Was wolltest du nochmal trinken?«

Lächelnd lief ich zu ihm und nahm ein Bier heraus. Mein Kleid konnte auch noch ein paar Minuten warten. Als Damian aufsah, hob er überrascht die Augenbrauen. »Du trinkst Bier? Also habe ich mich nicht verhört.«

Ich musste lachen. »Ja, ich trinke Bier. Wieso auch nicht?«

Damian kratzte sich am Kinn. »Naja. Die Frauen, die ich kenne, trinken eher Cocktails oder doch Champagner.«

Natürlich, das hätte ich mir denken können. »Dann kennst du anscheinend nur die falschen Frauen. Für mich ist das ganz normal. In Deutschland haben wir richtig leckeres Bier. Wobei ich am liebsten Wein trinke.«

Ein überraschter Ausdruck legte sich über sein Gesicht. »Das hätte ich irgendwie nicht gedacht. Was für Wein trinkst du gerne?«

Während ich ihm antwortete und wir daraufhin über die verschiedenen Rebsorten fachsimpelten, öffnete ich mein Getränk. Zum Glück hatte die Flasche einen Drehverschluss, denn einen Kronkorken mit Hilfe eines Schlüssels oder Ähnlichem zu öffnen, hatte ich in der Studienzeit vergeblich versucht zu lernen. Ich nahm einen Schluck und genoss den herben Geschmack auf der Zunge.

Es machte Spaß, mit jemandem über Wein zu diskutieren. Zumindest in meinem Freundeskreis war solches Interesse eher untypisch und ich kannte mich auch nur durch meinen Nebenjob in einer Weinlounge damit aus. Trotzdem wirkte Damian für mich nicht wie jemand, der mit einem guten Glas Wein den Abend auf der Couch verbrachte. Ich konnte ihn mir besser bei einem Sportevent oder einer Party vorstellen.

»Leider komme ich viel zu selten dazu, ein Gläschen zu trinken«, erklärte er mir.

Ich zog meine Augenbrauen zusammen.

Wie konnte man nicht dazu kommen, sich etwas zu gönnen, was man gerne mochte?

»Ich weiß auch nicht, wieso«, antwortete Damian auf meine ungestellte Frage. »Ich liebe Wein. Aber auf Partys gibt es meistens Cocktails und bei Geschäftsessen bestimmt der Sommelier die Sorte. Man erwartet nicht von mir, dass ich mir Gedanken darüber mache. Und da es nicht von mir erwartet wird, habe ich auch selten Zeit dafür.«

Ich verschluckte mich fast, als ich das hörte. »Also machst du nie etwas für dich, sondern immer das, was man dir sagt? Aber möchtest du nicht auch mal Spaß haben?«

Damian fuhr sich durch die Haare und setzte sich auf den Bettrand. »Doch. Natürlich habe ich Spaß. Aber von mir wird erwartet, dass ich zu verschiedenen Feiern gehe. Auch das Flirten gehört irgendwie dazu. Es ist gute PR, solange ich keine Scheiße baue.« Bei diesen Worten verzog er angewidert das Gesicht.

Bestimmt hatte er in der Hinsicht schon einiges erlebt.

»Naja egal. Also habe ich auf diese Weise Spaß.«

So langsam verstand ich seine Unzufriedenheit. Man konnte nicht glücklich sein, wenn man nie etwas für sich tat. Ich empfand Mitleid mit ihm. Ob seine Eltern dieses Verhalten wirklich erwarteten?

»Du hast also an jedem Finger eine Frau, weil es gute PR ist und nicht, weil es dir gefällt?« Ich grinste ihn frech an.

Damian lachte und zupfte einen Fussel von der Hose. »Du hast mich erwischt. Das mache ich, weil es Spaß macht. Es ist schön, Anerkennung zu bekommen und ich bin eben auch nur ein Mann. Aber irgendwie ist es auch zur Gewohnheit geworden.«

Vorsichtig ließ ich mich neben ihn auf das Bett sinken und trank noch einen Schluck. Was sollte ich dazu sagen?

»Worüber denkst du nach?« Damian musterte mich.

Ich zuckte mit den Schultern. »Wenn du sagst, dir gefällt die Anerkennung. Wieso hattest du dann noch nie eine Freundin? Ich meine, in einer Beziehung unterstützt man sich doch und vielleicht ist es das, wonach du suchst?«

»Nein, eine Beziehung ist nichts für mich. Ich bin durch meinen Beruf schon genug gebunden. Da möchte ich nicht auch noch Rücksicht auf jemand anderes nehmen müssen.«

Sofort musste ich an Sams Aussage über Damian denken. Sie hatte erzählt, er würde nie etwas tun, ohne einen Vorteil daraus zu ziehen. Und er hatte mir selbst gesagt, dass er es nicht gewohnt war, rücksichtsvoll zu sein.

Damian stand auf und stellte seine mittlerweile leere Flasche auf den Schreibtisch. »Genug philosophiert, ich möchte mehr von deiner Reise hören. Hast du auch irgendwo gearbeitet oder bist du nur herumgereist? Und welche Stadt hat dir am besten gefallen?«

Er würde mir heute wohl nichts mehr über sich verraten. Nachdenklich bewegte ich die Flasche von einer Hand in die andere, bevor ich wieder in den Erinnerungen an meine Reise versank.

»Nein, ich hatte hier keinen Job. Es ist sehr kompliziert, ein Arbeitsvisum in den USA zu bekommen. Ich habe vor der Reise gearbeitet und viel gespart damit das Geld reicht«, erklärte ich. »Und welche Stadt mir am besten gefallen hat? Puh, das ist schwer. San Francisco ist unglaublich. Eine richtige Großstadt, aber durch die Cable Cars und die vielen Hügel hat es etwas Gemütliches. Aber das war auch meine erste Station und wahrscheinlich bin ich daher nicht ganz objektiv. New York war interessant zu sehen, aber eigentlich mag ich es lieber etwas ländlicher.« Ich gähnte und streckte mich.

Damian hatte mich die ganze Zeit mit einem Lächeln auf den Lippen beobachtet und fuhr sich nun mit einer entspannten Geste durch die Haare. »Das klingt toll, Milly. Es war ein langer Tag und du bist solchen Trubel bestimmt nicht gewohnt. Wollen wir schlafen gehen?«

Ich nickte und mir fiel wieder ein, wieso ich überhaupt aus dem Badezimmer gekommen war. Also stand ich auf und drehte ihm den Rücken zu. »Mein Reißverschluss klemmt. Könntest du ihn bitte öffnen?«

Er trat hinter mich und legte seine warmen Hände auf meine Schultern. »Ich wusste gar nicht, dass wir schon so weit sind. Aber ich ziehe dich natürlich gerne aus.« Der Schalk klang in seiner Stimme.

Ich konnte nicht anders, als mitzulachen. Langsam hatte ich mich an Damians Humor gewöhnt und wusste, dass er es nicht ernst meinte. Dennoch kribbelte es bei seinen Worten angenehm in meiner Magengrube.

Nachdem er das Kleid ohne große Probleme geöffnet hatte, verschwand ich noch einmal im Bad, um mir endlich die bequeme Jogginghose und ein weites T-Shirt zum Schlafen anzuziehen.

Als wir schließlich nebeneinander im Bett lagen und Damian das Licht ausgeschaltet hatte, dachte ich über die kommenden Tage nach. »Wie soll es jetzt weiter gehen?«, sprach ich die Frage aus und hatte ein Déjà-Vu des gestrigen Abends.

Damian bewegte sich unruhig neben mir. »Dass du mein Date ersteigert hast, hat mir eine große Last abgenommen. Aber letztendlich ändert es doch nichts. Ich habe morgen ein wichtiges Meeting, zu dem ich erscheinen muss und abends bin ich von meinen Eltern zum Essen eingeladen. Dann sollten wir noch das Date einlösen und den Betrag an ein Kinderheim übergeben, bevor ich in vier Tagen zurück nach Los Angeles muss und der Alltagsstress wieder losgeht.«

Wow, das war aber ein straffer Zeitplan. Jetzt verstand ich, wieso er den heutigen Vormittag allein in dem anderen Hotel verbringen wollte.

Auf einmal wurde mir ein weiteres Problem bewusst. Damian hatte zwar erwähnt, dass er in Los Angeles wohnte, aber irgendwie hatte ich nicht bedacht, dass er dorthin zurückgehen würde.

»Mir ist klar, dass sich dein Leben nicht von heute auf morgen verändern wird. Aber ich habe dir versprochen, dass ich dir helfen werde, und wir schaffen das. Du musst das Date mit mir nicht einlösen, schließlich ist es dein Geld und ich habe es gemacht, damit du deine Ruhe hast. Wieso nutzt du die Zeit nicht lieber für dich und übergibst das Geld dann einfach an ein Kinderheim?«

Ich wollte noch mehr sagen, aber Damian unterbrach mich. »Glaub mir, Milly. Das Date mit dir wird das Highlight der nächsten Tage sein. Ich weiß auch nicht wieso, aber bei dir kann ich mich entspannen und loslassen. Ich freue mich schon darauf, dir den Bear Mountain zu zeigen.«

Sein Geständnis überraschte mich und mir wurde angenehm warm. Meine Glieder wurden immer schwerer und ich kuschelte mich tiefer in die weichen Kissen. Vielleicht konnte ich ihm wirklich helfen, sein Leben neu zu ordnen und glücklicher zu werden.

»Und wie soll es nach den vier Tagen weitergehen? Du kehrst zurück nach Los Angeles und alles ist wie zuvor?«, sprach ich meine größte Sorge aus.

Nicht nur, dass ich Damian dann vermutlich nie wieder sehen würde. Wir mussten überlegen, wie er aus diesem Kreis aus Erwartungsdruck und daraus resultierender Unzufriedenheit ausbrechen konnte. Ich war mir sicher, dass es hier einige Baustellen zu bearbeiten gab.

Ich kämpfte gegen die aufkeimende Müdigkeit an, schließlich wollte ich seine Antwort nicht verpassen. Doch alles, was ich hörte, war Damians gleichmäßiger Atem. Ob er eingeschlafen war?

»Ich hatte eigentlich gehofft, dass du mit mir kommen würdest.«

Hatte er das gerade tatsächlich gesagt? Oder war ich schon

am Träumen? Ich versuchte mein pochendes Herz zu ignorieren und lauschte in die Dunkelheit. Wenn ich nicht antwortete, würde er bestimmt nachfragen, oder nicht?

Aber es blieb still zwischen uns und so sank ich wenige Sekunden später in das Land der Träume.

Am nächsten Morgen wurde ich durch ein schrilles Piepsen wach. Da ich keinen Alarm in meinem Handy eingestellt hatte, rempelte ich Damian genervt an. Sollte er sich doch um diesen Krach kümmern. Er schlief aber in aller Seelenruhe weiter und schien das unangenehme Geräusch überhaupt nicht wahrzunehmen. Seufzend richtete ich mich auf und rüttelte an seiner Schulter. »Damian, mach das sofort aus«, quengelte ich.

Endlich öffnete er die Augen und lachte, während er den Wecker ausschaltete.

»Schön, dass du so gute Laune hast«, grummelte ich sarkastisch und versteckte mein Gesicht wieder in den Kissen.

Damians Lachen wurde noch lauter. »Du bist wohl kein Morgenmensch.«

Ich schüttelte den Kopf. Wieso ließ er mich nicht einfach weiterschlafen? Nach einigen Minuten hob sich die Matratze und ich hörte, wie er das Bett verließ. Zufrieden atmete ich ein und entspannte mich wieder. Kurz darauf legte Damian seine Hand auf meine Schulter.

»Keine Sorge, ich lasse dich gleich in Ruhe. Aber ich muss zu einem Meeting und bestelle mir Frühstück aufs Zimmer, möchtest du auch etwas?«

Eigentlich wollte ich weiterschlafen, aber als er Frühstück erwähnte, knurrte mein Magen verräterisch. Ich hatte gestern Nachmittag das letzte Mal etwas gegessen. Also setzte ich mich auf und fuhr mir verschlafen durch die Haare.

Damian musterte mich und ich schaute ihn fragend an. Doch er sagte nichts, sondern hielt mir nur die Speisekarte des Hotels hin. Nachdem ich das Angebot überflogen hatte, entschied ich mich für Rührei mit Bacon und verschwand im Bad.

Ich seufzte auf, als ich unter die Dusche stieg und das warme Wasser meinen Körper herunterlief. Nachdem ich fertig war, zog ich mir eine gemütliche Stoffhose und ein lockeres T-Shirt an und ging zurück in das Schlafzimmer.

Damian saß bereits auf der Couch und aß einen Bagel. Während ich mich zu ihm setzte, schaute er kurz von seinem Handy auf. Dann legte er es zur Seite. »Möchtest du mich heute Abend zu dem Essen meiner Eltern begleiten?«

Fast hätte ich mein Rührei wieder ausgespuckt. Schnell kaute ich zu Ende und schluckte. »Du möchtest, dass ich mitkomme?«

Damian schob sich scheinbar gleichgültig einen Löffel Joghurt in den Mund. Aber mir konnte er nichts vormachen. Ich wusste mittlerweile, wann er seine Gefühle überspielte.

»Klar, wieso nicht? Freunde von meinen Eltern kommen auch und wenn du dabei bist, reden sie vielleicht weniger über die Arbeit. Außerdem bist du eine angenehme Gesellschaft.«

Bei seinem letzten Satz schaute er mich eindringlich an. Ohne groß darüber nachzudenken, nickte ich. »Okay, dann komme ich gerne mit. Was ist das für ein Essen? Also wo geht es hin und was soll ich dazu anziehen?«

Mir war bewusst, dass es klang, als würde ich mir ständig Gedanken über mein Äußeres machen, doch das stimmte nicht. Eigentlich war ich unkompliziert. Aber in dieser Gesellschaft kannte ich mich nun mal nicht besonders gut aus. Meine Schwester Lea wäre hier viel besser aufgehoben als ich.

»Es ist ein lockeres Essen. Amber und ihr Mann werden kommen und einer unserer Geschäftspartner mit seiner Frau. Und natürlich meine Eltern. Wir gehen in ein Restaurant im Central Park namens *Cobertizo*. Also nichts zu schickes.«

Ich seufzte frustriert auf. Nicht zu schick war in Damians Welt immer noch etwas anderes als in meiner. In meinem Rucksack befanden sich bequeme Sachen und ein paar schickere Klamotten, die für Damian wahrscheinlich eher in die Kategorie *sportlich* gehörten. Na ja, irgendetwas würde schon gehen.

Damian musste meinen verzweifelten Gesichtsausdruck gesehen haben, denn er stupste mich aufmunternd an. »Ich muss jetzt zu dem Meeting und werde erst heute Nachmittag zurückkommen. Wir sollten spätestens um sechs Uhr losfahren, damit wir pünktlich kommen.« Dann reichte er mir einen Katalog und kramte in seiner Tasche. »In diesem Heft sind alle Kinderheime der Organisation aufgelistet. Such dir eins für unsere Spende aus. Am besten wäre etwas in New York oder Los Angeles, weil ich oft dort bin. Das würde die Spendenübergabe erleichtern. Aber wir können auch ein anderes nehmen und hinfliegen.«

In meinem Magen kribbelte es. Zum einen freute es mich, dass er von *unserer Spende* sprach, obwohl ich damit eigentlich nichts zu tun hatte. Zum anderen war es schön zu hören, dass er die Spende anscheinend mit mir zusammen übergeben wollte.

Endlich schien er gefunden zu haben, wonach er suchte, denn er reichte mir eine goldene Karte. »Hier ist meine Kreditkarte. Bitte fang jetzt keine Diskussion an und kauf dir einfach ein neues Outfit für heute Abend.«

Ungläubig starrte ich ihn an. Das konnte er unmöglich ernst meinen. »Ich dachte, du vertraust niemandem? Aber du lässt mich mit deiner Kreditkarte durch die Stadt laufen?«

Damian lachte und fuhr sich unschlüssig durch die Haare. »Du hast recht. Das ist ziemlich untypisch für mich. Aber du hast gesagt, ich solle anfangen zu vertrauen und das tue ich jetzt. Außerdem machst du nicht den Eindruck, als würdest du einfach mein Konto leerräumen. So sehr wie du dich gestern gegen mein Geld gesträubt hast.«

Ich konnte nicht anders, als über beide Ohren zu strahlen. Damian vertraute mir.

Nachdem er das Hotelzimmer verlassen hatte, aß ich in Ruhe weiter und überlegte.

Jetzt musste ich schon wieder Geld von ihm annehmen. Dabei wollte ich Damian doch zeigen, dass es mir nicht um sein Geld oder seinen Ruhm ging. Allerdings war jedes einzelne Kleidungsstück in meinem Rucksack unpassend. Am besten ließ ich mir seine Kontonummer geben, und sobald ich in Deutschland einen Job hatte, würde ich ihm alles zurückzahlen. Damit konnte ich leben.

Dann schrieb ich Sam. Vielleicht hatte sie ja Lust, mit mir shoppen zu gehen. Wenige Minuten später kam auch schon die Antwort. Sie kam gerne mit und wir vereinbarten, uns in einer halben Stunde vor dem Hotel zu treffen.

»Hey Girl«, begrüßte mich Sam mit einem breiten Grinsen.

Wow. Im Gegensatz zu gestern hatte sie ein ziemlich ausgefallenes Outfit an. Damit fiel sie in dem schicken Foyer auf wie ein bunter Hund, aber das schien sie nicht zu stören. Sie trug einen blau-rot gemusterten Rock, dazu passende rote Overknees-Socken und braune Stiefeletten. In den Bund hatte sie ein lockeres weißes Top gesteckt und darüber einen schicken dunkelblauen Blazer gezogen. Auch wenn es keinem bestimmten Stil entsprach, sah es unglaublich toll an ihr aus.

Begeistert schaute sie sich um. »Hier wohnst du? Kein Wunder, dass du Damian ohne mit der Wimper zu zucken ersteigert hast. Da fällt mir ein, was machst du überhaupt beruflich?«

Ich musste über ihre quirlige Art lachen und zog sie aus dem Hotel. Sollte ich ihr die Wahrheit sagen? Dass ich mit Damian *befreundet* war, wusste sie ja schon. »Das ist alles gar nicht so einfach. Aber um ehrlich zu sein, wohnt Damian hier und ich habe bei ihm übernachtet.«

Abrupt blieb Sam stehen und starrte mich an. »Du hast was? Und das sagst du erst jetzt? Ich wusste, zwischen euch knistert es. Hast du mit ihm geschlafen?«, plapperte sie mit aufgeregter Stimme los.

Einige Passanten musterten uns und ich wäre am liebsten im Erdboden versunken.

Peinlich berührt zog ich sie schnell weiter. »Sam! Nicht so laut. Und nein, wir haben nicht miteinander geschlafen. Wie schon gesagt, wir sind Freunde.«

Sie warf mir noch einen ungläubigen Blick zu, schloss das Auto auf und wartete, bis ich eingestiegen war.

»Okay, lassen wir das mal so stehen. Wir haben beim Shoppen noch genug Zeit, um über Mr. Sexy zu reden. Also erzähl, wofür brauchst du ein Outfit?«

Ich zögerte kurz. Wenn ich ihr von Damians Einladung berichten würde, würde sie bestimmt wieder ausrasten und es falsch interpretieren. Aber wenigstens hatte sie vor lauter Damian ihre Frage nach meiner Arbeit vergessen, so musste ich sie nicht anlügen. Schließlich konnte ich schlecht die Wahrheit sagen, nachdem ich Damian für fast zwölftausend Dollar ersteigert hatte.

»Für ein Essen heute Abend. Im *Cobertizo*.« Ich versuchte, meine Antwort so vage wie möglich zu halten.

»Damian geht mit dir im *Cobertizo* essen?«

Wieso musste sie auch sofort die richtigen Schlüsse ziehen?

»Kannst du bitte nicht immer so schreien? Damian hat mich nur gefragt, ob ich ihn begleiten will. Seine Eltern gehen mit ihm und ein paar Freunden dort hin.«

Skeptisch schaute mich Sam an, bevor sie sich wieder auf den Verkehr konzentrierte. Das Thema war bestimmt noch nicht beendet.

Die restliche Fahrt erzählte sie mir davon, wie sich Tiffany über die Versteigerung aufgeregt hatte. Zum Glück hatten Damian und ich sie nach unserem Streit nicht mehr getroffen. Nach dem Debakel wegen dieser Beatrice hätte ich noch so eine Furie sicherlich nicht ertragen.

Einige Zeit und etliche Flüche von Sam später, manövrierte sie das Auto geschickt in eine Parklücke. Wir stiegen aus und ich schaute mich um.

Es war nicht viel los auf den Straßen und die Namen der Geschäfte sagten mir auf den ersten Blick auch nichts. Sam breitete die Arme aus und fuchtelte mit ihren Händen wild durch die Gegend. »Willkommen in der super-geheimen-mega-geilen Straße von New York. Glaub mir, hier findet man die wahren Modeschätze.«

Jetzt wusste ich, woher sie ihr ausgefallenes Outfit hatte.

Sie lächelte mich verschwörerisch an und betrat dann entschlossen einen Laden.

»Sam! Schön dich mal wieder zusehen«, erklang es hinter einem vollgestopften Kleiderständer.

Kurz darauf tauchte ein blonder Lockenkopf auf.

Sam begrüßte den jungen Mann mit einer überschwänglichen Umarmung und ich musterte ihn unauffällig. Er war genauso groß wie Sam mit ihren hohen Schuhen, also recht klein für einen Mann, aber dennoch kräftig gebaut. Quadratisch, praktisch, gut, schoss es mir durch den Kopf und ich musste mich zusammenreißen, um nicht laut zu kichern. Sein schwarzes Shirt saß locker am Bauch, spannte sich aber um seine Armmuskeln. Dazu trug er eine verwaschene, graue Jeans und knallrote Schuhe. Als sich die beiden voneinander gelöst hatten, lächelte er mich freundlich an.

»Hey, ich bin Alex. Wie kann ich euch helfen?«

Ich erwiderte sein Lächeln, kam aber nicht dazu, zu antworten, denn Sam plapperte sofort drauf los.

»Emily und ich suchen ein Kleid für sie. Sie geht heute Abend im *Cobertizo* essen.«

So wie Sam immer davon sprach, musste das Restaurant wohl sehr bekannt sein.

Alex zog skeptisch die Augenbrauen zusammen. »Für so ein Schickimicki-Event kommt ihr zu mir?«

Sofort warf er mir einen entschuldigenden Blick zu. »Ist nicht böse gemeint. Aber auf sowas stehe ich nicht.«

Das hatte ich mir schon fast gedacht, als ich mich in seinem Laden umgesehen hatte. Wieso schleppte mich Sam überhaupt hier her?«

»Ach komm schon, Lex. Du schaffst es immer, einen schicken Look zu kreieren, ohne dass er dabei spießig wirkt. Hilf uns«, redete Sam auf ihn ein.

Seufzend kratzte sich Alex am Kinn. »Na, dann wollen wir mal sehen. Ich habe schon eine Idee, was dir stehen könnte. Allerdings bin ich mir nicht sicher, ob wir etwas in meinem Laden finden werden. Nicht nur vom Stil, sondern auch, weil du ziemlich klein und dünn bist und meine Mode eher weit und locker geschnitten ist«, erklärte er uns.

Mir fiel es ein wenig schwer ihn zu verstehen, da er mit starkem Akzent sprach. Aber irgendwie klang es auch süß und passte zu ihm. Hoffentlich irrte er sich und wir fanden etwas in seinem Laden. Ich hatte nicht die Zeit, von Geschäft zu Geschäft zu rennen.

Auf Alex‘ Kommando begannen wir die einzelnen Regale und Ständer zu durchwühlen. Doch leider hatte er recht. Die meisten Sachen waren erst gar nicht in meiner Größe vorrätig. Und der Rest war lässig, aber eben nicht passend für ein schickeres Abendessen.

Frustriert ließ ich mich auf einen Hocker sinken und zupfte an meinem Oberteil. Sam tätschelte mir entschuldigend den Rücken. »Tut mir leid, Süße. Ich dachte wirklich, wir würden hier etwas finden.«

Auch Alex schaute mich mitleidig an und meine Stimmung sank Richtung null.

Enttäuscht ließ ich meinen Blick noch einmal durch den Laden schweifen und blieb an einem Haufen dunkelblauem Stoff hängen. Er lag auf einer Werkbank, auf welcher mehrere Nähmaschinen und verschiedene Nähutensilien standen. Ohne groß auf Sam und Alex zu achten, lief ich zu dem Tisch und nahm den Stoff in die Hand. Er fühlte sich unglaublich weich an und würde wunderbar locker fallen. Alex trat hinter mich und berührte mich an der Schulter.

»Der Stoff ist ein Traum, oder? Daraus hätte ein perfektes Kleid für dich werden können. Die Farbe würde deine blauen Augen optimal betonen und ich hätte auch schon den passenden Schnitt im Kopf. Zu schade, dass meine Schneiderin heute Urlaub hat. Sonst hätte ich dir ein Kleid anfertigen lassen«, erklärte er mir traurig.

Sofort zogen sich meine Mundwinkel begeistert nach oben. »Zeig mir deinen Entwurf für das Kleid.«

Schulterzuckend holte er einen Block und einen Stift hervor und begann zu zeichnen. Sam hatte sich mittlerweile auch zu uns gesellt und schaute Alex interessiert zu. In der Zeit nahm ich die Nähmaschinen genauer unter die Lupe und faltete den Stoff ehrfürchtig auseinander.

Nach einigen Minuten hörte ich Sam begeistert in die Hände klatschen. »Das ist perfekt, Lex.«

Geschmeichelt strich er sich durch die Haare.

Ich nahm ihm die Zeichnung aus der Hand und studierte sie intensiv. Das Kleid war zauberhaft.

Alex hatte eine einfache A-Linie gezeichnet, welche bis zur Mitte des Oberschenkels gehen sollte. Dünne Spaghettiträger würden sich im Rücken kreuzen und ein tiefer V-Ausschnitt das Dekolleté betonen. Das würde ich hinbekommen. Entschieden lächelte ich die beiden an.

»Wir brauchen keine andere Schneiderin. Ich kann das Kleid nähen. Also, wenn das okay für dich ist.«

Überrascht starrten sie mich, bevor Sam freudig aufsprang. »Du kannst nähen? Das ist ja super. Alex kann dir sagen wie er sich das alles vorgestellt hat und dann wird dir das Kleid perfekt passen«, quasselte sie sofort drauf los.

Bis jetzt waren meine Nähkünste nie etwas gewesen, auf das ich stolz war. Doch heute freute ich mich darüber.

Alex musterte mich kritisch. »Traust du dir das denn zu? Der Stoff kann widerspenstig sein.«

Das hatte ich bereits vermutet. So einfach, wie es Sam darstellte, würde es nicht werden. Trotzdem straffte ich selbstbewusst die Schultern.

»Meine Mom ist Schneiderin und hat es mir beigebracht. Ich habe zwar schon lange nicht mehr genäht, aber der Schnitt ist zum Glück relativ einfach. Mit dem passenden Nähfüßchen und der richtigen Fadenspannung sollte es kein Problem sein. Wir müssen nur beim Zuschneiden sehr akkurat sein und die Nahtzugabe beachten. Wenn du mich lässt, würde ich es gerne probieren.«

Alex hatte mir aufmerksam zugehört und nahm nun seinen Zeichenblock in die Hand. »Ich bin ehrlich zu dir. Ich glaube nicht, dass du das schaffst. Aber du scheinst nett zu sein und bist eine Freundin von Sam. Deswegen darfst du von mir aus den Arbeitsplatz benutzen. Aber ich muss darauf bestehen, dass du mir den Stoff bezahlst. Egal ob du das hinbekommst oder nicht.«

Eigentlich sollte mich seine Aussage enttäuschen, aber sie stachelte mich vielmehr an. Ich wollte das schaffen. »Natürlich. Vielen Dank, Alex.«

Sam strich euphorisch den Stoff auf dem Tisch glatt. »Na dann kann es ja losgehen.«

Konzentriert fing ich an, die einzelnen Schnittteile einzuzeichnen. Dabei erklärte mir Alex immer wieder, wie er sich eine Naht oder einen Saum vorstellte. Hoffentlich hatte ich mich mit den Maßen nicht vertan. Kleiner machen ging immer, aber wenn das Kleid zu kurz oder zu eng würde, wäre es schwer zu retten.

Nachdem alles eingezeichnet war, beauftragte ich Sam damit, die Teile mit der Stoffschere auszuschneiden.

Währenddessen machte ich mich mit der Nähmaschine vertraut und suchte die richtigen Garne heraus. Mit zitternden Fingern legte ich die Spule ein und fädelte den Faden durch das Nadelöhr.

»Hat dir das alles deine Mutter beigebracht? Also nicht nur das Nähen, sondern auch ein Schnittmuster zu erstellen?«, fragte Alex.

Behutsam schloss ich die Nähmaschine wieder und schaute zu ihm auf. »Ja. Sie war ganz enttäuscht, als ich mich gegen ein Designstudium entschieden habe und ist umso glücklicher, dass ihr meine kleine Schwester jetzt nacheifert«, erklärte ich lächelnd.

»Hat sie denn einen eigenen Laden? Oder arbeitet sie für eine Firma?«

Ich musste gestehen, dass ich ein wenig stolz auf meine Mutter war. Sie hatte sich nach ihrer Ausbildung sofort selbstständig gemacht und besaß mittlerweile einen kleinen, aber recht exklusiven Laden.

»Sie hat ein eigenes Geschäft. Allerdings bei Weitem nicht so groß wie Deins. Und meine Schwester ist auch ihre einzige Angestellte, sonst macht sie alles selbst«, beantwortete ich seine Frage.

Bei dem Gedanken an Lea musste ich lächeln. Wir standen uns sehr nahe, obwohl sie das komplette Gegenteil von mir war. Ich hatte mich nie besonders für Mode interessiert. Mehr als einmal hatte meine Mutter die Krise bekommen, weil ich mich mal wieder weigerte, ihre Kleider anzuziehen. Dabei ging es nicht darum, dass mir die Sachen nicht gefielen. Ich hatte mich in dieser High-End-Mode einfach immer verkleidet gefühlt. Sie entsprach nicht meinem Stil. Außerdem gab es selten einen passenden Anlass, um solche Kleider zu tragen. Lea dagegen war schon immer modeaffin gewesen und liebte es, die neueste Kollektion zu präsentieren und zu verkaufen.

»Fertig«, rief Sam begeistert und reichte mir die zugeschnittenen Stücke.

Ich bedankte mich und begann alles abzustecken. Sam und Alex lachten, als ich mir in den Finger stach und laut fluchte. Ich hatte das schon ewig nicht mehr gemacht.

Als alle Nadeln an Ort und Stelle waren, setzte ich mich an die Nähmaschine. Mein Herz klopfte und meine Hände waren feucht. Während ich den Stoff bearbeitete, versank ich aber schließlich in dem vertrauten Surren. Sam erzählte Alex etwas über Leute, die ich nicht kannte. Doch das störte mich nicht. Für mich zählte in diesem Moment nur das Kleid.

9. Kapitel

Nach einer gefühlten Ewigkeit atmete ich zufrieden aus. Ich hatte nicht bemerkt, wie ich für die letzte Naht den Atem angehalten hatte. Vorsichtig ließ ich meine Schultern kreisen. Durch die Anspannung fühlten sie sich ganz steif an. Dann hob ich mit zitternden Händen das fertige Werk hoch und betrachtete es.

»Wow. Das ist gut geworden.« Alex schaute von seiner Unterhaltung mit Sam auf und warf mir einen anerkennenden Blick zu. »Das hätte ich dir wirklich nicht zugetraut.«

Sam reckte nun ebenfalls neugierig den Kopf.

Tatsächlich entsprach es eins zu eins Alex‘ Zeichnung und wirkte total schick.

»Los, probiere es an.« Sam sprang von ihrem Stuhl auf und deutete auf die Umkleidekabine.

Mit klopfendem Herzen zog ich mich eilig aus und schlüpfte in das Kleid. Jetzt würde sich herausstellen, ob ich die Maße richtig berechnet und ob Sam alles korrekt zugeschnitten hatte.

Als ich es endlich anhatte, starrte ich erwartungsvoll in den Spiegel. Alex hatte recht behalten. Die Farbe passte perfekt zu meinen Augen und meinem Hautton. Durch den lockeren Schnitt sah ich nicht zu dünn aus und meine Beine wurden vorteilhaft betont. Alles in allem war es einfach traumhaft. Allerdings gefiel mir der Ausschnitt noch nicht.

Die Träger waren etwas zu lang geraten und dadurch fühlte ich mich ein wenig nackt am Dekolleté.

Ich seufzte auf. Meiner Mutter wäre so ein Fehler sicherlich nicht passiert.

»Komm raus«, rief Sam ungeduldig und rüttelte an dem Vorhang.

Ich beeilte mich, das Kleid zu präsentieren.

Alex kam sofort einen Schritt auf mich zu und musterte mich fachmännisch. »Die Träger sind ein bisschen zu lang, aber sonst sitzt es super.«

Sam dagegen wackelte anzüglich mit den Augenbrauen. »Bei dem Ausschnitt wird sich Damian nicht auf das Essen konzentrieren können.«

Aber das wollte ich doch gar nicht.

»Wie oft soll ich dir noch sagen, dass wir nur Freunde sind«, murmelte ich genervt.

Außerdem sollten mich seine Eltern und deren Freunde nicht für ein Püppchen halten. Nachdenklich fasste ich mir an den Ausschnitt und überlegte, wie ich ihn hübscher gestalten könnte.

Alex inspizierte die Träger. »Ich muss Sam zustimmen. Dein Ausschnitt ist auf jeden Fall gewagt.«

Lachend verdrehte ich die Augen. »Danke Alex. Aber so fühle ich mich nicht wohl. Hast du eine Idee, wie wir das Ganze ein bisschen kaschieren können?«

Nachdenklich betrachtete er mich. »Die Träger können wir leider nicht mehr kürzen, ohne dass eine hässliche Naht entsteht.«

Unschlüssig zupfte ich an dem Kleid. Das hatte ich mir auch schon gedacht. Das er mir die ganze Zeit auf meine Brüste starrte, ignorierte ich. Alex war schließlich ein Profi.

Plötzlich musste ich allerdings an Damians Blicke auf der

Gala denken und mein Herzschlag beschleunigte sich. Was er zu dem Kleid sagen würde?

Ich schluckte und konzentrierte mich wieder auf das Problem.

Alex brummte noch etwas vor sich hin, dann verschwand er im hinteren Bereich des Ladens.

Sam lächelte mich glücklich an, bevor sie wieder auf ihrem Handy herumtippte.

»Ah!«, kreischte sie auf einmal lauthals und ich zuckte zusammen.

»Was ist passiert?«

»Die Frage ist eher, was hast du getan?« Sie starrte mich ungläubig an.

Mir sackte das Herz in die Hose. Hatte jemand herausgefunden, dass Damian und ich gestern alle getäuscht hatten?

»Du hast ihr wirklich meine Nummer gegeben?«

Jetzt verstand ich endlich, worum es ging. Erleichterung breitete sich in mir aus, dann überkamen mich die Schuldgefühle. Unruhig nickte ich. War ich zu weit gegangen?

»Oh mein Gott. Ich liebe dich. Sie will mit mir ausgehen!«, rief Sam begeistert und hüpfte von einem Bein auf das andere.

Glücklich grinste ich sie an. »Ich konnte dich doch nicht weiter schmachten lassen.«

Stürmisch fiel sie mir um den Hals und zerquetschte mich fast. »Danke. Das hat noch nie jemand für mich gemacht. Und auch heute war total cool. Und du siehst so hübsch aus«, plapperte sie wieder wild drauf los.

Sanft schob ich sie ein Stück von mir weg. »Atme tief durch. Das habe ich gern getan.«

Sie befolgte meinen Rat und grinste. »Zurück zu dir, du wundervoller Mensch. Weißt du eigentlich schon, welche Schuhe du dazu anziehen wirst?«

Diese Frau sollte zwischen ihren Sätzen wirklich Luft holen.

Ich strich mir eine Strähne aus dem Gesicht. »Vermutlich dieselben wie gestern?«

Daraufhin schüttelte Sam energisch den Kopf. »Die gehen gar nicht. Das ist ein ganz anderer Stil. Dann werden wir wohl auch noch Schuhe kaufen müssen.«

Ich seufzte auf. Ich wollte Damians Geld nicht zum Fenster hinausschmeißen. Aber das konnte ich ihr natürlich nicht sagen. Schließlich dachte sie, ich wäre selbst aus reichem Haus.

»Ich habe kleine Füße und es ist immer unglaublich schwer, gut sitzende Schuhe zu finden. Mich hat es schon überrascht, dass Marco sofort passende gefunden hat.«

Hoffentlich würde sie das als Ausrede gelten lassen.

»Welcher Marco?«

Erschrocken zuckte ich zusammen und Alex begann laut zu lachen. »Entschuldige, ich wollte dich nicht erschrecken. Welchen Marco meinst du denn? Vielleicht kann er dir wieder Schuhe besorgen«, erklärte er.

Mist, jetzt hatte ich keine Ausrede mehr. Auch wenn es nicht optimal war: Damian hatte schon so viel Geld für mich ausgegeben, darauf würde es auch nicht mehr ankommen. Außerdem hatte ich sowieso vor, ihm alles zurückzuzahlen. Ich nickte ergeben. Tatsächlich wäre Marco eine Möglichkeit, aber ich hatte seine Nummer nicht.

»Marco Russo, heißt er glaube ich.« So hatte Luis Elena zumindest genannt. Hoffentlich hatten die beiden denselben.

Alex' Augen wurden groß. »Du kennst Marcolino? Oh mein Gott! Er ist DER Modeschöpfer. Also jetzt nicht wie Karl Lagerfeld, aber er ist ein echter Geheimtipp in der Modebranche. Auch wenn ich auf diese High-Fashion nicht so stehe, liebe ich seine Kollektionen. Leider habe ich ihn noch nicht persönlich kennengelernt. Aber ich müsste seine Nummer irgendwo haben.«

Ich hatte Alex in den vergangenen Stunden nie so viel an einem Stück reden gehört wie jetzt. Dann sauste er hinter die Kasse und begann zu suchen. Sam schaute sich das Spektakel an und wir lachten laut los. Zu süß war seine Euphorie.

Mit einem zufriedenen Juchzen kam er kurz darauf zu uns zurück und reichte mir eine Visitenkarte von Marcos Geschäft. Dankend nahm ich sie und kramte mein Handy hervor. Dabei sah ich, dass ich eine neue Nachricht von Damian hatte.

Das Meeting ist unglaublich langweilig. Ich hoffe, dein Tag ist genauso schlimm …

Auch wenn es fies war, musste ich bei seiner schlechten Laune lachen. Gleichzeitig freute es mich, dass er sich bei mir meldete. Das er mir von seinem Meeting erzählte, fühlte sich wie ein Schritt in die richtige Richtung an. Schnell tippte ich eine Antwort.

Du Armer! Ich muss dich leider enttäuschen, ich habe viel Spaß mit Sam und Alex.

Dann rief ich Marco an.

»Mode-Russo, mein Name ist Maria. Wie kann ich Ihnen helfen?«, meldete sich eine Frau am anderen Ende der Leitung.

Das Gesicht der unfreundlichen Verkäuferin erschien mir vor Augen.

Ich schluckte und antwortete bemüht höflich. »Hallo, hier ist Emily. Ich war gestern bei Marco und würde gerne kurz mit ihm sprechen.«

Kurz blieb es still, dann räusperte sie sich. »Kleinen Moment, bitte.«

Die Leitung knisterte.

»Emily, meine Hübsche. Wie geht es dir? Wie war die Gala?« Automatisch steckte mich Marco wieder mit seiner guten Laune an. Kurz und knapp erzählte ich ihm von dem gestrigen Abend. Dabei ließ ich sowohl die Auktion als auch unseren Streit bewusst aus. Anschließend erklärte ich ihm mein Debakel.

»Kein Problem, ich kann meinen Freund anrufen. Welche Farbe hat denn dein Kleid? Dann kann er passende Schuhe raussuchen.«

Ich sah an mir herunter. In diesem Moment bereute ich zum ersten Mal, mich so wenig für Mode interessiert zu haben. »Ähm, es ist blau?«

Aus den Augenwinkeln sah ich, wie sich Alex die Hand auf die Stirn schlug und auch Sam konnte nicht anders, als zu kichern.

»Ach, meine süße Emily. Blau ist nicht gleich Blau. Ich brauche schon ein paar mehr Hinweise.« Marcos Stimme vibrierte vor Lachen.

»Dunkelblau. Eindeutig.« Meine Wangen wurden warm und Alex schüttelte noch immer fassungslos den Kopf. Besser konnte ich es aber nicht beschreiben. Genervt seufzte ich auf. Dann kam mir eine Idee. »Marco, ich gebe dich an den Designer weiter. Alex kann dir das bestimmt besser erklären.«

Ohne auf eine Antwort zu warten, hielt ich ihm das Handy hin. Alex bekam daraufhin riesige Augen und grinste wie ein Honigkuchenpferd. Am Telefon hatte er sich aber wieder im Griff und begrüßte Marco mit erstaunlich ruhiger Stimme. Nur sein wippender Fuß verriet noch etwas von seiner Begeisterung.

Schon nach wenigen Sätzen verfielen die beiden in Fachsprache und philosophierten über mein Kleid. Da ich nicht mal die Hälfte verstand, beschloss ich, das Gespräch nicht weiter zu beachten.

Als hätte sie meine Gedanken gelesen, kam Sam mit dunkler Spitze in der Hand auf mich zu. »Alex hatte die Idee, dass du die hier in den Ausschnitt nähen könntest. Dann sieht man zwar noch viel, aber du bist nicht ganz so freizügig.«

Das gefiel mir.

»Liebe Grüße von Marco, er schickt jemanden mit den Schuhen vorbei. Und ich soll dir seine Handynummer geben. Ich kann immer noch nicht fassen, dass du ihn kennst.« Alex kam auf uns zu und reichte mir mein Handy und einen Zettel. Dankend nahm ich beides an und speicherte Marcos Nummer sofort ein. Dabei sah ich eine neue Nachricht von Damian.

Klingt gut. Wer ist Alex?

Bei seiner Antwort konnte ich nur den Kopf schütteln. War er etwa eifersüchtig? Nein, das war absurd. Wahrscheinlich hatte er einfach immer noch schlechte Laune. Also antwortete ich ihm wahrheitsgemäß.

Ein Freund von Sam und der Besitzer eines tollen Ladens :)

Dann zog ich mich in der Umkleide um und setzte mich noch einmal an die Nähmaschine. Zuerst befestigte ich die Träger mit einer doppelten Naht und anschließend machte ich mich an die Spitze.

Alex hatte jedem von uns ein Bier hingestellt und unterhielt sich mit Sam.

»Marco ist ein echtes Vorbild. Vielleicht nicht vom Stil, aber er hat sich hochgekämpft«, erzählte er mit Bewunderung in der Stimme.

Genüsslich nahm ich einen Schluck von meinem Getränk und gesellte mich zu den beiden.

»Ich finde seine Kleider auch wahnsinnig toll. Du hättest Emily gestern sehen müssen.« Sam verdrehte begeistert die Augen. »Vielleicht finde ich das Kleid auf der Webseite.«

Nach einigen Minuten hielt sie uns ihr Handy entgegen.

»Leider ist es nicht dabei. Aber sind sie nicht traumhaft?«

Interessiert stellte ich mich neben Alex und schaute auf das Display. Da hatte sie recht.

»Vielleicht sollte ich mir doch mal einen Anzug von ihm leisten. Zeig mir mal die Männersachen«, seufzte Alex.

Sam nickte sofort und tippte auf ihrem Handy. Auf einmal lachte sie auf. »Schau mal, da ist Damian.« Sie hielt mir den Bildschirm erneut entgegen.

Wow. Auf dem Foto lehnte er lässig an einer Mauer. Er trug einen marineblauen Anzug und seine dunklen Haare glänzten in der Sonne. Dabei blitzten uns seine weißen Zähne entgegen. Dieses Lächeln war einfach fesselnd. Wie konnte man so attraktiv sein? Ich schluckte.

»Ich probiere mal das Kleid an«, nuschelte ich vor mich hin und eilte in die Umkleide.

Dort starrte ich in den Spiegel. Ich musste aufhören, so viel über Damian nachzudenken! Er hatte mich auf der Brücke an Steph erinnert und ich wollte ihm helfen. Mehr nicht.

Ich schüttelte den Kopf, um die Gedanken zu verscheuchen, und widmete mich dem Kleid. Beeindruckt schaute ich an mir hinab. Die Spitze war eine tolle Idee gewesen und der Schnitt passte wie angegossen. Durch den leichten Stoff fiel es fast schon wie ein Negligé und gleichzeitig sah es edel aus. Die Mischung war perfekt und mit dem neuen Ausschnitt wirkte es sogar noch interessanter.

Ich hörte die Ladenklingel und verließ die Kabine. Gerade

kam ein junger Mann mit mehreren Kartons auf uns zu. Falls das der Freund von Marco war, hatte er sich aber beeilt.

»Hallo, ich soll hier ein paar Schuhe vorbeibringen?«, fragte er schüchtern.

Sein Blick wanderte zwischen Sam und mir hin und her. Alex riss ihn aus seiner Starre, indem er ihm die Kartons abnahm. »Vielen Dank. Wenn du kurz wartest, kannst du die anderen direkt wieder mitnehmen.«

Der Fremde nickte mit großen Augen und betrachtete seine Schuhspitzen.

»Was hat er bloß?«, flüsterte ich Sam zu.

Sie kicherte leise. »Schau dir den Kleinen doch mal an. Der ist keine 20 und ist wahrscheinlich mit zwei hübschen Frauen überfordert. Außerdem ist dein Kleid eben verdammt heiß und er ist ein Mann.«

Lachend verdrehte ich die Augen und setzte mich auf einen Hocker. Alex reichte mir einen Schuh und ich probierte ihn neugierig an. Tatsächlich passte er wieder perfekt, doch er gefiel mir nicht.

Sam stimmte mir zu. »Der ist viel zu klobig für das feine Kleid.« Sie zeigte mit dem Daumen nach unten.

Alex nickte ebenfalls und reichte mir einen filigranen silbernen High-Heel. Auch dieser passte wie angegossen und ich stellte mich vor den Spiegel. Ich sollte Marco ab jetzt immer meine Schuhe aussuchen lassen. Da würde mir einiges an Frustration erspart bleiben. Allerdings wäre mein Konto dann auch im Nu leer. Das Silber passte perfekt zu dem schlichten Kleid und durch den Absatz wirkten meine Beine noch länger.

»Grandios. Den nehmen wir.« Ohne auf meine Antwort zu warten, reichte Alex dem Jungen die restlichen Kartons. »Hat dein Chef etwas über die Bezahlung gesagt?«

Der junge Mann balancierte die Kartons geschickt auf einem Arm und holte mit der anderen einen Geldbeutel hervor.

»Am besten bar oder per Überweisung«, sagte er kurzatmig.

Alex schaute mich fragend an und ich fuhr mir verlegen durch die Haare. »Ich habe nur eine Kreditkarte dabei.«

Daraufhin lächelte er beruhigend und verschwand hinter der Kasse. Kurz darauf kam er mit einigen Geldscheinen wieder hervor.

»Wenn du möchtest, zahle ich für dich in bar und stelle den Betrag einfach mit auf deine Rechnung für das Kleid. Die kannst du dann mit Karte bezahlen.«

Dankbar willigte ich ein und ging zurück in die Umkleide.

Als ich wieder meine Jeans und das lockere Top anhatte, betrachtete ich mich kritisch im Spiegel. Ich kam mir wirklich langweilig in diesen Sachen vor. Vielleicht sollte ich Sam bitten, noch einmal mit mir shoppen zu gehen. In ein paar Tagen müsste das Geld des gecancelten Fluges zurück auf meinem Konto sein. Wobei ich lieber sparen sollte, schließlich musste ich irgendwann zurückfliegen.

In Gedanken versunken ging ich zurück an die Kasse und gab Alex das Kleid. Vorsichtig wickelte er den Stoff in Seidenpapier und verstaute es in einer Tüte. Dann packte er die Schuhe zurück in ihren Karton und reichte mir beides. Anschließend tippte er etwas in die Kasse ein und nannte mir den Betrag.

Auch wenn es noch immer eine Menge Geld war, hatten wir einiges gespart, da mir Alex einen ordentlichen Rabatt für meine Eigenleistung einräumte.

Zögerlich holte ich Damians Kreditkarte hervor. Ich sollte mich nicht so anstellen. Aber ich nahm einfach ungern sein Geld an. Außerdem grauste es mir vor Sams Reaktion.

Schnell reichte ich Alex die Karte und gab Sam den Karton und die Tüte zum Halten. Alex betrachtete die Karte verwirrt, dann weiteten sich seine Augen. »Damian O'Brian. Dein Damian ist Damian O'Brian? Wen kennst du denn noch alles? Und er gibt dir seine Karte zum Shoppen?«

Bevor ich etwas antworten konnte, hörte ich Sam bereits neben mir kreischen. Ohne Karton oder Kleid fallen zu lassen, nahm sie Alex die Karte aus der Hand und starrte sie mit offenem Mund an. »Damian hat dir tatsächlich seine Kreditkarte gegeben? Oh mein Gott. Weißt du eigentlich, was das bedeutet? Soweit ich weiß, hat er noch nie einer Frau irgendetwas geschenkt«, erklärte sie.

Woher wollte sie das denn bitte wissen? Allerdings hatte ich schon im Hotel gemerkt, dass es etwas ganz Besonderes war, einfach seine Kreditkarte zu bekommen. Trotzdem interpretierte ich da nicht so viel hinein wie Sam.

Alex schien zu merken, dass mir die Situation unangenehm war. Ohne etwas zu sagen, nahm er ihr die Karte aus der Hand und zog sie durch das Lesegerät.

»Darüber reden wir noch«, sagte Sam fordernd.

Zumindest ließ sie es für den Moment auf sich beruhen.

Nachdem wir gezahlt hatten, verabschiedeten wir uns von Alex und stiegen zurück in Sams Auto.

Sie schlug vor, noch etwas essen zu gehen, und ich stimmte ihr zu. Eine Kleinigkeit sollte ich im Magen haben und bis heute Abend waren es schließlich noch ein paar Stunden. Dann holte ich mein Handy hervor und bedankte mich bei Marco. So konnte ich einem Gespräch über Damian zumindest für eine Weile aus dem Weg gehen.

Aber natürlich hatte ich nicht lange meine Ruhe.

Schon wenige Minuten später parkte Sam das Auto und wir stiegen aus. »Magst du Sushi? Hier gibt es das beste Sushi der Stadt«, teilte sie mir mit und ich nickte begeistert.

In Deutschland hatte ich nie viel für diese Speise übriggehabt, aber seit dem ersten Tag in Chinatown in San Francisco war ich ganz begeistert davon. Gemeinsam betraten wir den Laden und setzten uns an das Fließband.

»Also. Ich verspreche dir, nicht weiter auf Damians Interesse an dir herumzureiten. Aber du musst zugeben, dass sein Verhalten und eure Freundschaft irgendwie komisch ist«, sagte Sam mit einem versöhnlichen Ton in der Stimme.

Natürlich musste ich ihr zustimmen. Für einen Außenstehenden war es wahrscheinlich erst recht verwirrend. Schließlich kamen selbst mir die letzten Tage absurd vor.

»Es ist irgendwie kompliziert. Aber du kannst mir glauben, wenn ich sage, dass nichts zwischen uns läuft.«

Es überraschte mich ein wenig, dass Sam ihr Versprechen hielt und nicht weiter darauf einging.

»Okay, lassen wir das so stehen. Mal etwas anderes. Weißt du an welches Kinderheim Damian spenden möchte?«

Ich zog die Broschüre aus meiner Tasche und reichte sie ihr. »Damian hat gesagt, ich soll mir ein Heim aussuchen.«

Sam zog wissend die Augenbrauen nach oben und schob sich das erste Stück Sushi in den Mund.

Während sie genüsslich kaute, musterte sie die Broschüre. Da ich sie mir auch noch nicht genauer angeschaut hatte, lehnte ich mich zu ihr herüber. Gemeinsam lasen wir uns die Informationen zu jedem einzelnen Kinderheim durch und betrachteten die Fotos. Die ersten Heime sahen modern und einladend aus, doch je weiter wir blätterten, umso schlimmer wurden die Zustände.

»Wieso machen sie die besten Heime an den Anfang? Dann schenkt man den Bedürftigen doch kaum noch Beachtung?«

Sam zuckte mit den Schultern. »Das ist ganz einfach. Zum einen soll die Broschüre für die Organisation werben und auf den ersten Seiten sieht man also, was sie schon bewirkt haben. Und zum anderen dient das ja als Entscheidungshilfe. Viele spenden, weil es gute Publicity für sie bringt. Und jetzt stell dir mal Tiffany oder eine andere Frau von der Gala vor. Du glaubst doch nicht wirklich, dass sie sich in so ein Drecksloch begeben.«

Sie deutete traurig auf die letzte Seite der Broschüre.

Das Wort *Drecksloch* war passend. Laut dem Informationstext gab es nur einen Schlafsaal für alle Kinder. Außerdem hatten sie Probleme mit dem warmen Wasser und von Freizeitangeboten fehlte jede Spur. Mit einem Kloß im Hals betrachtete ich die Bilder.

»In dieser Welt zählt nur der Schein. Und ein Foto mit glücklichen Kindern kommt besser als eines mit Kindern in dreckigen Kleidern«, sagte Sam bitter. »Ich wünschte, ich könnte etwas dagegen tun. Doch solange ich noch studiere, verdiene ich kein eigenes Geld und meine Eltern weigern sich, bei so etwas zu helfen.« Ihre Stimme bebte.

Überrascht schaute ich sie an. Wir hatten jetzt schon mehrere Stunden miteinander verbracht und trotzdem hatte sie nie erwähnt, dass sie studierte.

»Was studierst du denn?«

Augenblicklich schlich sich ein fröhliches Lächeln auf ihr Gesicht. »Lehramt in San Francisco. Ich liebe Kinder und möchte gerne mit ihnen arbeiten.«

Das hatte ich nicht erwartet. Wobei, wenn ich genauer darüber nachdachte, passte der Job hervorragend zu ihr.

»Meine Eltern haben mich als Kind so früh wie möglich auf ein Internat geschickt. Sie hatten zu viel mit der Firma zutun und ich war kein einfaches Mädchen. Im Nachhinein glaube ich, dass ich so anstrengend war, weil ich ihre Aufmerksamkeit wollte. Das hat aber dazu geführt, dass sie mich noch seltener besuchten. Ich fand das Internat im Gegensatz zu den meisten Kindern schrecklich. Aber es gab eine Lehrerin. Sie hieß Mrs. Morgan. Als ich mich geoutet habe, hatte sie Verständnis für mich. Sie hat gesagt, es wäre völlig okay und das mache keinen anderen Menschen aus mir. Tatsächlich war sie die Einzige, die sich zu diesem Zeitpunkt überhaupt für mich interessiert hat. Wer weiß, was ohne sie aus mir geworden wäre. Das möchte ich anderen Kindern auch bieten. Ich möchte für sie da sein. Nicht nur als Lehrerin, sondern als Freundin. Ich möchte sie in ihrer Entwicklung unterstützen und ihnen helfen.«

Ich wusste nicht, was ich dazu sagen sollte. Mir tat Sam unglaublich leid und ich bewunderte sie für ihre starke Persönlichkeit. Behutsam strich ich ihr über die Schulter und lächelte aufmunternd. »Ich glaube, wir spenden an dieses Kinderheim.« Ich legte meine Hand auf die aktuelle Seite.

Überrascht schaute sie auf meine Finger, die auf das letzte Foto zeigten. Sam strahlte über beide Ohren und ich wusste sofort, dass ich das Richtige getan hatte.

Dann schaute ich mir meine Wahl genauer an. Ja, es war wirklich ein Drecksloch.

Mir tat es fast leid, als ich Sam irgendwann bitten musste, mich zurück zum Shoes zu fahren. Ich hatte die Zeit mit ihr sehr genossen und war froh, sie gestern kennengelernt zu haben.

Gemeinsam fuhren wir zurück und verabschiedeten uns herzlich.

»Ganz viel Spaß heute Abend. Schreib mir, wie es war. Ab übermorgen bin ich leider zurück an der Uni. Aber wenn du möchtest, kannst du mich gerne jederzeit besuchen kommen. Oder wir sehen uns auf dem nächsten Event, auf das dich Damian mitnimmt.« Sie grinste verschwörerisch und ich verdrehte lächelnd die Augen.

Dann stieg ich aus und lief winkend zurück in das Hotel.

Vor Damians Zimmer blieb ich zögernd stehen. War er überhaupt schon zuhause? Ich hatte keine Zimmerkarte und im Flur wollte ich ungern warten. Und wie würde er darauf reagieren, dass ich mir zu dem Kleid auch noch Schuhe gekauft hatte? Das schlechte Gewissen breitete sich als unangenehmes Grummeln in meinem Magen aus. Hatte ich seine Gutmütigkeit überstrapaziert?

Bevor ich weiter darüber nachdenken konnte, hörte ich gedämpfte Schritte hinter mir und drehte mich um.

»Wartest du schon lange?« Damian kam den Gang entlang auf mich zu.

Ohne weiter auf mich zu achten, zog er die Karte durch den Scanner des elektrischen Schlosses und öffnete die Tür.

Seine Schultern hingen kraftlos nach unten und eine steile Falte hatte sich zwischen seinen Augen gebildet. Das Meeting musste schlimm gewesen sein, wenn er jetzt so niedergeschlagen aussah.

Ich entschied mich, nicht zu antworten und ihn erstmal ankommen zu lassen. Sobald wir im Zimmer waren, verschwand er im Bad.

Ich starrte die verschlossene Tür an und setzte mich auf das Bett. Was war passiert?

Kurz darauf hörte ich das Wasser der Dusche rauschen.

Um die Zeit sinnvoll zu nutzen, holte ich den Nagellack aus der Tüte, den Sam und ich in einem Supermarkt neben dem Sushi-Restaurant gekauft hatten.

Nachdem ich den ersten Fingernagel beige lackiert hatte, öffnete sich die Badezimmertür. Damian kam in Jogginghose und einem schlabbrigen Shirt heraus. So lässig gekleidet kannte ich ihn gar nicht.

Seufzend setzte er sich neben mich an den Mahagoni-Tisch und schaute mich entschuldigend an. »Tut mir leid, dass ich sofort abgehauen bin. Das Meeting war beschissen.«

Ich steckte den Pinsel zurück in das Fläschchen und lächelte ihn mitfühlend an. Meine Nägel konnten warten.

»Möchtest du darüber reden?«

Damian seufzte noch einmal, schüttelte den Kopf und griff nach dem Nagellack.

Wenn er nicht über seine Probleme sprach, könnten wir auch nichts daran ändern.

Sanft legte ich meine Hand auf seine und drückte sie. »Was ist los?«

Gedankenverloren verschränkte er unsere Finger miteinander. Mein Herz machte einen Satz und meine Haut prickelte.

»Mein Vater hat erwähnt, dass er in ein paar Jahren die Arbeit reduzieren und dann in Rente gehen will. Und natürlich hat unser Kunde direkt gedacht, dass ich die Firma übernehmen werde. Aber ich will das nicht.« Damian raufte sich mit der freien Hand die Haare.

Da waren wir wieder bei dem Thema Erwartungsdruck.

»Aber geht dein Vater auch davon aus, dass du die Firma weiterführen wirst? Habt ihr darüber mal gesprochen?«

»Natürlich geht er davon aus.« Damian zögerte. »Also denke ich. Mein Bruder kommt ja nicht in Frage, so oft wie er Scheiße baut.«

Aha. Also hatte er nie mit seinem Vater darüber gesprochen. Eindringlich schaute ich ihm in die Augen. »Nur weil dein Bruder die Firma nicht übernehmen kann, heißt es nicht, dass du es machen musst.«

Damian starrte ins Leere. Unwohl rutschte er auf dem

Stuhl hin und her. »Das sieht scheiße aus«, sagte er auf einmal mit einem Blick auf meine Hand.

Seine Augen funkelten dabei schelmisch. Wieder mal ein Themenwechsel. Er musste wirklich lernen, über seine Gefühle zu sprechen. Aber ich wollte ihn auch nicht drängen. Ich schaute genauer auf meine Nägel. Ich war in solchen Dingen ziemlich unbegabt. Aber niemand außer Damian war so dreist, es auszusprechen.

»Idiot.« Ich schlug spielerisch nach ihm.

Er nutzte das allerdings aus, um sich meine Hand zu schnappen. Noch immer grinsend platzierte er sie auf dem Tisch und schraubte die kleine Flasche auf. Was sollte das denn werden? Ich konnte meinen Augen kaum trauen, als er tatsächlich anfing, meine Nägel zu lackieren. Konzentriert trug er die Farbe auf.

»Früher habe ich das oft bei meiner Mutter gemacht«, murmelte er. »Und ich habe es gehasst.«

Unauffällig musterte ich ihn, doch seine Miene verriet nichts.

»Wieso?«

Vielleicht würde er so endlich etwas über sich erzählen. Eigentlich wusste ich fast nichts über ihn.

»Meine Mutter fand es süß, wenn ihr Sohn ihre Nägel lackierte. Außerdem war sie viel zu ungeduldig, um es selbst zu machen.«

Das beantwortete aber nicht, wieso er es gehasst hatte. »Aber hat es nicht Spaß gemacht, Zeit mit deiner Mutter zu verbringen?«

Damians Augenbrauen zogen sich kurz zusammen und er schaute zu mir auf. Unsere Blicke verfingen sich und sein Gesichtsausdruck wurde sanfter. »Natürlich war das schön. Deswegen habe ich es auch jedes Mal angeboten. Es war einer der wenigen Momente, in denen wir wie eine normale Familie waren. Zumindest stellte ich mir so eine normale Familie vor. Aber gleichzeitig hieß es auch, dass wieder irgendein Event anstand.« Er beugte sich vor und pustete über die Nägel. Sein warmer Atem streifte dabei meinen Unterarm.

Mein Mund wurde trocken.

»Also wieder ein langweiliger Abend im Anzug mit irgendwelchen Erwachsenen, statt mit Freunden zu spielen. Oder ich musste mit irgendeiner Nanny zu Hause bleiben«, erklärte er weiter.

Ich schluckte. Das klang nicht gerade nach einer fröhlichen Kindheit. Meine Eltern waren früher auch ab und zu abends weggegangen. Aber Lea und ich hatten uns immer aussuchen dürfen, ob wir mitkommen oder lieber bei Freunden übernachten wollten. Mein Herz wurde schwer, als ich an die jüngere Version von Damian dachte, die den Abend allein auf der Couch verbringen musste. Fühlte er sich deswegen heute so einsam?

Bei dem Gedanken an einen Mini-Damian mit Anzug und Fliege musste ich allerdings schmunzeln.

Fragend runzelte er die Stirn, während er den Pinsel erneut in das Fläschchen tauchte.

»Du warst bestimmt ein süßer Junge.« Mit meiner freien Hand strich ich mir eine Strähne aus dem Gesicht.

Sein Ausdruck entspannte sich und seine Lippen zuckten sogar verräterisch. »Und jetzt bin ich nicht mehr süß?«

Ich wusste genau, dass er mich ärgern wollte. Aber was sollte ich dazu sagen? Er war eindeutig nicht mehr süß.

Sexy, heiß, scharf – das würde ihn wohl eher beschreiben.

Doch das würde ich niemals zugeben.

»Ich würde sagen, du hast ziemlich abgebaut. Aber keine Sorge. Man sagt doch, Männer werden mit dem Alter attraktiver. Vielleicht wird es in ein paar Jahren wieder besser«, antwortete ich provokant.

Zufrieden mit meiner Antwort bemühte ich mich um einen ernsthaften Gesichtsausdruck. Ich war noch nie auf den Mund gefallen, aber Damian forderte es geradezu heraus.

Er starrte mich einen Moment perplex an, bevor er lauthals lachte. Dabei bildeten sich hübsche, kleine Fältchen um seine Augen und seine weißen Zähne blitzten.

Sexy war eindeutig die passendere Beschreibung.

Er sah noch viel besser aus, wenn er lachte und nicht so ernst war.

»Du wirst ja immer frecher, Milly«, erwiderte er, nachdem er sich beruhigt hatte.

Gelassen zuckte ich mit den Schultern. »So langsam kann ich die Samthandschuhe weglegen, oder nicht?«

Ich hatte selbst bemerkt, wie ich immer entspannter in Damians Gegenwart wurde. Unsere kleinen Schlagabtausche gefielen mir. Und das Kribbeln im Bauch auch.

»Das mag ich so an dir.«

Seine Ehrlichkeit überraschte mich.

»Es gibt genug Leute, die mir etwas vorspielen. Oder die versuchen, mir alles recht zu machen. Du bist nicht so. Das ist eine willkommene Abwechslung.«

Bei seinen Worten wurde mir warm und meine Mundwinkel bewegten sich automatisch nach oben.

»Wie war dein Tag?« Damian hob den Blick und erwischte mich mal wieder beim Starren.

Hastig schaute ich auf meine Finger. »Aufregend. Sam hat mich zu einem ausgefallenen Laden geschleppt und wir haben ein großartiges Kleid kreiert. Danach waren wir noch eine Kleinigkeit essen und haben uns die Kinderheim-Broschüre angeschaut.«

Damian lächelte mich warm an und widmete sich der zweiten Hand. »Freut mich, dass du eine neue Freundin gefunden hast. Und hast du dich für ein Heim entschieden?«

Bei der Erinnerung an die Bilder des Heims bildete sich ein Kloß in meinem Hals. »Sam und ich haben uns die Beschreibungen angeschaut und ich habe auch einen Favoriten. Aber letztendlich liegt die Wahl natürlich bei dir, denn es ist ja dein Geld.« Mir fiel die goldene Karte ein. »Apropos, ich habe noch deine Kreditkarte.« Ich wollte nach meiner Handtasche greifen, aber Damian hielt mein Handgelenk fest.

»Nicht! Du versaust noch alles.«

Mist. Daran hätte ich auch denken können. Vorsichtig ließ ich meine Hand sinken.

Zärtlich strich er mit dem Daumen über meinen Handrücken. Meine Haut prickelte augenblicklich und ein warmer Schauer erfasste meinen Körper. Seine Finger waren rau, aber nicht kratzig und mein Herzschlag beschleunigte sich. Bemüht beiläufig zog ich die Hand zurück und inspizierte meine Nägel.

Damian räusperte sich und fuhr sich durch die Haare. »Wo ist denn die Broschüre? Dann kannst du mir das Heim zeigen.«

Ich war dankbar für die Ablenkung und deutete mit dem Kopf auf meine Tasche. Sofort stand er auf und nahm sie in die Hand.

Fragend schaute er mich an und ich nickte. Ich hatte schließlich nichts zu verstecken. Er öffnete sie, holte das kleine Heft heraus und setzte sich wieder zu mir. Dann las er mit gelangweiltem Gesichtsausdruck den ersten Artikel und blätterte weiter.

»Die letzte Seite.« Ich pustete mir eine Strähne aus dem Gesicht.

Seine Augenbrauen zogen sich nach oben, während er die Broschüre an der richtigen Stelle aufschlug.

Das Desinteresse war auf einmal verschwunden.

Damians Augen weiteten sich, dann überflog er stirnrunzelnd den Informationstext. »An das hier möchtest du spenden?«

Ich lächelte selbstsicher und nickte.

Einen Augenblick musterte er mich. Ich konnte nichts aus seinem Gesicht ablesen und würde alles dafür geben, in diesem Moment seine Gedanken zu hören.

»Wieso dieses Heim?«

Ich zuckte mit den Schultern. »Sie können die Hilfe am meisten gebrauchen und bekommen trotzdem am wenigsten Aufmerksamkeit.«

Damian musterte die Bilder noch einige Sekunden. »Einverstanden. Vielleicht können wir auf dem Rückweg nach L. A. einen Zwischenstopp in New Orleans einlegen und das Geld direkt übergeben«, sagte er emotionslos.

Es machte mich fast wahnsinnig, nicht zu wissen, was er darüber dachte. Gleichzeitig klingelte eine Alarmglocke in meinem Kopf. Er hatte schon wieder gesagt, dass wir gemeinsam nach Los Angeles fliegen würden. Dabei hatten wir das nie wirklich besprochen. Er hatte zwar angemerkt, dass ich mitkommen soll, aber ich war eingeschlafen, bevor wir darüber reden konnten. Wollte ich denn mit ihm nach Los Angeles? Bei dem Gedanken schlug mein Herz schneller. Eigentlich kannte ich die Antwort bereits. Trotzdem war das irgendwie ziemlich verrückt. Ich konzentrierte mich wieder auf das Kinderheim. Einen Schritt nach dem anderen.

»Was denkst du darüber?«, fragte ich leise.

Damian schaute mich verwirrt an, bevor er seine Hand zärtlich auf mein Knie legte. »Ich denke, dass du eine atemberaubende Frau bist. Die meisten hätten sich für ein anderes

Heim entschieden. Du bist immer so selbstlos. Du hast mir auf der Brücke geholfen, obwohl du mich nicht kanntest. Dann hast du sogar bei mir geschlafen, weil ich nicht allein sein wollte.« Seine blauen Augen fesselten mich. »Du bist nicht weggerannt, als ich mich wie ein Arschloch verhalten habe. Und jetzt möchtest du diesen Kindern zu helfen. Das bewundere ich sehr an dir. Umso mehr bereue ich, was ich dir auf der Gala an den Kopf geworfen habe.«

Eine angenehme Wärme breitete sich in meinem ganzen Körper aus und mein Mund wurde trocken. Ich brauchte einen Moment, um seine Worte zu verdauen. Dann lächelte ich ihn zaghaft an und legte meine Hand auf seine. »Danke, Damian. Das bedeutet mir viel.«

Durch das Klingeln seines Handys wurde der Moment harsch unterbrochen. Mit einem entschuldigenden Blick griff er danach und stand auf.

Ich ließ meine verspannten Schultern kreisen. Es berührte mich, dass er so viel von mir hielt. Hoffentlich konnte ich ihm wirklich helfen, glücklicher zu werden.

Während er das Gespräch annahm, überprüfte ich, ob meine Nägel trocken waren. Dann schlenderte ich ins Bad. Dort steckte ich mir meine langen Haare zu einem hohen Pferdeschwanz zusammen. Damian hatte gesagt, das Essen würde nicht allzu schick werden und da mein Kleid doch sehr elegant war, wollte ich es mit einer einfachen Frisur auflockern. Außerdem war ich bei Weitem nicht so geübt wie Elena, wenn es um Frisuren oder Make-Up ging.

Anschließend schminkte ich mich dezent und trug den Lippenstift auf, den sie mir für die Gala geschenkt hatte.

Mit einem letzten, zufriedenen Blick in den Spiegel ging ich zurück in das Schlafzimmer, um das Kleid und die Schuhe zu holen.

Damian hatte aufgehört zu telefonieren und musterte mich interessiert. »Das war meine Mutter. Sie wollte sichergehen, dass ich das Abendessen nicht vergesse oder mich drücke.« Genervt verdrehte er die Augen.

Ich lächelte ihn aufmunternd an. »Wann wollen wir fahren?«

Prüfend schaute er auf seine Armbanduhr. »Schaffst du es in zehn Minuten fertig zu sein?«

»Ich brauche keine fünf mehr.«

Damian schüttelte den Kopf. »Das habe ich noch nie von einer Frau gehört. Dann beeile ich mich auch mal.«

»Ich habe dir schon einmal gesagt, dass du mit den falschen Frauen verkehrst«, erwiderte ich grinsend und dachte an unser Gespräch über Bier und Wein.

Nachdem ich mich im Badezimmer umgezogen hatte, ging ich zurück in das große Schlafzimmer.

Damian war gerade dabei, sich anzuziehen und stand in dunkelgrauer Anzugshose bekleidet vor dem Schrank. Ich blieb wie angewurzelt im Türrahmen stehen.

Wie konnte man so einen perfekten Körper haben? Kein Wunder, dass alle Frauen für ihn schwärmten.

Seine Haut war braungebrannt, die offene Hose saß locker auf seinen Hüften und schwarze Boxershorts blitzen darunter hervor. Mir wurde heiß und meine Knie wurden weich.

Hilfe. Bevor er mich schon wieder beim Starren erwischen konnte, machte ich Damian mit einem Räuspern auf mich aufmerksam.

Unsicher strich er sich durch die Haare. »Kannst du mir dabei helfen, ein Hemd auszusuchen? Ich kann mich nicht entscheiden. Außerdem hasse ich Hemden zum Essen. Da ist man immer so eingeengt.«

Ich versuchte seinen nackten Oberkörper zu ignorieren und ging zu ihm. Mit zitternden Händen durchforstete ich den Schrank. Stil hatte er auf jeden Fall. Seine Hemden waren alle geschmackvoll. Aber wieso wollte er überhaupt eins anziehen, wenn er sie doch nicht mochte? Ich entschied, etwas auszuprobieren, und öffnete die zweite Schranktür. Da war es. Ein klassisches weißes Shirt mit einem V-Ausschnitt.

Auffordernd hielt ich es ihm hin. »Probiere das an. Dazu einen passenden Gürtel, ein Sakko und wenn du hast, weiße Sneaker.« Mit skeptischem Blick, aber ohne einen Mucks von sich zu geben, zog er sich das Shirt über den Kopf. Dann nahm er mir den Gürtel aus der Hand und kramte die passenden Schuhe aus dem Schrank. Fertig angezogen schaute er in den Spiegel.

Er runzelte die Stirn. »Das sieht echt gut aus. Dafür, dass du immer in langweiligen Klamotten herumläufst, hast du echt Geschmack.«

Der Seitenhieb versetzte mir einen kleinen Stich, aber ich lachte trotzdem. Irgendwie hatte er ja recht. »Männersachen sind eben einfacher zu kombinieren. Und sag nichts gegen meinen Stil, sonst zwinge ich dich doch noch in ein Hemd.« Ich wedelte mit dem Finger vor seiner Nase.

»Das will ich sehen. Wie du Zwerg mich zwingst«, erwiderte Damian grinsend.

Empört stützte ich meine Hände in die Seiten und wollte protestieren, aber er kam mir zuvor. Zärtlich zog er mich in eine Umarmung und legte sein Kinn auf meinen Kopf.

Sofort stieg mir der angenehme Geruch seines Parfums in die Nase und benebelte mich. Ich schloss die Augen.

»Das war ein Scherz, Milly. Danke für deine Hilfe.«

Da meine Stimme bestimmt zittern würde, nickte ich nur. Meine Wange streifte dabei über seine Brust. Winzige Stromschläge durchzuckten mich und mir wurde schwindelig. Zaghaft legte ich die Hände auf seinen trainierten Rücken.

In meinem Bauch flatterte es und meine Finger strichen wie von selbst über den weichen Stoff. Damians Griff um mich wurde fester. Mein Herz pochte wild. Was sollte das? Er sah mich doch gar nicht so. Und ich wollte auch nicht eine seiner Eroberungen sein. Ein letztes Mal atmete ich diesen betörenden Duft ein, dann löste ich mich schweren Herzens von ihm.

Damian kratzte sich am Kinn. Ich konnte den Ausdruck in seinem Gesicht nicht deuten, allerdings hatte er sich schnell wieder gefangen und nahm sein Sakko von der Stuhllehne. Anschließend griff er nach seinem Autoschlüssel und klimperte grinsend damit. Wie konnte er so tun, als wäre nichts gewesen? Hatte ich mir das Knistern zwischen uns etwa eingebildet?

Ich zwang mich zu einem Lachen und verdrehte die Augen. »Wer hat hier so lange beim Anziehen gebraucht?«

Damians Grinsen wurde breiter.

Mit zitternden Händen schnappte ich mir meine Handtasche vom Stuhl und lief zu ihm. Dabei musterte er mich von oben bis unten.

Nervös strich ich mir durchs Haar. Durch die plötzliche Nähe zwischen uns hätte ich das Abendessen fast vergessen. »Kann ich so gehen?«

Damian hielt mir gentlemanlike den Arm entgegen. »Du siehst wunderschön aus.«

Bei seinem Kompliment kribbelte es erneut in meinem Bauch.

Gemeinsam machten wir uns auf den Weg in die Tiefgarage des Hotels.

Als Damian auf die Fahrerseite eines schwarzen Sportwagens zusteuerte, blieb ich stehen. »Wo ist Luis?«

»Hast du dich etwa so schnell an einen Chauffeur gewöhnt?« Auch wenn er versuchte, grimmig zu gucken, konnte er den Schalk in seinen Augen nicht verbergen.

»Natürlich. Ich bin mit dem unglaublichen Damian O'Brian unterwegs. Ich erwarte nichts anderes als puren Luxus.« Ich fächerte mir mit einer übertriebenen Geste Luft zu und grinste. »Nein, im Ernst. Natürlich nicht. Ich habe mich bloß gewundert. Du hast doch mal gesagt, dass du damit großgeworden bist.«

Sofort winkte er ab. »Heute bist du mit dem netten Damian O'Brian unterwegs. Ich habe gehört, er ist die bessere Gesellschaft von beiden. Und der nette Damian wollte Luis den Feierabend nicht nehmen und ab und zu fährt er auch gerne selbst.«

Wie ich unsere kleinen Schlagabtausche liebte. Außerdem klang das bodenständiger als gedacht.

10. Kapitel

Damian parkte das Auto vor dem Eingang. Während ich mich noch abschnallte, kam er bereits auf meine Seite und öffnete die Tür. Galant reichte er mir seinen Arm und ich hakte mich dankbar ein.

»Warst du schon im Central Park?«, fragte er, während wir langsam den gepflasterten Weg entlanggingen.

Ich schaute mich um und nickte. »Ja, allerdings bin ich nie durch diesen Eingang gekommen. Der Park ist einfach riesig, da kann man in so kurzer Zeit nicht alles sehen.«

Mittlerweile dämmerte es und eine angenehme Brise kühlte die erhitzte Luft des Tages ab. Ich war jedes Mal aufs Neue fasziniert, wie ein so friedlicher Ort inmitten dieser grauen Großstadt existieren konnte.

Auf einmal sah ich von Weitem einen See, welcher ringsherum mit Lampions beleuchtet war.

Wir bogen auf einen Kiesweg ab und ich krallte meine Finger automatisch in Damians Arm. Auf dem unebenen Boden rutschte ich mit den hohen Schuhen bedrohlich hin und her.

Damian musste meine Unsicherheit bemerkt haben und blieb stehen. Langsam ließ er seinen Blick an meinem Körper herabwandern. Mit einem warmen Lächeln schaute er mir wieder in die Augen. »Habe ich dir schon gesagt, wie schön du heute aussiehst?«

Mein Herz machte einen Satz. Was sollte das? Wie konnte er teilweise so überheblich und gefühlskalt und dann wieder so liebevoll sein? Und wieso brachte er mich damit immer aus dem Konzept?

Unsere Blicke hielten einander fest. Wie bei unserer ersten Begegnung erinnerten mich seine Augen erneut an den Lake Bridgeport. Sie waren so tief und die grünen Sprenkel wühlten das satte Blau auf. Was beschäftigte ihn?

Plötzlich legte er einen Arm in meine Kniekehlen und den anderen um meinen Rücken. Ohne ein Anzeichen der Anstrengung zu zeigen, richtete er sich auf.

Überrascht stieß ich einen kurzen Schrei aus und krallte eine Hand in seine Schulter. Die andere legte ich auf seine Brust. Damian lachte ausgelassen und ging los.

Ich konnte die Muskeln unter meinen Fingern deutlich spüren. Seufzend presste mich ein wenig näher an ihn und vergrub das Gesicht an seinem Hals. Die Hitze seines Körpers prickelte auf meiner Haut.

»Nicht einschlafen.« Seine Stimme klang fröhlich und entspannt.

»Keine Sorge. Ich genieße einfach diesen fabelhaften Service. Ich sollte öfter mit dem netten Damian O'Brian ausgehen.«

Ich biss mir auf die Lippen. Das hier war doch kein Date.

Damian schien meine Wortwahl nicht bemerkt zu haben. »Für dich ist ihm nichts zu schade.«

In meinem Magen flatterte es und ich konnte nicht aufhören zu grinsen.

Wir erreichten einen Holzweg, der um den See herum zu einem beleuchteten Haus führte. Sanft setzte mich Damian wieder ab und legte mir eine Hand in den Rücken. Ein warmer Schauer erfasste mich, aber ich versuchte, es zu ignorieren.

Gemeinsam liefen wir die letzten Schritte auf das Restaurant zu.

Dort angekommen, hielt er mir höflich die Tür auf. Ich strich mir nervös über das Kleid und ging hinein.

Hoffentlich war seine Mutter so nett wie am Vortag.

In der Mitte des Raumes stand ein wunderschönes Klavier, an dem eine junge Frau saß und eine ruhige Melodie spielte. Dunkle Holzbalken stützten die Decke und eine helle Einrichtung bot einen interessanten Kontrast dazu. Fasziniert schaute ich mich um und blieb an der riesigen Fensterfront hängen, die einen atemberaubenden Blick auf den See zuließ.

»Bist du so weit?« Damian nickte in Richtung eines Tisches.

Dort entdeckte ich Tracey und Damians Vater. Auf der anderen Seite saßen die Dame von der Auktion, eine weitere Frau und zwei Männer, die ich nicht kannte.

In diesem Moment stand Tracey auf. Ihr Mund öffnete sich überrascht, bevor sie ein Lächeln aufsetzte. Es wirkte allerdings nicht besonders herzlich.

»Wieso schaut sie so komisch?« Nervös strich ich mein Kleid glatt.

Damian fuhr sich durch die Haare und ich wusste sofort, dass ihm etwas unangenehm war. Mein Magen zog sich zusammen und eine böse Vorahnung beschlich mich.

»Naja. Ich habe ihnen nicht gesagt, dass du mitkommst«, murmelte er kleinlaut.

Ich hatte das Gefühl, der Boden unter mir würde schwanken. »Was? Ich bin nicht eingeladen?« Ich versuchte leise zu sprechen und mir nichts anmerken zu lassen. Aber wie konnte er mich in so eine blöde Situation bringen?

Sofort griff er nach meiner Hand. »Du bist nicht fehl am Platz. Ehrlich. Ich hatte einfach keine Lust auf blöde Fragen. Tut mir leid.«

Auch wenn das wieder einmal typisch für ihn war, besänftigte er mich mit seiner Entschuldigung.

Letztendlich konnte ich sowieso nichts mehr an der Situation ändern, also lächelte ich ihn versöhnlich an und setzte mich in Bewegung.

»Damian. Schön, dass du da bist. Du hast gar nicht gesagt, dass du in Begleitung kommst«, begrüßte Tracey ihren Sohn mit einem vorwurfsvollen Unterton.

Sie zog ihn in eine Umarmung, welche er halbherzig erwiderte.

»Ein Hemd wäre angebracht gewesen.« Missbilligend musterte sie Damians Outfit. Dann wandte sie sich mir zu. »Wir haben uns schon auf der Gala kennengelernt, oder? Wie war Ihr Name nochmal?«

Auch wenn sie weiterhin lächelte, änderte sich die Atmosphäre. Ich konnte nicht genau sagen, woran es lag, aber sie wirkte auf einmal sehr distanziert. Ein Schauer lief mir über den Rücken. Das konnte doch unmöglich daran liegen, dass Damian kein Hemd trug. Lag es also an mir? Aber sie kannte mich doch gar nicht.

Ich ließ mir nichts anmerken und setzte mein freundlichstes Lächeln auf. Selbstbewusst streckte ich Tracey meine Hand entgegen. »Emily Martin. Freut mich, Sie wiederzusehen.«

Sie nickte und erwiderte meinen Händedruck kurz, während sie unauffällig mein Kleid musterte. Gänsehaut breitete sich auf meinen Armen aus. Ohne mich eines weiteren Blickes zu würdigen, schnappte sie sich Damians Arm und zog ihn zu den anderen. Bestimmend drückte sie ihn auf den einzig freien Platz, bevor sie einen Kellner zu sich rief. »Würden Sie der Dame noch einen Stuhl bringen?«

Der junge Mann nickte sofort und kam wenige Augenblicke später mit einem Stuhl zurück. Unsicher blieb er stehen.

»Stellen Sie ihn am besten einfach zwischen Amber und George«, dirigierte Tracey und deutete dabei auf einen Platz, weit entfernt von Damian.

Was sollte das denn? Ich war schließlich seine Begleitung. Doch kaum hatte sie zu Ende gesprochen, stand er auch schon auf und nahm dem Kellner den Stuhl ab.

»Melanie, würdest du mir den Gefallen tun und ein Stück rutschen, damit Emily bei mir sitzen kann?«, fragte er die Frau neben sich höflich, aber bestimmt.

Erleichtert atmete ich aus. Die Angesprochene sah zuerst aus, als hätte sie in eine Zitrone gebissen. Aber sie hatte sich schnell wieder gefangen und rutschte ein Stück beiseite. Dankbar über Damians Eingreifen lächelte ich ihn an und ließ mich auf den Stuhl sinken.

Kaum dass wir alle wieder saßen, beugte sich diese Melanie über mich hinweg zu Damian. »Ich soll dir ganz liebe Grüße von Caroline ausrichten. Sie fand es sehr schade, nicht zur Gala kommen zu können.«

Damian nickte. »Vielen Dank. Ich hätte sie auch gerne mal wiedergesehen.«

Freudig lächelte Melanie und beugte sich noch etwas weiter vor.

Wieso setzte sie sich nicht gleich auf meinen Schoß?

»Das ist ja toll. Tracey und ich können gerne einen Termin für ein gemeinsames Dinner vereinbaren.«

Damian strich sich durch die Haare und lächelte. Aber es erreichte seine Augen nicht. »In nächster Zeit ist viel los, aber vielleicht finden wir ja einen Termin.«

In diesem Moment trat der Kellner an den Tisch und machte mit einem leisen Hüsteln auf sich aufmerksam. »Darf ich Ihnen schon etwas zu trinken bringen?«

Dankbar über diese Unterbrechung, lächelte ich ihn an.

Er erwiderte es und ich konnte sehen, wie sich seine steife Haltung ein wenig entspannte. Bei diesen Leuten wäre ich an seiner Stelle auch nervös.

Nachdem sich die Männer einen trockenen Rotwein und die Damen einen Champagner bestellt hatten, schaute er mich erneut an.

»Für mich ein Wasser, bitte. Den Wein suche ich mir erst zum Essen aus.«

Aus den Augenwinkeln sah ich, wie mich Melanie beobachtete. Der Kellner nickte und verschwand dann eilig.

Damian nutzte die kurze Stille, um auch die anderen Leute in der Runde zu begrüßen und mich vorzustellen. Ich lächelte jeden Einzelnen an, während ich meine zitternden Hände unter dem Tisch versteckte.

»Nun, Damian. Dein Vater hat erzählt, ihr wollt neue Wohnungen in Santa Monica kaufen?«, sprach ihn Melanies Mann George an.

Damit startete eine Fachsimpelei unter den Männern, an der sich auch Damian munter beteiligt.

Da mich dieses Thema nicht sonderlich interessierte, schaute ich mich erneut in dem Raum um.

»Haben Sie schon gewählt?«

Ich hatte nicht gemerkt, dass der Kellner an unseren Tisch zurückgekehrt war.

Sofort griff ich nach der Karte. Ich hatte so von dem schönen Raum geschwärmt, dass ich ganz vergessen hatte zu schauen. Während ich überlegte, bestellten Amber und Melanie einen Salat, Tracey den Lachs und die Männer verschiedene Steaks.

»Ich nehme die Gnocchi alla Panna«, antwortete ich und überflog die Weinkarte. »Und dazu einen Pinot Grigio, bitte.«

Der Kellner nickte und wollte sich gerade umdrehen, als

mir Damian die Karte aus der Hand nahm. »Na, Weinkennerin.« Er grinste mich verschwörerisch an. »Welchen Wein würdest du mir zu meinem Steak empfehlen?«

Ich freute mich, dass ihn meine Meinung interessierte und er mich endlich in ein Gespräch mit einbezog.

Ebenfalls grinsend lehnte ich mich zu ihm, um noch einen Blick in die Karte zu werfen. Ich deutete auf eine Nummer. »Nimm den Brunello di Montalcino. Durch den Ausbau im Fass hat er ein herbes Aroma, welches perfekt mit dem Fleisch harmoniert«, erklärte ich selbstsicher.

Damian klappte daraufhin entschlossen die Karte zu und lächelte den Kellner an. »Der soll es sein.«

Bevor sich Damian weiter mit mir unterhalten konnte, funkte Melanie wieder dazwischen. »Vor kurzem haben wir mit Caroline eine Weinprobe gemacht, da hättest du dabei sein müssen. Ich schmecke ehrlich gesagt kaum einen Unterschied, aber Caroline hat einen feinen Gaumen für so etwas.«

Ich lehnte mich in meinem Stuhl zurück. Diese Schwärmerei über ihre Tochter war echt anstrengend. Jetzt konnten die beiden wenigstens anständig über mich hinwegreden und ich nahm mich aus dem Schussfeld.

Lange konnte ich mich allerdings nicht entspannen, da beugte sich Tracey auch schon zu mir. »Ihre Eltern kennen sich also mit Wein aus? Oder woher kommt Ihr Wissen?«

Ich konnte immer noch nicht genau sagen, woran es lag, aber ich hörte Misstrauen in ihrer Stimme.

Trotzdem bemühte ich mich erneut um ein Lächeln. »Meine Eltern trinken zwar gerne Wein, kennen sich aber nicht so gut damit aus. Während des Studiums habe ich in einer Weinbar gekellnert. Dort habe ich viel über die verschiedenen Rebsorten gelernt.«

Überraschung huschte über ihr Gesicht, bevor sich wieder

die misstrauische Miene darüberlegte. »Sie haben neben dem Studium gearbeitet? Wurde das nicht zu viel?«

Mir war klar, dass es in diesen Kreisen wirklich untypisch sein musste, nebenbei zu arbeiten. Doch bei uns war das normal gewesen. Fast alle meine Freunde hatten einen Nebenjob gehabt. »Natürlich war es manchmal anstrengend. Besonders in den Prüfungsphasen musste ich mir die Zeit gut einteilen und auch während des Semesters blieben dafür andere Dinge manchmal auf der Strecke. Aber ich wollte so früh wie möglich unabhängig von meinen Eltern sein. Das war es mir wert.« Ich zuckte mit den Schultern.

Etwas hatte sich in Traceys Blick geändert, zumindest kam es mir so vor. »Das ist beeindruckend.«

»Darf ich Ihnen den Wein einschenken?« Der Sommelier unterbrach unsere Unterhaltung.

Damians Vater, mittlerweile wusste ich, dass er Richard hieß, machte eine einladende Geste. Daraufhin begann der Mann, die einzelnen Weine auszuschenken. Als er bei Damian ankam, schaute er kurz auf seinen Zettel. »Sie haben das Rumpsteak gewählt und dazu einen Brunello?«

Damian nickte und reichte ihm sein Glas.

»Eine exzellente Wahl. Ich hätte Ihnen nichts Besseres empfehlen können.«

Ich grinste. Es freute mich, mit der Wahl ins Schwarze getroffen zu haben.

Damian hatte mein Grinsen bemerkt und zwinkerte mir zu. Dann schwenkte er das Glas einige Male hin und her und probierte schließlich den Wein.

»Und den Pinot Grigio zu den Gnocchi?«, fragte der ältere Mann weiter.

»Der ist für mich.« Ich hob zaghaft die Hand.

»Ebenfalls eine ausgezeichnete Wahl, Miss.«

Ich kostete den Wein und seufzte auf. Er schmeckte himmlisch.

Melanie schaffte es erneut, die Unterbrechung für sich zu nutzen, und beugte sich zu Damian. »Caroline macht jetzt ihren Bachelor an der NYU. Danach hat sie sich eine Auszeit verdient. Wie wäre es, wenn ihr beide mal eine Woche Urlaub macht? Ihr könntet auf die Bahamas fliegen. Caroline liebt die Bahamas. Und eine Auszeit würde dir bestimmt auch mal guttun.«

Wie dreist Melanie versuchte, über die Zukunft ihrer Tochter und auch von Damian zu bestimmen. Ob er Caroline überhaupt mochte? Außerdem war es mir gegenüber absolut unhöflich. Ich presste meine Hände in den Schoß.

Tracey ging sofort darauf ein. »Das ist eine tolle Idee. Ihr habt euch doch immer so gut verstanden. Du und Caroline würdet wirklich toll zusammenpassen. Sie ist kultiviert und versteht sich in unserem Metier.« Dabei warf sie mir einen Blick zu.

Mir entwich ein Husten, was mir einen weiteren Blick von Melanie einhandelte. Wie konnten sich diese beiden Frauen so in Damians Lebensplanung einmischen? Und das auch noch, während seine Begleitung neben ihm saß. Unglaublich, dass er dabei so ruhig bleiben konnte. Erlebt er so etwas öfter? Und wieso sagte er nichts? Um nicht sofort an die Decke zu gehen, trank ich einen großen Schluck aus meinem Weinglas. So langsam konnte ich verstehen, wieso sich Damian gern vor solchen Verabredungen drückte.

Ich zwang mich, dem Gespräch der Männer zuzuhören und die Frauen auszublenden. Sie erzählten von dem Immobilienprojekt in Santa Monica. Ich seufzte. Das würde ein langer Abend werden. Wie konnte man in einer so schönen Umgebung derart langweilige Themen besprechen? Hier ging es tatsächlich immer um das Business.

Ich nippte an meinem Wein.

»Ambers Collection läuft im Moment nicht mehr so gut. Wir bringen fünfmal im Jahr neue Mode auf den Markt und dennoch gehen die Verkaufszahlen zurück«, sagte Ambers Mann Patrick.

Endlich ein neues Thema.

George warf Amber einen mitleidigen Blick zu, den sie zum Glück nicht mitbekam. Dann plusterte er sich regelrecht auf. »Ihr müsst die Anzahl der Kollektionen erhöhen. Schaut euch doch die ganzen Billigmarken an. Dazu kommt dann noch der Online-Markt. Da muss Amber eben mithalten und mehr produzieren.«

Was für ein Schwachkopf. Ich hatte zwar wenig Ahnung von Mode, dafür aber von Marketing und Verkauf. Ein ähnliches Thema hatte ich in meiner Masterarbeit behandelt. Wie konnte er solchen Quatsch erzählen, als wäre er vom Fach. Dieser Mann passte zu Melanie und ihrer ach so perfekten Tochter Caroline. Ich wusste, dass ich mich eigentlich nicht in dieses Gespräch einmischen sollte. Aber mich rauszuhalten war noch nie meine Stärke gewesen und so langsam spürte ich die Wirkung des Weines.

»Wohl eher die Anzahl halbieren«, murmelte ich.

Richard schaute mich an. »Was haben Sie gesagt?«

Auf einmal war es totenstill am Tisch.

Selbst Tracey und Melanie hatten ihre Kuppel-Versuche eingestellt und starrten mich an. Ich ignorierte ihre Blicke. Dieses Gespräch würde ich mit Richard, George und Patrick führen. Sie waren Geschäftsmänner und keine oberflächlichen Schnepfen wie ihre Frauen. Wenn ich überzeugende Argumente hatte, mussten sie mir zustimmen. Und zum ersten Mal in dieser reichen Welt war das hier ein Thema, bei dem ich mitreden konnte.

»Verzeihen Sie, George. Aber ich sehe das anders.« Ich setzte mich auf. »Natürlich bringen Onlineshops häufiger neue Mode auf den Markt. Aber das ist nicht Ambers Klientel, oder? Wenn ich das richtig verstanden habe, designed Amber Kleider für Frauen der Upper Class. Frauen wie sie und ihre Freundinnen es sind. Bei Ihren Überlegungen vergessen Sie daher ein ganz wichtiges Argument. Etwas, das jede Frau möchte.« Ich schaute selbstbewusst in die Runde.

»Als ob sie wüsste, was wir wollen«, zischte Melanie zickig neben mir.

Der Schwips half mir, sie auszublenden. »Exklusivität und Extravaganz. Die Frauen kaufen sich ein solches Kleidungsstück, um es auf der nächsten Gala zu tragen. Oder auch, um bei dem nächsten Brunch darauf angesprochen zu werden. Wie wirkt also eine Marke, die ständig ihren Style und ihre Kollektionen ändert? Das wirkt kurzlebig und dadurch auch nicht interessant. Sehen Sie, wenn jemand heute ein Kleid aus der aktuellen Kollektion kauft und es zu einer Gala in einem Monat anziehen will, kann es sein, dass es schon wieder out ist. Und das nur, weil bereits eine neue Kollektion existiert. Wenn man dagegen drei bis vier Kollektionen im Jahr auf den Markt bringt, wissen die Frauen, dass sie das Neueste tragen. Meiner Meinung nach sollten Sie also lieber seltener die Kollektion wechseln und die Stückzahl der einzelnen Kleider begrenzen, sodass sich jede Frau einzigartig und exklusiv fühlt.«

Ich griff nach meinem Glas und prostete den Männern zu. Zum Glück hatte ich dank meiner Mutter ein Gespür für die Wünsche der Kunden.

»Sie haben den Nagel auf den Kopf getroffen. Das klingt vielversprechend« Amber lächelte mich begeistert an.

Dankbar erwiderte ich ihr Lächeln.

»Damian hat sich da ja nicht nur eine hübsche, sondern

auch noch kluge Begleitung ausgesucht.« Richard nickte mir wohlwollend zu. »Ihre Analyse ist spannend. Vielleicht solltest du dich mal mit ihr zusammensetzen, Patrick. Die junge Dame scheint Ahnung zu haben.« Er klopfte Ambers Mann begeistert auf die Schulter.

Melanie schnaubte. Aber bevor ich mich darüber ärgern konnte, spürte ich eine warme Hand auf meinem Oberschenkel. Damian lächelte mich mit einem liebevollen Ausdruck in den Augen an, beugte sich näher zu mir und legte seine Lippen an mein Ohr. »Das war beeindruckend.«

Bei seinem Kompliment kribbelte es in meinem Bauch. Zärtlich streichelte er über mein nacktes Knie und schaute unschuldig in die Runde. Wie konnte er dabei so gelassen aussehen, während in mir ein Sturm tobte?

In diesem Moment erschien der Kellner mit den Tellern und zog die Aufmerksamkeit auf sich. Damian löste seine Finger von meiner Haut und das Prickeln verschwand.

Während des Essens rätselten er und sein Vater über die perfekte Garzeit eines Rumpsteaks und Amber sprach mit Melanie über die nächste Gala. Ich war froh, endlich nicht mehr zwischen den Gesprächen zu sitzen und genoss mein Essen in aller Ruhe. Die Gnocchi waren ein Traum und die cremige Soße zerging mir auf der Zunge.

Damian warf mir allerdings immer wieder verstohlene Blicke zu. Was hatte er denn?

Nach dem Essen sprach mich Patrick an. »Ihre Stellungnahme zu der aktuellen Marktsituation war wirklich beeindruckend, haben Sie noch genauere Informationen oder Belege für diese Aussagen?«

Es freute mich, dass ich ihn mit meiner Meinung und meinem Fachwissen beeindruckt hatte. »Es gibt einige Studien zu dieser Art von Marketing. Das kann man mit Sicherheit auch auf Mode anwenden. Auswendig kenne ich sie nicht, aber wenn Sie möchten, kann ich sie Ihnen gerne raussuchen.«

Begeistert nickte Patrick. »Das würde mich interessieren. Vielleicht können wir uns die Tage mal zusammensetzen?«

Ich spürte Damians Hand erneut auf meinem Oberschenkel, bevor er sich in das Gespräch einmischte. »Emily fliegt in drei Tagen mit mir zurück nach Los Angeles. Übermorgen haben wir auch schon etwas vor. Also wenn du sie mit einbeziehen möchtest, bleibt eigentlich nur noch morgen.«

Alle am Tisch starrten ihn an.

Zaghaft drückte er mein Bein. Ich hatte doch noch gar nicht zugestimmt, mit ihm zu gehen. Allerdings spielte es auch keine große Rolle mehr, ob ich mit ihm in New York in einem Zimmer oder in Los Angeles in seiner Wohnung war. Trotzdem schlug mein Herz bei dem Gedanken daran schneller. Unauffällig legte ich meine Hand auf seine.

Damian atmete leise aus.

»Na dann. Wie sieht es mit morgen aus, Emily?« Patrick richtete seinen Blick wieder auf mich.

Kurz überlegte ich, aber eigentlich hatte ich sowieso nichts vor. Lächelnd stimmte ich zu und vereinbarte eine Uhrzeit mit ihm.

Melanie schien der Verlauf des Abends nicht zu gefallen, denn sie sprang von ihrem Stuhl auf. »Es tut mir leid, ihr Lieben. Aber George und ich müssen langsam los.«

George schaute dabei mindestens genauso überrascht, wie alle anderen, stand aber wie ein braves Schoßhündchen auf.

»Sollen wir dann auch gehen?«, fragte Amber in die Runde. Damian stimmte erfreut zu.

Mit einer Handbewegung rief Tracey den Kellner und Richard bezahlte für alle. Noch ein Punkt auf meiner Liste, was ich Damian zurückzahlen wollte.

Die Verabschiedung von Melanie und Tracey fiel ziemlich unterkühlt aus, während mich Amber kurz in die Arme schloss. Patrick klopfte mir freundlich auf die Schulter und George nickte mir verbissen zu. Ihm hatte es eindeutig missfallen, dass ich seine Idee in Grund und Boden argumentiert hatte.

Damian war neben mich getreten und hatte einen Arm um meine Hüfte geschlungen. Ich konnte mir vorstellen, wie in den Köpfen der anderen die Spekulationen losgingen. Aber niemand traute sich, etwas zu sagen.

Richard reichte uns freundlich die Hand und ich bedankte mich mehrfach für die Einladung.

Dann zerstreute sich die Gruppe und wir liefen allein zurück zum Auto. Nach wenigen Schritten blieb ich allerdings stehen und stieg aus meinem rechten Schuh.

Damian hob die Augenbrauen.

»Was ist?«, fragte ich und zog auch den linken aus.

Er schüttelte den Kopf. »Du bist echt verrückt, Milly. Du kannst doch nicht ohne Schuhe durch den Central Park laufen.«

Ich zuckte mit den Schultern und balancierte den Holzweg entlang. Der Wein berauschte mich und die frische Luft tat ihr Übriges.

»Ich kann sogar ohne Schuhe durch den Central Park tanzen«, rief ich und drehte mich im Kreis. Fasziniert beobachtete ich, wie mein Kleid durch die Luft wirbelte. Der Stoff war einfach traumhaft.

Plötzlich verlor ich den Halt. Ich schwankte. Reflexartig packte mich Damian am Arm und hielt mich fest.

»Ups.« Ich kicherte vor mich hin.

Hätte er nicht reagiert, wäre ich wahrscheinlich in den See geplumpst. Ob das Wasser warm war? Ich setzte mich auf den hölzernen Weg und ließ meine Beine ins Wasser baumeln. Na ja, zumindest war es nicht eiskalt.

»Du kannst dich doch nicht einfach hier hinsetzen.« Damian schüttelte erneut den Kopf.

»Du siehst doch, dass ich das kann. Schau mal, wie schön der See aussieht.« Ich strahlte ihn mit großen Augen an.

Mit einem Seufzen fuhr er sich durch die Haare und ließ sich im Schneidersitz neben mich sinken.

Dumpfe Stimmen und leise Musik hallten aus dem Restaurant zu uns hinüber. Einige Meter entfernt schwammen zwei Enten und ein Vogel zwitscherte irgendwo in den Bäumen hinter uns. Im Gegensatz zu den lauten Gesprächen am Tisch war es hier so friedlich.

»Danke, dass du heute mitgekommen bist. Du hast dich echt gut geschlagen.«

Ich lächelte ihn an und bewegte die Füße im Wasser hin und her. »Ich würde ja sagen, es hat Spaß gemacht. Aber das wäre irgendwie eine Lüge. Aber es war okay. Und ich habe es gerne für dich gemacht.«

Damian lachte und stützte sich auf seine Arme. »Du hast meinen Dad und Patrick ziemlich beeindruckt. Ich glaube, selbst meiner Mom hast du ein wenig imponiert. Und sie mag die Frauen, mit denen ich unterwegs bin, eigentlich nie.«

Nachdenklich beobachtete ich das Wasser unter mir. »Deine Mutter verwirrt mich. Auf der Gala war sie sehr nett und heute dagegen total distanziert. Und dann schwärmt sie auf einmal von dieser Caroline, ohne auf mich zu achten.«

Eine leichte Brise strich über meine nackte Haut. Fröstelnd rieb ich mir die Arme und versuchte die Kälte zu vertreiben. Ich wollte noch nicht gehen.

Ohne eine Miene zu verziehen, zog Damian sein Sakko aus und legte es mir um die Schultern. Dann rutschte er näher zu mir.

Dankbar kuschelte ich mich in den warmen Stoff. Sein angenehmer Geruch umhüllte mich.

»Das auf der Gala war doch alles Show.« Damian zuckte mit den Schultern. »Dort zählt nur *sehen und gesehen werden*. Da muss sie zu jedem freundlich sein. Das Gerede über Caroline fand ich auch nervig und unpassend.« Er schaute mich entschuldigend an. Dafür konnte er ja nichts.

»Das ich mit dir nach Los Angeles komme, hat sie ganz schön aus der Bahn geworfen. Die Blicke der anderen waren dabei auch klasse.« Bei dem Gedanken kicherte ich vor mich hin.

Sanft legte Damian seine warme Hand auf mein Knie und malte mit dem Daumen kleine Kreise auf meine Haut.

Ich erstarrte. Seine Berührung war so unschuldig und trotzdem machte mein Herz einen Satz.

»War das okay? Ich weiß, wir haben nie wirklich darüber gesprochen. Ich hätte zuerst nachdenken sollen. Normalerweise bin ich nicht so impulsiv«, entschuldigte er sich leise.

Ich legte meine Hand auf seine. »Spontan und impulsiv zu sein ist nichts Negatives, Damian. Das macht das Leben leichter, glaub mir. Und nein, ich habe kein Problem damit. Ich weiß zwar noch nicht wie, aber wir müssen dein Leben irgendwie umkrempeln. Außerdem mag ich deine Gesellschaft. Und das sage ich nicht nur, weil ich angetrunken bin.«

Damian lachte erleichtert auf und seine Augen funkelten im Schein der Lampions. »Leider ist in der Geschäftswelt wenig Platz für Spontanität. Deswegen genieße ich es auch sehr, bei dir zu sein. Du bist so erfrischend anders.«

»Das freut mich«, sagte ich und beobachtete die leichten Wellen, die auf dem Wasser tanzten.

Damian zögerte kurz, dann löste er seine Hand von meinem Knie und legte mir den Arm um die Schultern. Behutsam zog er mich näher an seine Seite. Mein Körper prickelte unter seiner Berührung. Zufrieden lehnte ich mich gegen seine Brust und genoss die Stille.

Nach einiger Zeit wurde mein Kopf immer schwerer und ich richtete mich auf, um nicht an Ort und Stelle einzuschlafen. »Sollen wir langsam zurück zum Auto?«, fragte ich benommen.

Damian lachte leise und bedachte mich mit einem liebevollen Blick. »Ganz wie du möchtest.« Er stand auf und reichte mir die Hand.

Dankbar ergriff ich sie und wir liefen zurück zum Auto.

»Möchtest du wieder bei mir übernachten?«

Die angenehme Wärme der Sitzheizung lullte mich ein und ich kuschelte mich tiefer in Damians Sakko. Zu müde, um zu antworten, nickte ich nur.

11. Kapitel

Als ich meine Augen öffnete, brauchte ich einen Moment, um zu realisieren, wo ich war. Nach und nach erkannte ich das helle Mobiliar, die dunkelblauen Vorhänge und den Mann, neben dem ich lag. Damians Hotelbett war unbeschreiblich bequem im Vergleich zu den Gästebetten und Sofas der letzten Monate. Verwirrt dachte ich über den gestrigen Abend nach. Ich musste während der Autofahrt eingeschlafen sein, aber wie kam ich in sein Zimmer? Hatte er mich etwa hochgetragen?

Mit wackligen Beinen stand ich auf und bemerkte, dass ich noch immer das Kleid aus Alex‘ Laden trug. Zum Glück hatte mich Damian nicht ausgezogen. Das wäre mir unangenehm gewesen.

Auf Zehenspitzen lief ich in das angrenzende Badezimmer und schaute auf dem Weg dorthin auf die Uhr.

Ich war augenblicklich hellwach und mein Puls auf hundertachtzig. Es war bereits elf Uhr und ich war um vier mit Patrick und Amber verabredet. Bis dahin musste ich noch Belege für meine Präsentation finden und alles vorbereiten. Schließlich wollte ich die beiden mit meinem Wissen beeindrucken.

Zurück im Schlafzimmer überlegte ich fieberhaft, was ich anziehen sollte. Die kurze Hose, welche ich beim Shoppen mit Sam getragen hatte, war für dieses Treffen unpassend.

Allerdings lagen meine restlichen Klamotten noch in Todds Wohnung.

»Guten Morgen«, raunte Damian.

Verschlafen setzte er sich im Bett auf und streckte die Arme über den Kopf. Doch als sein Blick auf den Wecker fiel, zuckte er zusammen. »Scheiße«, fluchte er aufgebracht und sprang aus dem Bett. »Ich habe das Klingeln nicht gehört. Kannst du Frühstück bestellen?«, rief er hektisch und verschwand im Bad.

Ich musste lachen. Also hatten wir beide verschlafen. Letztendlich hatte ich aber Mitleid und orderte Essen auf unser Zimmer.

Wenige Minuten später öffnete sich die Tür wieder und Damian hastete zu seinem Kleiderschrank. Wahllos griff er nach einer Hose und einem weißen Hemd.

»Frühstück müsste gleich da sein«, sagte ich und beobachtete ihn fasziniert. Ich hatte ihn noch nie so aus der Fassung erlebt. Wann er wohl das letzte Mal in seinem Leben spät dran gewesen war?

»Du bist ein Schatz«, bedankte sich Damian.

Er machte sich nicht einmal die Mühe, zum Umziehen ins Bad zu gehen, sondern zog sich vor meinen Augen die Hose aus. Mit heißen Wangen schaute ich schnell zur Seite, nur um eine Sekunde später doch einen Blick zu riskieren. Wie schaffte er es, bei all der Arbeit so durchtrainiert auszusehen?

Ein Klopfen riss mich aus meiner Starre. Eilig öffnete ich die Tür. Eine junge Frau schob einen Servierwagen, auf dem Teller mit silbernen Hauben standen, in das Zimmer. Bei Damians Anblick geriet sie ins Stolpern. Der Wagen schwankte und wäre mit ihr gestürzt, wenn ich nicht eingegriffen hätte. Mein Blick folgte ihrem und ich musste schmunzeln. Damian trug zwar endlich eine Hose, stand aber noch immer oberkörperfrei vor dem Schrank und wählte gerade einen Gürtel aus.

Ich räusperte mich lautstark. Überrascht schaute er auf. Als er die junge Frau und meinen fordernden Blick auf das Hemd sah, schien er zu verstehen. Er begrüßte sie höflich und fuhr sich durch die feuchten Haare. Die Hotelangestellte schnappte nach Luft. Ich konnte sie verstehen. Der Anblick brachte mich auch immer wieder aus dem Konzept. Ich versuchte mein Grinsen zu verstecken und presste die Lippen fest aufeinander. Durch Damians Geste spannten sich die Muskeln auf seinem Oberkörper an. Verdammt. Er war wirklich sexy. Endlich nahm er das Hemd und zog es über.

Dann schlenderte er auf uns zu und blieb vor dem Servierwagen stehen. »Vielen Dank für den schnellen Service.« Er schloss den obersten Hemdknopf und grinste.

Kein Wunder, dass ihm bei diesem Lächeln kaum jemand einen Wunsch abschlagen konnte. Die Frau schaute hektisch von seinen Augen zu seinem Hemdausschnitt und wieder zurück, dann wurde sie rot. Stotternd bedankte sie sich und strich über ihre Kleidung, bevor sie schnell Richtung Tür lief.

»Warten Sie«, rief Damian ihr nach.

Mit großen Augen und leicht geöffnetem Mund schaute sie ihn an.

Damian lächelte und reichte ihr ein Trinkgeld.

»Dankeschön«, stotterte die Frau erneut, bevor sie fluchtartig den Raum verließ.

Kaum war die Tür geschlossen, konnte ich mir ein lautes Lachen nicht mehr verkneifen. Damian zog die Augenbrauen nach oben, entfernte die silbernen Hauben über den Tellern und nahm sich einen Bagel. »Was ist los?«

Ich starrte ihn an. Hatte er nicht gemerkt, wie er sie verunsichert hatte? Oder machte er es sogar mit Absicht? »Du hast die Kellnerin total aus dem Konzept gebracht.«

Er zuckte mit den Schultern. »Das passiert mir öfter.«

Ich schüttelte den Kopf. »Du arrogantes Stück.«

Damians Augen weiteten sich, dann grinste er ebenfalls. »Sorry.« Er biss von seinem Bagel ab. »Wann triffst du dich mit Patrick?«, fragte er mit vollem Mund. Wo waren nur seine Manieren?

»Ich soll um vier Uhr in seinem Büro sein. Davor muss ich noch zurück zu Todd, um mich umzuziehen und ein paar Informationen im Internet suchen. Blöd, dass ich keinen Laptop habe. Mit dem Handy wird das so lange dauern.« Ich seufzte frustriert.

Wenn es um meine Arbeit ging, war ich eine Perfektionistin. Ich nahm ein Croissant und bestrich es großzügig mit Schokocreme.

»Noch ungesünder kann man auch nicht frühstücken, oder?« Damian warf mir einen fassungslosen Blick zu und packte eilig Handy und Laptop in eine Tasche.

Ich streckte ihm die Zunge heraus, biss provokant in das Gebäck und kaute genüsslich. »Bist du nicht eigentlich spät dran und solltest dir lieber darüber Gedanken machen als über meine Essgewohnheiten?«

Daraufhin grinste Damian schief und packte weiter.

Anschließend drehte er sich noch einmal zu mir um. »Luis fährt mich jetzt zu meinem Meeting, danach kann er dich zu Todd bringen.«

Ich wollte erwidern, dass das unnötig wäre, aber Damian schüttelte energisch den Kopf.

»Keine Widerrede. Und wenn du schon bei deinem Bekannten bist, möchtest du nicht gleich all deine Sachen zu mir ins Hotelzimmer bringen? Schließlich machen wir morgen den Ausflug zum Bear Mountain und übermorgen fliegen wir früh morgens zurück.«

Er war so ein Diktator. Aber eigentlich machte sein Vorschlag Sinn. Also nickte ich. »Okay. Kann ich dir viel Spaß für das Meeting wünschen?«

Damian seufzte. »Von Spaß kann da keine Rede sein. Trotzdem Danke. Wir sehen uns später.« Dann verließ er mit einem halbherzigen Lächeln das Zimmer.

Nachdem ich gemütlich gefrühstückt hatte, gönnte ich mir eine ausgiebige Dusche. Man war ja nicht jeden Tag in einem so schicken Hotel. Danach überlegte ich, was ich anziehen sollte. Mein Oberteil von gestern lag zerknittert auf einem Sessel. Mist. Daneben hing ein Hemd von Damian locker über dem Stuhl. Wieso war er ordentlicher als ich? Gedankenverloren schnappte ich es mir und zog es an. Sofort hüllte mich der bekannte Duft seines Parfums ein. Vor dem Spiegel blieb ich stehen und begutachtete mein Outfit. Das Hemd war mir natürlich zu lang, aber wenn ich es mit einem Gürtel kombinierte, könnte es als Hemdkleid durchgehen. Dann müsste ich zumindest nicht in dem gleichen Outfit wie gestern das Hotel verlassen. Fröhlich vor mich hin pfeifend ging ich zu meinen Klamotten vom Vortag und zog den Gürtel aus der Hose. Nachdem ich ihn um meine Taille geschlungen hatte, betrachtete ich kritisch mein Werk. Von wegen, ich hätte keinen Stil. Das sah gar nicht mal so schlecht aus. Meine Mutter wäre von so viel Kreativität begeistert. Ich krempelte die Ärmel bis zu den Ellenbogen hoch und packte meine Sachen.

Da sich Luis noch nicht gemeldet hatte, googelte ich mit dem Handy nach passenden Studien für Amber.

Nach wenigen Minuten ließ ich mit einem Seufzen meine Schultern kreisen. Oft gab es keine mobilen Ansichten und der Text war dementsprechend viel zu klein. Das würde ewig dauern. Dabei hatte ich mich so auf die Arbeit gefreut. Frustriert knetete ich meine Finger und war froh, dass es in diesem Moment an der Tür klopfte.

Schwungvoll öffnete ich sie.

»Sind Sie so weit?«

Ich nickte Luis zu, nahm meine Tasche und verließ mit ihm das Zimmer.

»Darf ich Ihnen Ihr Gepäck abnehmen?«

Ich winkte ab. »Das geht schon, aber vielen Dank.«

»Mr. O'Brian wird das gar nicht gut finden.« Luis schaute auffordernd auf meine Schultern.

Eigentlich wollte ich mich nicht von ihm bedienen lassen, aber wenn er darauf bestand. Ich reichte ihm meine Sachen.

»Er sitzt übrigens unten im Auto. Sein Meeting wurde verschoben, sodass er mit uns fahren wird«, informierte er mich weiter, während wir mit dem Lift in die Tiefgarage fuhren.

Mist. Eigentlich war ich davon ausgegangen, dass mich Damian in seinen Klamotten nicht sehen würde und ich seine Sachen unauffällig zurücklegen könnte. Aber er hatte so viele Hemden, da würde es ihn bestimmt nicht stören, oder?

Ich reckte das Kinn und stieg in die Limousine. Zu meinem Glück war Damian so in sein Handy vertieft, dass er nicht mal aufschaute und ich mich in Ruhe anschnallen konnte. Unauffällig zupfte ich das improvisierte Kleid zurecht und riskierte einen weiteren Blick zu ihm.

»Tut mir leid, ich musste noch etwas klären.« Er lächelte mich schief an und steckte sein Handy weg. Seine Augen zogen sich für einen kurzen Moment zusammen, während er mein Outfit betrachtete. Dann grinste er. »Steht dir.«

Meine Wangen wurden heiß und ich strich mir eine Strähne aus dem Gesicht. »Danke.«

Damian schien meine Unsicherheit zu spüren, denn er lächelte. »Auch eine Premiere für mich. Eine Frau, die keinen Sex mit mir hatte, verlässt am Morgen danach mit meinem Hemd das Zimmer.« Dabei wackelte er frech mit den Augenbrauen.

Auch wenn mich sein Macho-Spruch nervte, konnte ich nicht anders, als ebenfalls zu lachen. Das war wieder typisch.

Er reichte mir ein Paket, das auf dem Sitz zwischen uns gelegen hatte. Was das wohl war? Gespannt nahm ich es entgegen.

»Mach es auf«, forderte Damian ungeduldig und strahlte dabei wie ein kleiner Junge am Weihnachtsmorgen.

Vorsichtig löste ich die rote Schleife und öffnete den Karton. Kaum hatte ich einen Blick hineingeworfen, klappte mir die Kinnlade herunter. Es war ein nagelneu verpacktes MacBook.

»Damian, was soll das?«

Sein Lächeln fiel in sich zusammen. »Gefällt es dir nicht? Wir können den Laptop auch umtauschen, wenn du lieber einen anderen willst. Ich dachte nur, dass eine Präsentation und das Recherchieren am Handy so umständlich sind.«

Ich wusste nicht, was mich mehr überraschte. Dass mir Damian einen Laptop schenkte oder dass er mir so genau zugehört hatte. In meinem Magen flatterte es. Trotzdem machte ich mir innerlich eine weitere Notiz auf der Liste von Dingen, die ich ihm zurückzahlen wollte.

»Wow. Natürlich gefällt er mir. Ich weiß nur nicht, was ich dazu sagen soll«, stotterte ich und lächelte ihn dankbar an.

Sofort begannen seine Augen wieder zu funkeln und er erwiderte mein Lächeln stolz. »Ich habe dir gesagt, dass ich mich noch nie um einen anderen Menschen als mich gekümmert habe. Und ich weiß, dass ich dich mit der Aktion auf der

Gala sehr verletzt habe. Daher möchte ich dir zeigen, dass ich auch anders sein kann.«

Ich starrte zwischen ihm und dem Karton hin und her. »Danke. Das bedeutet mir viel. Aber nur damit du es weißt, du brauchst mir nichts zu kaufen, um mir zu zeigen, dass du dir Mühe gibst. Das merke ich auch so.«

Nun war Damian an der Reihe, überrascht zu schauen. Sanft griff er nach meiner Hand. »Du bist wirklich etwas Besonderes. Ich habe noch nie eine Frau wie dich getroffen.«

Seine Berührung brannte auf meiner Haut und ich schluckte. »Danke«, sagte ich mit zitternder Stimme erneut. »Wann ist eigentlich dein Meeting? Die Fahrt zu Todds Wohnung dauert eine Weile.«

Damians Blick wanderte über mein Gesicht. Was ging in ihm vor? Dann ließ er meine Hand los und lehnte sich zurück.

»In etwa zwei Stunden, also genug Zeit.« Er zögerte. »Ich habe wirklich keine Lust auf dieses Treffen. Deine Gesellschaft ist eine willkommene Ablenkung.«

Mitfühlend sah ich ihn an. »Ich verstehe einfach nicht, wieso du überhaupt noch dort arbeitest.«

Damian zuckte mit den Schultern. »Das kann ich meinem Dad nicht antun.«

»Denkst du wirklich, für ihn wäre es so ein großes Problem? Du solltest doch auch glücklich sein, oder nicht?«

Er nestelte an seinem Ärmel. »Mein Dad hat das alles aufgebaut. Da wäre er bestimmt enttäuscht, wenn die Firma aufgelöst werden müsste.« Damian fuhr sich durch die Haare und schaute aus dem Fenster.

Das konnte ich verstehen. Trotzdem musste es dafür eine Lösung geben.

»Also, Milly. Erzähl mir noch mehr von deiner Reise. Was war das Kurioseste?«

»Dein Feingefühl beim Themenwechsel ist wieder einmal überwältigend.« Ich stupste ihn an.

Damian schaute zu mir. Sein Blick war undurchdringlich. »Du hast recht. Tut mir leid. So kurz vor einem Meeting möchte ich nur ungern in schlechte Stimmung kommen. Und du bist mein Sonnenschein in solchen Momenten. Also erzähl mir bitte etwas.«

Mein Herzschlag beschleunigte sich und mir wurde angenehm warm. Ich wusste sofort, mit welcher Geschichte ich ihn zum Schmunzeln bringen würde.

»Durchsichtige Toilettenkabinen«, platzte es aus mir heraus.

Damians Augen weiteten sich. »Bitte was?«

Ich lachte auf. »Durchsichtige Toilettenkabinen. Das war in Miami. Wir waren in einer ausgefallenen Bar etwas trinken. Als ich auf die Toilette musste, kam dann der Schock. Die Kabinen waren aus Glas. Ich bin bestimmt zehn Minuten in dem Raum auf und ab gelaufen, weil das so seltsam war. Ich meine, was wenn eine andere Frau den Raum betrat? Dann hätte sie mir durch die Glasscheibe beim Pinkeln zusehen können.«

Damian kratzte sich am Kinn. »Du verarschst mich. Das glaube ich dir nicht.«

Schnell kramte ich in der Tasche nach meinem Handy. »Hier. Ich habe extra ein Foto gemacht.«

Damian schüttelte fassungslos den Kopf.

»Sir, wir sind da.« Luis schaute ihn über den Rückspiegel an.

Ich nahm das Geschenk und schnallte mich ab. »Danke, dass ihr mich mitgenommen habt. Viel Spaß bei deinem Meeting.« Das Wort *Spaß* betonte ich dabei ganz bewusst.

Damian verdrehte die Augen, konnte sich ein Lächeln allerdings nicht verkneifen. »Danke, Milly.«

Luis öffnete mir die Tür und ich stieg aus.

»Mr. O'Brian sagte mir, Sie müssen um vier bei Patrick Lincoln sein. Ich werde also um halb vier wieder hier sein, um Sie zu fahren«, erklärte er.

»Ich kann ruhig die Subway nehmen.« Ich winkte ab.

»Das kommt gar nicht in Frage.« Damian lehnte sich zu der offenen Tür. »Du würdest Zeit verschwenden, die du für die Vorbereitung brauchst. Außerdem bin ich doch sowieso beschäftigt und Luis hat Zeit.«

Seine Stimme duldete keinen Widerspruch. Ich seufzte. Auch wenn er es gut meinte, hasste ich es, bevormundet zu werden. »Danke für das Angebot, aber das ist wirklich nicht nötig.«

Damian zuckte kurz zusammen, dann hatte er sich wieder gefangen. Sein Blick verdunkelte sich. »Wo ist das Problem? Ich wollte doch nur freundlich sein.«

Mein Magen verkrampfte sich. Wieso reagierte ich bei ihm immer so extrem? Für ihn war es keine große Sache seinen Chauffeur zu verleihen oder einen Laptop zu verschenken. Das hier war eben eine andere Welt. Aber ich wollte nicht in seiner Schuld stehen.

Ich seufzte. »Es tut mir leid. Es wäre nett, wenn Luis mich abholen würde.«

Damians Miene entspannte sich. »Okay.«

Zaghaft lächelte ich ihn an. Er erwiderte es und Luis schloss die Tür.

»Hey! Du lebst ja noch.« Todd kam mit ausgebreiteten Armen auf mich zu, als ich die Wohnung betrat.

Ich ließ mich in eine Umarmung ziehen und schloss kurz die Augen. »Entschuldige, dass ich mich nicht gemeldet habe. Wie war Boston?«

Zuerst ging ich ihm auf die Nerven, weil ich nicht abreisen

wollte und dann meldete ich mich kaum mehr. Eine tolle Freundin war ich. Todd winkte ab und zog mich an den Küchentisch.

»Boston war wie immer spektakulär. Ich habe da diesen Fotografen kennengelernt. Er macht unglaubliche Bilder. Wir wollen bald ein gemeinsames Projekt starten«, erzählte er euphorisch und schenkte uns Tee ein.

»Schade, dass du erst jetzt kommst. Ich muss in einer halben Stunde schon zum nächsten Shooting.«

Während Todd von seinem geplanten Projekt erzählte, nagte weiterhin ein schlechtes Gewissen an mir. Ich hatte fast zwei Wochen kostenlos bei ihm wohnen dürfen und jetzt vernachlässigte ich ihn. »Was hältst du davon, wenn wir heute Nachmittag zusammen etwas Essen gehen?«

Todd nickte. »Sehr gerne. Ich kann ungefähr ab fünf Uhr. Sobald wir fertig sind, kann ich dir ja schreiben.« Dann trank er in einem Zug die Tasse leer und schlüpfte in seine Schuhe. »Ich würde mich freuen, wenn das heute Nachmittag klappt. Bis nachher.«

Keine zwei Sekunden später fiel die Tür ins Schloss.

Bevor ich mich an die Arbeit machte, packte ich den Rucksack und all meine Sachen zusammen. Mein Outfit konnte warten, schließlich hatte ich dank Luis noch massig Zeit.

Außerdem genoss ich Damians Duft um mich herum und der Stoff fühlte sich wunderbar weich auf meiner Haut an.

Ehrfürchtig holte ich das MacBook aus dem Karton. Schon nach wenigen Klicks war ich begeistert. Die Bedienung war intuitiv und der Prozessor arbeitete unfassbar schnell. Ich schnappte mir mein Handy und schrieb Damian eine Nachricht.

Das MacBook ist so toll. Vielen Dank nochmal :)

Dann goss ich mir noch einen Tee ein und bereitete mich auf das Treffen mit Amber und Patrick vor.

Ich war so in die Arbeit vertieft gewesen, dass mich erst die Wohnungsklingel aus meiner Trance riss.

Zuerst wollte ich nicht öffnen, wahrscheinlich war es sowieso für Todd. Dann schaute ich allerdings auf die Uhr und mein Puls beschleunigte sich. Es war bereits halb vier. Hektisch rannte ich zur Tür.

»Können wir los?«, fragte Luis wie heute Morgen.

Mist. Wieso hatte ich mir keinen Wecker gestellt? Mir war es unangenehm, dass er mich so sah. Ich hatte mir irgendwann einen lockeren Dutt gemacht und eine Leggings angezogen. In Todds Wohnung war es für Juni recht kühl und die kurze Hose unter meinem improvisierten Kleid nicht gerade wärmend.

»Geben Sie mir fünf Minuten«, wies ich Luis an und flitzte in das kleine Badezimmer.

Schnell öffnete ich meine Haare und steckte sie ordentlich zusammen. Dann trug ich Mascara auf und schaute in den Spiegel. Das müsste wohl reichen. Lieber nicht so gut aussehen und dafür pünktlich kommen. Was würde es wohl für einen Eindruck machen, wenn ich direkt zu spät kam.

Zurück in der Küche packte ich den Laptop und alles Nötige zusammen. Luis stand unverändert in der Tür. Gab es eigentlich eine Ausbildung zum Chauffeur oder wo hatte er gelernt, immer so steif zu sein?

Meine Hände zitterten ein wenig, als ich die Tür hinter uns verschloss. Gott sei Dank hatte ich Damians Angebot angenommen. Mit der Subway wäre ich viel zu spät dran.

Galant nahm Luis mir den Rucksack von der Schulter und

verstaute ihn im Kofferraum. Anschließend öffnete er die Tür. »Darf ich bitten?«

Ich nickte und ließ mich auf das schwarze Leder gleiten.

Mit jedem Kilometer schlug mein Herz ein wenig schneller. Was würden Amber und Patrick zu der Präsentation sagen? Ich wurde in meinem Studium zwar theoretisch auf so etwas vorbereitet, doch die Praxis sah ganz anders aus.

Pünktlich hielt Luis vor einem Hochhaus und stieg mit mir aus. »Wann soll ich Sie wieder abholen?«

Was er jetzt über mich dachte, wenn ich schon wieder ablehnte?

»Ich treffe mich im Anschluss wahrscheinlich noch mit einem Freund, daher müssen Sie mich nicht fahren. Aber danke.«

Er runzelte die Stirn. Ich ließ ihm allerdings keine Gelegenheit etwas zu sagen, sondern verabschiedete mich und eilte in das Gebäude.

Das Erdgeschoss wirkte trist. An beiden Seiten gab es eine Rezeption aus weißem Marmor und durch ein Drehkreuz kam man zu den dahinterliegenden Aufzügen.

Zögernd lief ich zu einer der Empfangsdamen. Meine Schritte hallten von dem Granitboden zu der hohen Decke. Die ältere Dame musterte mich von oben bis unten, bevor sie ein falsches Lächeln aufsetzte. Das hatten die Leute in New York wirklich perfektioniert. Aber ich durchschaute es.

»Wie kann ich Ihnen helfen?«

Zum Glück hatte ich mich über Ambers Modemarke zuvor im Internet informiert und fühlte mich daher nicht ganz so aufgeschmissen.

»Hallo. Mein Name ist Emily Martin und ich möchte zu Amber und Patrick Lincoln.«

Mit einem Nicken griff sie zum Telefon und sprach mit jemandem.

»Bitte fahren Sie in den vierzehnten Stock. Sie werden dort erwartet«, sagte sie daraufhin.

Ich bedankte mich und lief zu den Aufzügen. Auf dem Weg nach oben checkte ich in dem großen Spiegel noch einmal mein Aussehen. Ändern konnte ich es jetzt auch nicht mehr.

Mit einem *Ping* öffneten sich die Türen und ich betrat einen hellen und modern eingerichteten Vorraum. Eine hübsche Blondine in schwarzem Etuikleid und hohen Schuhen kam auf mich zu.

»Sie müssen Emily sein. Mein Name ist Erica und ich bin Ambers persönliche Assistentin. Sie und ihr Mann warten im Besprechungsraum.«

Ich freute mich über die nette Begrüßung, doch bei ihrem Anblick fühlte ich mich augenblicklich underdressed. Ich schluckte den Kloß in meinem Hals herunter und lächelte freundlich zurück.

Als ich das Besprechungszimmer betrat, sprang Amber sofort auf und umarmte mich zur Begrüßung. Auch wenn sie sich im *Cobertizo* zurückgehalten hatte, war sie mir von Anfang an sympathisch gewesen.

»Hallo Emily. Schön, dass du gekommen bist. Jetzt wo wir zusammenarbeiten, können wir den höflichen Ton beiseitelegen, oder? Das ist doch viel angenehmer.«

Während ich nickte, kam auch Patrick auf mich zu und reichte mir die Hand.

»Ich habe etwas vorbereitet, um meine Analyse zu unterlegen. Wenn ihr Fragen habt, könnt ihr mich natürlich jederzeit unterbrechen«, erklärte ich mit rauer Stimme.

Dankbar griff ich nach dem Glas Wasser, welches auf dem Tisch für mich bereitstand und trank einen Schluck. Viel besser.

Während sich Amber und Patrick setzten, schloss ich meinen Laptop an einen großen Bildschirm an der Wand an. Ich benötigte zwei Anläufe, um das Kabel mit zitternden Fingern in die richtige Buchse zu stecken. Anschließend straffte ich die Schultern, glättete mein Kleid und startete den Vortrag.

Mit jeder neuen Grafik der Präsentation wurde ich selbstsicherer und tauchte tiefer in die Materie ein. Ich verlor jegliches Zeitgefühl und da mich weder Amber noch Patrick unterbrachen, konnte ich wie geplant alles erläutern.

»So können wir, Entschuldigung. Ich meine, so könnt ihr den Kunden Exklusivität garantieren und bleibt trotzdem immer im Gespräch.«

Ich nutzte den Moment, um erneut einen Schluck Wasser zu trinken.

»Das war fachlich wirklich fundiert«, antwortete Patrick.

Es freute mich, dass er meine Arbeit würdigte.

»Was genau hast du studiert, Liebes?«, fragte Amber beeindruckt.

Erleichtert strich ich mir eine Strähne hinter das Ohr, bevor ich antwortete. »Ich habe internationales Marketing studiert und darin sowohl meinen Bachelor als auch den Master gemacht.«

Die beiden nickten.

»Und was machst du jetzt? So jemanden wie dich könnten wir in unserem Team gebrauchen.«

Ungläubig starrte ich Patrick an. Hatte ich mich verhört, oder hatte er mir gerade einen Job angeboten? Amber schien zu merken, dass ich etwas überrumpelt war. Beruhigend lächelte sie mich an. »Du musst dazu nicht sofort etwas sagen. Aber ich muss meinem Mann zustimmen. Deine Arbeit ist strukturiert und gut durchdacht. Und wir haben noch einen Platz in unserem Marketing-Team frei. Also falls du Interesse hast, kannst du dich jederzeit melden. Dann vereinbaren wir ein Probearbeiten oder Ähnliches. Wobei das heute auch als Testlauf gelten könnte.«

Meine Lippen verzogen sich wie von selbst zu einem Lächeln und mein Herz klopfte ein wenig schneller. »Danke. Das ist überaus freundlich von euch. Allerdings weiß ich aktuell noch nicht, was ich als Nächstes machen möchte. Und eigentlich habe ich auch vor, in ein paar Wochen zurück nach Deutschland zu fliegen.«

Amber und Patrick wechselten daraufhin einen Blick. »Entschuldigung, das haben wir natürlich nicht bedacht. Wir dachten, da du und Damian, na ja …« Amber ließ ihren Satz unbeendet.

Sofort wurden meine Wangen heiß. Mir war klar, worauf sie hinauswollte. »Oh. Nein, also Damian und ich sind nur Freunde.«

Irgendwie war mir die Situation peinlich.

Umso dankbarer war ich, dass mir Patrick eine Frage zu dem Konzept stellte und wir daraufhin wieder zurück zu meiner Präsentation kamen.

Zum Schluss hatte ich sowohl Amber als auch Patrick von meinem Vorschlag überzeugt und wir hatten noch weitere Ideen ausgearbeitet.

Gemeinsam verließen wir das Zimmer und die beiden begleiteten mich zurück zum Aufzug.

»Wir haben noch gar nicht über dein Honorar gesprochen«, rief Amber auf einmal.

Ich winkte ab. »Ach Quatsch, ich habe das gerne gemacht.«

Patrick wollte etwas sagen, doch Amber war schneller. »Auf keinen Fall. Du hast hervorragende Arbeit geleistet und ich bin mir sicher, wir werden bei der ein- oder anderen Frage auch in den nächsten Wochen auf dich zukommen. Natürlich nur, wenn das okay für dich ist.«

»Natürlich könnt ihr mich jederzeit anrufen«, erwiderte ich schnell. »Aber ihr müsst mich wirklich nicht bezahlen. Außerdem habe ich kein Arbeitsvisum und darf offiziell auch kein Geld in den USA verdienen.«

Auch wenn ich wusste, dass die Firma genug Geld hatte, war es mir unangenehm etwas von ihnen anzunehmen. Schließlich hatte ich mich beim Essen ungefragt eingemischt und es hatte mir viel Spaß gemacht, die Präsentation zu erstellen. Außerdem hatte mir Damian schon das MacBook geschenkt.

Patrick überlegte kurz, doch dann schüttelte er entschieden den Kopf. »Wir werden dir auf jeden Fall etwas zahlen. Gute Arbeit muss man wertschätzen. Ende der Diskussion. Wir können dir einfach einen Check ausstellen oder es dir bar geben.«

Er würde nicht lockerlassen. Also nickte ich ergeben. »Okay. Ich werde mir mal Gedanken darüber machen, was mit meinem Visum am einfachsten ist.«

Zufrieden lächelte Amber und umarmte mich. Anschließend klopfte mir Patrick wie schon im Restaurant anerkennend auf die Schulter und ich machte mich mit dem Lift auf den Weg nach unten.

Vor dem Gebäude blinzelte ich gegen die strahlende Sonne, setzte mich auf einen Mauervorsprung und holte mein Handy heraus. Hoffentlich hatte Todd noch Zeit für mich. Die erste Nachricht auf dem Display war von Damian.

Freut mich, wenn es dir gefällt! Luis hat mir erzählt, er soll dich nicht abholen???

Kaum zu glauben, dass Luis Bericht bei Damian abgelegt hatte. Auch wenn ich mich nicht rechtfertigen musste, konnte ich es nicht einfach ignorieren. Er war schon wieder so bemutternd.

Ja das stimmt. Ich treffe mich noch mit Todd und weiß nicht, wie lange das dauert. Ich hoffe, das ist kein Problem für deine Abendplanung?

Kaum hatte ich die Nachricht abgeschickt, klingelte mein Telefon.

»Hey! Mein Shooting ist vorbei. Wo wollen wir uns treffen?«, rief Todd gut gelaunt am anderen Ende der Leitung.

Wir vereinbarten eine Bar ein paar Blocks entfernt und er erklärte mir den Weg dorthin.

Während der Fahrt schaute ich erneut auf mein Handy, Damian hatte mir allerdings nur *viel Spaß* gewünscht. War er etwa sauer, dass ich den Abend nicht mit ihm verbrachte?

Ist das okay für dich?

Damians Antwort trudelte schon wenige Sekunden später ein.

Ich hätte gerne mit dir über das Meeting gesprochen, aber okay.

Damian sollte nicht denken, er wäre mir nicht wichtig. Nicht wie Steph. Mein Magen verkrampfte sich. Aber ich wollte Todd auch nicht absagen.

Ist es wirklich okay für dich? Wir können morgen auf dem Weg zum Bear Mountain in aller Ruhe darüber reden! Ich freue mich schon darauf.

Nach wenigen Stopps kam ich an dem Restaurant neben dem Madison Square Park an und steckte mein Handy zurück in die Tasche. Todd wartete bereits auf der Terrasse und umarmte mich, bevor wir uns einen Platz suchten.

Gut gelaunt erzählte er mir von seinem Shooting und erst als die Bedienung unsere Getränke brachte, wurde er aus seinem Redefluss gerissen.

»Jetzt zu dir. Wieso bleibst du doch länger in Amerika?« Er lehnte sich interessiert zu mir rüber.

Ich strich mir eine Strähne aus dem Gesicht und nahm einen Schluck von meinem Cocktail. Ich hasste es, zu lügen.

»Ich habe einen alten Freund getroffen. Er ist durch Zufall hier in New York und hat gefragt, ob ich nicht mit ihm nach Los Angeles möchte.«

Todd runzelte die Stirn. »Ich dachte, du magst Los Angeles nicht besonders?«

Ich zuckte mit den Schultern. »Ja, mir war das viel zu versnobt. Aber ich mag Damian und er kann ja nichts für seinen Wohnort.«

Er lachte. »Das stimmt natürlich. Und solange er selbst kein Snob ist.«

Was sollte ich dazu sagen?

»Oder ist er das?«

Ich zögerte. »Ich finde nicht, dass er ein Snob ist. Aber er ist mit viel Geld aufgewachsen und das prägt natürlich.«

Todd nickte verständnisvoll. »Da hast du recht. Pass einfach ein bisschen auf, ja? Durch meine Arbeit habe ich schon viele reiche Leute kennengelernt. Leider denken einige, dass sie besser sind als alle anderen. Ich möchte nur nicht, dass du dich verbiegst oder etwas vorspielen musst, um ihm zu gefallen. Denn das hast du nicht nötig.«

Verbog ich mich für Damian? Die Kleider und die Gala waren nicht gerade meins gewesen. Aber spielte ich ihm etwas vor, weil ich ihn begleitete? Ich hatte ihm schließlich meine Meinung über diese Events gesagt. Im Moment hatte ich noch nicht das Gefühl, mich verstellen zu müssen.

»Tut mir leid, falls ich dich jetzt irgendwie gekränkt habe. Ich mache mir nur Sorgen.« Er drückte meine Schulter.

»Nein, hast du nicht. Ich bin da irgendwie Hals über Kopf hineingeschlittert. Danke.«

Todd lachte auf. »Na eigentlich ist es ja die perfekte Rettung, nachdem du so miesepeterig warst.«

Wenn er wüsste, dass ich eigentlich Damian gerettet hatte. Ich nahm einen weiteren Schluck von meinem Getränk.

»Und deine Eltern finden das okay? Ist dein Dad eigentlich bald mal wieder hier? Mein Dad wollte glaube ich ein neues Projekt mit ihm und seiner Firma starten.«

Da wusste Todd mehr als ich. Aber gut, ich war auch lange weg gewesen. »Davon weiß ich nichts. Aber ich halte mich aus seinen Geschäften sowieso meistens raus. Ich vermisse sie schon sehr. Und sie mich auch, hoffe ich.« Ich lachte. »Aber auf die paar Tage kommt es jetzt auch nicht mehr an.«

Während des Essens wechselten wir das Thema und redeten über Todds Familie und seine kleine Schwester. Irgendwann wurde es dunkel und wir beschlossen, uns auf den Heimweg zu machen. Lachend liefen wir die Treppe nach unten, als mein Handy klingelte. Ich schaute auf das Display und sah Damians Name aufleuchten. Entschuldigend schaute ich zu Todd, entfernte mich einige Schritte und nahm den Anruf an.

»Wo bist du?« Damians Stimme klang gereizt.

Was sollte das denn?

»Freut mich auch, von dir zu hören. Ich habe dir doch gesagt, dass ich mich mit einem Freund treffe.«

»Aber wieso so lang? Hast du überhaupt noch vor, zu mir zu kommen?«

Hatte er getrunken? Er benahm sich so anders als sonst. Und wieso regte er sich auf? Ich war keine drei Stunden mit Todd unterwegs gewesen.

»Klar komme ich noch zu dir. Das hatten wir doch abgesprochen.«

Damian grummelte am anderen Ende der Leitung. »Du bist aber nicht hier«, sagte er etwas deutlicher. »Nimmst den Laptop und den Job und schon bin ich abgeschrieben.«

In meinem Bauch brodelte es. Wie konnte er mir so etwas unterstellen? »Was soll das, Damian? Nur weil ich mit einem Freund etwas trinken gegangen bin? Außerdem verbringen wir morgen den ganzen Tag miteinander. Ich wusste nicht, dass das ein Problem für dich ist.«

»Ja, für meine Yacht hast du Zeit. Etwas, dass du ohne mich nie gemacht hättest. Geht es dir darum? So viele neue Dinge zu erleben wie möglich?« Seine Stimme lallte.

Diese arrogante Art machte mich wahnsinnig. Ich zwickte mir mit der Hand in den Nasenrücken. Ich wollte ihm helfen, nicht mehr und nicht weniger. Wieso wurde er jetzt wieder so unverschämt? Mir war klar, dass er nicht viel Vertrauen in andere Menschen hatte. Und bestimmt hatten ihn auch schon viele Frauen ausgenutzt. Aber dass er so von mir dachte, enttäuschte mich.

»Ich weiß nicht, wie du auf so einen Schwachsinn kommst.« Meine Stimme wurde lauter und ich erntete einen verwirrten Blick von Todd. »Mir geht es weder um dein Geld noch um deine Kontakte. Ich dachte, das wüsstest du. Und wenn du ein Problem mit unserem Ausflug morgen hast, dann lassen wir es einfach. Du hast gesagt, es wäre eine willkommene Abwechslung für dich!« Ich versuchte, meine Atmung zu kontrollieren.

»Also lässt du mich doch allein. Du bist wie alle anderen.«

Bei Damians Worten spürte ich einen Stich in meinem Herzen und meine Augen brannten. Hatte er so starke Verlustängste? Dass er dachte, ich würde ihn vergessen, sobald ich mit einem Freund unterwegs war? Ich wollte ihn nicht allein lassen. Aber auch wenn er ziemlich sicher betrunken war, durfte er mich so nicht behandeln.

»Vielleicht ist es besser, wenn ich die Nacht bei Todd schlafe und wir morgen reden.«

Der Gedanke, ihn in diesem Zustand allein zu lassen, bereitete mir Bauchschmerzen. Aber er war ein erwachsener Mann und musste lernen, dass sein Verhalten Konsequenzen hatte. Außerdem ließ ich ihn nicht im Stich. Er stieß mich von sich. Er war eben nicht Steph. Steph hätte mich niemals absichtlich verletzt.

»Wir brauchen auch gar nicht reden. Ich brauche dich nicht. Luis bringt dir morgen deine Sachen.«

Dann war die Leitung tot.

Ich ballte meine freie Hand zu einer Faust und presste die Lippen aufeinander. Meine Beine zitterten und mein Magen verkrampfte sich. Wie konnte er so hart sein?

»Alles okay bei dir?« Todd kam mit besorgtem Blick auf mich zu.

Ich kämpfte gegen die aufkommenden Tränen an und schüttelte den Kopf. »Kann ich mit zu dir kommen?«

Er runzelte die Stirn und nickte. »Klar. Du bist bei mir immer willkommen.«

Erleichtert atmete ich aus und wir gingen los.

12. Kapitel

Am nächsten Morgen wachte ich mit brummendem Schädel auf. Die halbe Nacht hatte ich mich von rechts nach links gewälzt. Ich war stinksauer, wie Damian über mich gesprochen hatte. Wieso war er überhaupt betrunken gewesen? Und woher kam diese extreme Angst, verletzt zu werden? Hatten ihm seine Eltern nie das Gefühl gegeben, etwas Besonderes zu sein? Oder war er wirklich schon so oft von Frauen ausgenutzt worden? Sollte ich mich bei ihm melden? Oder sollte ich warten, bis Luis vorbeikam? War das sein Ernst gewesen, dass er mich nie wieder sehen wollte?

»Morgen, Schlafmütze«, flötete Todd aus der Küche.

Kurz darauf kam er mit einer Tasse in der Hand ins Wohnzimmer. Da mein Bett bereits abgezogen war, hatte ich spontan auf der Couch geschlafen. Dankbar nahm ich Todd den dampfenden Kaffee ab und trank einen Schluck. Das tat gut.

»Ich muss leider wieder zu Mike. Unser Projekt ist in vollem Gange. Kann ich dich hier allein lassen?« Er musterte mich besorgt.

Ich zuckte mit den Schultern und nickte. »Kein Problem. Ich muss sowieso überlegen, wie es jetzt weitergeht.«

Behutsam strich er mir über den Rücken. »Wenn du reden magst …?«

Meine Augen brannten. Ich blinzelte ein paar Mal, dann bemühte ich mich, zu lächeln. »Danke.«

Nachdem Todd gegangen war und ich meinen Kaffee ausgetrunken hatte, schleppte ich mich ins Bad.

Mir wurde übel, wenn ich an den Streit dachte. Was Damian wohl gerade tat? Hatte er einen Kater? Konnte er sich überhaupt an gestern erinnern? Oder wunderte er sich, wieso ich nicht da war? Beim Anblick im Spiegel musste ich schlucken. Meine Haut war aschfahl und ich hatte tiefe Ringe unter den Augen. Ich spritzte mir kaltes Wasser ins Gesicht, aber es half nichts. Ich fühlte mich immer noch schrecklich.

Träge ließ ich mich wieder auf die Couch fallen.

Sollte ich das Gespräch mit Damian suchen? Oder sollte ich einfach nach Hause fliegen und ihn vergessen?

Das Klingeln der Wohnungstür schreckte mich auf.

Todd hatte gar nichts von Besuch gesagt? So früh würde Luis hier doch nicht auftauchen, oder? Zunächst wollte ich es ignorieren, aber als es zum dritten Mal bimmelte, schlurfte ich zur Tür.

»Guten …« Die Worte blieben mir im Hals stecken.

Vor mir stand Damian. In der Hand hielt er ein kleines Kästchen.

Mein Herz machte einen Satz, aber ich war unfähig etwas zu sagen. Eine Weile starrten wir uns nur an.

Irgendwann räusperte er sich und fuhr sich mit der freien Hand durch die Haare. »Hi Milly.«

Ich schluckte. »Hey.«

Unsicher schaute er überall hin, außer zu mir. Dann ging ein Ruck durch seinen Körper und sein Blick bohrte sich in meinen. Mein Magen zog sich zusammen und ich verlagerte das Gewicht von einem Bein auf das andere.

»Es tut mir leid.« Seine Stimme war rau. »Ich habe mich mal wieder wie ein Idiot verhalten. Ich will nicht, dass du gehst.«

Seine blauen Augen funkelten und ich versank aufs Neue in ihnen. Alles in mir schrie danach, mich einfach in seine Arme zu schmeißen. Aber das kam nicht in Frage.

Hastig machte ich einen Schritt zurück und ging in die Küche. »Komm rein. Die Nachbarn müssen das nicht mitbekommen.«

Mit verschränkten Armen lehnte ich mich gegen den Tresen. »Was sollte das gestern?« Meine Stimme klang dabei mutiger, als ich mich fühlte.

Damian stellte die Box auf dem Esstisch ab und ließ sich auf den Stuhl daneben sinken. »Ich weiß es nicht. Das Meeting war einfach so nervig und zuhause habe ich mir dann einen Whiskey gegönnt. Und als du mir dann geschrieben hast, dass es bei dir später wird, war ich total frustriert.« Er zögerte. »Ich glaube, ich war neidisch.«

Skeptisch zog ich die Augenbrauen zusammen.

»Ich war neidisch, weil du einen lustigen Abend hattest, während ich zuhause rumsaß.« Er kratzte sich am Kinn. »Du hast es geschafft, Arbeit und Spaß unter einen Hut zu bringen. Und ich schaffe das nicht. Und so wurde aus einem Whiskey zwei und dann drei und dann vier.«

Das erklärte, wieso er betrunken gewesen war. Aber es rechtfertigte nicht sein Verhalten mir gegenüber.

»Und weil du unzufrieden mit deinem Leben warst, musstest du mich als geldgeiles Miststück darstellen? Als würde ich dich ausnutzen?« Meine Stimme zitterte und ich ballte die Hände zu Fäusten.

Damian schüttelte sofort hektisch den Kopf. »Nein. Das bist du nicht. Das weiß ich. Wirklich.«

»Gestern klang das aber anders.«

Er seufzte erneut. »Ich dachte, ich würde dich verlieren. Und ich will dich auf keinen Fall verlieren. Du hast mir gezeigt, dass ich etwas in meinem Leben ändern muss. Ohne dich schaffe ich das nicht.«

Damian stand auf und kam einen Schritt auf mich zu.

Ich glaubte ihm. Trotzdem konnte er mich nicht immer beleidigen, wenn ihm etwas gegen den Strich ging. Das musste er endlich kapieren. Ich bemühte mich um eine ausdruckslose Miene. »Dafür ist es jetzt zu spät.«

Damians Augen weiteten sich. Unsicher streckte er die Hand aus und berührte meinen Arm. Seine warmen Finger hinterließen ein Kribbeln auf meiner Haut. »Nein. Milly. Bitte verlass mich nicht.«

Ich ignorierte das Flattern in meinem Bauch und fixierte seinen Blick. Es war gemein, ihn so zappeln zu lassen. Aber er war selbst schuld. »Es geht nicht. Ich habe heute Nacht einen Flug gebucht. In ein paar Stunden geht es für mich nach Hause.«

Damians griff wurde fester. »Hasst du mich so sehr?«

In seinen Augen tobte ein Sturm und seine Schultern sackten nach unten.

Vorsichtig legte ich meine Hand auf seine. »Ich hasse dich nicht. Aber weißt du wie frustrierend es ist, wenn du jemanden helfen willst und er dich immer wieder wegstößt? Ich kann das nicht mehr.«

Ruckartig wendete sich Damian ab und ging zum Esstisch. Dort griff er nach der Box, drehte sie mehrmals in der Hand und stellte sie wieder hin. Dann machte er kehrt und kam zu mir zurück. Dicht vor mir blieb er stehen. Er zögerte, dann strich er mit seinen warmen Fingern über mein Gesicht.

Mir stockte der Atem.

»Tu das nicht. Lass mich nicht allein.«

Das Blut rauschte in meinen Ohren und ich musste mich konzentrieren, um nicht die Fassung zu verlieren.

Verzweifelt kniff er die Augen zusammen und schaute mich flehend an.

»Du hast Glück.« Meine Stimme bebte.

Damians Augen weiteten sich.

»Du hast Glück, dass ich dich mag. Ich hätte es nie übers Herz gebracht, einfach zu gehen.«

Sein Mund klappte auf und er starrte mich an. »Du hast gar keinen Flug gebucht?«

Zaghaft schüttelte ich den Kopf.

Mit einem Ruck zog mich Damian an seine Brust. »Du Miststück.« Die Erleichterung klang dabei deutlich heraus.

»Hey«, grummelte ich beleidigt und zwickte ihn in die Seiten.

Sofort löste er seine Umarmung und schaute mir fest in die Augen. »Entschuldige.«

Behutsam strich er mir eine Strähne aus der Stirn. Mein Puls beschleunigte sich und mir wurde schwindelig. Was machte er mit mir? Unsere Gesichter waren sich ganz nah und ich konnte den Duft seines Parfums riechen. In meinem Bauch kribbelte es. Das hatte ich vermisst.

»Du hattest recht. Ich habe mich sehr auf unseren Ausflug gefreut. Ist es zu spät, um dich zu fragen, ob du heute mit mir zum Bear Mountain fährst?« Zärtlich wanderte Damians Hand in meinen Nacken.

Ich musste mich konzentrieren, um seine Frage zu verarbeiten. Ich fühlte mich wie benebelt. Dann nickte ich. »Lass uns gehen.«

Erleichtert atmete er auf, löste sich von mir und ging erneut zum Tisch. Dort öffnete er die Box und streckte sie mir entgegen. »Das ist eine Infinity-Rose. Sie braucht kein Wasser und blüht ewig. Solange sie blüht, werde ich dir zeigen, wie dankbar ich dir bin und wie wichtig du mir bist.«

Mein Mund wurde trocken und ich versuchte zu schlucken. Die weiße Rose war wunderschön.

Mit einem Lächeln auf den Lippen nahm ich sie entgegen. »Vielen Dank. Sollen wir los?«

Ich schrieb Todd eine Nachricht, in der ich mich bedankte und ihm erklärte, dass wir uns versöhnt hatten. Dann machten wir uns auf den Weg zum Shoes, um die Sachen für den Ausflug zu packen.

»Können wir von deinem Boot aus auch schwimmen gehen?«, fragte ich und drehte dabei meinen hellblauen Bikini in den Händen.

»Das ist kein Boot, sondern eine Yacht«, erklärte Damian mit einem arroganten Lächeln. »Und ja, natürlich können wir schwimmen gehen. Was immer du möchtest. Aber du kannst die Schwimmsachen auch einfach mitnehmen und dich dort umziehen.«

Ich schmiss meinen Bikini nach ihm. »Sei nicht immer so überheblich. Etwas Bescheidenheit würde dir guttun.«

Damian fing das Stück Stoff geschickt auf und betrachtete es. »Sexy. Und bescheiden sein ist langweilig«, erwiderte er mit einem schelmischen Grinsen.

Meine Wangen wurden glühend heiß, als er mein Oberteil genauer betrachtete. Ich riss es ihm aus der Hand. Peinlich berührt drehte ich mich wieder zurück zu meinem Rucksack und packte alles Nötige ein. Der Gedanke, dass er mich nur in einem Bikini bekleidet sehen würde, machte mich nervös. Anschließend nahm ich ein luftiges Sommerkleid und zog mich im Badezimmer um. Zurück im Schlafzimmer setzte ich mir die Sonnenbrille auf die Nase und schaute Damian an. »Also, ich bin so weit.«

Wie zur Bestätigung knurrte just in diesem Moment mein

Magen. Lachend nahm Damian seine Sonnenbrille und holte eine Baseballcap der 49ers aus dem Schrank. Er setzte sie sich auf und schaute mich an. Ich schmunzelte. Er sah mit den lockeren, kurzen Hosen und der Kappe so ganz anders aus. Aber es stand ihm.

»Willst du auch eine?«, fragte er und ich brauchte einen Moment, um zu verstehen, wovon er sprach.

»Ich glaube, mir stehen so Kappen nicht. Aber danke.«

Bevor ich mich wehren konnte, hatte mich Damian bereits zu seinem Schrank gezogen und setzte mir eine auf.

»Steht dir doch gut. Außerdem bekommst du so keinen Sonnenstich«, erklärte er mit einem zufriedenen Unterton in der Stimme. Wieso hatte er sie überhaupt im Hotel dabei, wenn er doch eigentlich von morgens bis abends am Arbeiten war?

Ich schaute in den Spiegel und grinste. Die Cap stand mir tatsächlich, aber es gab einen Haken. »Ich laufe mit Sicherheit nicht mit einem Yankee Symbol herum.«

Überrascht zog Damian die Augenbrauen nach oben. »Du kennst das Logo? Und um das klarzustellen, die Yankees sind cool.«

Ich lachte und nahm mir die Kappe vom Kopf. »Ja, mein bester Freund steht auf amerikanischen Sport und hat mich immer gezwungen, mit ihm die Spiele anzuschauen. Und er würde mich umbringen, wenn er mich mit einem Yankee Zeichen sehen würde. Also entweder eine andere oder ich riskiere lieber einen Sonnenstich.«

Damian gab nach und holte eine andere Kappe aus dem Schrank. »Besser?«

»Mit den New Orleans Saints kann ich leben.« Ich zog die Kappe auf. »Wieso hast du überhaupt so viele Kappen dabei?«

Damian half mir, sie am Hinterkopf enger zu stellen. »Wenn ich abends mal spazieren gehe oder so, möchte ich nicht erkannt werden. Ich weiß, das ist etwas paranoid. Ich bin ja kein Star. Aber obwohl New York riesig ist, trifft man dauernd Leute, die man kennt.«

Ich schnappte meine Sachen und wir verließen das Zimmer. In der Tiefgarage wartete Luis bereits und nahm uns die Taschen ab.

»Wo liegt eigentlich dein Bo… deine Yacht?«, fragte ich während sich das Auto durch die vollen Straßen schob.

»Im North Cove Yacht Harbor in Manhattan.«

Verwirrt runzelte ich die Stirn. »Aber wieso hier in New York, obwohl du aus Los Angeles kommst?«

Damian machte eine wegwerfende Bewegung. »Ich habe in verschiedenen Bundesstaaten Wohnungen, Yachten und Autos. So oft wie ich reise, lohnt sich das. Wobei die *Poseidon* eigentlich viel zu wenig genutzt wird.« Er runzelte die Stirn. »Ich nehme mir viel zu selten Zeit, um von New York aus zu fahren, obwohl der Hudson River eigentlich eine optimale Strecke bietet.«

Gedankenverloren starrte ich aus dem Fenster. Immer wieder wurde mir bewusst, wie viel Geld Damian verdienen musste. Wieso nahm er sich nicht die Zeit, um wirklich glücklich zu sein?

Am Yachthafen angekommen wollte ich meinen Rucksack aus dem Kofferraum holen, aber Damian stoppte mich.

»Luis wird unsere Sachen auf die *Poseidon* bringen und alles vorbereiten. Wir gehen in der Zeit frühstücken.« Ohne auf eine Antwort von mir zu warten, griff er nach meiner Hand und lief los.

Ich stolperte hinterher. »Hey, nicht so schnell.«

Damian drehte sich mit hochgezogenen Augenbrauen zu mir. »Wieso nicht? Ich habe einen Bärenhunger. Oder sind deine Beine etwa zu kurz, um mit mir Schritt zu halten?«

Das war gemein! Frech streckte ich die Zunge raus.

Daraufhin machte er einen bedrohlichen Schritt auf mich zu. »Kommst du jetzt, oder soll ich nachhelfen?«

Bevor ich noch etwas sagen konnte, hatte er mich schon gepackt und über seine Schulter geworfen.

Ich schrie auf und versuchte, mein Kleid an Ort und Stelle zu halten. »Damian, mein Kleid.« Ich trommelte wild mit den Händen auf seinem Rücken. »Ich will nicht, dass jeder meine Unterhose sieht!« Trotzdem konnte ich mir das Lachen nicht verkneifen.

Damian lachte ebenfalls und setzte mich behutsam zurück auf dem Boden ab. »Den Anblick würden die Leute bestimmt nicht vergessen.«

Ich hustete. Was sollte das denn schon wieder heißen? Ich überspielte meine Verwirrung, indem ich ihm gegen seinen Oberarm schlug, und stolzierte mit erhobenem Haupt davon. Aus den Augenwinkeln sah ich noch, wie er sich spielerisch den Arm rieb. Dann joggte er mir hinterher.

Noch immer gut gelaunt warf er mir den Arm über die Schulter und dirigierte uns zu einem Café.

Im Inneren konnte ich die Tische an zwei Händen abzählen, so klein war es. Hübsche rosafarbene Tapeten leuchteten uns entgegen und die Sitzpolster waren aus blauem Leder, das seine besten Jahre bereits hinter sich hatte. Verschiedene Angelruten und andere Gegenstände, die ich noch nie in meinem Leben gesehen hatte, hingen an den Wänden. Dazu verliehen bunte Vorhänge dem Lokal einen gemütlichen Charme.

Ich suchte uns einen Platz am Fenster, während Damian an der Theke das Frühstück bestellte. Als er sich mit dem Essen zu mir setzte, lächelte ich ihn an. »Ich freue mich sehr auf den Tag.«

Damians Augen funkelten. »Glaub mir, ich mich auch. Nach all den langweiligen Meetings ist diese Auszeit genau das Richtige.«

Kurz flackerte der Streit von gestern vor meinen Augen auf und mein Magen verkrampfte sich. »Ich finde immer noch, du solltest mit deinem Vater reden. Es kann doch nicht sein, dass du dauernd genervt oder unglücklich bist.«

Ich wusste, das war ein wunder Punkt. Aber ich musste es einfach ansprechen.

Mit einem Schulterzucken schaute er aus dem Fenster. »Familie ist eben Familie. Und da mein Bruder Cole immer Mist baut, muss ich der Erwachsene von uns beiden sein.«

Ich erinnerte mich an unser Gespräch auf der Brücke. Cole hatten sie in ein Internat geschickt, während Damian hiergeblieben war.

»Das kann ich verstehen. Aber dein Vater will bestimmt auch, dass du glücklich bist. Und so genervt, wie du im Moment bist, geht es auf Dauer nicht gut.« Ich legte mein Besteck beiseite und trank einen Schluck.

»Ich mag das Immobilien-Geschäft ja. So ist es nicht. Auch wenn ich schon während des Studiums gemerkt habe, dass mich besonders der betriebswirtschaftliche Teil nicht interessiert. Aber Cole war gerade von seinem zweiten Internat geflogen und ich wollte meinen Eltern nicht noch zusätzlich Sorgen bereiten.«

Mein Herz krampfte sich zusammen. Da war er wieder, der weiche Kern. Auch wenn er immer so selbstbewusst und sicher wirkte, wollte er es eigentlich nur seiner Familie recht machen. Sei es auf der Gala oder bei dem Unternehmen.

»Denkst du wirklich, deine Eltern wären sauer gewesen, wenn du dich für ein anderes Studium entschieden hättest?« Ich strich mir eine Strähne aus der Stirn und schaute Damian an. »Eurer Firma geht es doch nicht schlecht, da könnte man bestimmt einen externen, qualifizierten Mitarbeiter einstellen.«

Sein Blick traf meinen und kurz flackerte so etwas wie Scham in seinen Augen auf. Schnell schaute Damian auf seinen Teller. »Um ehrlich zu sein, war ich einfach zu bequem. Ich wusste, dass ich so ein sehr hohes Einkommen haben würde. Ich musste nie eine Bewerbung schreiben oder mich in irgendeiner Weise durchkämpfen.« Er verschränkte die Arme vor der Brust. »Im Studium hatte ich dann als Wahlpflichtfach Architektur. Das hat mir gefallen. Neue Dinge zu erschaffen oder etwas zu optimieren. Ich fand es so interessant, dass ich sogar einen Doppelabschluss gemacht habe. So konnte ich mich von dem langweiligen Studium ablenken.«

Mir klappte der Mund auf. Nicht nur, dass ich riesigen Respekt vor zwei Abschlüssen hatte. Ich wusste, wie anstrengend ein einzelnes Fach für mich gewesen war. Sondern auch, dass er daraus nichts machte.

»Aber wieso nutzt ihr das dann nicht? Mit deinen Fähigkeiten könntet ihr doch ganz neue Bereiche auf dem Markt erobern.«

Damian schüttelte den Kopf. »Mein Vater weiß nichts von meinem Abschluss.«

»Was?«

Ich erntete einen verwirrten Blick der vorbeilaufenden Kellnerin.

Sofort senkte ich die Stimme. »Wieso weiß er nichts davon?«

»Mein Vater hält nichts von handwerklichen Arbeiten und allem, was im weitesten Sinne damit zu tun hat. Er ist der Meinung, dass sowas nicht unserer Klasse würdig ist.« Damian verstellte seine Stimme. »Leute unseres Standes sind im Finanzwesen. Das ist die Zukunft.«

Auch wenn er nach Richard klang, konnte ich mir diese Worte aus seinem Mund kaum vorstellen.

»Dabei hat er auf mich so einen aufgeschlossenen Eindruck gemacht«, murmelte ich.

»Er wusste ja nichts von meinem Studium und hat dementsprechend nicht direkt etwas gegen mich gesagt. Aber die Aussage spricht für sich. Außerdem hat zeitgleich zu meinem Abschluss ein wichtiger Mitarbeiter gekündigt, sodass ich automatisch an dessen Stelle gerutscht bin und es keine andere Option gab.«

War das sein Ernst? Er hatte nie mit seinem Vater gesprochen, aber wegen einer gemeingültigen Aussage schmiss er seine Träume über Bord? Hatte er mal eine einzige Sekunde darüber nachgedacht, wie schwachsinnig das klang?

»Also nochmal zusammengefasst. Du möchtest Architekt werden. Hast dafür auch das nötige Studium und Wissen, aber weil dein Vater mal nebenbei bemerkt hat, dass er nicht viel für den Beruf übrighat, schmeißt du alles hin? Für so ein Weichei hätte ich dich nicht gehalten.« Ich wusste, dass die letzten Worte hart waren, aber meiner Meinung nach brauchte Damian einen Tritt in den Allerwertesten.

Seufzend fuhr er sich durch die Haare und grinste mich verlegen an. »So wie du das sagst, klingt das ziemlich bescheuert.«

»Weil es bescheuert ist!« Ich warf die Hände in die Luft. Am liebsten würde ich ihn an den Schultern fassen und durchrütteln. »Du weißt doch überhaupt nicht, wie dein Vater reagieren würde. Und selbst wenn, du bist ein wichtiger Teil einer großen Firma, hast Geld und die nötigen Kontakte. Du schaffst das im Zweifel auch ohne seine Unterstützung.«

Ohne eine Miene zu verziehen, starrte Damian aus dem Fenster.

In mir brodelte es. Ich konnte nicht nachvollziehen, wie man so blind sein konnte. Das war einfach dumm.

Sanft griff ich nach Damians Hand. »Ich kann mir vorstellen, wie schwer es ist, sich von der eigenen Familie abzuwenden. Und ich verstehe auch, dass du sie nicht enttäuschen willst. Aber du hast so viele Möglichkeiten. Und bei den meisten sehe ich sogar eine Zusammenarbeit mit dem Unternehmen deiner Eltern. Ich bin mir sicher, ihr würdet eine Lösung finden.«

Ruckartig zog er seine Hand weg und ließ seinen Kopf sinken.

War er jetzt wütend auf mich? Wenn er die Wahrheit nicht hören wollte, konnte ich ihm auch nicht helfen.

»Ich bin ein Idiot, oder?«, murmelte er leise.

Na, immerhin kam die Einsicht.

»Ein Angsthase vielleicht, aber kein Idiot. Zumindest heute nicht.« Ich versuchte, die Stimmung aufzulockern.

Damian lächelte mich halbherzig an. »Angsthase. Das hat noch niemand zu mir gesagt.«

Mein Grinsen wurde breiter. »Ich bin nicht wie alle anderen. Ich dachte das wüsstest du mittlerweile.«

Nun erreichte das Lächeln seine Augen. »Du bist wirklich einzigartig.« Dann wurde er ernst. »Ich muss darüber nachdenken, aber eigentlich hast du recht. Können wir den Tag auf meiner Yacht trotzdem genießen und das Thema fürs erste abhaken?«

Auch wenn es so simpel klang, konnte ich mir vorstellen, wie aufgewühlt er jetzt war. Außerdem freute ich mich auf den Ausflug. Hastig aß ich meinen Teller leer und rutschte dann ungeduldig auf dem Stuhl hin und her.

»Dafür, dass du sonst immer so lässig bist, drehst du heute ja fast durch.« Damian beobachtete mein Gewackel.

Ich musste tatsächlich aussehen wie ein kleines Kind, das einen Lolli wollte. Aber wenn ich ihn so von unserem Gespräch ablenken konnte, war ich gerne albern.

»Für dich ist das vielleicht nichts Besonderes, aber ich war noch nie auf einer Yacht. Außerdem ist das Wetter fantastisch und die Gesellschaft auch nicht schlecht.«

Damian schmunzelte und leerte seine Tasse. »Na, dann mal los!«

Gemeinsam liefen wir den Steg entlang und ich versuchte zu erraten, welche Yacht seine war. Mit jedem Liegeplatz, den wir passierten, wurden die Boote größer und beeindruckender. Schließlich entdeckte ich eine schneeweiße Yacht, auf deren Seite verschnörkelt *Poseidon* stand. Beeindruckt blieb ich stehen, sodass Damian fast in mich hineingerannt wäre.

Die Yacht war wunderschön.

An der Reling stand Luis und grüßte uns höflich. Noch immer fasziniert folgte ich Damian zu einer schmalen Treppe, über die wir an Bord kamen. In diesem Bereich war eine Sitzgruppe aus beigem Leder und einem passenden Tisch eingebaut. Eine glänzende Holztreppe führte auf das Oberdeck und eine Glastür gewährte einen Blick in das Innere.

Ich schaute mich um. »Wow. Die ist ja riesig. Warum eigentlich *Poseidon*?«

Damian lächelte und ich erkannte ein stolzes Funkeln in seinen Augen. »Mein Name kommt auch aus dem Griechischen. Damianos heißt starker Mann. Da fand ich es passend, meine Yacht auch nach etwas Griechischem zu benennen. Und was würde sich da besser eignen als der Gott der Meere? Komm, ich zeige dir alles.«

Bereitwillig ergriff ich die von ihm hingehaltene Hand. Bevor er jedoch loslief, wandte er sich an Luis. »Wenn alles vorbereitet ist, können Sie gehen. Ich melde mich bei Ihnen, sobald wir wissen, wann wir ungefähr wieder ankommen werden. Genießen Sie Ihren freien Tag.«

Luis bedankte sich und verschwand.

»Moment. Wenn Luis geht, wer fährt denn dann?«

Damian lachte laut auf und wackelte mit den Augenbrauen. »Der Kapitän steht vor dir.«

Auch wenn ich es mir hätte denken können, war ich überrascht. Was konnte er noch alles? Damian zog mich auffordernd durch die Glastür.

Im Inneren war alles mindestens genauso luxuriös wie draußen. Zur Linken stand eine aus dunklem Eichenholz gefertigte Küche und zu unserer Rechten ein passender Esstisch.

»Für wie viele Leute ist das hier?« Ehrfürchtig strich ich über die glatte Arbeitsfläche.

»Es gibt im Unterdeck zwei Doppelbetten und insgesamt fünf Einzelbetten, welche auf drei Zimmer verteilt sind«, erklärte mir Damian mit Stolz in der Stimme. »Was hältst du davon, wenn du dich in Ruhe weiter umschaust und ich mich in der Zeit ans Steuer setze, damit wir so langsam loskommen?« Er lächelte mich liebevoll an.

Anscheinend hatte er bemerkt, dass meine Besichtigung wohl länger dauern würde. Sofort nickte ich.

»Brauchst du eine Schwimmweste oder kann ich mich darauf verlassen, dass du mir nicht von Bord fällst?«

Ich hatte großen Respekt vor Wasser. Allerdings kam mir diese Yacht eher wie eine Wohnung als ein Boot vor, sodass ich mich sicher fühlte. Daher lehnte ich ab und Damian verschwand nach draußen.

Mit einem aufgeregten Kribbeln im Bauch lief ich von der Küche weiter in das kleine Wohnzimmer und folgte dann einer Treppe in das Unterdeck.

Da es bereits ziemlich warm war, wollte ich mir meinen Bikini anziehen. Dann konnte ich während der Fahrt ein wenig braun werden.

Ich öffnete die erste Tür und stand in einem erstaunlich geräumigen Zimmer. In der Mitte thronte ein Doppelbett und große Fenster zeigten direkt auf das Wasser hinaus, das strahlend blau in der Sonne glitzerte. Da ich allerdings weder meinen Rucksack noch Damians Sachen entdeckte, war das anscheinend das falsche Zimmer. Gespannt lief ich den Gang entlang und nach zwei weiteren Fehlschlägen hatte ich das richtige Zimmer gefunden. Es wirkte noch größer als das erste und war in demselben edlen Holz eingerichtet, das ich auch im oberen Bereich gesehen hatte. Auf einer kleinen Couch an der Seite lag mein Rucksack.

Ich kramte den olivgrünen Bikini hervor und drehte ihn in der Hand hin und her. Ob ich mich hier umziehen konnte? Damian stand am Steuer, also würde er wohl kaum nach unten kommen. Eilig schlüpfte ich aus dem Kleid und meiner Unterwäsche und zog mir den Bikini über. Dann trat ich vor den großen Spiegel, der an einer Schranktür befestigt war. Kritisch betrachtete ich mich.

Ich fühlte mich wohl in meinem Körper und meine Brüste kamen durch das leicht gepushte Oberteil optimal zur Geltung. Aber wollte ich mich so vor Damian zeigen? Bei der Erinnerung an seine Blicke bei der Gala und im Central Park prickelte meine Haut. Zum Glück hatte ich mir in weiser Voraussicht eine kurze Stoffhose und ein lockeres Tanktop eingepackt, die ich mir jetzt überstreifen konnte.

Dann beeilte ich mich, zu Damian auf das Oberdeck zu gelangen.

»Na, wie gefällt dir mein *Boot*?«

Lachend ließ ich mich auf den Sitz neben ihm plumpsen.

»Mir gefällt die Einrichtung. Muss bestimmt schön sein, einfach irgendwo auf dem Wasser zu übernachten.« Ich seufzte. Auch wenn ich gerne unter Menschen war, gab es für mich nichts entspannenderes als für ein paar Stunden absolute Ruhe zu genießen.

Damian musterte mich. Bei seinem Blick wurde mir angenehm warm. »Wenn ich irgendwann frei habe, können wir ja für ein paar Tage mit der *Poseidon* rausfahren. Also natürlich nur, wenn du das möchtest?«

Mein Herz machte einen Satz. Also verbrachte er genauso gerne Zeit mit mir wie ich mit ihm.

Wir hatten den Hafen mittlerweile verlassen und folgten nun dem Hudson-River. Genüsslich schloss ich die Augen und ließ die warme Sonne auf meinem Gesicht prickeln. Wie konnte Damian all das haben und trotzdem nicht glücklich sein?

Nach einiger Zeit spürte ich etwas Kaltes an meiner Wange und riss erschrocken die Augen auf. Aber es war nur Damian, der mir eine gekühlte Coladose entgegenstreckte. Zufrieden trank ich einen Schluck. Das kalte Getränk war genau das Richtige. Heute würde es heiß werden und ich wollte nicht dehydrieren.

»In ein paar Meilen kommt eine kleine Bucht, in der man auch schwimmen darf. Was hältst du davon, wenn wir dort für einen Zwischenstopp halten?«

In Damians Stimme lag eine angenehme Ruhe und ich betrachtete ihn. So entspannt wie jetzt, hatte ich ihn noch nie gesehen. Hatte unser Gespräch etwa einen Knoten gelöst? Hoffentlich nahm er sich meine Worte zu Herzen und würde sich einen Job als Architekt suchen oder zumindest mit seinem Vater sprechen.

»Klingt gut«, antwortete ich und hielt mir die kalte Dose gegen die Schläfe.

Wenige Minuten später lenkte er die Yacht gekonnt in eine Bucht, in welcher auch andere Boote ankerten. Kurz kontrollierte er etwas am Lenkrad, bevor er einen Knopf drückte und man hören konnte, wie der Anker in das Wasser gelassen wurde. Dann gab es einen kaum merklichen Ruck und er stellte den Motor ab.

Anschließend verschwand Damian kurz unter Deck. Sollte ich mich schon mal ausziehen?

Während ich darüber nachdachte, schaute ich mir die beeindruckende Landschaft an. Damian hatte nicht zu viel versprochen. Kaum zu glauben, dass wir nur wenige Kilometer von New York entfernt waren.

»Na, wollen wir schwimmen gehen?« Damians Stimme klang ganz aufgeregt.

Als ich mich zu ihm umdrehte, war er dabei, sich sein Shirt über den Kopf zu ziehen. Seine dunkelblaue Badehose saß locker auf seinen Hüften und auch wenn ich ihn mehrmals oberkörperfrei gesehen hatte, musste ich kurz schlucken. Wie schaffte er es, so braungebrannt zu sein? Dagegen wirkte ich mit meiner Porzellanhaut richtig blass.

Damian wackelte mit den Augenbrauen und kam dann mit einem überheblichen Grinsen auf mich zu. »Wie sieht's aus? Gehst du mit dem unglaublich tollen Damian O'Brian schwimmen?«

Ich lachte laut auf und schüttelte mich. »So unglaublich toll ist dieser Damian O'Brian gar nicht. Ich habe gehört, er soll sogar ziemlich eingebildet sein.«

Er kam noch näher. »Pass auf was du sagst, sonst schmeißt er dich noch ins Wasser.«

Ich versuchte, das Flattern in meinem Bauch zu ignorieren. »Vielleicht kommt mir ja der einfache Damian, der weder unglaublich toll noch eingebildet ist, zu Hilfe.« Mit klopfendem Herzen nestelte ich an meinem Top. »Den mag ich nämlich viel lieber.«

Damian blieb dicht vor mir stehen. Sein Blick wanderte über mein Gesicht. Das Blau in seinen Augen funkelte in der Sonne und ich verlor mich in ihm.

»Ich auch«, murmelte er leise.

Ich schluckte. »Dann sollten wir dafür sorgen, dass er häufiger zum Vorschein kommt.« Meine Hand zitterte, als ich sie auf seine nackte Brust legte. Seine Muskeln zuckten und meine Finger kribbelten.

»Ich gebe mein Bestes.« Damian lächelte mich noch einmal zaghaft an, dann unterbrach er die Berührung, indem er einen Schritt zurückging.

Unbeholfen strich er sich durch die Haare, dann setzte er sein altbekanntes Grinsen auf. »Na dann, ab ins Wasser.«

Was ging in ihm vor? Das Prickeln verschwand von meiner Haut und ein seltsames Gefühl blieb zurück.

Ich zupfte an meinem Oberteil. Eigentlich wollte ich mich nicht vor ihm ausziehen. Dass er mich nur im Bikini bekleidet sehen würde, war schon unangenehm genug.

»Dreh dich um«, sagte ich bemüht selbstbewusst.

Damian verdrehte die Augen, lächelte mich dann aber an. »Hör auf so viel nachzudenken, Milly. Ich gehe jetzt ins Wasser und warte dort auf dich.«

Dann verschwand er über die Treppe nach unten und einige Augenblicke später platschte es laut.

Ich reagierte wirklich ein wenig über. Schließlich konnte es mir egal sein, was Damian dachte. Energisch zog ich mir das Top über den Kopf und ließ die Hose an meinen Beinen hinabgleiten. Anschließend lief ich nach unten. Ich konnte Damian nirgends sehen. Wenigstens beobachtete er mich nicht. Ich zupfte mein Höschen zurecht und sprang in das blaue Nass.

Nach der heißen Fahrt fühlte sich das Wasser angenehm erfrischend an und ich ließ mich genüsslich treiben. Wie friedlich es hier doch war. Man hörte nur das leise Platschen der Wellen gegen die Yacht, den Wind in den Bäumen und ab und zu einen Vogel zwitschern.

Auf einmal packte mich etwas am Fuß. Ich schrie erschrocken auf. Eine Sekunde später wurde ich auch schon unter Wasser gezogen. Ich schlug mit den Armen wild um mich, doch ich traf ins Leere. Als ich wieder auftauchte, schnappte ich nach Luft.

»Hey, ganz ruhig. Ich bin es.« Damian lachte hinter mir.

Blitzschnell drehte ich mich um. »Bist du bescheuert? Ich habe mich total erschrocken!« Mein Magen verkrampfte sich. Ich war keine gute Schwimmerin und besonders vor dem offenen Meer hatte ich Respekt. Zitternd strampelte ich vor mich hin.

Damian schwamm in wenigen Zügen zu mir und schlang einen Arm um meine Taille. »Ganz ruhig, es ist alles okay.«

In wenigen Zügen zog er uns zurück an die Treppe des Bootes. Erleichtert klammerte ich mich an seinem Hals fest, während er nach dem Geländer griff, um selbst nicht unterzugehen.

»Tut mir leid. Bei Wasser werde ich manchmal panisch. Das hätte ich dir sagen müssen.« Meine Wangen brannten und ich schaute zur Seite.

Sanft drückte er mich an seine Brust und gab mir Halt. »Schon okay. War auch eine blöde Aktion von mir.«

Langsam entspannte ich mich wieder. Sein Atem prickelte auf meiner erhitzten Haut. Schlagartig wurde mir bewusst, wie nah wir uns waren. Sein trainierter Körper presste sich eng an meinen und bei jedem Atemzug spürte ich die Bewegung seiner Muskeln. Seine Finger krallten sich in meine Hüfte. Mein Mund wurde trocken.

»Ähm, du kannst mich jetzt wieder loslassen.« Meine Stimme hörte sich kratzig an.

Vorsichtig löste ich den Klammergriff von seinem Hals und hielt mich stattdessen ebenfalls am Geländer fest.

Damian presste mich noch einmal an sich. »Und was ist, wenn ich dich nicht loslassen möchte?«

Ich schnappte nach Luft. Was sollte das denn heißen?

Er zwinkerte mir grinsend zu und hauchte einen Kuss auf meine Wange. Dann ließ er mich los und kletterte die Treppe empor. Für einen Moment vermisste ich seine Wärme um meinen Körper.

»Ich bereite uns mal einen kleinen Snack vor, was hältst du davon?«

Benommen nickte ich.

Damian konnte ein echter Gentleman sein. Er hatte für den Trip an alles gedacht.

Während er ein Handtuch hervorzauberte, konnte ich nicht verhindern, dass mein Blick erneut über seinen nackten Körper strich. Einzelne Wassertropfen glänzten in seinen fast schwarzen Haaren und fielen auf die Brust. Von dort suchten sie sich ihren Weg über seinen trainierten Bauch und folgten dann dem ausgeprägtem ‚V' seiner Leisten in die blauen Shorts. Ich schluckte.

Nachdem Damian verschwunden war, genoss ich noch ein paar Minuten das kühle Nass. Als meine Wangen allerdings unangenehm heiß wurden beschloss ich, an Bord zu gehen, um mich einzucremen.

Ein wenig umständlich zog ich mich die Treppe hinauf. Sexy aus dem Wasser zu steigen, sollte ich definitiv nochmal üben. Woher hatte Damian bloß das Handtuch gehabt? Nass wollte ich die Kabine auf keinen Fall betreten.

Tropfend lief ich über die Holzdielen zu der Glastür und

starrte ins Innere. Damian stand an der Theke und schnitt mit konzentriertem Blick das Grün von einer Erdbeere ab.

Jetzt würde er mich doch im Bikini sehen. Aber ich hatte keine andere Wahl. Ich räusperte mich und klopfte an die Scheibe. Bestimmt sah ich dabei ziemlich unbeholfen aus.

Damian stockte in seiner Bewegung und schaute auf. Er ließ seinen Blick zu meinen Brüsten, über meinen Bauch und schließlich zu meinen Beinen wandern. Noch einmal räusperte ich mich und trat auf der Stelle hin und her. Sofort riss er sich von meinem Körper los und schaute mich mit verwirrtem Gesichtsausdruck an.

»Ich habe kein Handtuch«, erklärte ich mein Problem.

Mit einer lässigen Bewegung fuhr er sich durch die feuchten Haare. »Natürlich. In der Box neben der Treppe liegen welche.« Dabei deutete er mit dem Messer in der Hand auf eine weiße Kiste, die mir zuvor nicht aufgefallen war.

Ich bedankte mich mit einem Lächeln, nahm mir ein großes, blaues Handtuch heraus und schlang es mir um die Schultern. Dann trocknete ich mich ab und betrat die Küche.

»Ich hoffe du magst Erdbeeren und Trauben?« Damian stellte einen Teller mit Obst auf den Esstisch.

Ich nickte begeistert und setzte mich an den runden Tisch.

»Oder möchtest du lieber draußen essen?«

Seine Fürsorge gefiel mir. Da kam wieder der weiche Kern zum Vorschein.

»Hier ist super. Ich glaube, ich bekomme einen Sonnenbrand und bevor ich rausgehe, muss ich mich unbedingt eincremen.«

Damian nickte, holte noch zwei Flaschen Wasser aus dem Kühlschrank und setzte sich zu mir. Genüsslich trank ich einen Schluck.

»Wie war eigentlich dein Treffen mit Amber?«

Sofort musste ich lächeln. Davon hatte ich ja noch gar

nicht erzählt. »Es lief ziemlich gut. Sie werden meine Ideen umsetzen, glaube ich.« Ich zögerte. »Amber hat mir einen Job angeboten.«

Damian schaute ruckartig zu mir auf. »Wirklich? Das ist doch super.« Er kratzte sich am Kinn. »Dann könntest du hierbleiben.«

In seinen Augen flackerte es und ich musste schlucken. Ja, den Gedanken hatte ich auch schon. Unsicher zupfte ich an meinem Oberteil. »Ich weiß nicht, ob ich das kann.« Mein Magen zog sich zusammen. Ich wollte ihn nicht allein lassen.

»Amber wird schon wissen, wie man dein Visum beantragt. Sonst hätte sie dich nicht gefragt.«

»Das meine ich nicht.« Meine Augen brannten.

Damian rutschte ein Stück näher und nahm meine Hand.

In mir tobte es und ich hatte das Gefühl, mein Herz würde auseinanderbrechen. »Ich weiß nicht, ob ich in Amerika bleiben möchte.«

Jetzt war es raus. Damian sah aus, als hätte ich ihm ins Gesicht geschlagen.

»Versteh das nicht falsch. Ich will hierbleiben. Bei dir. Ich liebe dieses Land, der Job wäre perfekt und ich will dich nicht allein lassen. Aber in Deutschland ist meine Familie. Ich würde sie so vermissen. Und meine Freunde. Ich müsste mir hier alles neu aufbauen.«

Sanft strich er mir eine Träne von der Wange. Ich hatte gar nicht gemerkt, dass ich angefangen hatte zu weinen.

Diese Situation war doch einfach bescheuert.

»Wir bekommen das hin, Milly. Überlege es dir mit dem Job. Du könntest jederzeit mit unserem Jet nach Hause fliegen. Und wenn du hier nicht bleiben willst …« Er stockte und fuhr sich durch die Haare. »Dann werden wir auch dafür eine Lösung finden. Ich brauche dich in meinem Leben.«

In meiner Brust pochte es. Sein Geständnis warf mich völlig aus der Bahn. Damian hauchte mir einen Kuss auf den Handrücken. Meine Haut prickelte.

»Wir schaffen das. Schlaf ein paar Nächte darüber. Und dann reden wir weiter.«

Jetzt war er derjenige, der mir Sicherheit gab. Dankbar lächelte ich. Mit zitternden Fingern wischte ich mir über das Gesicht und nahm eine Traube aus der Schale. »Kannst du eigentlich kochen?«

Damian lachte. »Was ist das denn für eine Frage?«

Ich zuckte mit den Schultern. »Das hast du echt schön angerichtet.« Ich deutete auf das Obst. »Und da habe ich mich gefragt, was du sonst für Qualitäten hast.«

»Glaub mir Milly, ich habe viele Talente.« Seine Stimme klang rau und mir wurde augenblicklich heiß.

Plötzlich klingelte es. Damian runzelte die Stirn und stand auf. Er ging zu dem Tresen zurück und griff nach seinem Handy. Als er auf das Display sah, presste er die Lippen fest aufeinander. Mit einem entschuldigenden Lächeln in meine Richtung nahm er das Gespräch entgegen.

Ich wollte ihn nicht anstarren oder ihm das Gefühl geben, dass ich ihn belauschte. Daher nahm ich eine Erdbeere und schaute aus dem Fenster.

»Ich bin doch heute mit Emily auf meiner Yacht.« Seine Stimme klang gereizt und auch wenn ich es eigentlich nicht wollte, musste ich heimlich zuhören.

»Ja, Mutter. Genau die.«

Ich wüsste zu gerne, was sie über mich sagte.

»Es spielt doch keine Rolle, woher sie das Geld hat. Wieso rufst du an?« Damians Tonfall wurde energischer und er ging in der Kabine auf und ab.

Ein beklemmendes Gefühl erfasste mich. Tracey hatte mir

schon bei dem Abendessen klargemacht, dass sie mich nicht als passende Begleitung für ihren Sohn sah.

Aber ich hatte das Date heute doch offiziell ersteigert, also wieso hinterfragte sie das?

Die nächste Antwort hatte ich nicht mitbekommen, aber jetzt blieb Damian ruckartig stehen. »Du kennst sie doch überhaupt nicht. Hör auf, so über sie zu reden!«

Er warf mir einen Blick zu, den ich nicht deuten konnte. Dann flüchtete er mit dem Handy am Ohr auf das Oberdeck.

Nachdenklich schaute ich ihm hinterher. Bei so einer Mutter war es wahrscheinlich echt schwer, seine eigene Meinung zu behaupten.

13. Kapitel

Wieso wurde er bei seinen Eltern immer so klein? Damian war doch sonst selbstbewusst. War das wirklich, weil sein Bruder so viel Ärger machte und er sich verantwortlich fühlte? Und was hatte seine Mutter gegen mich?

Als er nach zehn Minuten immer noch weg war, räumte ich das übrige Obst zurück in den Kühlschrank und schnappte mir die Sonnencreme, die auf dem Tisch stand. Sorgfältig darauf bedacht, keine Stelle zu vergessen, cremte ich mir Gesicht und Körper ein. Trotz mehrerer Verrenkungen schaffte ich es aber beim besten Willen nicht, meinen Rücken zu erreichen. Sollte ich nach Damian sehen und ihn um Hilfe bitten? Telefonierte er noch, oder wollte er einfach seine Ruhe? Aber so wollte ich mich nicht der heißen Mittagssonne aussetzen und unter Deck zu bleiben war bei dieser faszinierenden Landschaft ja auch eine Verschwendung.

Auf Zehenspitzen stieg ich die Treppe nach oben und lugte über den Rand. Damian saß auf der Sitzecke hinter dem Steuer und starrte ins Nirgendwo. Seine Schultern hingen kraftlos nach unten und ich konnte sogar von hier aus seine zu einem dünnen Strich zusammengepressten Lippen sehen.

Ich stieg die letzten Stufen empor und ging einen Schritt auf ihn zu. »Darf ich mich zu dir setzen?«, fragte ich mit einem mulmigen Gefühl im Bauch. Was war nur los?

Sein Blick schoss erschrocken zu mir, als hätte ich ihn aus einem Traum gerissen. Dann lächelte er halbherzig und klopfte auf den Platz neben sich. Behutsam setzte ich mich mit etwas Abstand und betrachtete die Sonnencreme in meiner Hand. Sollte ich ihn auf das Telefonat ansprechen?

»Soll ich dich eincremen? Nicht, dass du einen Sonnenbrand bekommst.« Sein Blick war unergründlich und er bemühte sich um ein Lächeln, welches seine Augen allerdings nicht erreichte.

Nickend gab ich ihm die Creme und drehte ihm den Rücken zu.

Erst passierte nichts und ich dachte schon, Damian wäre mit seinen Gedanken wieder woanders, da klickte der Verschluss der Tube. Kurz darauf strich er die kühle Paste auf meine Haut. Langsam und bedacht wanderten seine warmen Hände über meine Haut. Wäre die Stimmung nicht so erdrückend, hätte ich diese Berührung mit Sicherheit genossen.

»Tut mir leid, dass ich gegangen bin«, flüsterte Damian mit rauer Stimme.

Ich hob den Kopf, konnte ihn allerdings nicht anschauen. »Kein Problem. Ist denn alles okay?«

Damians Hand verkrampfte sich. »Na ja. Du hast meine Mutter kennengelernt. Sie ist sehr skeptisch, was Frauen in meinem Umfeld angeht.«

Das hatte ich gemerkt. »Ist doch verständlich. Jede Mutter will das Beste für ihre Kinder.« Auch wenn mir Tracey nicht besonders sympathisch war, konnte ich sie verstehen. »Sie will bestimmt nur nicht, dass du ausgenutzt wirst.«

Langsam strichen seine Finger wieder über meinen Rücken. »Ja, genau. Aber sie vergisst dabei, dass ich kein Kind mehr bin. Ich kann meine eigenen Entscheidungen fällen. Und wenn ich dabei auf die Schnauze falle, ist das mein Problem.« Bitterkeit schwang in seiner Stimme. Wie oft war ihm das wohl schon passiert?

»Ich weiß, dass du nicht wie die anderen Frauen in meinem Umfeld bist«, sprach er weiter. »Und das habe ich versucht, ihr zu erklären. Aber sie versteht es einfach nicht.«

Mir wurde flau im Magen. Ich wollte Damian helfen, selbstständig zu werden. Jetzt auch noch Gegenwind von seiner Mutter zu bekommen, war nicht gerade hilfreich.

»Wie soll ich ihr das erklären, ohne ihr von den letzten Tagen zu erzählen? Sie soll nicht wissen, dass ich mich in diesem Pub betrunken habe. Dass ich so überwältigt von meinen negativen Gedanken war und irgendwie abschalten wollte. Oder, dass ich danach auf einer Brücke spazieren war. Gott, ich will mir gar nicht ausmalen was passiert wäre, wenn du nicht gewesen wärst. Aber ich kann ihr nicht sagen, dass du mich mit diesem albernen Lied von dem Geländer runtergeholt hast.«

Bei dem Gedanken an unsere Gesangseinlage musste ich lachen.

»Ich kann mich zwar nicht mehr so genau daran erinnern, aber ich glaube wir waren ziemlich mies.« Damians Stimme klang einen Moment fast fröhlich. Dann wurde er wieder ernst. »Ohne dich hätte an dem Abend sonst etwas passieren können. Und auch danach bist du geblieben.« Während er sprach, lagen seine Hände ruhig auf meinen Schultern. Nur sein Daumen zog langsame Kreise. »Du hast keine Angst mir zu sagen, wenn ich mich wie ein Arschloch verhalte. Oder auch das Gespräch heute Morgen. Das habe ich dringend gebraucht.« Damian seufzte. »Eigentlich war mir die ganze Zeit klar, dass ich etwas an meiner Situation ändern muss. Aber es ist immer leichter, anderen die Schuld zu geben, als sich selbst herauszufordern. Danke für den Weckruf.«

Auf einmal schlangen sich seine starken Arme um meinen Bauch und er zog mich an sich. Sein Atem strich über meinen Nacken. Ich bekam eine Gänsehaut und schluckte.

Behutsam legte ich meine Hände auf seine Arme. »Ich bin froh, dass ich dich gefunden habe, Damian. Du bist ein toller Mensch. Du hast doch Marco geholfen, als er sein Business aufgebaut hat und ich bin mir sicher, er war nicht der einzige. Wenn du dich von deinen Eltern löst, wird es mit Sicherheit genug Leute geben, die dich unterstützen werden.« Ich streichelte über seine warme Haut.

»Ich wünschte, meine Mutter würde sehen, was für ein toller Mensch du bist«, wisperte er. Sanft löste er sich von mir und schaute in die andere Richtung.

Ich drehte mich zu ihm. Die Zerrissenheit flackerte in seinen Augen. Zärtlich legte ich meine Hand an seine Wange und fuhr über seine Bartstoppeln. »Solange du das weißt, ist für mich alles okay.«

Das war es wirklich. Natürlich wäre die Unterstützung seiner Eltern hilfreich, aber sie mussten mich nicht mögen.

»Du bist so optimistisch. Das bewundere ich an dir.« Damian strich mir eine Strähne aus dem Gesicht.

Wie gern ich ihn wieder zum Lachen bringen würde. »Nicht immer. Mit deiner eingebildeten Art hast du mich ziemlich zur Weißglut getrieben.«

Damians Mund verzog sich zu einem Lächeln und die dunklen Schatten verschwanden aus seinen Augen. »Ich habe mich wirklich schlimm verhalten. Dafür kann ich mich nicht oft genug entschuldigen.« Er nahm meine Hand von seiner Wange und führte sie an seinen Mund, um mir einen federleichten Kuss auf den Handrücken zu hauchen.

Eine Weile blieben wir so sitzen. Damian spielte gedankenverloren mit meinen Fingern und ich genoss die wärmende

Sonne und seine Berührung. Angenehme Stille hatte sich zwischen uns ausgebreitet und auch wenn wir seine Probleme noch nicht gelöst hatten, wusste ich, dass wir es schaffen würden.

Irgendwann kribbelte mein Fuß unangenehm und ich streckte mich. Träge lümmelte sich Damian tiefer in das Leder und beobachtete mich.

Nachdem sich mein Fuß wieder beruhigt hatte, suchte ich nach meiner Kleidung. Obwohl ich eingecremt war, wollte ich keinen Sonnenbrand bekommen.

»Hier.« Mit einer lockeren Bewegung griff Damian hinter sich und zauberte ein leicht zerknittertes Shirt hervor. »Wenn du möchtest, kannst du das anziehen. Dann musst du nicht extra aufstehen.«

Dankbar lächelte ich ihn an und zog es mir über den Kopf.

Als ich mich wieder zurücklehnen wollte, schlang er seinen Arm um meine Schultern. Mit klopfendem Herzen ließ ich mich von ihm an seinen nackten Oberkörper ziehen und lehnte den Kopf gegen seine Brust. Ich strich mir eine Strähne aus dem Gesicht und legte meine Hand auf seinen Bauch. Seine Muskeln zuckten unter meiner Berührung.

Faszinierte streichelte ich über seine straffe Haut.

Damian atmete zischend ein. »Milly.« Seine Stimme klang heiser.

Genugtuung breitete sich in mir aus. Wenn er mich dauernd aus dem Konzept brachte, konnte ich das auch. Unschuldig ließ ich meine Finger weiter wandern.

Damians Atmung wurde hektisch.

Langsam drehte ich meinen Kopf, sodass mein Mund nah an seinem Hals lag. Seine Adern pochten wild.

»Was ist?«, hauchte ich gegen die erhitzte Haut.

Damians Adamsapfel hüpfte, als er schluckte. Mit einem Ruck legte er seine freie Hand auf meinen Oberschenkel und zog mich auf sich.

Ich erstarrte. Damit hatte ich nicht gerechnet. Nun saß ich rittlings auf ihm, die Hände auf seine Brust gestützt. Zwischen meinen Beinen begann es zu pochen. Damians Pupillen verdunkelten sich und er strich über meine nackte Haut.

»Milly.« Seine Stimme war nicht mehr als ein Seufzen.

Mein Herzschlag raste. Was machten wir hier?

Mit einem weiteren Seufzen ließ er den Kopf in den Nacken fallen und schloss die Augen.

»Tschuldigung«, murmelte ich heißer. Umständlich krabbelte ich von seinem Schoß. Ich fühlte mich wie benebelt und meine Haut prickelte.

Damian zwickte sich mit der Hand in den Nasenrücken und schaute mich grinsend an. »Die Hitze tut uns wohl nicht besonders gut.«

Ich lachte erleichtert auf. Nur er konnte eine so seltsame Situation retten. »Weil du deine Finger nicht bei dir lassen kannst, Mister.« Ich wollte ihm in die Seite piksen, aber er fing meine Hand ab und zog mich zurück in seinen Arm.

»Lass uns den Moment einfach genießen«, wisperte er in meine Haare.

Benommen von meinen Gefühlen nickte ich und schloss die Augen. Der Wind kühlte meine erhitzten Wangen und mir stieg der angenehme Duft seines Shampoos in die Nase.

»Darf ich dich etwas fragen?« Damian räusperte sich.

Seit wann war er so behutsam? Ich nickte.

»Auf der Brücke hast du etwas gesagt, das mir nicht mehr aus dem Kopf gehen will. Du hast gesagt, du hast bereits einen Freund verloren … Ich meine, wie …?«

Augenblicklich verspannte ich mich.

Beruhigend fuhr er mit der Hand über meinen Rücken. »Du musst nicht darüber sprechen, wenn du nicht möchtest.«

Ich atmete zitternd ein. Ein Kloß bildete sich in meinem

Hals und ich versuchte zu schlucken. Damian hatte mir so viel über sich anvertraut, da sollte ich auch ehrlich zu ihm sein.

»Schon okay. Und ja, ich habe meinen besten Freund verloren. Sein Name war Stephan.« Ich zögerte und dachte an die Gala zurück. »Durch ihn habe ich meine Leidenschaft zum Tanzen entdeckt. Steph war der beste Tänzer, den ich jemals kennenlernen durfte. Wenn er sich zur Musik bewegt hat, hat alles um ihn herum gestrahlt. Es war pure Freude mit ihm zu tanzen oder auch nur dabei zuzusehen.« Bei der Erinnerung an ihn wurde mir angenehm warm und ich musste automatisch lächeln. »Heute bin ich mir nicht einmal mehr sicher, ob diese Leidenschaft unserem Hobby oder seiner Euphorie galt. Er war bei allen beliebt und immer so gut gelaunt. Auch wenn er einige Jahre älter war als ich, verstanden wir uns ohne Worte. Häufig wurden wir sogar für ein Paar gehalten. Für die meisten war es total absurd, dass wir nur Freunde waren. Doch Steph und ich wussten, wie es um uns stand.« Mein Magen verkrampfte sich. Seine dunkelbraunen Augen waren das komplette Gegenteil von Damians. Aber die kleinen Fältchen, die sich rundherum bildeten, wenn sie lachten, hatten sie gemeinsam. Ich konnte mich noch genau daran erinnern, wie ich Steph aus Spaß Anti-Aging-Creme zum Geburtstag geschenkt hatte – gegen die Krähenfüße. Seine Stimme hallte in meinen Ohren. Wie er versuchte, auf der Autofahrt schlechten Deutschrap mitzusingen. Und ich konnte seine Arme um meine Hüften spüren, wenn er mich zur Begrüßung liebevoll hochgehoben hatte. »Und dann war auf einmal alles vorbei.« Mit zitternden Händen zupfte ich an meinem Shirt. Einen Moment presste ich die Lippen zusammen. »Es war drei Tage vor meinem Geburtstag. Ich weiß noch, wie ich mich bei Steph wegen der Absage eines

Freundes aufgeregt hatte. Im Nachhinein etwas total Unwichtiges. Steph hat sich mit mir geärgert und mir versichert, dass er kommen würde.« Der Puls rauschte in meinen Ohren. Ich konnte noch immer nicht fassen, dass so etwas Belangloses unsere letzte Unterhaltung gewesen sein sollte. Wie konnte ich so blind gewesen sein?

Ein Schluchzen entwich meiner Kehle, doch ich zwang mich, trotz meiner brüchigen Stimme weiterzusprechen. »Aber er hat gelogen. Am selben Abend hat er etwas auf einer online Plattform gepostet. *Wenn es am schönsten ist, ist es Zeit zu gehen.* Er hat sich öffentlich verabschiedet und keiner hat es gemerkt. ICH habe es nicht gemerkt.« Ein Schauer lief mir über den Rücken. »Niemand hat es hinterfragt. ICH habe es nicht hinterfragt. Ich war so in die Partyvorbereitung vertieft, dass ich dem Post keine Beachtung geschenkt habe. Hätte ich ihm doch geschrieben.« Tränen rannen über meine Wangen und Gänsehaut breitete sich auf meinen Armen aus. Die Schuldgefühle überrannten mich. Hilflos zog ich meine Beine an die Brust und umklammerte sie. »Auf der Party war Steph dann nicht da. Ich rief ihn an, aber es ging nur die Mailbox dran. Ich war so enttäuscht. Er hatte mir versprochen zu kommen. Er war doch mein bester Freund.«

Mittlerweile waren die Tränen versiegt und meine Stimme nur noch ein erschöpftes Flüstern. »Ich weiß noch genau, wie am nächsten Tag ein guter Freund von uns beiden vorbeikam. Wie wir auf meinem Bett saßen und wie für mich eine Welt zusammenbrach. Man hatte ihn gefunden. Steph hatte sich das Leben genommen.«

Es war schrecklich, die Ereignisse noch einmal zu durchleben. Gleichzeitig war es befreiend, endlich all meine Schuldgefühle offen auszusprechen. »Einen Tag nach seinem Post hat er sich das Leben genommen. Wieso einen Tag danach? Hat er auf eine Nachricht von mir gewartet? Hätte ich ihm doch geschrieben, anstatt meine blöde Party zu planen.«

Neue Tränen sammelten sich in meinen Augen und ich ließ ihnen freien Lauf. Damian strich mir immer wieder über den Rücken, doch er sagte nichts und das war auch besser so. Ich hatte schon zu oft Mitleid erlebt. Auch wenn es die Leute immer gut meinten, fühlte ich mich dadurch nur noch schuldiger. »Die Zeit danach, war die schlimmste meines Lebens. Ich glaube, niemand hat verstanden, wie es mir ging. Meine Mutter war gerade dabei, ihren Laden zu eröffnen und ich wollte sie mit meinen Problemen nicht belasten. Also ließ ich mir nichts anmerken. Und selbst wenn sie merkten, dass irgendwas nicht stimmte, schob ich es auf Probleme mit Freunden oder anderen Quatsch. Diese Bemühung niemanden zu belasten, brachte mich komplett aus dem Konzept. Ich aß nicht mehr richtig, ich trank zu viel, ich schlief zu wenig.« Es schüttelte mich bei dem Gedanken an die Tage nach seinem Tod und in meinem Magen brodelte es. »Dazu kamen noch die ganzen Tratschweiber. Jeder wollte von mir wissen, was passiert war. Sie heuchelten Interesse, obwohl es ihnen eigentlich egal war. Dabei ging es hier um einen Menschen. Um einen Menschen mit Gefühlen. Einen Menschen, der Probleme hatte. Probleme von denen niemand wusste. Der sich allein gelassen fühlte und keinen anderen Ausweg wusste. Hätte ich ihm doch besser zugehört!«

Mein ganzer Körper zitterte und ich ballte die Hände zu Fäusten. Noch nie hatte ich so offen über das Geschehene gesprochen. Ich ließ meine Beine los und wischte mir die Tränen aus dem Gesicht. »Weißt du, was das Schönste und gleichzeitig Traurigste in dieser Zeit war?«, fragte ich resigniert. »Steph hatte immer Angst gehabt, allein zu sein. Früher war er dick gewesen und wurde deswegen gemobbt.

Selbst nachdem er abgenommen hatte und wirklich attraktiv war, bekam er diese Angst nicht aus dem Kopf. Er hatte immer Angst, nicht gut genug zu sein. Aber bei seiner Beerdigung, da waren alle da. Nicht die falschen Freunde, sondern all diejenigen, denen Steph etwas bedeutet hatte. Die Leute standen bis vor der Kirche, so viele waren gekommen. Hätte Steph das gesehen, wäre er glücklich gewesen.« Bei dem Gedanken an seine Beerdigung wurde mir warm. Auch wenn es ein schrecklicher Anlass gewesen war, war es schön gewesen. Wir hatten zusammen geweint, getrauert und sogar ein klein wenig mit Tränen in den Augen gelacht.

Damian setzte sich auf und zog mich in seine Arme. Ich hing meinen Gedanken und Erinnerungen nach und er wog mich sanft hin und her.

Irgendwann versiegten die Tränen endgültig und ich löste mich von ihm. »Entschuldige«, murmelte ich mit gebrochener Stimme.

Zärtlich wischte er mir eine Träne von der Wange. »Es gibt nichts, wofür du dich entschuldigen musst, Milly.«

Ich lächelte schwach. »Danke, dass du mir zugehört hast. Das musste mal raus.«

»Das ist selbstverständlich. Ich weiß nur nicht so recht, was ich dazu sagen soll.«

Mit zitternden Händen band ich meine Haare zu einem Zopf. Ich konnte verstehen, dass sich Damian ein wenig hilflos fühlte. Ich wüsste auch nicht, wie ich in so einer Situation reagieren würde. Und er hatte vermutlich selten eine heulende Frau im Arm. Aber manchmal war Schweigen Gold. Einfach jemanden zu haben, der zuhörte.

»Du hast alles richtig gemacht.« Dann löste ich mich endgültig von ihm und stand auf. »Ich gehe mich mal frisch machen. Ich fühle mich ganz zerknautscht.«

Damian nickte mitfühlend und drückte meine Hand. »Mach das. Aber Emily, du siehst immer wunderschön aus.«

Ich bemühte mich um ein Lächeln und beeilte mich, unter Deck zu kommen.

Dort atmete ich noch einmal zitternd ein und versuchte, einen klaren Gedanken zu fassen.

Nach Stephans Tod hatte mich auf die Schule konzentriert und ein Lächeln aufgesetzt. Aber dadurch konnte ich das Geschehene nie wirklich verarbeiten.

Erschöpft betrat ich das Badezimmer und spritzte mir Wasser in mein erhitztes Gesicht. Dann versuchte ich mich an einem Lächeln, doch es misslang mir. Aber wieso sollte ich es auch versuchen? Damian hatte mich weinen gesehen. Zum ersten Mal musste ich nicht so tun, als wäre alles in Ordnung.

Traurig, aber gleichzeitig erleichtert, ging ich zurück an Deck. Damian hatte sich nicht vom Fleck bewegt.

Erschöpft lehnte ich mich an das Geländer der Yacht und beobachtete das Wasser unter uns. Nach einiger Zeit stellte er sich hinter mich und schlang die Arme sanft um meinen Bauch.

»Bist du okay?«, flüsterte er leise.

Sein Atem kitzelte in meinem Nacken.

Er hatte es mit seiner Frage genau getroffen. Mir ging es nicht gut, aber ich war okay. Daher nickte ich und legte meine Hände auf seine. »Danke, dass du mir zugehört hast.«

Damian atmete gleichmäßig an meinem Hals. »Das habe ich gerne gemacht. Und danke, dass du mir die Augen geöffnet hast. Bezüglich der Firma meines Vaters, meine ich. Das war bitter nötig.«

Mir entwich ein Seufzen und ich drehte mich zu ihm um. »Oh ja, das war es. Aber es freut mich, wenn sich dadurch etwas ändert.«

Sanft strich er mir eine Strähne aus dem Gesicht. »Ich weiß noch nicht genau, was ich jetzt machen soll. Aber ich werde etwas ändern. Auch wenn du mir vielleicht noch das ein oder andere Mal in den Hintern treten musst.«

Ich musste lächeln und lehnte mich ein wenig zurück, um ihm besser in die Augen schauen zu können.

»Wobei ich das gerne in Kauf nehme, solange du bei mir bleibst«, fügte er mit einem belegten Kratzen in der Stimme hinzu.

Mein Herz machte einen Satz.

Mir war nicht entgangen, dass sich die Stimmung zwischen uns geändert hatte. Aber was genau war das? Lag es daran, dass wir gerade viel zu emotional waren?

Seine Hände strichen fahrig über meine Taille und sein Blick fesselte mich.

»Ich werde dir noch oft genug in den Hintern treten. Zum Beispiel, wenn du nicht die Finger von mir lässt. Ich bin nicht eines deiner Betthäschen.« Ich bemühte mich um einen lockeren Tonfall, drückte ihn spielerisch ein Stück von mir weg und ging zurück zur Treppe.

Für einen kurzen Moment flackerte so etwas wie Enttäuschung in Damians Augen auf. Dann zuckte er aber schelmisch grinsend mit den Schultern. »Ein Versuch war es wert.«

Ich konnte nicht anders, als die Augen zu verdrehen, doch gleichzeitig verspürte ich einen leichten Stich in der Brust. War das für ihn nur ein Spiel?

»Ähm, Damian? Es wird schon dunkel, denkst du es lohnt sich überhaupt noch zum Bear Mountain zu fahren?«

Er schaute zuerst in den Himmel und dann auf seine Armbanduhr. »Du hast recht. Es ist schon fünf Uhr und wir brauchen noch über eine Stunde zurück zum Hafen. Tut mir echt leid!« Dabei sah er mich zerknirscht an.

»Schon okay. Ich werde den Tag auch so nie vergessen.«

Damian lächelte, kam lässig auf mich zu und schlang den Arm um meine Schultern. »Also, schöne Frau. Darf Käpt'n Damian Sie zurückfahren?«

Ich kicherte und nickte. »Sehr gerne, Herr Kapitän.«

Dann zog er mich zu den Steuergeräten und platzierte mich neben sich.

Auf der Rückfahrt lag eine angenehme Ruhe zwischen uns. Die Zeit verging wie im Flug und zurück in Manhattan wartete bereits Luis mit der Limousine. Müde ließ ich mich auf die Rückbank fallen und hörte kaum noch zu, worüber sich die beiden unterhielten.

»Ist alles okay?« Damian stupste mich nach einer Weile liebevoll an.

»Ja, die viele Sonne und der ganze Tag haben mich einfach ausgelaugt.«

Er erwiderte meinen Blick, bevor er mir sanft den Arm um die Schultern legte und ich mich an ihn kuschelte.

»Sollen wir uns einfach noch etwas zu essen auf das Zimmer bestellen und dann früh schlafen gehen?«, flüsterte er leise. Seine Hand zeichnete beruhigende Muster auf meine Schulter.

»Du musst auch denken, ich bin das größte Faultier. Dauernd schlafe ich ein.« Selbst in meinen Ohren klangen die Worte träge.

Damian lachte und hauchte mir einen Kuss auf die Schläfe. »Schon okay. Ich bin dieses Leben gewohnt. Für dich dagegen muss es ziemlich anstrengend sein. Jeden Tag passiert so viel, aber du gehst gut damit um.«

Seine raue Stimme und die Umarmung waren so einlullend, dass ich nicht mehr als ein vages Nicken zustande brachte, bevor ich endgültig in seinen Armen einschlief.

Ich biss in meinen Bagel, als es klopfte. Damian stand sofort auf und eilte zur Tür. Wie konnte er so wach sein? Es war gerade einmal sieben Uhr morgens und auch wenn wir gestern früh zu Bett gegangen waren, fühlte ich mich total gerädert. Wenige Augenblicke später kam er gefolgt von Luis zurück.

Unbehaglich rutschte ich auf dem Sofa hin und her. Ich hatte noch immer einen Schlafanzug an und meine Haare standen wahrscheinlich in alle Richtungen ab. Bei Damian war mir das egal, doch dass mich jetzt auch noch Luis in diesem Aufzug sehen musste, war mir unangenehm.

»Guten Morgen. Ich wollte Sie gar nicht lange stören. Der Flieger ist bereit. Sobald Sie es sind, können wir also los. Ich habe in New Orleans einen Wagen organisiert, damit werden wir dann zu dem Kinderheim fahren. Die Leiterin hat mir mitgeteilt, dass Sie jederzeit vorbeikommen können. Ich werde mich auf dem Weg bei ihr melden. Kann ich Ihnen sonst noch behilflich sein?«

Sein Blick lag auf mir und ich schaute zu Damian. Schließlich war Luis sein Angestellter und ich war mit diesem ganzen Luxus sowieso überfordert. Wissend grinste er mich an, dann wandte er sich an den älteren Mann.

»Danke Luis. Sie können uns in einer Stunde abholen.«

Nachdem Luis gegangen war, schaute mich Damian zerknirscht an. »Du siehst ziemlich müde aus. Tut mir leid, dass wir so früh losmüssen. Nur so schaffen wir es aber noch heute zurück nach Los Angeles.«

Da ich ihm kein schlechtes Gewissen machen wollte, zwang ich mich zu einem Lächeln und winkte ab. »Schon okay. Ich kann ja im Flieger weiterschlafen.« Dann verschwand ich im Badezimmer. Eine Dusche würde mir hoffentlich helfen, zumindest halbwegs wach zu werden.

Als ich mich anziehen wollte, merkte ich, dass ich mal

wieder keine Ahnung hatte, was man zu einer Spendenübergabe trug. Frustriert zog ich mir meine lockere Jeans an und musste augenblicklich an den Abend denken, an dem ich Damian kennengelernt hatte. Es kam mir vor wie eine Ewigkeit, obwohl es nur wenige Tage zurücklag.

Dieses Mal kombinierte ich die lockere Hose allerdings mit einem figurbetonten Top, anstelle des schlabbrigen Hoodies. Seit ich mich mit Marco, Alex und irgendwie auch mit Damian über Mode unterhalten hatte, machte ich mir deutlich mehr Gedanken darüber. Lea würde das mit Sicherheit freuen, schließlich hatte sie mich dauernd zum Shoppen überreden wollen.

Anschließend ging ich zurück in das Schlafzimmer, in dem sich Damian gerade ein schlichtes, dunkelblaues Polo-Shirt überzog.

»Sam hat mir erzählt, dass bei einer Spendenübergabe oft die Presse dabei ist?« Ich ließ es bewusst wie eine Frage klingen. »Also nicht, dass ich unbedingt fotografiert oder gesehen werden möchte.«

Schwungvoll drehte sich Damian zu mir und musterte mich. »Das stimmt. Besonders, weil du am meisten gespendet und dir gleichzeitig die schlimmste Bruchbude ausgesucht hast, werden mit Sicherheit einige Paparazzi vor Ort sein.«

Ich seufzte. Na, das konnte ja lustig werden.

»Du hast Luis vorhin gehört. Wir können los, wann immer wir wollen. Was hältst du davon, wenn wir einen kurzen Zwischenstopp bei Marco machen? Mit dem richtigen Outfit fühlst du dich bestimmt wohler vor den Kameras.«

Wie ich diesen einfühlsamen Damian mochte. Und der Gedanke, Marco wiederzusehen, zauberte mir automatisch ein Lächeln ins Gesicht. »Denkst du denn, dass das Nötig ist? Ich kann auch so gehen.« Ich wollte nicht unnötig Zeit vergeuden und drei Mal in einer Woche shoppen zu gehen war doch wirklich übertrieben.

Damian kam einen Schritt auf mich zu. Sanft fasste er unter mein Kinn und zwang mich, ihn anzusehen. »Ich will nicht wie ein Arschloch klingen, aber in dem Outfit wird die Presse über dich reden. *Woher hat sie das Geld? Wieso läuft sie so rum?*« Er seufzte. »Ich kenne das Gerede seit Jahren und trotzdem können die Worte manchmal ziemlich hart sein. Das würde ich dir gerne ersparen.«

In meinem Magen kribbelte es. Ich legte meine Hand auf seine Brust und lächelte. »Das ist lieb von dir.«

Pünktlich auf die Minute holte uns Luis ab und verstaute Koffer und Rucksack in der Limousine. Die Fahrt zu Marcos Geschäft würde bei dem Verkehr vermutlich eine knappe halbe Stunde dauern. Wehmütig schaute ich aus dem Fenster. Das hier war also mein letzter Tag in New York. Ob ich Marco und Elena irgendwann wiedersehen würde? Damian hatte mir bei unserem Ausflug ja angeboten, dass wir noch einmal herkommen könnten. Aber wie sollte das gehen? Mein Visum war jetzt noch knapp drei Monate gültig, danach wollte ich definitiv zurück. Bei dem Gedanken an Zuhause begann mein Herz schneller zu schlagen. Ich hätte nicht gedacht, dass ich meine Familie und Freunde so sehr vermissen würde. Aber gerade in den letzten Tagen hätte ich gerne Nicklas und Mia an meiner Seite gehabt oder einen Rat von meinem Vater gehört. Trotzdem gefiel es mir nicht, diesen tollen Mann neben mir zurückzulassen.

»Wir sind da.« Damian stupste mich an.

Als wir den Laden betraten, kam Maria in einem viel zu kurzen Kleid auf uns zu. Doch dieses Mal schenkte sie mir kaum Beachtung, sondern schmiss sich sofort in Damians

Arme. »Hallo, mein Lieber. Es ist so schön, dich mal wieder zu sehen. Wonach suchst du heute? Oder womit kann ich dir helfen?« Sie zwinkerte anzüglich, während ihre Hände aufreizend auf seiner Brust lagen.

Damian machte keine Anstalten, sich aus ihrem Griff zu befreien. Genoss er diese billige Anmache etwa? Selbstsicher legte er seine Hände auf ihre Hüften und erwiderte ihr strahlendes Lächeln. »Ich freue mich auch, dich wiederzusehen. Du weißt, dass ich deine Hilfe immer sehr schätze, Maria.«

Bei dieser Doppeldeutigkeit zog sich mein Magen zusammen. Um mir das nicht länger mit ansehen zu müssen, lief ich schnurstracks an ihnen vorbei in den hinteren Teil des Ladens. Hoffentlich war Marco hier. Auf keinen Fall würde ich zurück zu diesen Turteltauben gehen.

Tatsächlich hörte ich sein tiefes Lachen, bevor er auf mich zugestürmt kam. »Emily, Liebling. Es ist so schön dich zu sehen. Wie geht es dir?« Er schloss mich in seine Arme und wirbelte mich durch die Luft.

Lachend klammerte ich mich an ihm fest und bedankte mich stumm für diese Ablenkung. Marco drehte sich einige Male mit mir im Kreis, bevor er mich zurück auf dem Boden absetzte. Gut gelaunt reckte ich mein Kinn und strahlte. »Du glaubst gar nicht, wie sehr ich mich freue dich wiederzusehen, Marco. Die letzten Tage waren einfach zu verrückt.«

»Oh ja, das kann ich mir vorstellen.« Er lachte auf. »Mit Damian ist wahrlich kein Tag wie der andere. Ach Liebes, du musst mir einfach alles erzählen. Möchtest du ein Glas Champagner?«, plapperte er in einem Schwall weiter.

Ohne auf meine Antwort zu warten, verschwand er auch schon hinter dem roten Vorhang und kam wenige Sekunden später mit zwei gefüllten Gläsern zurück. »Wenn wir schon vom Teufel sprechen, wo ist Damian überhaupt?«

Ein wenig genervt verdrehte ich die Augen und setzte mich auf die Couch. »Na, wo wohl? Er flirtet am Eingang mit deiner Angestellten.«

Mit einem empörten Schnauben ließ sich Marco neben mich fallen. »Ich verstehe diesen Mann nicht. Da ist er mit so einer interessanten Frau unterwegs …« Er griff nach meiner freien Hand und drückte sie liebevoll. »… und schaut trotzdem anderen hinterher. Sieht so aus, als müsste ich mal ein ernstes Wörtchen mit meinem besten Freund reden. Aber jetzt zu dir. Wie war der Ball und wie war das Essen im *Cobertizo*? Wie kam mein Kleid an? Elena hat mir erzählt, wie atemberaubend du aussahst. Aber das hätte ich mir ja denken können.«

Bei so vielen Komplimenten wurde ich direkt verlegen. Doch Marco sprach mit einer solchen Selbstverständlichkeit, dass ich ihm jedes Wort glaubte. Glücklich dachte ich an den Ball zurück. Dort hatte ich Sam kennengelernt und wir hatten unheimlichen Spaß gehabt. Außerdem hatte ich Damian zum Tanzen überredet, was ebenfalls eine tolle Erfahrung gewesen war. Allerdings hatten wir dort auch unseren ersten Streit erlebt.

Marco zog fragend die Augenbrauen nach oben und mir wurde bewusst, dass ich noch nicht geantwortet hatte.

»Das Kleid war einfach perfekt. Ich habe mich pudelwohl gefühlt und ich glaube, Damian hat es auch gefallen. Außerdem haben mich einige Frauen neidisch angeschaut. Wobei das natürlich auch an meiner männlichen Begleitung gelegen haben kann. Vielen Dank nochmal.«

Ich konnte sehen, wie Marcos Brust vor Stolz auf sein Kleid regelrecht anschwoll. Es musste schön für ihn sein, mittlerweile so viel Anerkennung für seine Mode zu bekommen. Besonders nach alldem, was er in seiner Jugend aufgrund seiner Interessen durchmachen musste.

»Na, hier steckt ihr. Ich habe euch schon gesucht.« Damian kam mit einem Lächeln auf uns zu. Sein Blick fiel auf unsere Hände, die noch immer aufeinanderlagen. Sein Gesichtsausdruck wurde ernst und er zog die Augenbrauen nach oben. Doch Marco ignorierte die unausgesprochene Frage geflissentlich und sprang fröhlich auf. Er zog Damian in eine kurze Männerumarmung.

»Damian, mein Freund. Schön dich wiederzusehen. Und umso schöner, dass du unsere liebe Emily mitgebracht hast. Was kann ich für euch tun?«

Ich merkte, wie Damian immer verwunderter wurde. Er fuhr sich mit einer lockeren Geste durch die Haare. »Wir haben heute eine wichtige Spendenübergabe und die liebe Emily hat nichts Passendes zum Anziehen. Daher dachte ich, wir besuchen dich noch einmal. Schließlich hast du sie schon das letzte Mal so gut beraten.«

Dass er versuchte, Marcos lockeren Ton nachzuahmen, klang lächerlich. Auch Marco runzelte die Stirn, wandte sich dann aber zu mir. »Eine Spendenübergabe also? Wo findet sie denn statt? Schließlich spielt das Umfeld eine entscheidende Rolle bei der Kleiderwahl. Wobei du wahrscheinlich in allem strahlen wirst.«

Ich grinste dankbar. »In New …«

»In einem Kinderheim in New Orleans. Scheint ziemlich heruntergekommen zu sein. Unser Flieger geht bald, also müssen wir uns ein wenig beeilen«, antwortete Damian für mich mit grimmiger Miene.

Marco starrte ihn perplex an. Dann nickte er und machte sich auf die Suche nach einem passenden Outfit.

Verwirrt trank ich einen Schluck aus meinem Glas. Was war denn auf einmal mit Damian los? Vorhin hatte er noch gesagt, dass wir zeitlich ungebunden wären, und jetzt begann er so zu hetzen? Störte ihn etwa Marcos und meine aufkeimende Freundschaft? Oder hatte er wirklich nur viel Stress mit seiner Arbeit und musste in Los Angeles etwas erledigen, von dem ich bis jetzt noch nichts wusste?

Mir blieb nicht viel Zeit zum Nachdenken, da kam Marco bereits mit mehreren Kleidungsstücken zurück. Wie vor einigen Tagen betrat ich die geräumige Umkleide und Marco zog mit einem Zwinkern den Vorhang zurecht.

Neugierig musterte ich die Stücke und war aufs Neue von Marcos gutem Geschmack begeistert. Er hatte mir einen schwarzen Jumpsuit aus einfachem Jersey, eine dunkelgraue Karottenhose mit einer weißen Bluse sowie ein rosafarbenes Kostüm herausgesucht. Da mir das Kostüm nicht gefiel, entschied ich mich dazu, mit der Karottenhose anzufangen. Fertig angezogen schaute ich in den Spiegel und war begeistert. Auch wenn es diesmal kein Abendkleid war, konnte man eine deutliche Veränderung zu meinen Schlabbersachen sehen. Was mir aber besonders an diesem Outfit gefiel, war die Tatsache, dass noch immer *ich* in dem Spiegel zu sehen war.

Ich trat aus der Kabine und drehte mich mit meinem neugewonnenen Selbstbewusstsein im Kreis.

»Oh, Emily. Das ist einfach bezaubernd«, rief Marco begeistert.

Damian schaute zwar nicht ganz so euphorisch, trotzdem konnte ich ihm ansehen, dass ihm mein Outfit gefiel.

»Das betont deine Kurven an genau den richtigen Stellen. Und wenn du dazu noch schlichte, schwarze High-Heels kombinierst, wird das Outfit perfekt.«

Energisch schüttelte ich den Kopf. »Mir gefällt das Outfit sehr. Aber ich habe mich die letzten Tage genug herausgeputzt. Außerdem haben wir einen langen Flug vor uns und besuchen ein Kinderheim. Da werde ich keine hohen Schuhe tragen.«

Einen Moment überlegte Marco, bevor er nachdenklich nickte. »Du trägst heute weiße Sneaker, oder? Zieh die mal bitte an.«

Es überraschte mich nicht, dass er sogar auf meine Füße geachtet hatte. Ich schlüpfte in meine bequemen Schuhe und betrachtete mich im Spiegel. Es war zwar irgendwo ein Stilbruch, aber es passte.

»Wenn wir es eilig haben, muss ich das zweite Outfit nicht mehr anprobieren. Schließlich habe ich jetzt eins.« Ich schaute fragend zu Damian.

Einen Moment zog er die Augenbrauen verwundert nach oben, doch dann schüttelte er den Kopf. »Schon okay, zieh das andere ruhig noch an.«

Was war denn das wieder? Also hatten wir es doch nicht eilig? Dieser Mann machte mich noch verrückt.

Zurück in der Kabine schlüpfte ich in den Jumpsuit und bereute fast, ihn überhaupt anprobiert zu haben. Er saß ebenfalls perfekt und entsprach schon wieder genau meinem Stil. Wie schaffte das Marco bloß, wenn nicht einmal ich meinen Stil definieren konnte? Aber vor allem, wie sollte ich mich da entscheiden? Vielleicht hatten die beiden Männer ja eine andere Meinung als ich.

Aber ich hatte Pech. Wie schon fast befürchtet, war Marco genauso begeistert wie ich.

»Du bist zwar eigentlich zu klein dafür, aber die Beine können wir einfach ein bisschen umkrempeln. Das sieht dann lässig aus und ansonsten sitzt er ja super.«

Damian nickte ebenfalls. »Du siehst klasse aus.«

Verzweifelt kniff ich die Augen zusammen. »Wofür soll ich mich denn jetzt entscheiden? Schließlich brauche ich nur ein Outfit.«

Als ich meine Augen wieder öffnete, starrte mich Damian

überrascht an. Auf einmal schüttelte er den Kopf und lachte laut. Genervt stützte ich die Hände in die Hüften. Seine Belustigung half mir auch nicht weiter. Damian ignorierte meinen bösen Blick und kam in wenigen Schritten auf mich zu. Er griff nach meiner Hand und drückte sie liebevoll. Sein Blick war dabei noch immer ungläubig verzogen. »Du bist die erste Frau, die nur ein Outfit braucht. Ich dachte, ihr Frauen könnt nie zu viele Kleider haben. Mach dir keine Sorgen, du wirst in Los Angeles bestimmt Verwendung dafür haben. Die Outfits stehen dir gleich gut, also nimm einfach beide.«

Mir hätte klar sein müssen, dass er mein Dilemma nicht verstand. Auch wenn das Geld der Fluggesellschaft mittlerweile wieder auf meinem Konto sein müsste, waren Marcos Kreationen nicht gerade billig.

Ich schluckte, bevor ich unsicher zur Seite schaute. Ich hasste es, über Geld zu reden.

»Was ist los?«, fragte Damian irritiert. Sanft legte er seine Finger unter mein Kinn und musterte mich.

»Für dich ist das alles einfach. Aber ich kann es mir nicht leisten, einfach zwei Outfits zu kaufen.« Ich biss mir auf die Lippen und ballte die Hände zu Fäusten. Diese Situation war mir peinlich.

Damians Augen weiteten sich, dann strich er mir behutsam über die Wange. »Denkst du wirklich, ich schleppe dich hier her und lasse dich bezahlen? Du hast deinen Flug für mich gecancelt, Milly. Du machst so viel für mich. Natürlich zahle ich die Klamotten. Ich wollte dich nicht in Verlegenheit bringen. Für mich stand das außer Frage.«

Seine Berührung jagte mir einen Schauer über den Rücken und für einen Moment versank ich in seinen blauen Augen. Dann drangen seine Worte zu mir durch und ich spürte, wie sich Erleichterung in mir breitmachte.

»Meinst du das ernst?«

Lächelnd nickte Damian, während er langsam seine Hand zurück zog. Natürlich würde ich es ihm zurückzahlen, aber darüber konnten wir später reden. Fürs Erste hieß das, dass ich mir beide Sachen leisten konnte. Ich strahlte ihn an, überbrückte den Abstand zwischen uns und fiel ihm um den Hals.

Sofort schlang er seine starken Arme um meine Hüfte und zog mich näher an seinen warmen Körper.

»Dankeschön«, flüsterte ich an seinem Ohr.

Er hauchte mir einen liebevollen Kuss auf die Schläfe und löste sich von mir. »Gern geschehen. Sobald du es ausgezogen hast, gehe ich bezahlen. So langsam sollten wir los.«

Ich nickte, verschwand in der Kabine und reichte ihm dann das Kleidungsstück heraus. Fertig umgezogen machte ich mich auf den Weg zur Kasse.

»Na, was habe ich denn da beobachtet?« Marco fing mich breit grinsend ab.

Ich runzelte die Stirn.

»Du und Damian. Scheint so, als hätte er endlich gemerkt, was für eine bezaubernde Frau du bist. Ich habe es ja förmlich zwischen euch Knistern gehört.«

Perplex starrte ich Marco an. War das so offensichtlich? Das lag wahrscheinlich nur an der Vertrautheit, die uns mittlerweile verband. Schließlich hatten wir einige unserer tiefsten Ängste und Geheimnisse miteinander geteilt. Trotzdem machte mein Herz bei Marcos Vermutung einen kleinen Satz. »Ich … ähm …«

Marco winkte ab. »Du musst dazu überhaupt nichts sagen, Liebes. Ich schweige und beobachte bloß. Aber ich bin gespannt, wie es weiter geht, also halte mich bitte auf dem Laufenden.«

Bei seiner Neugierde löste sich meine Anspannung und

ich lachte. »Da wird es nie etwas zu erzählen geben. Aber du wärst natürlich der Erste, mit dem ich darüber reden würde.«

Marco strahlte zurück und zog mich in eine herzliche Umarmung. »Ich würde mich freuen, wenn wir in Kontakt bleiben. Du kannst dich gerne jederzeit bei mir melden, Kleines. Egal wie sich das zwischen dir und Damian entwickelt.«

Ich nickte gerührt. Ich würde mich auf jeden Fall bei ihm melden. Dann löste ich mich von ihm und wir liefen gemeinsam zu Damian.

Er hielt bereits eine Tüte in der Hand und unterhielt sich angeregt mit Maria. Genervt biss ich die Zähne aufeinander, versuchte mir aber nichts anmerken zu lassen.

»Danke nochmal.« Ich lächelte Damian glücklich an, stellte mich auf die Zehenspitzen und gab ihm einen scheuen Kuss auf die Wange. Ich wusste selbst nicht genau, woher auf einmal dieses Selbstvertrauen kam. Aber irgendwie hatte ich das Bedürfnis, Maria zu ärgern. Daraufhin verzog sie tatsächlich beleidigt den Mund. Dann setzte sie allerdings wieder ihr falsches Lächeln auf und verabschiedete uns. Ich bedankte mich noch einmal überschwänglich bei Marco und wir machten uns auf den Weg zum Flughafen.

14. Kapitel

Eine halbe Stunde später passierten wir die Tore des Flughafens und blieben vor einem schicken Jet stehen.

»Ein Privatjet? Ist das dein Ernst?« Ich wusste nicht einmal, wieso es mich überhaupt noch überraschte.

»So sind wir zeitlich ungebunden und du musst nicht durch die Kontrolle«, erwiderte Damian achselzuckend.

Er stieg die Treppe zum Flugzeug empor und ich folgte ihm mit einem aufgeregten Kribbeln im Bauch. Ich war noch nie in einem Privatjet gewesen, geschweige denn damit geflogen.

Die Einrichtung erinnerte mich stark an die *Poseidon*. Auch hier war alles in elegantem Leder und dunklem Holz gehalten. Es gab nur wenige Sitze und der hintere Teil war durch eine Tür abgetrennt. Was sich dort wohl befand? Damian hatte sich längst hingesetzt und schaute mich auffordernd an. Ich beeilte mich, ebenfalls auf einem der bequemen Sessel Platz zu nehmen und mich anzuschnallen. Wenige Minuten später schloss eine Flugbegleiterin die Tür und kündigte den Start an. Kaum zu glauben, eine ganze Crew für uns drei. Luis saß weiter vorne und las mit gesenktem Kopf in einer Zeitschrift. Für ihn war dieser Luxus nichts Neues.

Als sich das Flugzeug in Bewegung setzte, krallte ich die Finger in das weiche Leder der Armstütze. Mir wurde augenblicklich kalt und die Härchen auf meinen Armen stellten sich auf.

»Ist alles okay bei dir?« Damian beugte sich zu mir herüber.

»Ich fliege nicht gern, aber es geht schon«, flüsterte ich und bemühte mich, das unangenehme Pochen in den Schläfen zu ignorieren.

Zärtlich drückte er meine Hand.

»Eigentlich habe ich keine Angst. Ich hasse einfach das Gefühl«, plapperte ich drauflos. »Deswegen fahre ich auch keine Achterbahn.«

Damian fand meine Reaktion bestimmt albern. Doch er schaute mir verständnisvoll in die Augen und umschloss meine Finger ein wenig fester. »Also ich kenne gute Wege, um dich abzulenken.« Er grinste verschlagen.

Lachend entzog ich ihm meine Hand und verdrehte die Augen. »Du hast aber auch nur das Eine im Kopf, oder?« Gespielt empört musterte ich ihn.

Damians Grinsen wurde noch breiter, während er über meinen Arm strich. »Meine süße Milly. Auch wenn es kaum zu glauben ist, aber ich habe daran gedacht, dass du mir noch mehr über deine Reise in den USA erzählen könntest. Aber ich bin natürlich auch offen für andere Vorschläge.«

Ich erstarrte. Mist. Natürlich hatte Damian bewusst doppeldeutig gesprochen und ich war knallhart darauf reingefallen. Peinlich berührt zupfte ich an meinem Oberteil. »Naja. Bei dir weiß man ja nie.«

Einen Moment lang musterte mich Damian nachdenklich. Dann lächelte er mich frech an. »Also Kleines, ich stehe dir gerne für all deine schmutzigen Fantasien zur Verfügung. Aber vorerst gebe ich mich auch mit einer spannenden Geschichte zufrieden.«

Meine Ohren brannten und ich war vermutlich mittlerweile rot wie eine Tomate. Unruhig strich ich mir eine Strähne aus dem Gesicht und rutschte auf dem Sitz hin und her. »Wieso interessiert dich meine Reise so?«

Damian kratzte sich am Kinn und zuckte mit den Schultern. »Wenn ich unterwegs bin, dann entweder zum Arbeiten oder zum Feiern. Ich bekomme eigentlich nie etwas von der Stadt oder dem Land mit. Deswegen finde ich deine Erfahrungen so faszinierend.«

Ich musste schlucken. Hätte ich das Geld dafür, würde ich noch viel mehr reisen. Es war einfach schade, dass er seine Möglichkeiten nicht nutzte.

»Okay. Und was möchtest du wissen?«

Einen Moment überlegte er, dann beugte er sich noch näher zu mir. »Du hast auf der Gala gesagt, dass dir L. A. zu versnobt war. Woran lag das? Ich meine, New York, Miami oder jede andere Großstadt hat doch auch so seine Viertel.«

Das stimmte natürlich. Allerdings hatte ich nur in Los Angeles das Gefühl, dass die ganze Stadt von Geld und Promis beherrscht wurde.

»Wahrscheinlich hängt das mit meiner allgemeinen Abneigung gegen diese Stadt zusammen. Von dem Klimaanlagen-Fiasko habe ich dir ja schon auf der Gala erzählt. Außerdem meinen viele Leute dort, dass sie etwas Besseres sind. So kam es zumindest rüber. Und das kann ich überhaupt nicht leiden.« Sofort schossen mir Tiffanys abwertende Blicke auf der Gala in den Kopf.

Damians Mund verzog sich zu einem Grinsen. »Oh ja. Die Story war echt absurd.« Dann wurde er ernst. »Und trotz deiner Abneigung möchtest du mit mir dorthin zurück?«

Ich erwiderte seinen Blick. Mein Herz schlug ein wenig schneller und ich versank in seinen blauen Augen. Unsicher biss ich mir auf die Lippe. »Jeder Ort kann schön sein. Es kommt immer auf die Leute an, die mit dir dort sind.«

Damians Augen weiteten sich, dann lächelte er. »Das freut mich. Aber um nochmal auf das Thema zurückzukommen: Viele Leute in Los Angeles haben Geld oder sind sehr berühmt. Natürlich denken sie, dass sie etwas Besseres sind. Aber solange sie dich nicht beleidigen, ist das doch nichts Schlimmes.«

Mir hätte klar sein müssen, dass sich Damian nicht wirklich in meine Lage versetzen konnte. »Kein Mensch ist besser als ein anderer. Wir sind alle gleich. Auch wenn einige vielleicht mehr Geld haben. In Beverly Hills gab es diese Situation, die werde ich nie vergessen. Ich war dort, um mir die teuren Läden und coolen Autos anzuschauen. Irgendwann musste ich auf die Toilette und habe keine öffentliche gefunden. Daraufhin habe ich den Kellner eines Bistros gefragt, ob ich ihre Toilette benutzen dürfe. Der Typ hat mich gemustert, als wäre ich irgendein Straßenköter. Er hatte dann zwar doch ein Herz, aber er hat mich kritisch angeschaut und mir erklärt, dass ich stur geradeaus gehen soll. Dass ich weder nach rechts noch nach links schauen dürfe und dass ich mich, wenn ich fertig war, so schnell wie möglich wieder vom Acker machen müsste. Ich meine, wie frech ist das denn bitte? Ich kam mir einfach minderwertig vor. Und ich glaube, ihm hat diese Macht über mich gefallen.«

Damian schaute mich perplex an. »Du hast recht. Das ist einfach unhöflich. Das war mir nie so bewusst. Weißt du noch, wie der Laden hieß? Am liebsten würde ich morgen mit dir dort hinfahren und ihnen zeigen, dass du mindestens genauso viel wert bist wie deren Gäste.«

Ich lächelte ihn an. Es freute mich, dass er sich doch in meine Lage versetzen konnte. Solche Situationen hatte er wahrscheinlich noch nie erlebt. »Falls sich der Kellner noch an mich erinnert, wäre das mit Sicherheit lustig.«

Damian erwiderte mein Lächeln.

Die restliche Zeit erzählte er mir von seinen kuriosesten Erlebnissen in der High-Society. Kaum zu glauben, dass dieser lustige und sensible Mann derselbe war, wie das arrogante Arschloch von unserer ersten Begegnung.

Kurz vor der Landung ging ich in den hinteren Teil des Jets, um mich umzuziehen. Damian hatte mir während des Fluges erklärt, dass sich dort ein Bad und ein kleines Schlafzimmer befanden, damit man sich bei Nachtflügen optimal erholen konnte.

Schmerzlich dachte ich an meinen Flug nach San Francisco zurück. Elf Stunden in der Economy-Class, neben einem nach Bier stinkenden, ungepflegten Mann waren kein Zuckerschlecken gewesen. Dementsprechend kam ich aus dem Staunen nicht mehr heraus, als ich das hell beleuchtete Zimmer betrat. Damian hatte nicht zu viel versprochen.

An der gegenüberliegenden Wand des kleinen Raumes stand ein Bett aus wunderschönem Eichenholz. Ich seufzte auf. Wäre ich nicht so ein Angsthase gewesen, hätte ich hier wunderbar ein paar Stunden Schlaf nachholen können.

Nachdem ich mich in Ruhe umgesehen hatte, schlüpfte ich in das neue Outfit. Marco hatte wieder wunderbare Arbeit geleistet. Ich frischte mein Make-up auf und band die Haare zu einem hohen Pferdeschwanz zusammen. Anschließend ging ich zurück zu meinem Platz und machte mich für die Landung bereit. Auch Damian hatte sich umgezogen und trug nun ein lässiges weißes Hemd kombiniert mit einer dunklen Jeans. Durch das Weiß kam seine gebräunte Haut unglaublich gut zur Geltung und da er die obersten Knöpfe offengelassen hatte, konnte man den Ansatz seiner Brustmuskeln deutlich erkennen.

Als die Anschnallzeichen aufleuchteten und sich das mir

bekannte, unangenehme Flattern in meinem Bauch ausbreitete, presste ich die Augen fest zusammen und zählte langsam bis hundert. Der Sinkflug war für mich noch schlimmer als der Start. Meine Atmung beruhigte sich und ich konzentrierte mich auf die surrenden Geräusche der Motoren.

»Können wir los?« Damian stand neben meinem Sitz und tippte auf seinem Handy.

Wow. Ich hatte die Ladung nicht bemerkt. Ein wenig steif beeilte ich mich, meine Tasche und alles andere zusammenzupacken. Dann streckte ich mich noch einmal und folgte Damian und Luis nach draußen, wo bereits ein schwarzer Wagen auf uns wartete. Wieso wunderte es mich nicht, dass wir schon wieder mit einem schicken Auto fuhren?

Während der Fahrt blätterte ich noch einmal durch die Broschüre des Kinderheimes. Würde es so schlimm sein, wie es auf den Fotos aussah? Oder wurde bei der Darstellung übertrieben, um besonders viel Mitleid zu erregen? Oder noch schlimmer, wurde vielleicht sogar alles beschönigt? Sam hatte mir schließlich erzählt, dass die meisten Investoren dabei glänzen wollten.

Im Gegensatz zu mir war Damian die Ruhe selbst. Er tippte mit zusammengepressten Lippen auf seinem Handy und nahm seine Umgebung kaum wahr. Wie konnte er immer so gelassen sein? Aber für ihn war das auch nichts Neues. Anstatt ihn weiter zu beobachten, schaute ich interessiert aus dem Fenster. Zwar hatte ich während meiner Reise einige Tage in New Orleans verbracht, aber in so kurzer Zeit konnte man bei weitem nicht alles besichtigen. Langsam fuhren wir an dem French Quarter vorbei, dem bekanntesten Stadtteil New Orleans. Ich konnte mich noch gut daran erinnern, wie mir William, bei dem ich in dieser Zeit übernachtet hatte, mehrmals erklären musste, dass die Architektur größtenteils spanischen Einfluss hatte, obwohl es ja übersetzt das französische Viertel hieß. Aber egal wie kompliziert die architektonische Geschichte war, liebte ich die bunten Häuserwände und die aufwändig dekorierten, schmiedeeisernen Galerien. In Deutschland würde man dazu sicherlich Balkon sagen, aber hier legte mal viel Wert auf diese Bezeichnung. Williams Wohnung lag direkt im Vieux Carre, einem anderen Namen des Viertels, und ich hatte es geliebt, durch die belebten Straßen zu schlendern. Diese Stadt lebte von ihrer Kultur. Die vielen Straßenmusiker und Künstler, die altmodischen Gebäude und natürlich das Nachtleben in der bekannten Bourbon Street.

Nach und nach wurden die Häuser immer weniger und wir ließen die Stadt hinter uns. Für einen kurzen Moment dachte ich, Luis hätte sich verfahren, doch dann bog er auf eine schlecht asphaltierte Straße ab. Vor uns erhob sich die Bruchbude, wie sie Damian liebevoll genannt hatte.

»Ach. Du. Scheiße.« Ich starrte das Gebäude an.

Damian hatte mich anscheinend gehört, denn er legte das Handy beiseite und schaute aus dem Fenster. Sein Gesichtsausdruck spiegelte exakt meine Gedanken wider und er sog mit einem zischenden Geräusch die Luft zwischen seine Zähne ein. Auf dem Dach fehlten einige Ziegel und der Putz bröckelte von der einst blauen Fassade.

In der tristen Auffahrt hielt Luis an und ich zwang mich zu einem Lächeln, bevor ich hinter Damian ausstieg. Vor der Eingangstür warteten vier Frauen sowie einige Kinder auf uns. Außerdem konnte ich etwas abseitsstehend Fotografen ausmachen.

Ich war froh, dass Damian sofort selbstbewusst voranschritt, und folgte ihm.

»Guten Tag. Mein Name ist Damian O‘Brian. Vielen

Dank, dass wir heute hier sein dürfen.« Er schüttelte den Frauen der Reihe nach die Hand.

Sie erwiderten die Begrüßung überschwänglich und ich konnte schon jetzt die Dankbarkeit in ihren Augen sehen.

»Das ist Emily Martin, die Spenderin.« Er wies auf mich und ich lächelte bemüht fröhlich in die Runde.

Sofort wurde ich von der ältesten Frau, sie war bestimmt schon siebzig, in die Arme gezogen.

»Vielen Dank, Herzchen. Wir freuen uns so über deine Spende. Mein Name ist Magda, aber du kannst Maggy sagen. So nennen mich alle. Das hier ist Andrea.« Sie deutete auf die etwa vierzigjährige Brünette neben sich. »Wir leiten dieses Heim.«

Ich war gerührt über die herzliche Begrüßung und erwiderte die Umarmung. Allerdings war es mir unangenehm, dass alle davon ausgingen, dass es mein Geld war. Aber egal, Hauptsache ihnen wurde geholfen.

Nach dieser Begrüßung und noch weiterem Händeschütteln, wurden wir in das Innere des Gebäudes geführt.

Entgeistert beäugte ich die einzelnen Räume, die wir durchquerten. Über den einst weißen Tapeten lag ein grauer Schleier, Glühbirnen hingen teilweise ohne richtige Lampenschirme von den Decken und bei manchen Fliesen am Boden waren die Ecken abgesprungen. Obwohl die Räume in einem solchen Zustand waren, hatten sich die Bewohner offensichtlich große Mühe gegeben, sie mit bunten Bildern und anderen selbstgebastelten Dingen zu verschönern.

»Da wird deine Spende hinten und vorne nicht reichen«, flüsterte ich Damian bedrückt zu.

Ich hatte geglaubt, hier etwas bewirken zu können. Doch das war schlimmer als in meiner Vorstellung. Mein Magen zog sich krampfhaft zusammen.

Damian nickte unauffällig, verzog aber keine Miene. Er war deutlich besser darin, seine Gefühle zu verstecken. Unauffällig schob er seine Hand in meine. Andrea erzählte uns munter allerlei Daten und Fakten über das Heim und schien von meiner Bestürzung nichts zu merken.

Nach einiger Zeit kamen wir in einen großen Raum, den sie uns als Speisesaal vorstellte. Kaum zu glauben, dass man hier etwas Essen konnte. Es gab nur zwei kleine Fenster und kaltes Licht schien aus den Deckenstrahlern.

Vor einer riesigen Backsteinwand standen etwa dreißig Jungen und Mädchen verschiedenen Alters. Auf ein Zeichen von Maggy füllte sich der Raum mit ihren Stimmen und sie sangen mit unglaublicher Hingabe ein Lied, das ich nicht kannte.

Obwohl ich dagegen ankämpfte, liefen mir Tränen über die Wangen. Ich blinzelte einige Male und wischte sie beiseite. Die Kinder sangen voller Freude und strahlten dabei so glücklich, dass sich mein Herz verkrampfte.

Als sie geendet hatten, applaudierte ich stürmisch. Ich konnte sehen, wie das Lächeln der Kinder in diesem Moment noch ein Stückchen breiter wurde. Wahrscheinlich hatten sie nie so viel Publikum.

Anschließend lösten sich aus der ersten Reihe ein kleiner, schmächtiger Junge und ein etwas älteres Mädchen und kamen auf uns zu. Der Kleine war vielleicht sieben oder acht Jahre alt und versteckte sich mit seinem dunklen Haarschopf schüchtern hinter dem Mädchen. Sie selbst schaute auch unsicher zu Maggy, doch diese nickte aufmunternd. Daraufhin straffte sie ihre Schultern und ging weiter. Wenige Schritte von uns entfernt blieb sie stehen und sah mit großen Augen zu Damian hoch. Ich grinste. Ich konnte ihre Unsicherheit verstehen. Damian wirkte in dieser Bruchbude tatsächlich noch ein wenig größer und stärker als sonst. Um ihr die Angst zu nehmen, lächelte ich das Mädchen freundlich an und beugte mich herunter. Sie erwiderte das Lächeln, zupfte ihr Kleid zurecht und kam den letzten Meter auf mich zu. Den Jungen zog sie dabei einfach hinter sich her. Mit neu gewonnenem Mut streckte sie mir ihre zierliche Hand entgegen.

»Hallo. Ich heiße Maja und das ist Nico. Dürfen wir Sie durch unser Heim führen?«

Ich erwiderte ihren Händedruck. Die beiden waren nicht nur zuckersüß, sondern auch noch höflich.

»Darüber würden wir uns sehr freuen. Ich heiße Emily und das ist Damian.« Dabei stieß ich ihm gegen sein Bein.

Zuerst schaute Damian irritiert zu uns, bis ihm anscheinend ein Licht aufging und er sich neben mich kniete. »Hallo. Freut mich, euch kennen zu lernen.«

Daraufhin errötete Maja und ließ ihren Blick hilfesuchend zu mir wandern. Wenn hier nur Frauen arbeiteten, hatte sie wahrscheinlich selten Kontakt zu jungen Männern. Und Damian war eben auch eine Erscheinung für sich.

Der kleine Nico hatte anscheinend seine Scheu überwunden, denn er machte einen Schritt auf Damian zu. Aus riesigen Teddybär-Augen schaute er zu ihm hoch. »Du hast coole Haare. Die haben fast dieselbe Farbe wie meine. Ich hätte auch gerne so eine Frisur.«

Damian fuhr sich über den Kopf und lächelte den Jungen schief an. »Danke, deine Frisur ist doch aber auch ziemlich lässig?«

Mit einem Seufzen zuckte Nico mit den Schultern. »Sie ist ganz okay. Sarah schneidet uns die Haare. Eigentlich kann sie das auch, aber sie schneidet immer so wie sie es will. Aber es gibt keine andere Möglichkeit. Tante Maggy sagt immer, ihre Hände würden dafür zu sehr zittern.«

Es war niedlich zu beobachten, wie der Kleine so ernst und erwachsen über ein banales Thema wie das Haareschneiden sprach. Damian beobachtete die Kinder ebenfalls mit einem Lächeln auf den Lippen. Dann wurde er wieder ernst und legte dem Jungen die Hand auf die Schulter. »Und hast du dieser Sarah mal gesagt, dass du gerne eine andere Frisur hättest?«

Sofort wurde Nico wieder schüchtern und nestelte an seinem blau gestreiften Pullover. »Nein. Sarah macht mir Angst. Sie ist so gruselig. Und sie hat Krallen wie ein Tiger.«

Damian zog die Augenbrauen nach oben. »Es ist aber nicht gut, wenn du Angst vor ihr hast. Ist sie denn so schlimm?« Dabei schaute er prüfend zu Maja.

Das Mädchen nickte hektisch. »Ja, wirklich. Sie macht immer auf lieb, ist aber eigentlich eine Hex …«

Weiter kam sie nicht, denn in diesem Moment öffnete sich die schwere Tür und eine schlanke Frau betrat den Saal. Die Stimmung der Kinder änderte sich schlagartig. Einige tuschelten, andere traten von einem Bein auf das andere oder zupften wie Nico an ihrer Kleidung herum. Die Frau schaute mit gerecktem Kinn durch den Raum, bevor sie ihren Rock glattstrich und mit einem Lächeln auf uns zukam. Ich schätzte sie auf Mitte dreißig, doch das war schwer zu sagen. Ihr hautenger lila Rock und das starke Make-up würden eher zu einer jüngeren Version von ihr passen.

»Maja und Nico, was macht ihr denn noch hier? Solltet ihr nicht unsere Gäste herumführen?«, fragte sie mit unangenehmer Raucherstimme. Auch wenn sie dabei wie eine 200-Volt-Birne strahlte, wirkte sie streng und verbissen.

Nico machte einen weiteren Schritt auf Damian zu.

Maja dagegen schaute die Frau selbstbewusst an. »Hallo Sarah. Du hast doch gesagt, dass wir mit der Führung auf dich warten sollen.«

Das war also diese Sarah. Ich musterte sie genauer und konnte irgendwie verstehen, wieso Nico Angst vor ihr hatte. Sie wirkte wie eine Frau, die einfach nicht älter werden wollte, und die mit künstlichen Nägeln und tonnenweise Make-Up alles daran tat, jung zu bleiben.

Übertrieben liebevoll tätschelte sie Majas Schulter und drehte sich zu Damian um. »Da hast du natürlich recht. Bitte entschuldigen Sie meine Verspätung. Ich bin Sarah, eine der Leiterinnen.« Daraufhin streckte sie ihm ihre Hand mit eklig langen, kanariengelben Fingernägeln, entgegen.

Damian lächelte sein allseits bekanntes Lächeln und erwiderte die Geste. »Freut mich sehr, Sie kennenzulernen. Ich bin Damian. Sie leisten hier unglaubliche Arbeit.«

Entgeistert starrte ich ihn an. Meinte er das ernst? Vor wenigen Minuten hatten uns die Kinder gestanden, dass sie Angst vor dieser Frau hatten, und er lobte sie? Oder war er wirklich so gut darin, sich seine Gefühle nicht anmerken zu lassen?

Sarahs Lächeln wurde breiter und sie machte keine Anstalten, seine Hand wieder loszulassen.

Irgendwann löste sie ihren Blick dann doch von ihm und nickte mir höflich zu. »Sie müssen unsere glückliche Bieterin sein. Wir sind so froh um Ihre Spende. Aber seien wir mal ehrlich, ihr Date mit so einem tollen Mann war es wert, oder nicht?«

Wie konnte sie so etwas sagen? Hier ging es doch nicht um das Date mit Damian. Irgendwie schaffte ich es, mir ein kleines, reserviertes Lächeln abzuringen.

»Na, dann können wir ja los«, rief Sarah begeistert und hakte sich wie selbstverständlich bei Damian ein. Er ließ sich daraufhin von ihr mitziehen, während ich mit Nico und Maja hinterher trottete.

Sarah ging mir jetzt schon tierisch auf die Nerven. Hoffentlich würden wir nicht allzu lange hierbleiben.

Um mir nicht länger ihre gespielte Freundlichkeit mit anhören zu müssen, konzentrierte ich mich auf die beiden Kinder. »Ihr wisst bestimmt, dass wir heute hier sind, um dem Heim Geld zu spenden. Was müsste denn eurer Meinung nach erneuert werden? Was würdet ihr ändern wollen?«

Beide bekamen große Augen, bevor sie über meine Frage nachdachten. Nico brauchte keine Minute, um mit seinem Wunsch herauszuplatzen. »Einen Spielplatz. Mit einer roten Schaukel. Unser Garten besteht nur aus Steinen und Gestrüpp. Da tut man sich beim Spielen dauernd weh.« Dabei bekam er vor Aufregung kleine rosa Flecken im Gesicht.

Maja nickte sofort. »Das stimmt. Macht echt keinen Spaß. Ich fände eine Bibliothek toll, mit ganz vielen Büchern und Sitzsäcken. Aber das geht wahrscheinlich nicht. Ansonsten neue Bücher oder neue Spielsachen. Und Bettdecken. Die haben alle Löcher.« Sie formte mit den Fingern einen Kreis und streckte sie mir entgegen. »So groß sind die!«

Nico warf die Hände in die Luft. »Die sind echt riesig. Und Sachen für unsere Küche wären toll. Dann könnten wir wie bei Tante Jenny backen.«

Ich runzelte die Stirn. Wenn die beiden noch Familie hatten, wieso waren sie dann hier?

»Sie ist nicht wirklich unsere Tante«, erklärte Maja. »Sie ist Bäckerin bei unserer Schule und wir dürfen ihr manchmal helfen. Wir haben schon ganz oft gefragt aber leider dürfen wir nicht bei ihr bleiben.«

Meine Brust schnürte sich zusammen. »Wieso denn nicht?«

Maja zuckte mit den Schultern. »Ich weiß nicht genau.«

Ich nickte. Vielleicht wollte diese Frau die beiden gar nicht adoptieren. Oder es ging aus anderen Gründen nicht. Mit dem amerikanischen Recht kannte ich mich nicht aus. Es war traurig zu sehen, wie resigniert Maja in ihren jungen

Jahren bereits war. Auch wenn die Heimleiterinnen ihr Bestes gaben, wünschten sie sich wahrscheinlich eine richtige Familie.

»Na, das sind ja alles super Ideen«, sagte ich bemüht fröhlich und versuchte das Thema zu wechseln.

Daraufhin plapperte Nico aufgeregt drauf los und erzählte von der letzten Kissenschlacht.

Nach einiger Zeit kamen wir an eine Treppe, die aussah, als hätte sie ihre besten Jahre schon hinter sich. Das dunkle Holz war an einigen Stellen aufgesplittert und manche Stufen hatten einen seltsamen Winkel. Einzelne Nägel schimmerten neu, als hätte man hier versucht, etwas zu reparieren. Ich wollte mir gar nicht ausmalen, wie es wäre, wenn ein Kind stolpern und mit der Hand auf das aufgeraute Holz fallen würde. Ein unangenehmer Schauer rann über meinen Rücken.

»Hier geht es zu dem Schlafsaal und den Waschräumen.« Ich hatte Sarah ganz ausgeblendet.

Als ich zu den beiden schaute, musterte Damian die Treppe genauso skeptisch, wie ich es vor wenigen Sekunden getan hatte. »Und die wird mehrmals täglich genutzt? Das sieht aber nicht sehr sicher aus.«

Sarah lachte hysterisch auf, woraufhin die beiden Kinder neben mir zusammenzuckten. Beruhigend legte ich meine Hand auf Majas Schulter.

»Oh, Mr. O'Brian. Sie können sich nicht vorstellen, womit wir es Tag für Tag zu tun haben. Gerade letztens hat sich einer unserer Lieblinge den Knöchel verstaucht, weil eine der Stufen krumm ist. Aber wir geben unser Bestes, um es den Kindern so schön wie möglich zu machen.«

Man spürte förmlich, wie sie nach einem Kompliment von Damian lechzte.

»Das glaube ich Ihnen. Es muss schlimm sein, wenn sich

eines der Kinder verletzt. Aber Sie dürfen sich keine Vorwürfe machen, wenn das Geld eben nicht reicht.« Um seine Aussage noch zu untermauern, tätschelte er ihr beruhigend den Arm. Ich verdrehte genervt die Augen.

Zum Glück wurde ich durch eine Berührung an meiner Hand abgelenkt und musste mir so das Gespräch nicht weiter anhören. Nicos braune Augen blickten zu mir auf. Zaghaft zog er mich an meiner Hand zu sich nach unten. Ich folgte seiner stummen Aufforderung und kniete mich vor ihn.

Daraufhin warf er einen letzten Blick auf Damian und Sarah. Die beiden waren allerdings schon dabei, die Treppe zu erklimmen, und achteten nicht auf uns. Er beugte sich vor, und mir stieg der Geruch nach Kindershampoo in die Nase.

»Sie ist eine Lügnerin. Daniel ist zwar die Treppe runtergefallen und hat sich weh gemacht, aber sie hat sich keine Sorgen gemacht. Sie hat ihn sogar noch angeschrien, wegen ihm wäre jetzt seine Hose kaputt. Und das er selbst schuld ist, weil er ja die Treppe heruntergerannt ist.«

Nicos Bericht schockierte mich nicht. Sarah hatte von Anfang an einen falschen Eindruck auf mich gemacht. Vor einigen Jahren wäre mir das vielleicht nicht sofort aufgefallen, aber seit Stephans Tod war ich sensibel geworden. Und die Zeit mit Damian hatte mich erneut geprägt. Jetzt erkannte ich, wenn eine falsche Schlange vor mir stand. Kaum zu glauben, dass Tiffany, Melanie und all die anderen Frauen tatsächlich zu etwas zu gebrauchen waren.

»Und geht es Daniel wieder gut? Habt ihr den anderen Leiterinnen Bescheid gesagt?«, fragte ich nach.

Nun mischte sich auch Maja in unsere leise Unterhaltung ein. »Daniels Fuß ist wieder ganz in Ordnung. Aber so ist es immer mit Sarah. Vor anderen Leuten ist sie freundlich, aber wenn sie mit uns allein ist, schreit sie rum. Ein Mädchen hat mal versucht sich bei Maggy darüber zu beschweren, da hat Sarah ihr beim nächsten Haareschneiden ganz aus Versehen die schönen langen Locken abgeschnitten. Angeblich hat Nora gewackelt. Dabei saß sie ganz still, ich hab's gesehen. Und seitdem traut sich keiner mehr, etwas zu sagen.«

Entgeistert starrte ich Maja an. Mir war klar, dass es nur um eine Frisur ging, doch eigentlich konnte man da ja schon fast von Nötigung sprechen. Das arme Mädchen.

Lea hatte sich, als sie noch jünger war, Kaugummi in die Haare geschmiert. Trotz mehrerer Versuche musste letztendlich ein Stück abgeschnitten werden. Ich würde nie vergessen, wie sehr sie geweint hatte.

So konnte es auf keinen Fall weitergehen. Ich wusste zwar nicht wie, aber ich musste dringend etwas gegen diese Frau unternehmen.

»Emily, wir müssen jetzt hoch gehen. Wenn Sarah mitbekommt das wir trödeln, gibt es bestimmt Ärger.«

Auch der obere Teil des Hauses sah schlimm aus. Die alten Holzdielen waren teilweise aufgequollen und durch die geschlossenen Fenster pfiff der Wind.

Ich folgte Maja und Nico in ein großes Zimmer, in dem Damian und Sarah bereits auf uns warteten.

»Da seid ihr ja endlich. Wieso hat das so lange gedauert?«, fragte Sarah mit engelsgleichem Lächeln. Allerdings konnte ich einen Hauch an Wut in ihrer Stimme hören. Ob Damian das auch wahrnahm? Oder lag es an meinem Wissen über sie?

»Entschuldigen Sie, Sarah. Das war meine Schuld. Ich musste auf die Toilette und Maja und Nico waren so lieb sie mir zu zeigen.« Die Lüge ging mir überraschend leicht von den Lippen. Aber ich wusste, dass es das einzig Richtige war.

Von mir aus konnte die dumme Kuh gerne auf mich sauer sein, vor Damian würde sie mir das sowieso nie zeigen.

Aus den Augenwinkeln sah ich, wie Damian kurz die Stirn runzelte, dann wandte er sich an Sarah. »Vielen Dank für diese ausführliche Besichtigung. Das hat mir sehr geholfen, um einen Überblick zu bekommen. Ich bin mir sicher, wir werden das Geld an der richtigen Stelle einsetzen.«

Sie lächelte ihn sofort schmachtend an.

Fand sie ihn wirklich attraktiv? Schließlich war er deutlich jünger als sie. Oder genoss sie einfach die Aufmerksamkeit?

»Wir sind Ihnen so unfassbar dankbar. Ohne Ihr großzügiges Angebot auf der Gala würden wir heute nicht hier stehen.« Mit einer aufreizenden Geste strich sie ihm mit ihren gelben Krallen über die Brust.

Wäre ich an Damians Stelle, hätte mich schon längst der Ekel gepackt. Aber er lächelte weiterhin seelenruhig und legte auch noch seine Hand auf ihre. Was sollte das denn werden?

»Dank Frauen wie Ihnen, existiert das Kinderheim überhaupt«, säuselte er zurück.

Mein Magen zog sich zusammen und am liebsten wäre ich bei diesem Spektakel schreiend aus dem Zimmer gerannt. Doch ich zwang mich, ruhig zu bleiben. »Sollen wir langsam wieder nach unten gehen? Schließlich wartet Luis auf uns.«

Ich hoffte inständig, Damian würde durch meine Frage merken, wie unangenehm mir diese Situation war.

Ohne sich von Sarah zu lösen, nickte er. »Es tut mir leid, dass ich nicht mehr Zeit mitgebracht habe. Aber wenn der Scheck eingelöst ist, komme ich auf jeden Fall vorbei, um Sie zu besuchen.«

Wen wollte er denn besuchen? Sie oder die Kinder? Als Sarah einen Zettel hervorzauberte, erübrigte sich die Frage.

»Hier steht meine Nummer drauf. Wenn Sie Fragen über

die Kinder oder auch zu einem anderen Thema haben, melden Sie sich gerne jederzeit.«

Ein breites Grinsen erschien auf Damians Gesicht und er bedankte sich überschwänglich. Dann bot er Sarah seinen Arm an und verließ mit ihr gemeinsam den Raum.

»Wie kann Damian die Hexe mögen? Ich dachte er wäre cool«, flüsterte Nico.

Ich musste augenblicklich lachen. Dieser Junge war einfach zu süß. Ich beugte mich zu ihm nach unten. »Ganz ehrlich, das frage ich mich auch. Trotzdem muss ich Damian in Schutz nehmen. Eigentlich ist er ein cooler Typ. Keine Ahnung, was gerade mit ihm los ist. Aber ich bin mir sicher, er wird dir helfen, wenn du ihn noch einmal auf seine Frisur ansprichst.«

Nicos Blick blieb skeptisch, er zuckte aber mit den Schultern und wir folgten den anderen nach unten.

In dem schäbigen Hof warteten noch immer die Fotografen auf uns. Kaum war Damian aus der Tür getreten, tuschelten sie wild drauf los und packten hastig ihre Kameras aus den Taschen.

»Ein Foto für die Zeitung, Mr. O'Brian«, riefen sie durcheinander und eilten auf ihn zu.

Damian lächelte gelassen. »Natürlich bekommen Sie ein Foto. Aber bitte mit den Leiterinnen dieser großartigen Einrichtung.«

Daraufhin winkte er Maggy und Andrea auffordernd zu, während sich Sarah an seinen Arm schmiegte. Ich blieb mit Nico und Maja an der Seite stehen. Schade. Alles drehte sich nur um ihn und das Geld. Für die eigentliche Sache interessierte sich keiner. Und dabei war es offiziell nicht mal sein Geld.

Ich biss mir auf die Lippe. Meine Gedanken waren albern.

Ich wollte ja gar nicht im Mittelpunkt stehen. Aber wäre ich wirklich die Bieterin, würde ich mir blöd vorkommen. Alle taten so, als hätte Damian ein Weltwunder vollbracht. Ja, er hatte den Ausflug auf den Bear Mountain in Aussicht gestellt und das war auch lieb von ihm. Aber es schien so, als wären die knapp 12.000 Dollar der Versteigerung eine Nebensache.

Natürlich hätte ich mich dazustellen können, aber so langsam nervte mich Damians Geflirte mit Sarah wirklich. Nicht nur, dass sie eine schreckliche Person war. Offensichtlich konnte er nicht anders, als jeder Frau schöne Augen zu machen. Wie sollte ich da wissen, was er ernst meinte? Machte er jeder Frau dieselben Komplimente, oder war er wenigstens so kreativ und dachte sich immer etwas Neues aus? In meinem Magen brodelte es.

»Emily«, rief Damian. »Emily, du musst natürlich mit auf das Bild.« Er sah mich an und lächelte, machte allerdings keine Anstalten, sich aus Sarahs Umarmung zu lösen.

Maggy dagegen kam sofort zu mir, um mich an der Hand zu den anderen zu ziehen. »Kindchen, du bist doch die wichtigste Person des Tages. Komm in unsere Mitte.« Rigoros quetschte sie mich zwischen sich und Damian.

Sofort legte er seine freie Hand an meinen Rücken. Sarah klammerte sich weiterhin an seine andere Seite. Ganz bestimmt würde ich die zärtliche Geste jetzt nicht erwidern. Mit herunterhängenden Armen blieb ich stehen und zwang mich, zumindest einigermaßen fröhlich in die Kamera zu lächeln. Meine Stimmung war auf dem Nullpunkt.

Nachdem die Fotofragen die nötigen Bilder gemacht hatten, löste ich mich so schnell wie möglich aus dieser unangenehmen Situation und ging zurück zu Maja und Nico.

Während Damian auf uns zukam, blieben die Leiterinnen bei den Fotografen und beantworteten noch einige Fragen.

Ich ignorierte Damians Blicke und beugte mich zu Nico. »Das ist deine Chance, um Damian nach der Frisur zu fragen. Sarah ist gerade abgelenkt.«

Sofort grinste er und lief auf seinen kurzen Beinchen zu ihm. Wie zuvor bei mir zog er an seiner Hand, damit sich Damian hinkniete. Er flüsterte ihm etwas ins Ohr und schaute danach aus großen Kulleraugen zu ihm auf. Augenblicklich bildete sich ein verschmitztes Lächeln auf Damians Gesicht und er nickte. Dann löste sich Nico von ihm und rannte zu mir zurück.

Das Alles geschah keine Sekunde zu früh, denn schon kam Sarah zu uns, oder besser gesagt, zu Damian.

»Es ist so schade, dass du schon gehen musst«, säuselte sie mit ihrer kratzigen Stimme.

Wann waren die beiden denn so vertraut geworden?

Damian nickte zerknirscht, bevor er sie gewinnend anlächelte. »Hör mal, Sarah. Die Kinder haben mir erzählt, dass du immer ihre Haare schneidest. Und der kleine Nico ist mir heute aufgefallen. Er erinnert mich an mich selbst, als ich noch so jung war. Und da habe ich mich gefragt, also nur, wenn er möchte, ob du ihm das nächste Mal nicht meine Frisur schneiden könntest? Es wäre so süß bei meinem nächsten Besuch einen Mini-Damian anzutreffen.«

Auch wenn mir Damian mit seiner Art auf die Nerven ging, musste ich lächeln. Er hatte ein unglaubliches Talent darin, etwas zu seinen Gunsten zu verdrehen.

Sarah begann augenblicklich zu strahlen. »Das ist ja eine entzückende Idee. Ein kleiner Mini-Damian. Wie süß das wäre. Nico hat bestimmt nichts dagegen, oder?« Dabei drehte sie sich zu dem Jungen um und ihr Blick ließ keine Widerrede zu.

Nico war aber auch ein guter Schauspieler, denn er zuckte gleichgültig mit den Schultern. »Meine Haare sind mir egal.«

Begeistert warf Sarah ihre Arme um Damians Hals und umarmte ihn überschwänglich. Als sie uns durch diese Aktion den Rücken zuwandte, konnte Nico nicht länger die Gleichgültigkeit vortäuschen und grinste von einem Ohr zum anderen. Freudig schlang er seine dünnen Ärmchen um meine Beine. Ich ging in die Hocke und nahm ihn in den Arm.

»Damian ist doch cool«, flüsterte er begeistert.

Glücklich erwiderte ich sein Lächeln und zupfte den Kragen seines Pullovers zurecht. »Ich würde gerne länger bleiben, doch leider muss ich jetzt gehen. Aber wir sehen uns auf jeden Fall wieder.« Dann drückte ich ihn ein letztes Mal und verabschiedete mich auch von Maja.

Maggy und Andrea zogen mich zum Abschied ebenfalls in eine herzliche Umarmung.

Dann stiegen wir in das Auto und Luis fuhr uns zurück zum Flughafen.

15. Kapitel

Ich hatte mich noch nicht einmal fertig angeschnallt, da zog Damian bereits sein Handy aus der Tasche und tippte wild darauf herum. Bestimmt speichert er Sarahs Nummer ein, falls er mal einen Zwischenstopp in New Orleans macht. Der Gedanke schoss mir ungewollt durch den Kopf. Ich zuckte zusammen. Seit wann war ich so? Ich bezeichnete andere als oberflächlich und unterstellte ihm nun etwas Derartiges. Dennoch musste ich mir eingestehen, dass mich seine Art wieder einmal verletzt hatte. Trotzdem zwang ich mich, ruhig zu bleiben, und starrte den Rest der Fahrt aus dem Fenster.

Zurück am Flughafen fuhr uns Luis direkt vor den Jet. Der nächste Flug würde fünf Stunden dauern und ich entschied mich dazu, wieder in meine bequeme Jogginghose zu schlüpfen. Als ich fertig umgezogen aus dem Badezimmer kam, saß Damian mit dem Laptop vor der Nase auf seinem Platz.

Ich setzte mich ebenfalls, schließlich wollte ich den Start nicht unnötig herauszögern. Was Damian da wohl machte? Hatte ihn das Treffen mit den Kindern überhaupt nicht berührt?

Nachdem wir die richtige Höhe erreicht hatten, hielt ich es nicht mehr aus. »Nico und Maja sind wirklich süß.«

Damian schaute nicht einmal von seinem Bildschirm auf, sondern nickte nur vage. Ich bezweifelte, dass er mir überhaupt richtig zugehört hatte. Was war denn heute los? Erst die schlechte Laune bei Marco, dann war er wieder gut gelaunt und jetzt das? War das seine Art, mich zu ärgern, weil ich mich so gut mit Marco verstanden hatte?

»Zu schade, dass sie von Sarah misshandelt werden«, grummelte ich bissig vor mich hin.

Natürlich war das übertrieben, aber er hörte mir ja sowieso nicht zu.

Sein Blick schoss für einen kurzen Augenblick zu mir. »Was? Wie kommst du denn auf so einen Schwachsinn?«

War klar, dass er der wundervollen Sarah so etwas nicht zutraute. Und jetzt unterstellte er mir auch noch, zu lügen?

Genervt machte ich meinem Ärger Luft. »Während du dich von ihr hast einlullen lassen, habe ich mich mit den Kindern unterhalten. Denn, falls du es vergessen hast, dafür waren wir eigentlich dort. Um den Kindern zu helfen. Und Maja und Nico haben mir erzählt, dass sie von der lieben Sarah tyrannisiert werden, sobald niemand zuschaut. Zum Beispiel schneidet sie ihnen ganz aus Versehen die Haare ab, wenn die Kinder etwas gegen sie sagen. Sie verbietet ihnen das Abendessen und was weiß ich, was noch alles hinter verschlossener Tür geschieht. Die Kinder haben auf jeden Fall Angst vor ihr.«

Damian schaute bei Weitem nicht so geschockt, wie ich es erwartet hatte. Mit gerunzelter Stirn lehnte er sich in seinem Sitz zurück. »Dich stört es also, dass ich Sarah meine Aufmerksamkeit geschenkt habe?«

Ich plusterte die Wangen auf. Das war doch nicht sein Ernst? Wie konnte dieser Teil meiner Erzählung das Einzige sein, das ihm wichtig genug erschien, um es anzusprechen? Wieso war er so ignorant?

Frustriert atmete ich laut aus. »Es stört mich, dass du die Kinder komplett ignoriert hast, weil du nur Augen für Sarah hattest. Hätte ich Nico nicht ermuntert mit dir zu reden, hättest du nicht einmal an seinen Wunsch nach deiner Frisur gedacht. Und wäre ich wirklich die Bieterin gewesen, wäre ich mir ziemlich dumm vorgekommen, wenn ich so viel Geld aufgebracht hätte, um dann einfach wie eine heiße Kartoffel fallengelassen zu werden.«

»Du hast doch keine Ahnung.« Damians Stimme wurde lauter. »Ja, du hast recht. Wärst du die Bieterin, hätte ich mich anders verhalten müssen. Aber das bist du nicht. Du bist nur wegen mir hier. Also gib doch einfach zu, dass du eifersüchtig bist. Und ja, ich habe die Sache mit Nico vergessen. Das war blöd von mir. Aber auch nur, weil ich schon drei Schritte weitergedacht habe.«

Ich ballte meine Hände zu Fäusten. Diese beleidigende und abwehrende Art kannte ich noch zu gut von unserem Streit bei der Gala. Doch ich würde mich nicht provozieren lassen. Das ich wegen ihm da war, stimmte. Allerdings wollte er mich auch dabeihaben.

Ich atmete einige Male ein und aus. »Ich bin nicht eifersüchtig. Zumindest nicht so, wie du denkst. Ich bin enttäuscht von dir, weil das immer wieder passiert. Auf der Gala hast du mich vor einer anderen Frau schlecht geredet und das hat mich verletzt. Danach hast du dir Mühe gegeben, doch heute war es wieder dasselbe Spiel. Eine andere, interessantere Frau taucht auf und für den Moment bin ich vergessen. Bin ich also nur gut genug, um dir zu helfen, wenn du ein Problem hast oder es dir schlecht geht?«

Die Frage schwebte zwischen uns im Raum, aber ich war froh, endlich diesen Gedanken ausgesprochen zu haben.

Damian schaute mich mit offenem Mund an. Er schluckte und fuhr sich durch die Haare. »Das tut mir leid. Milly, ich wollte nicht, dass du dieses Gefühl hast. Natürlich bist du viel mehr als eine Stütze in schlechten Zeiten.« Er stand auf und kniete sich vor meinem Sitz. Zärtlich nahm er mein Gesicht in seine Hände und fuhr mit dem Daumen über meine erhitzte Haut. »Ich bin dir dankbar für Alles, was du für mich tust, Emily. Ich bin es einfach gewohnt, in solchen Situationen wie vorhin mit den Frauen zu flirten und den Entertainer zu spielen. Das heißt nicht, dass ich dich in diesem Moment nicht genauso brauche.« Seine Hand wanderte in meinen Nacken. »Bitte denk das nicht. Es heißt nur, dass ich vor deiner Zeit einen Weg gefunden habe, einen solchen Tag zu überstehen. Ich lächle, ich flirte und ich verstecke meine Emotionen. Verstehst du, wie ich meine? Aber es stimmt. Ich darf dir nicht nur Aufmerksamkeit schenken, wenn ich es gerade am nötigsten habe. Du bist mir wichtig und ich möchte dich nicht verletzen. Bitte verzeih mir.«

Von seinen liebevollen Worten überrumpelt, musste ich schlucken. Es tat gut zu hören, dass Damian mich verstand. Aber bei der Gala hatte er sich auch entschuldigt und heute war es wieder passiert. Ich konnte ihn verstehen, aber das durfte sich nicht dauernd wiederholen.

Damians Daumen fuhr von meinem Nacken zurück zu meinem Kinn. Zärtlich strich er über meinen leicht geöffneten Mund. Sein Blick wanderte über mein Gesicht.

Mit immer schneller schlagendem Herzen beobachtete ich jede seiner Bewegungen. Meine Haut brannte unter seiner Berührung und meine Atmung beschleunigte sich. Seine sonst so blauen Augen verdunkelten sich und er befeuchtete die Lippen. Ein angenehmer Schauer erfasste mich. Ohne weiter darüber nachzudenken, streckte ich meine Hand aus. Vorsichtig fuhr ich ihm durch die dunklen Haare. Schon so lange fragte ich mich, wie sie sich wohl anfühlen würden. Seidig weich ließ ich sie durch meine Finger gleiten.

Damians Blick blieb auf meinem Mund liegen. Plötzlich schloss er die Augen. Er atmete zitternd ein und schaute wieder zu mir auf. Seine Hand löste sich von meinem Gesicht und er lehnte sich auf seinen Fersen ein Stück von mir weg.

Wie vom Blitz getroffen zog ich meine Hand zurück. Mein Puls raste.

»Verzeihst du mir?«

Ich schluckte und versuchte meine Gedanken zu sortieren. »Ich kann mir vorstellen, dass es schwer für dich ist, nicht in die alten Muster zu verfallen.« Ich zögerte. »Trotzdem bitte ich dich, weiter daran zu arbeiten. Auch wenn es blöd klingt, du musst nicht mit jeder Frau flirten, um Anerkennung und Aufmerksamkeit zu bekommen. Besonders dann nicht, wenn die Frau so eine Hexe wie Sarah ist.«

Auf Damians Gesicht trat ein trauriger Ausdruck, doch er nickte. »Ich weiß. Und ich möchte auch wirklich an mir arbeiten. Aber wie schon gesagt, das hat bis jetzt immer funktioniert und deswegen bekomme ich es nicht so leicht aus dem Kopf. Und glaub mir, ich habe selbst gemerkt, dass mit Sarah etwas nicht stimmt. Ich meine, wie sehr kann man nach Aufmerksamkeit schreien. Und ihre Fingernägel waren grausam.«

Ich musste lachen und war froh, dass sich die Stimmung endlich wieder gelockert hatte. »Aber wieso hast du es dann überhaupt durchgezogen? Und was meintest du damit, dass du schon drei Schritte weiterdenkst?«, fragte ich nach.

Kindliche Begeisterung blitzte in seinem Gesicht auf. »Ich hatte eben ein Ziel vor Augen. Indem mir die liebe Sarah ihr ganzes Leid geklagt hat, hat sie mir nämlich jegliche Mängel und Probleme des Kinderheims verraten. Das meiste davon melden die Leiterinnen nicht, weil sie Angst haben, dass das Heim geschlossen wird. Aber es ist trotzdem unglaublich wichtig zu wissen. Denn da kommen wir zu den drei Schritten.« Nachdenklich kratzte sich Damian am Kopf. »Unsere Spende wird bei weitem nicht genug sein. Also habe ich mir Gedanken gemacht und einen Entschluss gefasst. Wie wir es besprochen haben, möchte ich mich endlich von meinem Vater lösen und etwas Eigenes erschaffen. Und dieses Kinderheim wird mein erstes Projekt werden. Durch die ganzen Mängel ist es unumgänglich, das Haus mehr oder weniger komplett abzureißen, aber die Grundmauern sind in einem guten Zustand. Also perfekt für mein erstes Objekt. Und wenn ich die ganzen Schwachstellen anspreche, kann ich sogar auf eine staatliche Förderung hoffen und mit Sicherheit können Amber und der Verein auch einige Spenden generieren.«

Ich starrte Damian an. »Du möchtest das Kinderheim neu aufbauen?«

Er nickte.

Majas und Nicos Lächeln schoss mir in den Kopf. Sie würden sich so freuen. Das war eine großartige Idee.

Wie ferngesteuert löste ich mich mit einem begeisterten Schrei aus meinem Sitz und fiel Damian um den Hals.

Mit der stürmischen Umarmung hatte er nicht gerechnet und so kippte er nach hinten um und ich landete strahlend auf ihm. »Das ist fantastisch!«

Die Tatsache, dass ich gerade mit meinem gesamten Gewicht auf ihm lag, ließ meine Haut prickeln. Zaghaft hob Damian seine Hand, um mir eine lose Strähne hinter das Ohr zu schieben. Dann ließ er seine Finger sanft zu meinem Nacken wandern.

»Du hast mich dazu inspiriert«, flüsterte er. »Du bist so gutherzig und hilfsbereit. Und als ich dich neulich gefragt habe, wieso genau dieses Kinderheim, da hast du einfach gesagt: Weil sie es am meisten gebrauchen können. Du bist so ehrlich und ich wollte auch mal das Richtige machen. Ich wollte, dass du stolz auf mich bist.«

Ein dicker Kloß bildete sich in meinem Hals. »Das hast du geschafft«, flüsterte ich mit erstickter Stimme.

Damians Lächeln wurde breiter. Einen Wimpernschlag später wurde er allerdings wieder ernst und musterte mein Gesicht. Seine Hand lag noch immer in meinem Nacken. Die andere hatte er auf meiner Hüfte platziert. Ich spürte seine starken Muskeln unter meinen Fingern und der Duft von herbem Parfum stieg mir in die Nase.

Meine Verärgerung über sein dummes Verhalten war plötzlich vergessen. Es gab nur uns beide.

Den echten Damian, ohne Maske oder irgendeine Show. Und mich. Seine strahlenden Augen hielten meinen Blick fest.

In meinem Magen tobte ein Feuer und ich wusste nicht, ob ich glücklich oder schockiert sein sollte. Damian bedeutete mir zu viel. In dieser kurzen Zeit hatte er sich in mein Herz geschlichen. Aber das durfte nicht sein.

Ich schaute Damian in die Augen und versuchte, etwas aus ihnen zu lesen. Aber alles, was ich sah, war ein liebevoll lächelnder, wunderschöner Mann.

Auf einmal machte das Flugzeug einen kleinen Schlenker und ich krallte meine Hände an seinem Hemd fest.

»Keine Angst, das war nur ein Luftloch«, hauchte Damian mit sanfter Stimme.

Ich nickte und versuchte, mich zu entspannen. Doch da wackelte es schon wieder.

»Ganz ruhig. Vielleicht sollten wir uns anschnallen, dann fühlst du dich gleich sicherer.«

Seine beruhigenden Worte halfen ein wenig. Ich zwang mich, ihn loszulassen und richtete mich umständlich auf.

Meine Beine zitterten und in meinem Kopf herrschte ein wildes Chaos. Trotzdem beeilte ich mich, zu meinem Sitz zu kommen, und schnallte mich an.

Damian dagegen holte gemütlich seinen Laptop und setzte sich dann neben mich.

»Ich habe schon die ersten Skizzen für das Kinderheim erstellt, möchtest du sie sehen?«

Ich brachte vor Aufregung nur ein Nicken zustande. Während Damian den Laptop aufklappte, sortierte ich meine Gedanken und konzentrierte mich auf das Wesentliche.

Die Stimmung zwischen uns war kaum zum Aushalten. Er war die letzten Tage so liebevoll gewesen und seine Blicke jagten mir regelmäßig angenehme Schauer über den ganzen Körper. Ob er das auch spürte?

Damian richtete den Bildschirm so, dass wir beide die Zeichnungen sehen konnten, und legte seine freie Hand wie selbstverständlich auf mein Knie.

Mit heftig klopfendem Herzen ignorierte ich die angenehme Wärme und schaute mir das Bild genauer an.

Er hatte mit einem Programm ein grobes 3D Modell des Gebäudes erstellt.

»Hier ist der Speisesaal. Erinnerst du dich an die große Steinwand? Dahinter ist der Garten und ich würde gerne die Mauer durch ein extra breites Fenster mit Tür ersetzen, sodass die Kinder während des Essens nach draußen schauen können. So müssen sie nicht mehr im Dunkeln sitzen.«

Schritt für Schritt erklärte mir Damian seine Ideen zu jedem einzelnen Zimmer und ich musste gestehen, dass er wirklich gut darin war.

Den restlichen Flug unterhielten wir uns über die möglichen Neuerungen und nötige Baumaßnahmen. Dabei vergaß ich die Turbulenzen schon nach wenigen Minuten.

Die ganze Zeit blieb Damians Hand unverändert auf meinem Bein liegen. Hin und wieder strich er zärtlich mit seinem Daumen über meine erhitzte Haut und entfachte damit jedes Mal aufs Neue ein Feuerwerk in meinem Bauch.

Ich beobachtete die vorbeifliegende Straße aus dem Fenster der Limousine. Es war über zwei Monate her, dass ich in Los Angeles gewesen war. Ich konnte mich noch gut daran erinnern, wie ich aus der dunklen Subway-Haltestelle hinaus auf den Walk of Fame getreten war und von den vielen Menschen förmlich erschlagen wurde. Überall waren Touristen herumgelaufen und hatten Fotos gemacht. Die roten Hop-On-Hop-Off-Busse hatten sich durch die vielbefahrenen Straßen gequetscht und an jeder Ecke gab es Werbezettel für irgendwelche Aufführungen. Kein Wunder also, dass ich es bei dem ganzen Trubel nur drei Tage in dieser Stadt ausgehalten hatte.

Nach einiger Zeit passierten wir ein Ortsschild von Beverly Hills und fuhren an einer pompösen Villa nach der anderen vorbei. Damian hatte während der Fahrt fleißig auf seinem Handy getippt, doch jetzt steckte er es in die Tasche und lächelte mich glücklich an. »Home, sweet Home. Na, bist du schon gespannt auf mein Zuhause?«

Jetzt wo er es sagte, fiel mir auf, dass ich gar nicht darüber nachgedacht hatte, wie Damian wohl leben würde. Dass er in einer schicken Gegend wohnte, hatte ich mir schon gedacht. Aber hatte er eine eigene Wohnung? Oder sogar ein Haus? Mit 29 Jahren und dem nötigen Kleingeld war das durchaus möglich.

»Wohnst du denn noch bei deinen Eltern?«

Der Gedanke, mit Tracey unter einem Dach wohnen zu müssen, bereitete mir ein unangenehmes Gefühl im Bauch.

Irgendwie konnte ich Damians Mutter noch nicht ganz einschätzen. Auf der Gala war sie so übertrieben freundlich gewesen und im *Cobertizo* hatte sie ja ziemliche Stimmungsschwankungen. Dass sie ihren Sohn in meiner Anwesenheit mit dieser Caroline verkuppeln wollte, war unfassbar dreist gewesen. Und dann war da noch dieses Telefonat auf Damians Yacht gewesen.

Bei Richard machte ich mir dagegen keine Gedanken. Auch wenn sich Damian einredete, dass sein Vater sehr engstirnig wäre, war ich anderer Meinung. Ich hatte eher das Gefühl, dass er stolz auf seinen eigenen Erfolg war und das auch seinem Sohn wünschte.

»Na ja, so ähnlich. Ich habe eine Wohnung mit eigenem Eingang, allerdings auf dem Grundstück meiner Eltern. Früher war es das Gästehaus. Als ich alt genug war, haben wir es umgestaltet.«

Das überraschte mich nicht im Geringsten. Damian hatte auch nach dem Studium den einfachsten Weg, das Geschäft seines Vaters, gewählt. Es passte, dass er nur eine Tür weitergezogen war. Trotzdem war es schwer zu glauben, dass er sich dort wohl fühlte. So wie ich ihn kennen gelernt hatte, wollte er auch mal seine Ruhe genießen. Ich konnte mir kaum vorstellen, dass das mit seinen Eltern als direkte Nachbarn so einfach war.

Wir hielten vor einem eisernen Tor, das sich wie von Zauberhand majestätisch öffnete und den Blick auf eine gepflasterte Zufahrt freigab. Luis lenkte den Wagen zu dem großen Haus, welches sich vor uns erstreckte. Kurz davor bog er links ab und wir passierten den perfekt angelegten Garten. Vor uns stand ein zweistöckiges Haus. Es war in einem schönen Beige gestrichen und sah mit seinem Flachdach aus wie ein zu hoher Bungalow.

Der Eingang hatte ein kleines Vordach, das von zwei schmalen Marmorsäulen getragen wurde.

Luis parkte das Auto vor der Tür. Noch bevor wir richtig standen, sprang Damian schon euphorisch hinaus. Er umrundete den Wagen, öffnete die Tür und hielt mir galant die Hand hin.

»Darf ich der Prinzessin ihren neuen Palast zeigen?« Übermütig deutete er dabei eine Verbeugung an.

»Sehr gerne, mein Prinz.« Ich lachte und ließ mir von ihm beim Aussteigen helfen.

Grinsend schnappte er sich meine Hand und lief zum Eingang.

Im Inneren blieb ich verwundert stehen. Wir standen in einem kleinen Raum, in dem sich neben einer edlen Kommode zwei Türen und eine moderne Granittreppe befanden. Ich schaute Damian an, doch er zog mich bereits zu der Tür zu unserer Rechten und öffnete sie.

»Hier befindet sich das Sportstudio«, erklärte er.

Beeindruckt ließ ich meinen Blick über die Geräte gleiten. Kein Wunder, dass er so durchtrainiert war. Das bedeutete aber auch, dass er also doch sehr viel Kontakt zu seinen Eltern haben musste. Oder hatten sie etwa ein eigenes?

Die andere Tür führte in einen Wellness-Bereich mit einer Sauna, einem Dampfbad und einem Ruheraum.

Ob man in seinem eigenen Haus so richtig entspannen konnte? War es nicht gerade das Besondere an Wellness, dass man den Alltag hinter sich lassen konnte und mal raus kam?

Damian lief die Treppe nach oben und ich folgte ihm. Dort schloss er die Wohnungstür auf und betrat die Diele. »Der Palast. Schau dich in Ruhe um, Luis bringt gleich unser Gepäck. Ich muss leider dringend telefonieren.« Dann verschwand er in der Wohnung und ließ mich verdattert zurück.

Zögerlich sah ich mich um. Von dem in edlem grau gehaltenen Eingangsbereich kam man in das riesige Wohnzimmer, welches den Großteil der Wohnung einnahm. Ich ging einige Schritte auf das imposante Sofa zu, doch dann knurrte mein Magen und ich entschied mich dazu, die Küche zu suchen.

Der Kochbereich war durch eine Insel von dem Wohnzimmer getrennt und sah mit den weißen Türen und Schränken extrem modern aus. Neugierig öffnete ich den Kühlschrank. Er war vollgepackt mit Lebensmitteln. Dabei war Damian doch mehrere Tage unterwegs gewesen. Ob er wohl eine Haushälterin hatte? Oder kam seine Mutter für so etwas vorbei? Wenn ja, hatte sie dann also auch einen Schlüssel für die Wohnung?

»Kann ich Ihnen noch behilflich sein?«

Erschrocken wirbelte ich herum. Einige Meter vor mir stand Luis.

»Ähm. Nein danke. Aber Damian muss hier auch irgendwo sein«, antwortete ich unbeholfen und schaute mich um.

»Mr. O'Brian ist in seinem Büro. Dort hinten.« Er deutete den Flur entlang. »Ich werde jetzt gehen. Einen schönen Abend noch.«

Dankbar lächelte ich ihn an. »Den wünsche ich Ihnen auch.«

Nachdem er gegangen war, schaute ich mich weiter um. Auch wenn ich in den letzten Wochen dauernd bei fremden Leuten zuhause gewesen war, fühlte ich mich ohne Damian unwohl. Mein Magen knurrte erneut. Sollte ich uns etwas kochen? Im Kühlschrank war auf jeden Fall genug. Aber ich kannte Damians Pläne nicht. Was, wenn er heute Abend noch wegmusste? Und durfte ich, ohne zu fragen, einfach an seine Sachen?

Ich beschloss, nach ihm zu suchen, und schlenderte in die

von Luis gedeutete Richtung. Von dem Wohnzimmer aus kam man über einen kleinen Flur zu drei weiteren Türen. Die Wohnung war perfekt geschnitten, aber sie wirkte trostlos.

Alles war in grau, weiß und schwarz eingerichtet und präzise aufeinander abgestimmt. Nichts von alldem ließ auf Damian schließen. Überall war die Dekoration neutral gehalten und es könnte genauso gut ein Apartment in einem Hotel sein. Ob er sich das so ausgesucht hatte? Irgendwie passte das nicht zu ihm.

Ich musste schmunzeln, als ich an meine bunt gestaltete Wohngemeinschaft mit Nicklas zurückdachte. Unsere Küche war regelrecht mit Fotos tapeziert gewesen und auf einer großen Tafel im Flur hatten sich all unsere Freunde verewigt.

Vorsichtig öffnete ich die erste Tür zu meiner Linken und stand in einem luxuriösen Badezimmer. An der einen Wand war ein kunstvolles Doppelwaschbecken angebracht und unter einem großen Fenster stand eine riesige Badewanne. Daneben entdeckte ich eine Regendusche, die fast so groß wie Nicklas und mein gesamtes Badezimmer war. Auch hier war alles in denselben Tönen wie im Wohnzimmer gehalten.

Ich schloss die Tür wieder und öffnete die nächste.

Damian saß hinter einem monströsen Schreibtisch aus dunklem Holz und kritzelte konzentriert auf einem Block herum.

»Hey.«

Sein Blick schoss zu mir und er fuhr sich nachlässig durch die Haare. »Milly. Tut mir leid, dass ich dich gerade einfach stehengelassen habe. Eigentlich hätte ich noch ein Meeting, aber da wir jetzt doch später als gedacht in Los Angeles angekommen sind, musste ich es verschieben.«

Ein schlechtes Gewissen machte sich in mir breit. Wegen mir hatte er jetzt Stress. »Tut mir leid, dass sich jetzt alles verzögert hat.«

Damians Augen wurden groß. »Nein, so habe ich das nicht gemeint. Es ist alles in Ordnung. Wir wollen diese Firma unbedingt als Berater und da sie aus dem Ausland kommen, ist es super schwierig einen gemeinsamen Termin zu finden. Aber ich bekomme das hin.«

Das konnte ich verstehen. Wenn mein Vater geschäftlich in Amerika war, klapperte er auch immer in kürzester Zeit so viele Kunden wie möglich ab. Persönliche Treffen waren eben doch etwas anderes als Online-Besprechungen.

»Gib mir noch fünf Minuten, dann bin ich wieder bei dir«, sagte Damian.

Ich lächelte ihm zu und winkte ab. »Mach dir wegen mir keine Sorgen. Die letzten Tage waren so aufregend, da kommt mir ein bisschen Ruhe ganz gelegen. Ich wollte dich eigentlich fragen, ob du Hunger hast. Ich könnte für uns kochen. Also nur, wenn du das möchtest?«

Bei meiner Aussage entspannte sich Damians Haltung ein wenig und er lächelte dankbar. »Wenn du kochen möchtest, würde ich mich sehr freuen. Aber fühl dich nicht dazu verpflichtet. Wir können auch einfach etwas bestellen.«

Es war süß, dass Damian Rücksicht auf meine Wünsche nahm. »Keine Sorge, ich koche gern.«

Ich war keine grandiose Köchin. Zuhause hatte Nicklas meistens für uns gekocht und ich hatte nur die Zutaten geschnitten. Aber es machte mir Spaß und ich probierte gerne neue Sachen aus. Ich lächelte ihm ein letztes Mal zu, dann schloss ich die Tür und ging zurück in die Küche.

Mit einem Kribbeln im Bauch inspizierte ich noch einmal genauer die Inhalte der einzelnen Schränke. Diese Küche war perfekt ausgestattet. Das würde Spaß machen.

Letztendlich entschied ich mich für einen Auflauf und begann, die nötigen Zutaten vorzubereiten. Um die unangenehme Stille zu übertönen, spielte ich Musik von meinem Handy ab. Dann schnippelte ich summend das Gemüse und begann zu kochen. Hoffentlich schmeckte es auch. Viel wusste ich schließlich noch nicht über Damians Essgewohnheiten.

Zufrieden mit meinem Werk schob ich die Form in den Ofen. Damians fünf Minuten hätten wohl eher dreißig lauten sollen. Er war noch immer nicht aus seinem Büro gekommen. Aber ich hatte vorhin nicht gelogen. Nach der ganzen Aufregung genoss ich die Ruhe. Ich stellte mir einen Wecker, damit das Essen nicht verbrannte, und setzte mich dann mit einem Glas Wasser auf die riesige Couch.

Unschlüssig schaute ich mich um. Ich entdeckte die Fernbedienung unter dem Couchtisch und klickte mich durch die Kanäle. Aber meine Gedanken waren von all den Erlebnissen der letzten Tage viel zu aufgewühlt, um mich auf ein Programm zu konzentrieren. Sollte ich mich demnächst um einen neuen Rückflug kümmern? Wie lange wollte ich überhaupt noch bleiben? Bis Damian sich selbstständig gemacht hatte? Und dann?

Das Klingeln meines Handys riss mich aus meiner Trance. Ich stellte den Fernseher auf stumm und schaute auf die Uhr. Hatte ich den Timer etwa falsch gestellt? Dann sah ich aber eine unbekannte Nummer auf dem Display aufleuchten.

»Emily Martin. Hallo?«

»Hallo Liebes. Entschuldige die späte Störung. Hier ist Amber. Wir hatten heute ein Treffen mit unserer Marketingabteilung. Alle waren ganz begeistert von deiner Präsentation. Allerdings sind auch noch ein paar Fragen aufgetreten, bei denen wir deine Hilfe gebrauchen könnten.«

Meine Mundwinkel verzogen sich zu einem Lächeln. Schön, dass meine Arbeit so gut angekommen war. »Hallo Amber. Das freut mich sehr zu hören. Natürlich helfe ich euch, worum geht es?«

Sie seufzte erleichtert auf. War sie sich etwa nicht sicher gewesen, ob ich noch einmal helfen würde? »Um ehrlich zu sein, kenne ich mich damit nicht ausreichend aus. Aber unser Kreativ-Direktor hat sich alles notiert und könnte dir seine Notizen schicken. Bist du denn schon in Los Angeles?«

»Ja. Schick mir doch einfach eine Mail. Dann sehe ich es mir an.«

»Super. Ich richte es meinem Mitarbeiter aus. Logan wird sich dann bei dir melden. Ach so, noch etwas. Ich habe mit meinem Mann gesprochen. Uns ist es peinlich, dass wir dich das letzte Mal ohne Bezahlung haben gehen lassen. Wir haben uns informiert und es gibt zwei Möglichkeiten. Entweder wir geben dir einen internationalen Check, den kannst du dann überall einlösen. Oder eine unserer deutschen Partnerfirmen überweist dir das Geld, dann kann niemand beweisen, dass du Geld in den USA verdient hast. Was ist dir lieber?«

Das Amber noch immer darauf bestand, mich bezahlen zu wollen, war mir unangenehm. Schließlich hatte ich mich ungefragt eingemischt. Andererseits konnte ich sie verstehen. Ich hatte eine Dienstleistung erbracht. Immerhin könnte ich so Damians Geld schneller zurückzahlen als geplant.

»Vielen Dank, das ist nett von dir. Ich würde dann bitte einen Scheck nehmen.«

Auf Ambers Seite der Leitung raschelte es. »Sehr gut, dann ist das ja geklärt. Ich schicke ihn per Kurier zu dir. Er kommt dann morgen an. Du wohnst bei Damian, oder?«

Bei ihrer unschuldigen Frage musste ich schmunzeln. Sie hoffte bestimmt auf Informationen über Damian und mich. Aber Amber war viel zu höflich, um mich gezielt darauf anzusprechen.

Mit möglichst neutraler Stimme bejahte ich ihre Frage. Auch wenn ich sie mochte und ich sie nicht für eine Klatschtante hielt, wollte ich keine Gerüchte in die Welt setzen.

Wir sprachen noch kurz über ihre neue Kollektion, dann piepste mein Wecker und ich verabschiedete mich von ihr.

Gut gelaunt sprang ich auf und ging zurück in die Küche. Bis jetzt lief alles viel besser, als ich es mir hätte erträumen können. Damian hatte endlich ein eigenes Projekt und ich konnte mein Studium sinnvoll anwenden.

Nachdem ich mehrmals die falsche Schranktür geöffnet hatte, fand ich endlich Teller und Besteck. Dann musterte ich das Weinregal an der Wand. Sollte ich eine Flasche öffnen? Aber wer wusste schon, wie teuer diese Weine waren. Oder vielleicht war das auch Damians Vorstellung von Dekoration.

Als hätte er den Wecker gehört, kam er genau in dem Moment in die Küche, als ich den Auflauf aus dem Ofen holte.

»Wow, das riecht aber lecker.« Lächelnd umrundete er die Kücheninsel.

Zufrieden stellte ich die heiße Form auf einen Untersetzer. »Danke. Aber erwarte nicht zu viel, das ist nichts Besonderes.«

Damian kam noch einen Schritt näher. Sanft schlang er seine Arme von hinten um meine Taille. Mein Herz machte einen Satz.

»Ich weiß nicht, wann ich das letzte Mal etwas selbst Gekochtes gegessen habe. Also ist es etwas Besonderes. Danke, dass du gekocht hast.« Dann drückte er mir einen Kuss auf die Schläfe, löste sich von mir und trug die heiße Auflaufform zum Tisch.

Benommen wartete ich noch einen Moment, bis sich mein Puls beruhigt hatte. Dann setzte ich mich zu ihm.

Während des Essens runzelte Damian immer wieder die Stirn, er war in Gedanken wohl noch bei seinem Projekt. Aber es schien ihm zu schmecken, denn er nahm sich zwei Mal nach.

Satt und zufrieden lehnte ich mich auf meinem Stuhl zurück und beobachtete ihn.

»Ich habe leider keine so guten Nachrichten«, sagte er aus heiterem Himmel.

»Was ist denn los?« Sofort schossen mir etliche Szenarien in den Kopf. Musste er erneut verreisen und wollte mich hier zurücklassen? Hatte er schon mit seinen Eltern über sein Projekt gesprochen und sie waren dagegen? Ich beugte mich ein Stück zu ihm.

Augenblicklich breitete sich ein warmes Lächeln auf seinem Gesicht aus und er nahm meine Hand. »Keine Sorge, es ist nichts Schlimmes. Ich hatte eigentlich geplant, dir morgen die schönen Seiten von Los Angeles zu zeigen. Aber leider haben wir das verpasste Meeting von heute auf morgen verschoben. Das bedeutet, ich muss früh los und werde erst gegen Nachmittag wieder kommen. Es tut mir leid, Milly. Ich habe dich nicht mitgenommen, um dich dann in meiner Wohnung versauern zu lassen. Luis kann dich gerne irgendwo hinfahren, falls du etwas unternehmen möchtest.« Mit zerknirschtem Gesichtsausdruck fuhr er sich durch die Haare.

Ich lächelte. Seine Bemühungen waren rührend.

Damian runzelte die Stirn. »Was ist los?«

Sanft drückte ich seine Hand. »Du musst dir keine Sorgen machen. Amber hat mich vorhin angerufen, ob ich noch einmal bei ihrer Marketingstrategie helfen könnte. Ihr Designer schickt mir morgen früh die Entwürfe, sodass ich damit einige Stunden beschäftigt sein werde. Außerdem war mir klar, dass du in Los Angeles nicht viel Zeit für mich haben wirst.«

Damian atmete auf und seine Miene entspannte sich. »Lass uns alles wegräumen und dann endlich auf die Couch. Das war ein langer Tag.«

Ich stimmte ihm zu und wir beeilten uns, alles in die Spülmaschine einzuräumen.

Auf der Couch schnappte sich Damian sofort die Fernbedienung und streckte sich auf dem weichen Leder aus. Ich setzte mich an das andere Ende. So eine Situation hatten wir noch nie. Dass wir einfach zusammen rumhangen. Wir waren immer unterwegs gewesen und am Abend müde ins Bett gefallen.

Er klickte sich durch die Kanäle, bis er schließlich bei einem Horrorfilm stehenblieb.

»Oh Gott, bitte schalte das weg. Sonst kann ich die ganze Nacht nicht schlafen.« Schon während ich das sagte, hielt ich mir die Hand vor die Augen. Ich war ein riesiger Angsthase.

Daher konnte ich das Grinsen in Damians Gesicht auch nur erahnen, als er mir antwortete. »Nö. Komm doch her und schalte selbst um.«

Gespielt genervt rutschte ich zu ihm herüber. Doch anstatt mir die Fernbedienung zu geben, streckte er sie weit von sich weg. Kopfschüttelnd versuchte ich, nach ihr zu greifen, und kletterte halb auf Damians Schoß.

Noch bevor ich überhaupt realisieren konnte, was er vorhatte, hatte er sie auch schon fallengelassen und dafür seine Hände auf meine Hüfte gelegt.

Schlagartig wurde mir bewusst, dass mein Oberkörper fest auf seinem lag. Unsere Gesichter waren wenige Zentimeter voneinander entfernt. Mein Herz pochte wild gegen meinen Brustkorb.

»Vielleicht kann ich dich ja von dem Film ablenken«, flüsterte Damian.

Obwohl seine Augen schelmisch funkelten und das einer seiner typischen Sprüche war, fühlte es sich dieses Mal anders an.

Sein Mund war leicht geöffnet, sein Atem flacher geworden und seine Augen schauten erwartungsvoll zu mir auf.

Ich befeuchtete meine Lippen, während meine Haut unter seiner zärtlichen Berührung brannte.

»Verdammt, Milly«, stöhnte er auf einmal.

Ich wollte mich aufsetzen, doch er hielt mich fest an Ort und Stelle.

»Du machst es mir echt schwer«, hauchte er mit Verzweiflung in der Stimme. Seine Hand strich federleicht über meinen Rücken.

»Wieso? Was mache ich denn? Was ist so schwer?«, stotterte ich mit einem Kratzen im Hals. Mein Körper spielte verrückt. Unsere plötzliche Nähe, die Ernsthaftigkeit in seinen Augen und vor allem mein rasender Puls brachten mich fast um den Verstand.

Damian seufzte auf, bevor er für einen kurzen Moment die Augen zusammenkniff und tief durchatmete. »Du machst es mir schwer, mich wie ein Gentleman zu verhalten. Und nicht wie das Arschloch, das ich sonst bin, wenn ich eine schöne Frau treffe.«

Bei seinem Geständnis kribbelte mein ganzer Körper. »Ich dachte, du stehst auf groß und vollbusig?«

Damian löste eine Hand von meiner Hüfte und strich mir sanft über die Wange. »Schau dich doch an, Emily. Ja, du bist anders als die meisten Frauen, die ich kenne. Aber das ist gut so. Du bist wunderschön, klug, ehrlich und alles was man sich nur wünschen kann. Ich wäre ein Idiot, wenn ich das nicht sehen würde.«

Sein Geständnis raubte mir fast den Atem. Mein Magen zog sich zusammen. Das durfte nicht sein. Nicht, wenn ich zurück nach Deutschland musste. Behutsam ließ Damian seine Hand in meinen Nacken wandern, um mein Gesicht dann sanft zu seinem herunterzuziehen.

Unsere Lippen schwebten übereinander. Sein Atem strich über meine Haut. Eine winzige Bewegung würde reichen, um ihn zu küssen. In meinem Kopf herrschte ein einziges

Durcheinander. Mein Körper stand in Flammen. Das hier war falsch. Wir hatten keine gemeinsame Zukunft. Ich durfte ihm nicht verfallen. Aber wieso fühlte es sich dann so verdammt richtig an? Damian bewegte sich keinen Millimeter. Ob es ihm genauso ging? Seine Augen hielten meine gefangen. Das Blau war aufgewühlt und die grünen Sprenkel in seiner Iris funkelten. Seine Hand krallte sich in meinen Nacken.

»Ich würde dich so gerne küssen«, wisperte er an meinen Lippen.

Mein Herz machte einen Satz. Jede einzelne Zelle meines Körpers wollte genau das. Meine Lippen sehnten sich nach seiner Berührung und prickelten in aufgeregter Erwartung. Ich wollte dieses Hin und Her nicht mehr. Ich wollte ihn spüren.

»Aber du bist etwas Besonderes. Du verdienst etwas Besseres.«

Ich konnte kaum glauben, was er da sagte. Damian wollte mich. Aber er ließ mir die Wahl. Hatte ich denn überhaupt eine Wahl? Mein Körper hatte sich längst entschieden. In meinem Unterleib tobte ein Sturm, dass es schon wehtat. Ich wollte ihn so sehr. Aber konnte ich mich darauf einlassen? Wollte ich diese Welt? Diesen Mann? Wieso konnte ich meinen Verstand nicht einfach ausschalten? Ich zögerte. Ich musste es einfach versuchen. Ich wollte wissen, wie seine Lippen schmeckten.

Gerade als ich mich zu ihm herunterbeugen wollte, löste Damian seine Hand und räusperte sich. Umständlich setzte er sich ein wenig auf und zog mich mit sich. Ich wollte protestieren, aber meine Stimme versagte.

»Es tut mir leid. Ich wollte dich nicht in Verlegenheit bringen.« Zärtlich strich er mir eine Haarsträhne hinter das Ohr.

Am liebsten hätte ich aufgeschrien und ihn zu mir gezogen, aber ich blieb still. Hatte er recht? Nicht damit, dass ich etwas Besseres verdient hatte. Aber wir hatten Pläne und Damian war dabei, sein Leben in die Hand zu nehmen. Ich dagegen war nur auf begrenzte Zeit in Amerika. Wäre es nicht besser, befreundet zu bleiben?

Ich räusperte mich und schaute ihm unschlüssig in die Augen. Sie spiegelten meine Gedanken wider, denn ich konnte in ihnen dieselbe Zerrissenheit erkennen.

Damian zog mein Gesicht sanft zu sich heran, hauchte mir einen Kuss auf die Wange und stand auf. »Es war ein langer Tag. Ich muss morgen früh raus, sollen wir schlafen gehen?«

Überrumpelt über seinen gefassten Tonfall nickte ich und zwang mich, aufzustehen.

Wie in Trance folgte ich ihm. Damians Worte hallten in meinem Kopf. Er wollte mich.

Während wir die Zähne putzten, traute ich mich nicht, ihm in die Augen zu schauen. Wie konnte er nach einem solchen Geständnis so ruhig sein?

Zurück in seinem Schlafzimmer legten wir uns zusammen in Damians King-Size Bett. Aber es war nicht wie die vorherigen Nächte. Auch wenn wir uns im Bett nie absichtlich berührt hatten, fühlte es sich heute distanzierter an als je zuvor.

Konnten wir nach diesem Geständnis noch befreundet sein? Oder war jetzt alles kaputt? Mit einem flauen Gefühl im Magen kuschelte ich mich in die Decke und versuchte, meine Gedanken zu ordnen.

»Bist du noch wach?«, flüsterte Damian nach einigen Minuten.

Ich hatte Angst, meine Stimme würde versagen, also brachte ich nur ein leichtes Nicken zustande.

Er zögerte, doch dann bewegte sich die Matratze und Damians warmer Körper schmiegte sich an meinen. Vorsichtig schlang er seinen Arm um meinen Bauch, um mich fester an seine Brust zu pressen. Sein warmer Atem kitzelte in meinem Nacken und mich überkam eine Gänsehaut.

»Ist das okay für dich?«

War es das? Mein Puls beschleunigte sich und mein Körper prickelte bei seiner Berührung. Ich wollte auf keinen Fall, dass sie endete. Zaghaft legte ich meine Hand auf seine und drückte sie sanft.

Ich hörte Damian hinter mir seufzen. »Gute Nacht, Prinzessin.« Dann vergrub er sein Gesicht in meinem Nacken und sein Atem wurde ruhiger.

Wie sollte ich so schlafen? Mir war unfassbar heiß und in meinem Kopf herrschte Chaos. Ich biss die Zähne zusammen.

Und wie sollte ich ihn jemals wieder berühren, ohne diese Gefühle zu haben?

16. Kapitel

Damians Wecker riss mich unsanft aus dem Schlaf. Als ich mich zu ihm umdrehte, war die Matratze allerdings leer. Ich streckte mich und schaute auf die Uhr. Es war gerade mal acht. War er etwa schon bei diesem Meeting? In dem Moment ging die Schlafzimmertür auf. Damian kam mit einem Handtuch um die Hüften herein. Bei dem Anblick seiner nackten Haut verkrampfte sich mein Magen schmerzhaft. Er fuhr sich grinsend durch die feuchten Haare, wodurch sein Bizeps deutlich hervortrat. Wollte er, dass ich einen Herzinfarkt bekam, oder wieso zog er sich nichts an?

»Guten Morgen. Entschuldige, ich habe vergessen meinen Wecker auszustellen. Aber ich konnte nicht mehr schlafen und bin schon mal trainieren gegangen.«

Das erklärte seine aufgepumpten Muskeln. Fahrig befeuchtete ich meine Lippen, bevor ich mich zwang, den Blick von seinem Sixpack zu lösen.

»Kein Problem. Ich wollte sowieso früh aufstehen und an der Strategie für Amber arbeiten.« Den kratzigen Klang meiner Stimme konnte ich nicht verhindern. »Ich gehe dann auch mal duschen.« Hastig verließ ich das Zimmer und flüchtete in das gegenüberliegende Bad.

Nachdem ich die Tür hinter mir verschlossen hatte, atmete ich zitternd ein. Wieso musste Damian auch jedes Mal aufs Neue so eine Wirkung auf mich haben? Sofort erschienen die

Bilder des gestrigen Abends vor meinem inneren Auge. Wie er mich zärtlich und gleichzeitig verlangend angeschaut hatte. Wie seine Hände über meinen Körper gewandert waren. Und natürlich sein Geständnis. Hatte er die Wahrheit gesagt? War das alles nur ein Spiel für ihn? Ein Trick, damit ich in Amerika blieb und ihm weiterhin helfen könnte? Aber er war dabei so ernst gewesen, dass es sich nicht wie ein Spiel angefühlt hatte.

Seufzend entledigte ich mich meiner Sachen und stieg unter die Dusche. Das kalte Wasser half zum Glück, meine Nerven zu beruhigen. Als ich mich einschäumen wollte, bemerkte ich jedoch, dass ich bei meiner Flucht weder frische Kleidung noch Shampoo oder Duschgel mitgenommen hatte. Ich schaute mich um und entdeckte Damians Duschgel. Vorsichtig öffnete ich die Tube und roch daran. Sofort stieg mir sein herber Duft in die Nase und meine Haut begann zu kribbeln.

Ich ignorierte das brennende Gefühl in meinem Bauch, seifte mich ein und spülte danach alles gründlich ab.

Fertig geduscht schlang ich das Handtuch um meinen Körper und schaute skeptisch hinab. Ausnahmsweise war es von Vorteil klein zu sein, denn so ging mir der Stoff bis zur Mitte meiner Oberschenkel und auch meine Brüste waren einigermaßen verdeckt. Dennoch fühlte ich mich ein wenig unwohl. Hoffentlich war Damian bereits in der Küche.

Natürlich hatte ich kein Glück, denn als ich das Schlafzimmer betrat, saß Damian auf dem Bett und tippte mit ernstem Blick auf seinem Handy herum. Immerhin war er mittlerweile vollständig angezogen.

Auf Zehenspitzen ging ich zu meinem Rucksack. Vielleicht bemerkte er mich ja nicht. Ungeschickt bückte ich mich, um meine Kleidung herauszuholen. Mit einer Hand umklammerte ich das Handtuch, mit der anderen griff ich nach den Sachen.

Als ich mich umdrehte, hätte ich vor Schreck fast das Handtuch fallen gelassen. Damian hatte das Handy zur Seite gelegt und musterte mich unverhohlen.

»Hey …«, stotterte ich und trat von einem Fuß auf den anderen. Ich konnte kaum fassen, wie mich ein einziger Blick von ihm so aus dem Konzept brachte.

Damian räusperte sich und starrte meine nackte Haut an. Er presste die Lippen fest aufeinander und ballte die Hände zu Fäusten.

Auf einmal ging ein Ruck durch seinen Körper und er stand auf. In wenigen Schritten war er bei mir und umfasste mein Gesicht. »Wieso musst du mich so quälen?«

Ich öffnete den Mund. Aber ich war wie gelähmt.

»Wahrscheinlich habe ich das verdient. Schließlich habe ich Frauen nie gut behandelt. Ich habe sie zwar nie belogen oder ihnen etwas vorgemacht, aber trotzdem …«, faselte Damian weiter.

Ich hatte das Gefühl, jeden Moment ohnmächtig zu werden. Benommen legte ich meine Hände auf seine. »Was meinst du damit?« Ich versuchte zu schlucken und befeuchtete meine Lippen.

Damian seufzte. Sein Griff wurde bestimmter und er presste seine Stirn an meine. »Himmel, Emily. Ich will dich. Ist das nicht offensichtlich? Das habe ich dir doch gestern bereits gesagt. Aber ich verdiene dich nicht. Du verdienst etwas Besseres. Und jetzt läufst du so in mein Zimmer. Wie soll ich da anständig bleiben?« Seine Hand wanderte zitternd von meinem Gesicht hinab zu meiner Hüfte, wo sie sich fest in den Stoff des Handtuchs krallte. Er klang verzweifelt und in seinen Augen loderte der Zwiespalt.

Was sollte ich tun? Ich konnte nicht mehr leugnen, dass ich mich zu Damian hingezogen fühlte, aber was war das zwischen uns?

Damian stieß zischend den Atem aus und überbrückte den letzten Abstand zwischen uns. Er drängte mich gegen die Wand. Sein Körper presste sich an meinen. Sofort entfachte das Feuer in mir. Wie von selbst schlangen sich meine Arme um seinen Hals. Meine Finger fuhren durch sein dichtes Haar. Seine Hand packte mich fest an der Taille. Er schaute mir ein letztes Mal verzweifelt in die Augen. Dann wanderte sein Blick zu meinem Mund. Mein Puls rauschte in den Ohren und mein ganzer Körper glühte. Ich wollte ihn so sehr. Mit einem Ruck senkte er seine weichen Lippen auf meine. Ich seufzte auf. Endlich. Diesen Moment nutzte Damian geschickt aus. Mit seiner samtigen Zunge drang er in meinen Mund vor. Winzige Stromschläge durchzuckten mich. Hemmungslos erwiderte ich den Kuss. Ich stellte mich auf die Zehenspitzen, um ihm noch näher zu sein. Damians Hand wanderte unter mein Handtuch. Seine warmen Finger strichen fordernd über meine Wirbelsäule. Dann krallte er sie fest in meine Hüfte und hob mich hoch. Hastig schlang ich meine Beine um ihn und hielt mich fest. Sein Mund wanderte zu meinem Hals und saugte an meiner empfindlichen Haut. Ich stöhnte auf.

»Milly.« Damian löste sich schwer atmend von mir.

Behutsam setzte er mich wieder auf dem Boden ab, ließ meinen Körper dabei aber nicht los. Er suchte meinen Blick und seine Augen funkelten. Ich konnte nicht anders, als ebenfalls zu grinsen. Leise lachte ich. Dieser Kuss war wunderschön und doch so absurd gewesen. Damian stimmte in mein Lachen mit ein und lehnte seine Stirn an meine.

»Alles okay bei dir?« Zärtlich fuhr er mit der Hand von meiner Hüfte über meinen Rücken.

Benommen nickte ich. »Ja, alles bestens. Und bei dir?«

»Es ging mir noch nie besser.« Vorsichtig strich er über meine Wange, bevor er sich noch einmal zu mir heruntergebeugte. Er hauchte einen Kuss auf meine Lippen, dann löste er sich von mir. »Es tut mir unglaublich leid, das war so nicht geplant. Aber ich muss jetzt zu dem Meeting.«

Ich konnte seine Unzufriedenheit über diese Tatsache regelrecht hören und auch wenn ich es schade fand, lächelte ich. »Man kann nicht alles im Leben planen, Damian. Und das ist auch gut so. Geh ruhig, wir sehen uns später.«

Er atmete auf und grinste mich schelmisch an. »Bis heute Mittag. Lauf mir bloß nicht weg.« Dann küsste er mich auf die Stirn und verließ das Zimmer.

Wenige Sekunden später knallte die Haustür zu, aber ich war unfähig, mich zu bewegen.

War das gerade ein Fehler gewesen?

Nach einem schnellen Frühstück holte ich das MacBook hervor. Seit Damian die Wohnung verlassen hatte, kribbelte mein ganzer Körper und meine Gedanken rasten. Unser Kuss war einfach unglaublich gewesen. Doch was hatte ich mir dabei gedacht? Ich wollte Damian helfen, sein Leben zu ordnen, und nicht noch mehr Chaos verursachen. Trotzdem hatte es sich so richtig angefühlt. Wenn ich an Damians strahlende Augen dachte, konnte ich gar nicht aufhören, blöd vor mich hinzugrinsen.

Dennoch öffnete ich mein E-Mail Postfach und schaute mir die Nachricht von Logan an. Er hatte mir sowohl meine Präsentation mit Anmerkungen als auch ein neues Schreiben geschickt, welches ich nun eingehend studierte.

Ich versank vollkommen in den Dokumenten. Das war genau die Art von Arbeit, die ich schon immer machen wollte.

Voller Begeisterung schrieb ich Ideen und Konzepte nieder, recherchierte und überarbeitete.

Irgendwann piepste mein Handy, aber ich ignorierte es. Jetzt wollte ich mich auf das Projekt fokussieren.

Nachdem ich die Präsentation noch einmal verbessert hatte, lehnte ich mich zufrieden zurück und ließ meine Schultern kreisen. Dann stand ich auf und holte mir ein Glas Wasser.

Gerade als ich mich zurück an die Arbeit machen wollte, erklangen Stimmen vor der Wohnungstür.

»Ich habe Ihnen doch bereits am Eingang gesagt, dass Damian nicht zuhause ist«, rief Tracey mit genervter Stimme.

»Ich weiß, Ma'am. Aber dieses Kuvert ist auch nicht für Ihren Sohn, sondern für Ms. Emily Martin. Ms. Lincoln hat mich beauftragt, es an Ms. Martin persönlich zu übergeben«, sagte eine Männerstimme.

»Und wie kommen Sie darauf, dass sie hier bei meinem Sohn wohnt?«, fragte Tracey gereizt.

Ich bekam ein mulmiges Gefühl im Bauch und dachte an ihr Telefonat mit Damian. Trotzdem wollte ich mir die Diskussion nicht länger anhören und öffnete selbstbewusst die Tür. »Hallo, kann ich Ihnen helfen?«

Während der Kurier offensichtlich glücklich über mein Erscheinen war, fielen Tracey fast die Augen aus dem Kopf.

»Emma. Was machst du denn hier?«

Anscheinend hatte Damian nicht erzählt, dass ich mit ihm nach Los Angeles gekommen war. Ich straffte die Schultern und zwang mich, bei meiner Antwort möglichst gleichgültig zu klingen. »Hallo Tracey. Mein Name ist Emily. Damian hat mir angeboten, bei ihm zu wohnen.« Das war nicht gelogen.

»Entschuldigen Sie Ms. Martin, aber ich muss weiter. Würden Sie das Kuvert entgegennehmen?« Der Mann schaute unbeholfen zwischen uns hin und her.

Sofort wendete ich den Blick von Tracey ab und schenkte ihm ein Lächeln. »Natürlich. Vielen Dank, dass Sie es vorbeigebracht haben. Soll ich noch irgendwo unterschreiben?«

Daraufhin reichte mir der Bote erleichtert den Umschlag sowie eine Empfangsbestätigung, unter die ich schnell meinen Namen setzte. Dann wünschte er uns noch einen schönen Tag und verließ fast schon fluchtartig das Treppenhaus.

Mit neuem Mut drehte ich mich wieder zu Tracey, die mich argwöhnisch beobachtete.

»Vielen Dank, dass Sie den Kurier hereingelassen haben. Amber hatte zwar gesagt, dass er heute vorbeikommen würde, aber daran habe ich nicht mehr gedacht.« Eigentlich hatte ich keine Lust auf Smalltalk, aber meine Eltern hatten mich nun mal gut erzogen.

»Hör mal, Schätzchen. Du scheinst ganz nett zu sein. Aber nur weil mein Sohn einmal mit dir in die Kiste gehüpft ist, bist du nichts Besonderes. Und du kannst dich erst recht nicht einfach bei uns einnisten. Ich weiß nicht, welchen Floh du Damian ins Ohr gesetzt hast. Aber so viel sei gesagt: Damian bringt dauernd irgendwelche Frauen mit nach Hause und keine bleibt länger als eine Nacht. Also pack lieber schon mal deine Sachen und wage es nie wieder, Post an unsere Adresse schicken zu lassen.«

Ihre Stimme war mit jedem Wort schneidender geworden und mich überkam eine Gänsehaut.

Die Tatsache, dass Damian auch andere Frauen mit zu sich genommen hatte, störte mich in diesem Fall am wenigsten. Er hatte nie einen Hehl aus seinen Frauengeschichten gemacht. Doch Traceys unverblümte Art ärgerte mich maßlos.

Ich reckte das Kinn und setzte ein distanziertes, aber höfliches Lächeln auf. »Hören Sie, Tracey.« Ich ahmte ihren Tonfall nach. »Ich mag Damian und ich nehme Ihnen nicht übel, dass Sie mich als Bedrohung sehen. Damian hat noch nie etwas ohne Ihr Einverständnis gemacht. Da muss es schwer sein, dass er entschieden hat, mich hier wohnen zu lassen. Aber Sie müssen sich keine Sorgen machen, ich habe weder mit Ihrem Sohn geschlafen, noch habe ich sonstige Hintergedanken. Ach, und ich habe das Kuvert nicht an Ihre Adresse, sondern an Damians geschickt. Ich kann nichts dafür, dass Sie sich die Anschrift teilen. Wenn Sie mich jetzt entschuldigen würden, ich muss weiter an einem Projekt arbeiten.« Dann machte ich auf dem Absatz kehrt und warf die Tür hinter mir ins Schloss.

Kaum war ich allein, fiel das falsche Lächeln von mir ab und ein Schauer erfasste meinen Körper. Ich lehnte mich gegen die Wand und stützte meinen Kopf in die Hände. Leise atmete ich aus, schließlich wusste ich nicht, ob Tracey noch im Treppenhaus stand.

Warum war sie so herablassend? Konnte ich Damian bei seinem Vorhaben, sich selbstständig zu machen helfen, wenn seine Mutter so gegen mich war? Nicht dass sie dachte, er würde das nur für mich tun. Und konnte sich Damian gegen seine Mutter überhaupt durchsetzen? Ich verstand nun, wieso er all die Jahre nichts gegen sie gesagt hatte. Und was war das mit uns? Meinte er das ernst? Hatten wir eine Zukunft, wenn seine Mutter mich hasste? Ich kniff die Augen zusammen. Wir hatten keine Zukunft. Ob mit oder ohne Mutter, ich musste und wollte zurück nach Deutschland.

Einige Minuten später schaffte ich es endlich, zurück in das Wohnzimmer zu gehen.

Bevor ich mich auf die Couch sinken ließ, griff ich nach meinem Handy. Die Nachricht vorhin war von Sam gewesen. Meine Hände zitterten und mir war eiskalt. Diese Situation war einfach zu viel für mich.

Hey Girl :) wie geht es dir? Bist du noch in New York?

Für einen kurzen Moment wünschte ich mir, ich wäre tatsächlich in New York geblieben. Die Situation mit Damian war einfach zum Verrücktwerden. Wieso musste ich überhaupt Gefühle für ihn entwickeln?

Kurzerhand wählte ich ihre Nummer und wartete auf das Tuten.

»Emily! Wie geht‘s wie steht's?« Sam meldete sich fröhlich.

Bei ihrer glücklichen Stimme konnte ich mir ein Seufzen nicht verkneifen.

»Süße, was ist los?«, fragte sie.

Ich zögerte einen Moment und versuchte, mich zu sammeln. »Es tut mir leid, dass ich dich damit überrumple. Ich wusste nicht, wen ich sonst anrufen sollte und da habe ich deine SMS gesehen …«, stotterte ich.

»Bitte beruhig dich. Ich bin für dich da, das ist doch selbstverständlich. Also jetzt atme tief durch, denk an etwas Schönes und dann erzähl mir was passiert ist.«

Bei ihren Worten blitzte sofort Damians Kuss vor meinem geistigen Auge auf. Doch im selben Moment schob sich eine dunkle Wolke davor, als ich an Traceys Worte dachte. Zitternd atmete ich durch die Nase ein und durch den Mund wieder aus.

Ich erzählte ihr alles, was in der letzten Zeit passiert war. Von dem Streit auf der Gala, Traceys Verhalten beim Abendessen, dem Ausflug zum Kinderheim und von unserem Kuss.

Die ganze Zeit über hatte Sam geschwiegen und nur an den passenden Stellen ein »Oh« oder »Aha« von sich gegeben. Aber als ich von heute Morgen berichtete, quietschte sie auf.

»Oh Gott, Emily. Das klingt ja toll. Scheint so, als würde sich Damian wirklich Mühe geben und es ernst meinen.«

Ich musste ebenfalls kurz lächeln, bevor ich von der Begegnung mit Tracey erzählte.

»So ein Miststück«, sagte Sam. »Ich wusste schon immer, dass Tracey eine falsche Schlange ist. Aber so herablassend hätte ich sie nicht eingeschätzt. Wusstest du, dass sie mit Damian schwanger war, bevor sie Richard geheiratet hat? Für die meisten ist das heutzutage nichts Besonderes mehr, aber in solchen Kreisen ist das richtig verpönt. Sie kam aus normalen Verhältnissen und viele hatten ihr nachgesagt, sie hätte sich mit Absicht schwängern lassen, um aufzusteigen.«

»Wirklich?«

Damian hatte zwar erzählt, dass seine Mutter bei seiner Geburt noch sehr jung gewesen war, aber das war mir neu.

»Und jetzt denkt sie genauso über mich? Dass ich Damian als Sprungbrett nutze?«

Ihr wäre es wohl lieber, Damian mit einer Frau zu sehen, die aus den gleichen Kreisen stammte und ihm somit nichts wegnehmen konnte. »Aber wieso hat sie mit all den anderen Frauen, die tatsächlich sein Geld und seinen Ruhm wollen, kein Problem?«

»Na, das ist doch logisch.« Sam schnaubte. »Damian hat noch nie so viel Zeit mit ein und derselben Frau verbracht. Sie merkt, dass es zwischen euch ernst ist. Du bist eine Bedrohung. Bei den anderen konnte sie sich sicher sein, dass Damian früh genug die Reißleine ziehen würde.«

Ihre Theorie ergab irgendwie einen Sinn.

Das bedeutete, ich musste Tracey nur klar machen, dass es mir nicht um Damians Geld ging. Aber sie davon zu überzeugen, würde wahrscheinlich nicht leicht werden.

»Und was ist das jetzt mit Damian und dir?«, hakte Sam nach.

Ich seufzte. Von einem Problem zum nächsten. »Gute Frage. Ich mag ihn sehr gerne und ich glaube ihm geht es genauso. Aber eigentlich wollte ich zurück nach Deutschland. Ich kann doch nicht einfach auswandern.«

»Puh. Das ist echt schwierig. Dürftest du denn theoretisch mit deinem Visum hierbleiben?«

»Mit meinem Aktuellen noch ein paar Wochen. Aber Amber Lincoln hat mir einen Job angeboten und damit würde ich ein neues Visum bekommen.«

Der Job bei Amber war Fluch und Segen zugleich. Er gab mir die Möglichkeit bei Damian zu bleiben und gleichzeitig würde ich alles aufgeben.

»Wow. Ein Job bei den Lincolns ist super. Aber ich kann verstehen, dass du nicht einfach in ein anderes Land ziehen willst. Deutschland ist ja auch nicht gerade um die Ecke. Und wenn du den Job erstmal befristet annimmst? Für ein halbes Jahr oder so? Dann könntest du schauen wie sehr dir deine Familie fehlt, wie es mit Damian läuft und so weiter.«

An eine Art Probezeit hatte ich auch schon gedacht.

»Ich glaube, das möchte ich Amber nicht antun. Sie will sich ja auch auf ihre Mitarbeiter verlassen. Und wenn ich nach so einer Chance einfach wieder kündigen würde, wäre das ihr gegenüber unfair. Aber die Idee ist nicht schlecht. Danke Sam«, sagte ich aufrichtig.

»Das habe ich doch gerne gemacht. Ich bin mir sicher, ihr findet eine Lösung.«

Ich seufzte erneut. Was für eine Lösung? Es war er und ein toller Job oder meine Heimat. Diese Entscheidung konnte mir keiner abnehmen. Trotzdem hatte mich das Gespräch mit Sam ein wenig beruhigt.

»Ich hoffe es.«

»Wenn etwas ist, kannst du mich immer anrufen. Und du kannst natürlich auch jederzeit vorbeikommen. Ich wohne in

San Francisco in einer kleinen Wohnung. Da habe ich immer ein Plätzchen für dich frei.«

Ihr Angebot freute mich. Ich versicherte ihr, dass wir uns auf jeden Fall noch einmal sehen würden, bevor ich zurück nach Deutschland musste. Bei dem Gedanken an meinen Rückflug wurde mir allerdings sofort wieder flau im Magen.

Nachdem ich das Handy beiseitegelegt hatte, schaute ich mir das Kuvert genauer an. Ich öffnete den braunen Umschlag und fischte ein gefaltetes Blatt hervor.

Liebe Emily.
Vielen Dank für dein großes Engagement. Deine Ideen waren brillant und ich kann mich nur wiederholen, dass wir so jemanden wie dich gebrauchen könnten. Die Vergütung entspricht unseren Vorgaben für externe Aufträge. Deine Arbeit an Logans Fragen und Anmerkungen habe ich bereits mitgerechnet. Ich hoffe, du bist damit einverstanden, ansonsten ruf mich gerne an und wir sprechen darüber.
Alles Liebe, Amber

Wie passend, dass sie mir schon wieder den Job anbot. Ich zog die restlichen Papiere aus dem Umschlag. Es waren zwei Schecks und eine Abrechnung. Gespannt drehte ich den ersten Scheck um und erstarrte augenblicklich.

Tausend Dollar stand dort sowohl in Zahlen als auch in Worten ausgeschrieben. Ich wusste, dass man mit innovativen Ideen in hoch angesehenen Firmen gutes Geld verdienen konnte, allerdings hatte ich mir ja noch keinen Namen in dieser Branche gemacht.

Wofür war dann der zweite Scheck? Ich faltete die Abrechnung auseinander und studierte sie gründlich.

Ich musste noch ein zweites und sogar ein drittes Mal lesen.

Vorbereitung: 500$
Präsentation und Idee: 1400$
Optimierung: 500$

Gesamt: 2400$

Ich konnte es kaum glauben. Tief in meinem Inneren wusste ich, dass die Zahlen gerechtfertigt waren, doch ich hätte nie damit gerechnet, so viel zu verdienen. Damit hatten sich meine Sorgen um einen Rückflug in Luft aufgelöst.

Der zweite Scheck war demnach über 1400 Dollar.

Andächtig packte ich alles zurück in den Umschlag und überlegte, wo ich ihn am besten aufbewahren konnte. Letztendlich steckte ich ihn in die Hülle meines MacBooks. Da passte ich gut drauf auf und das Geld würde ich sowieso nicht lange behalten.

Noch motivierter als zuvor, setzte ich mich an die Präsentation und blendete alle Gedanken um Damian oder Tracey vollkommen aus.

Das Öffnen der Wohnungstür holte mich aus meiner Arbeit zurück ins Hier und Jetzt.

»Hey.« Grinsend legte Damian seine Tasche auf der Kommode ab.

Unser Kuss war erst wenige Stunden her. Da er aber direkt danach gegangen war, wusste ich nicht, wie ich mich verhalten sollte. Bei der Erinnerung prickelten meine Lippen angenehm.

Ich erwiderte das ›Hey‹ leise und beendete den bereits angefangenen Satz auf dem Laptop.

Damian lief durch die Wohnung und so sehr ich mich auch bemühte, konnte ich mich nicht mehr konzentrieren.

Nervös tippte ich mit dem Fuß auf den Boden und zwang mich, nicht wie ein liebesgestörtes Weibchen zu ihm zu rennen. Alles in mir schrie danach, mich einfach in seine starken Arme fallenzulassen und das unangenehme Treffen mit seiner Mutter zu vergessen.

Als sich Damians warme Hände auf meine Schultern legten, hätte ich am liebsten laut aufgeseufzt. Ich ließ meinen Kopf gegen seinen durchtrainierten Bauch sinken und schaute ihn betont gelassen an.

»War dein Meeting erfolgreich?«

Ohne meine Frage zu beantworten, löste Damian seine Hände von meiner Haut und zog sich einen Stuhl heran. Er stützte die Ellenbogen auf seine Knie und musterte mich eindringlich.

Wie gern ich ihm durch die Haare streichen würde. Ich presste die Hände in meinen Schoß und erwiderte seinen Blick.

»Eigentlich lief das Meeting ziemlich gut. Wir haben uns mit dem potenziellen Partner getroffen und es sieht so aus, als würde er bei uns einsteigen. Allerdings hat mir dieses Treffen wieder gezeigt, dass ich mich nicht für Finanzen interessiere. Daher habe ich meinen Vater auch um ein Gespräch gebeten. Ich möchte ihm sagen, dass ich mein eigenes Projekt starten werde.«

Mir klappte der Mund auf. Natürlich hatte er mir bereits im Flugzeug eröffnet, dass er sich von seinem Vater lösen wollte. Doch das ging jetzt schneller als gedacht. Ich nahm seine Hände in meine und ignorierte dabei das angenehme Kribbeln, welches sich augenblicklich auf meiner Haut ausbreitete. »Das ist toll, Damian. Natürlich solltest du nichts überstürzen und behutsam vorgehen. Aber ich bin mir sicher, dass das der richtige Weg ist.«

Ein dankbares Lächeln erschien auf seinem Gesicht und er drückte liebevoll meine Hände. »Danke Emily. Ohne dich würde ich das nicht schaffen. Ich habe heute Nachmittag einen Termin bei meinen Eltern und ich würde mir wünschen, dass du mich begleitest.«

Sofort war meine gute Laune verflogen und ein Kloß bildete sich in meinem Hals.

Es war unglaublich, dass Damian endlich seinen eigenen Willen durchsetzen wollte, und ich würde ihn so gerne unterstützen. Aber war es hilfreich, wenn mich Tracey bei diesem Gespräch sehen würde?

»Was ist los? Ich weiß, dass ich das eigentlich allein durchziehen muss. Aber es würde guttun, dich an meiner Seite zu wissen. Aber wenn du nicht möchtest …«

Enttäuschung schwang in seiner Stimme mit und ich zwang mich zu einem Lächeln. Es ging um Richards Firma, da war Tracey erstmal nebensächlich.

»Nein, versteh das nicht falsch. Ich komme gerne mit«, sagte ich bemüht fröhlich. »Ich saß den ganzen Tag am Laptop und bin ein wenig müde. Aber eine kalte Dusche und ich bin wieder fit.«

Ich wollte ihm nichts von meiner Sorge wegen seiner Mutter erzählen. Damian hatte schon genug Baustellen und ich wollte nicht schuld an einem Familienstreit sein. Tracey war mein Problem.

Die kalte Dusche würde zwar das Unbehagen nicht abwaschen, aber vielleicht würde sie wenigstens gegen die Hitze helfen, die sich unter Damians Blick in meinem Körper verteilte.

Sofort erschien wieder ein Lächeln auf seinem Gesicht und er stand begeistert auf. »Vielen Dank. Ich gehe dann jetzt in mein Büro und bereite noch ein paar Dinge vor, schließlich möchte ich sie im besten Fall auch gleich von meinem Projekt überzeugen.« Dann eilte er in das hintere Zimmer und ließ mich allein.

Ich konnte kaum fassen, wie er sich in so kurzer Zeit verändert hatte. Noch vor einer Woche hatte er nicht im Traum daran gedacht, seinem Vater von seiner Leidenschaft für Architektur zu erzählen. Jetzt schmiedete er konkrete Pläne. Außerdem hatte ich ihn heute zum ersten Mal glücklich von einem Meeting kommen sehen, obwohl es ihm keinen Spaß gemacht hatte.

Ich öffnete das letzte Dokument für Logan und Amber.

Auch wenn ich mir die größte Mühe gab, konnte ich nicht verhindern, dass meine Gedanken immer wieder zu Tracey schweiften. Wenn Sam Recht behielt, hatte sie Angst um Damians Vermögen. Aber vielleicht würde sie ja einsehen, dass ich nur sein Bestes wollte, wenn sie erfuhr, dass ich bald wieder nach Hause fliegen würde.

Bei dem Gedanken zuckte ich zusammen. Wie sollte ich Damian hier zurücklassen, nach allem, was passiert war?

Nachdem ich die Unterlagen vollständig bearbeitet hatte, sendete ich es zurück an Logan und packte den Laptop in seine Tasche.

Dabei fiel mein Blick auf die beiden Schecks und ich schaute zu der geschlossenen Bürotür. Eigentlich hatte ich den richtigen Moment abwarten wollen. Aber wann würde der sein? Schließlich wartete ich auch noch auf den richtigen Augenblick, um über den Kuss zu sprechen.

Ich nahm den Umschlag und ging zu Damian.

Vorsichtig öffnete ich die Tür und lugte herein.

»Tut mir leid, habe ich dich schon wieder zu lange warten lassen?« Er kratzte sich am Kinn.

Ich hob beschwichtigend die Hände und betrat den

Raum. Eigentlich hatte sich meine Idee die ganze Zeit richtig angefühlt. Aber wie würde Damian reagieren?

»Nein. Keine Sorge. Darum geht es nicht. Ich wollte etwas mit dir besprechen.«

Damian zog die Augenbrauen nach oben und beobachtete, wie ich langsam den Tisch umrundete und unschlüssig neben ihm stehen blieb.

Ich straffte die Schultern, lehnte mich selbstbewusst gegen den Schreibtisch und streckte ihm den Scheck entgegen.

Verwirrt nahm er das Papier und studierte es. »Amber hat dir nur 1.400$ gezahlt? Für Vor- und Nachbereitung und eine Präsentation? Das hätte ich jetzt nicht erwartet. Soll ich mit ihr reden?«

Ich brauchte einen Moment, um das Gesagte zu verarbeiten. Dann schüttelte ich den Kopf. »Nein, nein. Das ist einer von zwei Schecks und ich bin vollkommen zufrieden mit dem Betrag. Aber …«

»Ach, ich soll dir das Geld überweisen, weil du hier keinen Scheck einlösen kannst?«

Ich verdrehte die Augen. »Nein. Jetzt lass mich doch bitte einfach ausreden.«

Entschuldigend grinste er mich an, verschloss seinen Mund pantomimisch und warf den Schlüssel weg. Ich konnte mir ein Lachen nicht verkneifen. Wieso war er nur so süß?

»Das Geld ist für dich«, sagte ich mit fester Stimme. »Ich weiß es zu schätzen, dass du mir einen Laptop und all die Kleider bezahlt hast. Aber das musstest du nicht. Ich bin bei dir, weil ich dich mag und gerne Zeit mit dir verbringe. Nicht, weil du mich mit teuren Dingen versorgst.«

Perplex starrte mich Damian an. Er gab keinen Mucks von sich und auch in seinem Gesicht konnte ich keine Regung ausmachen.

»Hallo? Erde an Damian …« Ich wedelte mit der Hand vor seinen Augen hin und her.

Es schien zu funktionieren, denn er blinzelte verdattert. Dann sprang er auf und im nächsten Augenblick zog er mich in eine feste Umarmung. Sachte strich er mir mit dem Daumen über die Wange. »Emily Martin, du bist einfach unglaublich. Ich habe noch nie eine Frau wie dich getroffen.«

Ich lächelte ihm entgegen. In meinem Magen flatterte es und ich legte meine Hände vorsichtig auf seine Brust. »Ich habe dir doch gesagt, dass du einfach die falschen Frauen kennengelernt hast.« Ich zwinkerte ihm frech zu.

Damians Augen funkelten. Sein Blick wanderte über mein Gesicht. Mit der Hand fuhr er meine Hüfte entlang. Seine Berührung hallte durch meinen Körper bis in die Zehenspitzen.

»Milly, sag mir, dass heute Morgen kein Fehler war«, hauchte er mit einer Spur Verzweiflung in der Stimme.

»Es war kein Fehler«, seufzte ich atemlos.

»Sag mir, dass ich dich wieder küssen darf.« Seine Lippen näherten sich meinen und seine Augen flehten mich regelrecht an.

Ich schluckte. Mein Kopf war wie leergefegt. Mein Körper schrie nach seiner Berührung.

»Küss mich!«

Kaum hatte ich die zwei Worte ausgesprochen, pressten sich seine weichen Lippen auf meine. Entschlossen ließ er seine Hand von meinem Gesicht in meinen Nacken wandern. Dann zog er mich noch näher an sich. Seine samtige Zunge berührte meine. Ich keuchte. Der Geschmack von Pfefferminze traf meine Sinne. Meine Knie wurden weich. Damian griff nach meinem Hintern und setzte mich auf den Schreibtisch. Er drängte sich zwischen meine Beine und küsste mich mit einer Intensität, die ich so noch nie erlebt hatte. Mein

Herzschlag beschleunigte sich und ich krallte die Hände in seinen Nacken.

Seine Hand wanderte zu meinem Oberschenkel, schob das Kleid nach oben und strich über meine nackte Haut.

Wie von Sinnen nestelte ich mit zitternden Fingern an seinem Gürtel. Als ich ihn öffnete und unter den Stoff seines Poloshirts glitt, zuckten seine Bauchmuskeln. Ich fuhr die weiche Haut oberhalb seines Hosenbundes entlang. Damian erstarrte. Ein Keuchen entwich seiner Kehle. Alles in mir zog sich zusammen und ich presste mich gegen ihn. Ich wollte mehr. Ich wollte alles. Damian stöhnte. Durch diesen Laut ermutigt, strich ich mit den Händen über seinen nackten Bauch und zeichnete das »V« aus Muskeln, welches in seiner Hose verschwand, nach.

Damians Griff um meinen Oberschenkel wurde fester, während sich die andere Hand über meinen Hals zu meinen Brüsten bewegte. Seine Berührung durch den dünnen Stoff des Kleides hinterließ eine brennende Spur auf meiner Haut. Ich seufzte erneut.

Verdammt. Ich wollte ihn spüren. Ich packte den Stoff seines Shirts und zog es nach oben. Um es ihm über den Kopf ziehen zu können, lösten wir den Kuss für einen Moment.

Als hätte ich einen Stromschlag bekommen, realisierte ich in diesem Augenblick, was wir gerade taten.

Damian warf das Kleidungsstück achtlos auf den Boden und presste seine mittlerweile leicht geschwollenen Lippen auf meinen Hals.

Ich stand kurz davor, dass sich mein Gehirn wieder verabschiedete, aber ich zwang mich zur Vernunft.

»Damian.«

Entweder er hatte es nicht gehört, oder er ignorierte mich, denn er küsste meinen Hals weiterhin leidenschaftlich.

Sanft griff ich in seine Haare und zog daran. »Damian. Stopp!«

Mit einem Grummeln löste er sich von mir. »Was ist los?« Sein Atem ging schwer und seine Finger krallten sich weiterhin in meine Hüfte.

Da ich mir selbst nicht sicher war, was genau ich wollte, zögerte ich kurz.

Ein verschlagenes Grinsen bildete sich auf seinem Gesicht und er saugte erneut an der empfindlichen Haut meines Halses.

Ich konnte nicht anders, als aufzulachen. »Wir haben gleich einen Termin bei deinen Eltern.« Der Gedanke an Tracey war fast so hilfreich wie eine kalte Dusche.

Fluchend löste er sich von mir, um einen Blick auf die Uhr zu werfen. »Verdammt«, stöhnte er genervt auf. Spielerisch zupfte er an meinem Oberteil. »Ich sollte noch duschen gehen, kommst du mit?«.

Lachend schubste ich ihn ein Stück zurück und stand auf. »Träum weiter.« Mit zitternden Fingern rückte ich mein Kleid zurecht.

»Zu schade«, hauchte Damian in mein Ohr und machte sich auf den Weg.

Oh ja. Das fand ich auch.

17. Kapitel

Eine halbe Stunde später standen Damian und ich zurechtgemacht im Wohnzimmer. Nervös fuhr er sich immer wieder durch die Haare oder strich sein Hemd glatt.

Ich ergriff seine Hand. »Beruhig dich. Es wird schon alles klappen.«

Daraufhin seufzte er und nickte. »Das hoffe ich. Ich meine, ich habe ein sinnvolles Konzept und bin ein erwachsener Mann. Meine Eltern werden das schon verstehen.« Dann öffnete er schwungvoll die Wohnungstür und marschierte los. Bevor ich ihm folgte, atmete ich noch einmal tief durch und wappnete mich für das Treffen mit Tracey.

Vor der imposanten Haustür blieben wir stehen. Mit neugewonnenem Selbstbewusstsein straffte Damian die Schultern und klingelte.

»Hallo, mein Sohn. Komm doch rein«, begrüßte uns Richard.

Hinter ihm tauchte Tracey mit einem liebevollen Lächeln auf, welches augenblicklich verbissen wurde, als sie mich sah.

»Hallo Schatz. Und hallo Emily.«.

Immerhin hatte sie mich dieses Mal bei meinem richtigen Namen genannt.

Richard schaute ebenfalls für einen Moment überrascht, doch dann begann er zu lächeln und reichte mir seine Hand. »Emily. Entschuldige ich habe dich gar nicht gesehen. Ich wusste nicht, dass du auch hier in Los Angeles bist. Es ist schön dich zu sehen.«

Bei seinen Worten schaute ich sofort zu Tracey, doch sie ließ sich nichts anmerken. Offensichtlich war ich nicht die Einzige, die unser Treffen verschwiegen hatte.

»Mom. Dad. Danke, dass ihr euch die Zeit für mich nehmt. Emily ist mit mir nach Los Angeles gekommen und wohnt zurzeit bei mir in der Wohnung.« Damian legte fürsorglich den Arm um meine Schultern.

Richard nickte noch einmal, bevor er uns in das geräumige Wohnzimmer führte.

Vor einer riesigen Fensterfront stand eine beige Sofagruppe, auf die Damian zusteuerte und mich mit sich zog.

Traceys bemühtes Lächeln war mittlerweile deutlich verrutscht. Konnte sie nicht wenigstens versuchen, freundlich zu schauen?

Richard erzählte gut gelaunt von dem Telefonat mit einem potenziellen Kunden, während er zum Servierwagen an der Wand ging.

»Damian, was möchtest du trinken? Einen Scotch? Und wie sieht es bei dir aus, Emily?« Er griff nach einem Glas.

Damian räusperte sich und ich konnte spüren, wie die Anspannung von Minute zu Minute wuchs.

»Mir reicht ein Wasser«, sagte er schließlich mit rauer Stimme.

»Mir auch, bitte.« Unauffällig strich ich über Damians Arm. Sofort bereute ich diese Geste, denn Tracey hatte sie gesehen. Wenn Blicke töten könnten, würde ich jetzt umfallen.

Nachdem Richard die Getränke verteilt hatte, ließ er sich auf einen Sessel gegenüber von uns nieder. »Also, was gibt es so Wichtiges zu besprechen?«

Damian fuhr sich erneut durch die Haare. Er richtete sich

ein wenig auf und blickte zwischen seinen Eltern hin und her. »Ich weiß nicht, ob es euch aufgefallen ist, aber ich bin in letzter Zeit nicht mehr mit derselben Motivation wie früher bei unseren Meetings dabei.« Seine Stimme klang gefasst. Da kam wohl wieder der Geschäftsmann in ihm hervor.

Sein Vater nickte wissend.

»Nun, das liegt daran, dass es mir keinen Spaß macht.« Er kratzte sich am Kinn. »Um genau zu sein, hat es mir noch nie Spaß gemacht. Ich habe das Studium gewählt, weil es der einfache Weg war. Ich war gut in dem, was ich tat und bei dir in der Firma zu arbeiten, klang nach einem tollen Plan. Aber jetzt habe ich mir endlich eingestanden, dass es eben nicht der Weg ist, der mich glücklich macht.« Damian holte Luft, ohne dabei seinen Vater aus den Augen zu lassen.

Richards Miene war weitestgehend unverändert, während Tracey ein ungläubiges Gesicht machte.

»Ich bin euch dankbar für alles, was ihr für mich getan habt. Aber es ist an der Zeit, etwas Eigenes aufzubauen.«

Ruckartig sprang Tracey auf. Anklagend zeigte sie mit dem Finger auf mich. »Sie hat dir diesen Floh ins Ohr gesetzt, nicht wahr? Willst du das alles aufgeben, für ein …« Sie suchte nach dem passenden Wort. »Für so ein Flittchen?«

»Bitte was?« Ich funkelte sie an. »Denken Sie von mir was Sie wollen. Aber behalten Sie Ihre Beleidigungen für sich!« Ich biss mir auf die Zunge, um nicht noch mehr zu sagen. Hier ging es um Damians Zukunft und nicht um unsere Gefühle.

»Tracey. Wie kannst du nur?«, fragte Richard verdattert. Er stand auf und ging zu ihr hinüber. »Tut mir leid, Emily. Ich weiß nicht, was in meine Frau gefahren ist.« Er legte ihr eine Hand auf die Schulter.

»Pfff.« Trotzig ließ sie sich wieder auf das weiche Leder

fallen und verschränkte die Arme. »Aber es ist doch so. Unser Sohn hatte schon viele Frauen. Und eine war schlimmer als die andere. Aber jetzt kommt diese Frau daher, wohnt bei ihm, lässt sich was sonst noch alles von ihm bezahlen und setzt ihm auch noch solche Flausen in den Kopf« Traceys Gesicht war rot angelaufen.

»Du kennst Emily doch gar nicht!« Damian presste die Hände auf seine Oberschenkel.

Sanft legte ich meine Hand auf seine. Das hier war mein Problem, nicht seins.

»Hören Sie, Tracey. Sie mögen mich offensichtlich nicht. Und das ist auch okay. Aber es geht hier nicht um uns, sondern um Damian. Sie sagen, ich hätte es auf sein Geld abgesehen? Denken Sie doch mal nach. Im Moment verdient er sehr viel Geld und profitiert von Ihrer Firma. Wieso sollte ich ihm raten etwas Eigenes aufzubauen, mit dem Wissen, dass es auch schiefgehen kann? Wieso sollte ich ihm so etwas raten, wenn er doch einen gut bezahlten Job hat? Also nein. Es geht mir nicht um sein Geld.«

Damian drückte bestätigend meine Hand.

»Ich verdiene mein eigenes Geld und bin glücklich damit. Und nichts anderes habe ich Damian geraten. Ich habe einfach gefragt, was ihn glücklich macht.«

Tracey zog empört die Augenbrauen zusammen. »Glücklich sein?« Sie schnaubte. »Er hat hier alles was er braucht. Andere wären neidisch, so einen lukrativen Job zu haben. Also setz ihm nicht solche Flausen in den Kopf.«

Ich schluckte. Ich musste unbedingt sachlich bleiben.

»Sie haben hier etwas Unglaubliches aufgebaut. Das stelle ich überhaupt nicht in Frage. Aber wenn sich Damian damit nicht wohl fühlt, bringt das Geld doch auch nichts.«

»Sagt die, die sich auf Kosten meines Sohnes ein schönes

Leben macht!« Tracey zeigte erneut mit dem Finger auf mich.

Sofort griff Richard nach ihrer ausgestreckten Hand.

»Es reicht, Mom. Emily ist die einzige Person, die jemals mein Geld abgelehnt hat. Auch wenn es dich nichts angeht, gerade heute Morgen hat sie mir einen Scheck gegeben. Um ein Outfit zu bezahlen, dass ich ihr eigentlich geschenkt hatte.« Fordernd starrte Damian seine Mutter an, welche nur mit den Schultern zuckte.

»So eine Person ist Emily. Sie ist selbstlos und die Einzige, die mich seit langem mal gefragt hat, was ich möchte. Hast du mich gefragt, ob ich bei eurer Spendengala mitmachen möchte? Oder hast du mich gefragt, ob ich mit ins *Cobertizo* möchte? Nein. Du setzt immer voraus, dass ich ja sage. Und ich weiß, dass du nur mein Bestes willst. Aber damit ist jetzt Schluss.«

Er hatte sich in Rage geredet und atmete nun hektisch ein und aus.

Richard räusperte sich. »Vielleicht sollten wir uns alle beruhigen. Dann können wir vernünftig darüber reden.«

Tracey wollte etwas erwidern, doch er schaute sie scharf an, woraufhin sie still blieb.

»Emily, ich möchte mich nochmal für das Verhalten meiner Frau entschuldigen.« Ich konnte ihm ansehen, wie unangenehm ihm ihr Verhalten war.

Am liebsten würde ich die Entschuldigung aus Traceys Mund hören. Aber gleichzeitig wollte ich die Situation nicht unnötig verschärfen. Daher nickte ich mit zusammengepressten Lippen.

Damian schien das anders zu sehen, denn seine Kiefermuskeln spannten sich immer wieder an. »Mom soll sich entschuldigen. Sonst brauchen wir gar nicht weiter zu reden.«

Tracey verschränkte die Arme vor der Brust. Wie konnte man sich als erwachsene Frau so kindisch verhalten?

Richard stupste sie an.

»Hmpf«, grummelte sie vor sich hin. »Es tut mir leid, dass ich dir unterstellt habe, nur auf Damians Geld aus zu sein. Dir geht es bestimmt um seine inneren Werte.«

Ich verdrehte die Augen. War ja klar, dass sie es nicht bei einer einfachen Entschuldigung belassen konnte.

»Dann haben wir das ja geklärt.« Richard nahm einen großen Schluck von seinem Whiskey. »Jetzt zu dir, Damian. Wenn du dich übergangen gefühlt hast, tut mir das leid. Das war keine Absicht. Offensichtlich haben wir einiges aufzuarbeiten. Ich würde vorschlagen, wir fangen bei deinem Job an. Du hast gesagt, du möchtest dir etwas Eigenes aufbauen. Wie hast du dir das vorgestellt?«

Dankbar warf ich Richard einen Blick zu und musterte Damian. Bei den pragmatischen Worten seines Vaters hatte er sich merklich entspannt. Vorsichtig lächelte er mir zu, drückte meine Hand und lehnte sich ein wenig nach vorne.

»Während meines Studiums habe ich schon bemerkt, dass mir Finanzen einfach nicht so viel Spaß machen. Aber ich wollte euch nicht enttäuschen. Außerdem wollte ich Cole ein Vorbild sein. Deswegen habe ich das Studium nicht abgebrochen. Ich dachte, wenn er sieht, wie ich etwas durchziehe, wird er endlich erwachsen und kommt nach Hause, anstatt weiter durch die Welt zu tingeln.« Er zupfte einen Fussel von seiner Hose. »Aber ich hatte als Wahlpflichtfach Architektur und das hat mir sehr gefallen. So sehr, dass ich mich zu einem Doppelabschluss eingeschrieben habe und diesen letztendlich auch mit sehr guten Noten bestanden habe. Das ist es, was ich machen möchte. Ich möchte Häuser sanieren, umgestalten oder auch ganz neu bauen.«

Nun war die Bombe geplatzt. Doch anstelle von Angst oder Unbehagen konnte ich nur Freude in Damians Augen sehen. Mein Herz schwoll in der Brust an. Endlich hatte er es ausgesprochen.

»Du hast einen Doppelabschluss?«, fragte sein Vater.

Damian nickte.

»Nun das ist …«, Richard schaute zu seiner Frau, die allerdings genauso überrascht aussah. »Das ist ja unglaublich. Mich hat das Studium damals an meine Grenzen gebracht. Kaum zu glauben, dass du dieser Belastung standgehalten hast.« Ich konnte die Bewunderung in seiner Stimme hören.

Damian zuckte etwas unbeholfen mit den Schultern. »Es hat mir einfach Spaß gemacht und da fiel es mir auch leicht, gute Noten zu schreiben.«

»Wieso hast du uns davon nichts erzählt?« Tracey hatte endlich ihre Sprache wiedergefunden.

Damian brachte ein leichtes Lachen zustande und kratzte sich verlegen am Kopf. »Um ehrlich zu sein, ist der Grund ziemlich blöd. Ich dachte, ihr erwartet von mir, dass ich in die Firma einsteige. Das ihr alles andere für nicht gut genug empfinden würdet.«

Richard öffnete den Mund und fuhr sich durch die Haare. Damian und er waren sich so ähnlich. »Damian, wir sind stolz auf dich. Egal was du tust. Natürlich habe ich mir gewünscht, dass du in die Firma einsteigst. Besonders, nachdem klar war, dass Cole dafür nicht infrage kommt. Aber diese Firma ist der Traum von mir und deiner Mutter. Du musst aus deinem Leben das machen, was du für richtig hältst und dich glücklich macht.«

Damian schluckte und schien nach den passenden Worten zu suchen. Er blinzelte einige Male. »Das hat mir Emily auch gesagt. Ich weiß auch nicht, wieso ich darüber so anders gedacht habe. Aber sie hat mir die Augen geöffnet.« Er lächelte seine Eltern breit an.

Richards Blick flog zu mir und ich konnte Dankbarkeit in seinen Augen sehen. Tracey presste ihre Lippen zu einem dünnen Strich zusammen. »Und was möchtest du jetzt machen?«, fragte sie mit einem Kratzen in der Stimme.

Damian zog sofort euphorisch die Mappe mit Entwürfen hervor und reichte sie seinem Vater.

»Wie schon gesagt, möchte ich etwas Eigenes aufbauen. Ich möchte nicht nur als euer Sohn, sondern auch als Geschäftsmann ernstgenommen werden. Dafür werde ich eine eigene Firma gründen. Mein erstes Projekt wird die Kernsanierung des Kinderheims in New Orleans sein. Natürlich muss ich dafür genügend Partner und Gelder generieren. Ich will schließlich nicht mein ganzes Privatvermögen investieren oder euch um Geld bitten, aber ich glaube, ich schaffe das.«

Richard nickte beeindruckt, während er durch die Unterlagen blätterte. »Das sieht vielversprechend aus. Ich verstehe, dass du deinen Weg gehen musst. Aber wenn wir dir helfen können, egal ob als Eltern, als Firma oder als Partnerfirma, dann sind wir für dich da.«

Überrascht starrte Damian seinen Vater an. »Eine Partnerschaft?«

Wie konnte es sein, dass er bei all den Szenarien, die er sich ausgemalt hatte, nicht auf diese Idee gekommen war?

»Natürlich nur, wenn du möchtest«, sagte sein Vater. »Aber es könnte nützlich sein und für, sagen wir sechzig Prozent, investieren wir gerne in deine Firma.«

Damian lachte auf. »Ihr bekommt maximal fünfzehn Prozent, aber darüber können wir gerne noch verhandeln.«

Richard stand auf und streckte ihm die Hand entgegen. Damian grinste wie ein Honigkuchenpferd und ergriff sie.

Besser hätte es nicht laufen können, zumindest wenn man Tracey außer Acht ließ. Seinem Vater schien der Händedruck nicht zu reichen, denn er zog ihn in seine Arme. »Ich bin stolz auf dich«, murmelte er.

Ich lächelte glücklich vor mich hin. Endlich hatte sich Damian von seiner Angst gelöst und so viel Verständnis von Richard war ein Segen.

Seine Mutter dagegen beobachtete das Geschehen argwöhnisch. Als hätte sie meinen Blick gespürt, drehte sie den Kopf in meine Richtung. Mir wurde augenblicklich eiskalt. Verachtend zog sie die Augenbrauen nach oben. »Diese Laune hält keinen Monat. Und selbst wenn doch, wirst du nicht bleiben«, flüsterte sie mir zu.

Ein Schauer rann mir über den Rücken. Mit einem Punkt hatte sie ins Schwarze getroffen. Ich würde bald nicht mehr hier sein. Mein Magen verkrampfte sich.

Siegessicher grinste sie mich an.

Die beiden Männer lösten sich voneinander und Damian reichte mir seine Hand. Mit wackeligen Beinen stand ich auf. Als sich die Wärme seiner Berührung in meinem Körper ausbreitete, beruhigte ich mich ein wenig.

»Danke für euer Verständnis. Dad, ich habe morgen einen Termin, um meine Firma eintragen zu lassen. Würdest du mich begleiten?«

Damian hatte also nichts von den Worten seiner Mutter mitbekommen. Verständnis hatte sie definitiv nicht.

Richard nickte und legte ihm die Hand auf die Schulter. »Natürlich, mein Sohn. Schick mir einfach die Uhrzeit und ich werde da sein.«

Kaum hatte sich die Tür hinter uns geschlossen, schlang Damian seine Arme um meine Taille und hob mich hoch.

Lachend kreischte ich auf, vergrub die Hände in seinen Haaren und sah ihm tief in die Augen. Nachdem er sich mehrmals im Kreis gedreht hatte, setzte er mich wieder ab und lehnte seine Stirn an meine. Sein Blick brannte sich in meinen und der Stress der letzten Stunde rückte in den Hintergrund. Zärtlich strich er mit dem Daumen über meine Wange.

»Ich weiß gar nicht, wie oft ich mich noch bei dir bedanken soll. Danke Emily. Ohne dich hätte ich das nie geschafft.«

Von seiner Euphorie benebelt lächelte ich glücklich zurück. Seine Hand wanderte in meinen Nacken, dann presste er seine weichen Lippen auf meine.

Mein ganzer Körper kribbelte und ich seufzte wohlig. Von seinen Küssen würde ich wohl nie genug bekommen. Ich krallte die Hände in sein Shirt und zog ihn näher an mich. Damian küsste mich leidenschaftlicher und drängte seinen Körper gegen meinen. Ich hatte das Gefühl, der Boden würde unter meinen Füßen schwanken. Plötzlich löste er sich von mir.

Als Damian meinen enttäuschten Blick sah, lachte er auf. »Schau mich nicht so an. Ich wollte nur zurück in die Wohnung gehen. Ich muss dauernd an die Szene in meinem Büro denken und würde da sehr gerne weiter machen.«

Ohne auf eine Antwort zu warten, schnappte sich Damian meine Hand und lief los.

Bei der Erinnerung an seine Berührungen flatterte es in meinem Unterleib. Wie gerne ich dort weitermachen würde. Aber konnte ich das wirklich? Mit jedem Kuss kam ich Damian näher und umso schwieriger würde es werden, ihn in wenigen Wochen zu verlassen. Er hatte zwar gesagt, dass wir eine Lösung finden würden, aber wollte er das überhaupt? Schließlich war die Unterhaltung auf der Yacht vor unserem

Kuss gewesen. Bei seinen Eltern hatte er auch nur gesagt, dass ich bei ihm wohnen würde. Ich hatte nicht erwartet, dass er mich als seine Freundin vorstellen würde. Trotzdem fühlte es sich seltsam an. Wir mussten dringend darüber reden.

Zurück in der Wohnung klingelte Damians Handy, sodass ich mich diesem Thema zumindest nicht sofort stellen musste. Mit einem entschuldigenden Blick nahm er das Gespräch entgegen. »Hey Caroline, schön von dir zu hören«, murmelte er, während er eilig in seinem Büro verschwand.

Bei dem Namen klingelte sofort eine Alarmglocke in meinem Kopf. Trotzdem brauchte ich einen Moment, bis ich ihn zuordnen konnte. So hieß doch die Tochter dieser Melanie, die im *Cobertizo* die ganze Zeit mit ihr angegeben hatte. Sie und Tracey hatten sogar versucht, Damian diese Frau vor meinen Augen schmackhaft zu machen. Wieso telefonierten die beiden? Oder kannte er vielleicht noch eine Caroline und es war ein dummer Zufall?

In der Hoffnung, Logan hätte mir schon auf meine Vorschläge geantwortet, checkte ich die Mails. Wer wusste schon, wie lange Damian in seinem Büro bleiben würde. Und ich wollte nicht untätig herumsitzen. Umso glücklicher war ich, als ich tatsächlich eine neue Nachricht hatte.

Ich beantwortete seine Fragen und teilte ihm meine Handynummer mit. Manchmal war es viel einfacher, ein kurzes Telefonat zu führen, als zehnmal hin und her zu schreiben.

Ob Damian noch mit dieser Caroline telefonierte? Auch wenn ich weder wusste, worum es ging, noch sie kannte, hatte ich ein ungutes Gefühl dabei.

Keine Sekunde später schallte Damians Lachen durch die Wohnung. Mein Magen verkrampfte sich und ich biss mir auf die Lippe. Im *Cobertizo* hatte es eigentlich nicht so geklungen, als wären sie gut befreundet. Ich klappte den Laptop zu, entsperrte das Handy und checkte auch hier meine Nachrichten.

Es war eine neue von meinen Eltern dabei. Sofort beschlich mich ein schlechtes Gewissen. Sie wussten zwar, dass ich länger in den USA bleiben würde, allerdings hatte ich ihnen nie einen richtigen Grund genannt.

Auch dieses Mal hielt ich meine Antwort möglichst vage, versprach aber, mich bald wieder zu melden.

Die zweite Nachricht war von Sam. Sie schrieb mir, dass sie in ein paar Tagen ein weiteres Date mit der Kellnerin haben würde. Das waren tolle Neuigkeiten. Ich freute mich für sie und wünschte ihr viel Glück.

Gerade als ich den Fernseher einschalten wollte, öffnete sich die Bürotür mit einem leichten Quietschen und wenige Augenblicke später warf sich Damian zu mir auf die Couch.

»Bitte entschuldige, das war wichtig.«

Noch immer spukte der Name *Caroline* in meinem Kopf herum.

Wieso fühlte es sich so an, als würde er mir etwas verheimlichen? Unruhig rutschte ich auf dem Sofa hin und her. »Kein Problem. War es geschäftlich?«

Damian kratzte sich am Kinn und nickte. »Ja, ein Kollege meines Vaters wollte noch ein paar Einzelheiten klären.« Er fokussierte den Fernseher, als liefe etwas unfassbar Spannendes. »Der Typ ist manchmal echt schwer von Begriff«, sagte er grinsend. Aber das Lächeln erreichte seine Augen nicht.

Ich musste schlucken. Ich war mir sicher, dass ich mich nicht verhört hatte. Wieso log mich Damian an? Sollte ich ihn darauf ansprechen? Aber ich wollte auch nicht wie eine eifersüchtige Furie klingen. Besonders nicht, solange das zwischen uns noch ungeklärt im Raum stand.

»Aha.« Ich presste die Lippen fest aufeinander und konzentrierte mich auf den Film.

Nach einigen Minuten seufzte Damian und legte seinen Arm um meine Schultern. Ich blieb regungslos in meiner Position sitzen und bemühte mich um einen neutralen Gesichtsausdruck. Sanft malte er Kreise auf meine Haut. Mein Herz pochte schneller und mein Widerstand bröckelte. Trotzdem blieb ich standhaft. Merkte er nicht, dass ich nicht auf seine Berührung einging? Oder versuchte er, mich mit Absicht aus der Reserve zu locken?

Als er seine Hand von meiner Schulter in meinen Nacken wandern ließ und mich dort massierte, konnte ich ein Seufzen nicht unterdrücken.

Liebevoll lächelte er mich an. Was sollte das? Dann zog er mich näher an sich, sodass mein Rücken gegen seine Brust lehnte. Sein Atem kitzelte an meinem Ohr und schickte leichte Schauer durch meinen ganzen Körper. Mein Verstand verabschiedete sich.

Sein Bart kratzte über die empfindliche Haut an meinem Hals, ehe seine Lippen leicht an ihr saugten. In meinem Bauch kribbelte es und mir stockte der Atem. Aber was war jetzt mit dieser Caroline? Ich konnte nicht anders und neigte den Kopf ein Stück zur Seite, um ihm leichter Zugang zu verschaffen. Seine Berührung machte mich verrückt. Ich spürte sein Lächeln an meinem Hals, während er mit jedem Kuss kleine Stromschläge verteilte. Genüsslich senkte ich die Lider und blendete alles aus. Damian strich mit seinen Fingern an meiner Seite entlang und seine Hand wanderte unter mein Shirt. Behutsam liebkoste er meine erhitzte Haut und ging auf Entdeckungsreise.

Zunächst umkreiste er spielerisch meinen Bauchnabel, dann schob er seine Hand immer höher. Meine Kehle wurde trocken und ich konnte nur noch daran denken, wie sich seine Lippen auf meinen anfühlten. Ich drehte mich zu Damian, um ihn endlich küssen zu können. Sein Atem strich über meinen Mund und mein Herz machte einen Satz. Ohne weiter darüber nachzudenken, überbrückte ich die letzten Millimeter. Augenblicklich stand mein Körper in Flammen. Sein angenehmer Duft benebelte meine Sinne und seine Zunge erforschte meinen Mund. Gleichzeitig strich er über meinen Bauch bis zu meinem BH. Ich presste mich noch näher an ihn und vergrub die Hände in seinen Haaren.

Damian fuhr über den Bund meiner Hose und krallte seine Hand in meine Hüfte. Ich stöhnte auf. Dann löste er sich von meinem Mund und bahnte sich mit den Lippen eine feuchte Spur an meinem Hals entlang. *Brrrrr.* Es vibrierte. Ich versuchte, das Geräusch auszublenden. Aber der Ton wurde immer penetranter.

Seufzend löste ich mich von Damian und schaute mich um. Sein Handy lag blinkend auf dem Wohnzimmertisch. Der Name auf dem Display sprang mir förmlich entgegen. Caroline.

»Ignoriere es einfach«, hauchte Damian benommen und küsste meinen Hals erneut.

Es fühlte sich aber an, als hätte man mir einen Eimer kaltes Wasser über den Kopf gekippt. Was sollte das? Ich setzte mich kerzengerade auf.

»Was ist los?« Damian strich sich durch die Haare.

»Wieso hast du mich angelogen?«

Überrascht öffnete und schloss er den Mund. »Was genau meinst du?«

Doch ich konnte in seinen Augen sehen, dass er genau wusste, wovon ich sprach.

»Der Typ ist manchmal echt schwer von Begriff.« Ich äffte seine Aussage nach und rutschte ein Stück von ihm weg. »Der Anruf vorhin. Ich habe genau gehört, dass es diese Caroline war.«

Für einen Moment wirkte Damian zerknirscht, hatte sich aber schnell wieder gefangen. »Ja, und? Das ist doch meine Sache, mit wem ich telefoniere.«

Würde ich ihn nicht mittlerweile gut kennen, hätte ich ihm diese Gleichgültigkeit abgekauft. Aber mir konnte er nichts vormachen. Ich schluckte. »Du kannst telefonieren mit wem du willst. Aber wieso hast du mich darüber angelogen?« Mit Damian konnte man am ehesten über die vernünftige Schiene reden. Wilde Anschuldigungen würden uns nicht weiterbringen.

Doch diesmal funktionierte es nicht, denn Damian setzte sich nun ebenfalls auf. »Wieso hast du überhaupt zugehört? Belauschst du mich etwa?«

Mein Magen verkrampfte sich. Er folgte offensichtlich der Taktik ›Angriff ist die beste Verteidigung‹. Aber ich würde nicht so schnell klein beigeben. »Das war Zufall. Warum hast du ein Problem damit, ehrlich zu mir zu sein?«

Damians Augen verdunkelten sich und er stand ruckartig auf. »Es geht dich einfach nichts an, mit wem ich telefoniere. Außerdem wusste ich genau, dass du eine unnötige Szene machen würdest.«

Woher wollte er das bitte wissen? Er tat so, als wäre ich die größte Dramaqueen. »Wie kommst du denn auf den Schwachsinn? Ja, ich rege mich auf. Weil du mich angelogen hast. Hättest du mir gesagt, dass Caroline angerufen hat, wäre alles okay.« Ich stand ebenfalls auf und schaute ihm selbstbewusst in die Augen.

Damian verzog spöttisch den Mund und verschränkte die Arme vor der Brust. »Als ob. Keine Frau kommt damit klar, dass sie nicht die Einzige ist.«

Das hatte gesessen. Meine Augen brannten und ich versuchte, den Kloß in meinem Hals herunterzuschlucken. Wie konnte er so etwas sagen? Nachdem er die letzten Tage so liebevoll gewesen war. War das alles doch nur ein Zeitvertreib für ihn?

»Wenn du das mit uns so siehst, können wir es an dieser Stelle direkt beenden.« Ich griff nach meinem Handy und biss mir auf die Lippe. Ich wollte nicht vor ihm weinen. Dann drehte ich mich um und lief in sein Schlafzimmer. Mit zitternden Fingern schloss ich die Tür ab und setzte mich auf das Bett. Wieso musste Damian immer direkt so verletzend reagieren, wenn man ihn auf etwas Unangenehmes ansprach? Hatte er das wirklich ernst gemeint?

Es dauerte keine fünf Minuten, da hörte ich ihn auf der anderen Seite fluchen. Mit einem lauten Schlag versuchte er die Tür zu öffnen. »Mach auf, Emily«, rief er und klopfte wild gegen das Holz.

Ich zwang mich, reglos auf dem Bett sitzen zu bleiben. Ich hatte es satt, immer nach seiner Pfeife zu tanzen. Außerdem wollte ich ihm jetzt nicht ins Gesicht schauen. Nicht nach dieser Aussage.

»Bitte Emily, lass uns reden«, rief er noch einmal.

Dieses Mal klang seine Stimme allerdings beherrschter.

Ich schwieg weiterhin eisern.

»Bitte Kleines. Ich habe das nicht so gemeint. Ich hatte einfach noch nie etwas …« Er zögerte kurz. »Etwas Exklusives mit einer Frau.«

Ich horchte auf. Auch wenn ich gerne weiter geschmollt hätte, siegte die Neugierde, was er noch zu sagen hatte. Unsicher stand ich auf und setzte mich vor die verschlossene Tür.

»Etwas Exklusives?« Meine Stimme zitterte.

Sofort klopfte Damian noch einmal. »Bitte mach auf. Ich will nicht durch die Tür reden«

Fahrig wischte ich mir über das Gesicht, stand auf und

drehte den Schlüssel im Schloss. Dann ging ich einen Schritt zurück und verschränkte die Arme. Es überraschte mich, dass Damian nicht sofort hineinstürmte.

Mein Puls rauschte in meinen Ohren und ich versuchte, ruhig zu atmen.

»Darf ich hereinkommen?«

Er ließ mir die Wahl? Ich zögerte einen Moment. »Es ist deine Wohnung. Du kannst tun und lassen, was du willst.«

Wie in Zeitlupe schwang die Tür auf. Als er mich sah, verdunkelten sich seine Augen. »Ich bin ein Idiot. Ich weiß nicht, wieso ich dich angelogen habe. Und ich weiß auch nicht, wieso ich das mit den anderen Frauen gesagt habe. Es tut mir leid.«

Er versuchte, nach meinen Händen zu greifen. Aber ich wich zurück. »Was ist das zwischen uns?« Bei der Frage wurde mir schwindelig und ich ballte die Hände zu Fäusten. Jetzt war es raus.

Damian strich sich durch die Haare und befeuchtete seine Lippen. »Ich weiß es nicht. Aber ich weiß, dass ich mich noch nie so gut gefühlt habe, wie mit dir. Ich wollte nie etwas Exklusives. Weil keine so besonders war wie du. Aber jetzt möchte ich das. Ich will dich.«

Bei seinem Geständnis wurde mir warm und mein Körper begann zu kribbeln. Aber ich zwang mich, ruhig zu bleiben.

»Du willst mich? Als was?«

Seine Worte konnten schließlich so einiges bedeuten.

Vorsichtig machte Damian einen Schritt auf mich zu und legte seine warme Hand an meine Wange. »Ich will dich. Als meine Freundin. Ich wollte das nie, bis ich dich traf. Aber jetzt will ich es. Ich will, dass du nur mir gehörst.«

Auch wenn ich in meinem Inneren bereits einen Freudentanz aufführte, bemühte ich mich um einen unveränderten

Gesichtsausdruck. »Du weißt aber schon, dass wenn ich nur dir gehöre, du auch nur mir gehörst?«

»Das weiß ich.« Damian entspannte seine Schultern.

»Gut.« Ich lächelte zufrieden.

Er überbrückte die letzten Zentimeter zwischen uns und presste seinen muskulösen Körper an mich. »Darf ich meine Freundin jetzt küssen?«

Ich kam erst gar nicht zu einer Antwort, da lagen seine Lippen bereits auf meinen. In meinem Kopf herrschte Chaos. Wie sollte das funktionieren?

Gemeinsam stolperten wir zum Bett und fielen darauf. Damian stützte sich mit den Armen rechts und links von meinem Kopf ab, sodass nicht sein gesamtes Körpergewicht auf mir lag. Trotzdem konnte ich jeden Muskel seines Körpers spüren.

Gierig küsste er mich weiter. Mein Verstand war wie benebelt und ich krallte meine Hände in sein Shirt.

Doch als er am Knopf meiner Hose nestelte, unterbrach ich den Kuss. »Damian, nicht.«

Überrascht hielt er in der Bewegung inne und musterte mich. »Was ist los?«

Ich seufzte auf und nahm seine Hand sanft in meine. »Wir haben uns gerade noch gestritten. Ich kann das jetzt nicht einfach vergessen. Außerdem gibt es noch so viel zu bereden.«

Verdattert sah er mich an. Dann rollte er sich von mir herunter und starrte an die Decke. »Wow. Ich glaube du bist die erste Frau, die mir einen Korb gibt.«

Ich lachte zittrig auf. »Das tut deinem Ego auch mal gut.«

Damian drehte sich zu mir. Zärtlich strich er mir über die Wange. »Du tust mir gut.«

Meine Haut prickelte unter seine Berührung. Trotzdem war das Thema für mich noch nicht erledigt. »Lüg mich nicht an, Damian. Niemals. Ich weiß, dass du vor mir viele Frauen hattest. Damit komme ich klar. Aber wenn ich das Gefühl habe, dass du mir etwas verheimlichst, hinterfrage ich alles und mache mir Gedanken.«

Schuld flackerte in seinen Augen und er nickte. »Ich kann dich verstehen. Das war blöd von mir. Ab jetzt bin ich ehrlich zu dir. Versprochen.«

Vorsichtig hauchte ich ihm einen Kuss auf die Lippen. »In Ordnung.«

Er grinste schief und strich mit seinen Fingern aufreizend über meine Hüfte. »Trotzdem kann ich nicht verstehen, wie du hierzu nein sagen kannst.«

Mein Unterleib zog sich zusammen. Das war eine gute Frage. »Ich bin eben ein Kopfmensch. Wenn mich etwas beschäftigt, kann ich nicht abschalten.«

Damian zuckte mit den Schultern. »Mir geht es andersrum. Sex hilft mir zu vergessen.«

Mein Puls beschleunigte sich. Der Gedanke, mit Damian zu schlafen, schickte mir angenehme Schauer durch den Körper. »Ich möchte aber nicht nur eine Ablenkung sein.«

Damian zwickte mir in die Seite und ich quietschte auf.

»Hör auf das immer zu sagen.« Er wurde ernst. »Du bist weder eine Ablenkung noch ein Spiel für mich. Das musst du mir glauben.«

Sein Blick war so fesselnd, dass ich nicht anders konnte, als zu nicken. »Ich glaube dir. Aber wie soll das funktionieren?« Meine Kehle schnürte sich zusammen. »Ich muss irgendwann zurück nach Deutschland. Ich kann meine Familie nicht einfach aufgeben.«

Damian nickte und strich mir eine Strähne aus dem Gesicht. »Das verstehe ich. Aber denkst du nicht, du könntest hier glücklich werden?«

Mein Herz blieb für eine Sekunde stehen. »Ich bin glücklich. Aber versetz dich in meine Lage. Ich bin in einem Land, das ich kaum kenne. Mit einem Mann, den ich auch erst seit kurzem kenne. Und mit dessen Mutter, die mich hasst.« Bei dem Gedanken an Tracey verzog ich das Gesicht.

»Sie hasst dich nicht.« Damian zögerte. »Sie hat einfach noch nie erlebt, dass ich es ernst mit einer Frau meine.«

Ich zuckte mit den Schultern. »Und was ist mit dem Rest? Ich kann doch mein Zuhause nicht einfach so verlassen.«

»Wir finden eine Lösung. Lass uns die Zeit jetzt genießen. Und dann gehst du erstmal wieder nach Hause. Dann kannst du dir in Ruhe Gedanken machen. Und nach zwei Wochen komme ich dich besuchen. Wenn sich das hier noch genauso gut anfühlt wie jetzt …« Damian nahm meine Hand und presste sie gegen seine Brust. »Dann reden wir weiter. Vielleicht kannst du dich doch mit dem Gedanken anfreunden, hierher zu ziehen. Oder ich pendle. Ist das ein Deal?«

Das klang wirklich erwachsen. Dankbar lächelte ich ihn an. »Deal.«

Er stand auf und bedachte mich mit einem verschmitzten Grinsen. »Aber wie du dir das hier entgehen lassen kannst, verstehe ich trotzdem nicht.« Mit diesen Worten zog er sich das Shirt über den Kopf und ließ seine Hüfte lasziv kreisen.

Ich musste lachen, auch wenn mir bei diesem Anblick heiß und kalt wurde.

»Deine Entscheidung«, sagte Damian hoffnungsvoll.

Dann entledigte er sich noch seiner Hose. Das war gemein. Die schwarzen Boxershorts betonten seinen trainierten Bauch und die Beule in seinem Schritt war kaum zu übersehen. Wie sich unsere nackten Körper wohl aufeinander anfühlen würden? Mein Mund wurde trocken und ich schluckte. Wie sollte ich bei diesem Anblick ruhig bleiben?

Lässig kletterte Damian zurück ins Bett und grinste mich unschuldig an. »Sollen wir noch einen Film schauen und dann schlafen?«

Ich versuchte, einen klaren Gedanken zu fassen und nickte. Dann schnappte ich mir meine Schlafsachen und verschwand im Badezimmer.

Dort spritzte ich mir eine Ladung kaltes Wasser ins Gesicht und zog mich um.

Während wir danach nebeneinander im Bett lagen und einen Film schauten, strich Damians Hand immer wieder wie zufällig meinen Körper entlang und machte mich so halb wahnsinnig. Aber ich blieb bei meiner Entscheidung. Zumindest für heute.

Bei der Hälfte des Films wurden meine Augenlider immer schwerer und ich kuschelte mich näher an Damian.

18. Kapitel

Die kommenden Tage vergingen wie im Flug. Damian traf sich am nächsten Morgen mit seinem Vater und einem Anwalt, um seine Firma ganz offiziell eintragen zu lassen.

Danach verbrachten wir viel Zeit damit, die Sanierungspläne für das Kinderheim auszuarbeiten. Zum Glück hatte ich die beiden Kinder nach ihren Wünschen gefragt, denn Damian versprach eine kleine Bibliothek und auch einen Spielplatz mit einzuplanen. Amber hatte uns ihre Unterstützung ebenfalls zugesichert und Richard kam regelmäßig vorbei, um zu helfen. Tracey dagegen hatte ich seit unserem letzten Treffen nicht mehr gesehen. Aber darüber war ich auch nicht gerade traurig. Alles lief wie am Schnürchen und Damian blühte in seiner neuen Rolle voll auf. Trotzdem schaffte er es, egal wie sehr er in die Arbeit vertieft war, mir immer wieder liebevolle Blicke zuzuwerfen oder mir einen schnellen Kuss zu geben.

Allerdings nur, wenn wir allein waren. Vor anderen hielt er sich von mir fern. Aber das war okay für mich, schließlich waren wir erst seit kurzem ein Paar. Außerdem lag die Priorität jetzt bei seiner Firma. Und wir wollten der High Society keinen Grund zum Tratschen geben. Tracey hatte schließlich auch gedacht, dass er all das meinetwegen machte.

Damian hatte an diesem Morgen das endgültige Konzept fertiggestellt. Jetzt fehlte nur noch ein letztes Treffen mit einem wichtigen Sponsor. Damian hatte sich von Anfang an dazu entschlossen, nicht ausschließlich sein Geld zu verwenden. So musste er nicht seine Rücklagen anzapfen und konnte mehr Leute mit einbeziehen und dadurch sogar die Aufmerksamkeit erhöhen. Außerdem war das Kinderheim ein gemeinnütziges Projekt und er würde sein Geld noch für weitere Objekte benötigen. Laut ihm war der Mann ein richtiger Ekel, hatte Damian aber eine große Spendensumme in Aussicht gestellt. Normalerweise hielt ich mich aus seinem Business raus. Da der Typ allerdings mit seiner Freundin kommen würde, hatte mich Damian regelrecht angefleht mitzukommen. Ich sollte sie beschäftigen, damit er in Ruhe die Verhandlung führen konnte. Der Gedanke an Majas und Nicos zufriedenes Lächeln hatte mich letztendlich dazu bewegt, ihn zu diesem Treffen zu begleiten.

»Bist du so weit?«

Ich nickte und schnappte mir meine Handtasche. Ich trug das dunkelblaue Kleid aus dem *Cobertizo*, hatte die Haare zu einem Pferdeschwanz gebunden und setzte noch meine Sonnenbrille auf. Wir würden in irgendeine hippe Bar am Strand gehen und ich hoffte so, wenigstens einigermaßen zu den ganzen reichen Frauen zu passen.

»Von mir aus kann es losgehen.« Ich lächelte halbherzig.

»Danke, Milly. Du weißt, wie wichtig das für mich ist.«

Da Luis frei hatte, stiegen wir in Damians Cabriolet und sausten los.

Die Sonne schien angenehm warm auf meiner Haut und das Brummen des Motors ließ meinen ganzen Körper vibrieren. Zufrieden beobachtete ich Damian. Kaum zu glauben, wie er in den letzten Wochen über sich hinausgewachsen war.

»Was ist?« Damian schaute weiterhin auf die Straße.

»Nichts«, erwiderte ich schnell. »Ich kann mein Glück einfach kaum fassen. Diese Zeit soll nie enden.«

Damian und ich wussten beide, dass ich damit auf meine Rückreise anspielte. Bei dem Gedanken krampfte sich alles in mir zusammen. Wir hatten zwar einen Deal, aber ihn zu verlassen, würde trotzdem schmerzen.

Sanft legte er seine Hand auf meinen Oberschenkel. »Wir bekommen das schon hin.«

Bei seinen Worten entspannte ich mich ein wenig.

»Seit wann bist du ein Optimist? Das war doch immer meine Aufgabe?« Ich musste grinsen.

Damian parkte das Auto in einer freien Lücke. »Das ist eben dein guter Einfluss. Also lass uns das Treffen hinter uns bringen und dann den schönen Tag genießen.«

Er lächelte mich an, gab mir einen Kuss auf die Wange und stieg aus. Ich folgte ihm und schaute mich um.

Wir waren direkt am Strand von Santa Monica. Der Geruch von Salzwasser stieg mir in die Nase und leise Musik war zu hören.

»Komm.« Damian zupfte an meinem Kleid und lief los. »Da vorne ist der Santa Monica Pier.« Er deutete zu den bunten Lichtern und einem Riesenrad.

»Und wieso laufen wir dann in die andere Richtung?«, fragte ich verwirrt.

Kurz darauf blieb er vor einem schicken Hotel stehen.

»Wir fahren an den Strand, um uns dann in einem dunklen Hotel zu verstecken?«

Damian verdrehte die Augen und lachte. »Ja und Nein. Mr. Carter steht auf dieses Luxusleben. Seine aktuelle Freundin ist auch nur zum Prahlen da und jeder weiß, dass er nie länger als ein paar Monate bei der gleichen Frau bleibt. Meine Mutter und ihre Freundinnen tratschen bei jeder Gelegenheit über ihn. Aber solange jeder freundlich zu ihm ist, scheint ihm das egal zu sein.«

Oh Gott, dieser Mann wurde mir ja immer sympathischer.

»Na ja, auf jeden Fall ist die Roof Bar in diesem Hotel ziemlich bekannt und wenn ich ihn damit beeindrucken kann, dann nutze ich diese Chance.«

»Okay. Dann los.« Ich bemühte mich um einen euphorischen Tonfall.

Damian grinste und strich mir kurz über den Arm, dann betraten wir das Hotel.

Das Foyer war fast schon zu stark gekühlt und ich bekam eine Gänsehaut. Der weiße Marmorboden glänzte frisch poliert. Was sie hier wohl für ein Reinigungsmittel verwendeten? Das hätte ich für die Fliesen in Nicklas und meinem Badezimmer in Deutschland auch gebrauchen können.

Damian legte mir zärtlich die Hand in den Rücken und dirigierte mich zu den Aufzügen zu unserer Rechten.

Ein Angestellter grüßte höflich und stieg mit uns in den Lift. »Welche Etage, Sir?«

Ich musste an meine Liftfahrt im Shoes denken, als ich Damians Klamotten an unserem ersten Abend geholt hatte.

Jetzt dachte niemand mehr, dass ich nicht dazugehörte. Was Kleidung und die richtige Begleitung in dieser Welt doch ausmachten.

Ich hatte gar nicht mitbekommen, wie Damian dem Mann geantwortet hatte, aber nun öffneten sich die Türen und wir betraten die modern eingerichtete Dachterrasse.

»Mr. O'Brian!«, rief ein gutaussehender Mann mit dunkelblonden Haaren und einem Dreitagebart.

So hatte ich mir diesen potenziellen Investor nicht vorgestellt.

»Guten Tag, Mr. Carter. Vielen Dank, dass Sie gekommen sind. Das ist Emily Martin. Sie war bei der Besichtigung des Kinderheimes dabei und kennt daher die Missstände.« Damians Stimme klang selbstsicher und er ging ganz in der Rolle des Geschäftsmannes auf.

Hinter Mr. Carter tauchte nun auch eine zierliche Brünette auf, die uns zaghaft anlächelte.

Damian streckte der jungen Frau die Hand entgegen, während Mr. Carter auf mich zukam. »Damian hat gar nicht gesagt, dass er in Begleitung kommt. Und dann auch noch in so hübscher.« Er schüttelte meine Hand ein wenig zu lang. »Ich darf doch Damian sagen, oder nicht?«, fragte er dann an meinen Freund gewandt.

Dieser nickte mit einem verbissenen Lächeln auf den Lippen.

»Perfekt, dann haben wir das ja geklärt. Lasst uns an die Bar gehen.« Mr. Carter machte auf dem Absatz kehrt und lief los.

Ich lächelte der Frau zu und wir folgten den Männern. »Hallo. Ich bin Emily.«

Wenn Mr. Carter sie nicht vorstellte, musste ich das eben selbst in die Hand nehmen. Trotzdem fand ich das unfassbar unhöflich. Ob er sie immer so behandelte?

Sofort erwiderte sie mein Lächeln. »Es freut mich, dich kennenzulernen. Ich heiße Nicole.«

Gemeinsam gingen wir an die Bar, aber da schon alle Plätze belegt waren und uns die Männer auch nicht weiter beachteten, deutete ich auf ein Sofa etwas abseits. »Wollen wir uns hinsetzen?«

Unsicher warf Nicole noch einen Blick auf Mr. Carter, nickte dann aber. Was fand sie an ihm?

Ich setzte mich auf den beigen Stoff und schaute mich um. Damian beobachtete mich von der Bar aus und lächelte mich entschuldigend an. Schön, dass er mich nicht wie Luft behandelte.

Ich drehte mich zu Nicole. Worüber sollte ich mit ihr reden? »Ehm. Und was machst du so in deiner Freizeit?« Ich war noch nie besonders gut in Smalltalk gewesen.

Die junge Frau fühlte sich offenbar genauso unwohl, denn sie nestelte an ihrem offenherzigen Oberteil. »Ich habe gerade meinen Abschluss gemacht und dann habe ich Craig kennengelernt. Er hat gesagt, er möchte mir das College finanzieren.« Bei diesen Worten strahlten ihre Augen.

Ich wusste nicht, ob ich mich mit ihr freuen oder geschockt sein sollte. War sie etwa nur deswegen mit ihm zusammen?

»Schau bitte nicht so. Ich weiß, was du jetzt denkst. Aber nicht jede kann sich Damian O'Brian angeln. Und Craig ist wirklich nett. Ich könnte mir das Studium anders nicht leisten, also ist das ein guter Deal«, flüsterte Nicole.

Ich zuckte zusammen. Seit wann urteilte ich so schnell über andere Leute und deren Leben?

»Tut mir leid«, sagte ich sofort.

Den Seitenhieb wegen Damian ignorierte ich bewusst. Unser Privatleben ging sie nichts an, auch wenn sie wahrscheinlich darauf brannte, Einzelheiten von mir zu erfahren.

»Das ist natürlich deine Entscheidung und wenn du damit glücklich bist, ist das doch okay.«

Daraufhin entspannten sich ihre Schultern ein wenig und sie seufzte. »Ich brauche dringend einen Drink, wo bleibt denn der Kellner?«

Ob sie überhaupt schon alt genug für Alkohol war? Aber das interessierte hier anscheinend niemanden. Wir bestellten uns Cocktails und unterhielten uns danach über ihr anstehendes Studium.

Erleichtert atmete ich aus, als Damian und Craig auf uns zukamen.

»Na, Ladies. Dürfen wir uns dazusetzen?« Ohne überhaupt auf eine Antwort zu warten, quetschte sich Craig neben Nicole. Seine Hand landete auf ihrem nackten Oberschenkel und sie kicherte kokett.

Dieser Typ wusste, dass er für Anfang vierzig ziemlich gut aussah und nutzte das in Kombination mit seinem Geld schamlos aus. Andererseits profitierte Nicole ja auch von ihm und solange die beiden damit zufrieden waren, ging es mich nichts an.

Damian setzte sich mit genügend Abstand neben mich und lächelte.

»Also, Craig. Was ist jetzt mit dem Kinderheim?« Damian wollte wohl Nägel mit Köpfen machen.

Der Mann strich noch einmal über Nicoles Oberschenkel, dann beugte er sich zu uns. »Ich unterstütze gerne Charity-Projekte. Die Summe ist auch kein Problem, das weißt du.« Er lachte selbstsicher. »Aber ich brauche natürlich auch einen gewissen Benefit.«

Bei seiner geschwollenen Art zu sprechen, lief mir ein Schauer über den Rücken.

Damian nickte. »Natürlich. Woran hast du gedacht?«

Craig trank einen Schluck und lehnte sich lässig zurück. »Ich will auf jeden Fall bei dem Spatenstich dabei sein. Und mein Name soll neben deinem auf dem Bauplakat stehen.«

Damian versteifte sich, verzog aber keine Miene. »Das mit dem Plakat geht nicht. Das weißt du. Meine Firma ist noch nicht etabliert, dich dazuzuschreiben würde meinen Wert reduzieren.«

»Das ist der Deal.« Craig trank sein Glas leer und reichte es Nicole. »Würdest du mir etwas Neues holen, Schätzchen?«

Sofort sprang sie auf und lief los. Er hatte nicht mal gefragt, ob sie auch etwas wollte.

»Wie wäre es, wenn Sie nicht auf dem Plakat stehen, aber Damian in den Interviews sagt, dass Sie ein großer Unterstützer des Projekts sind?« Ich sollte mich eigentlich nicht einmischen.

Damian lächelte mich an. »Das wäre doch eine gute Lösung, oder nicht?«

Craig musterte mich unverhohlen. Dann seufzte er. »Okay. Deine charmante Begleitung hat mich überzeugt.«

Damians Lächeln wurde augenblicklich verbissen. »Super«, knurrte er.

Unauffällig stieß ich ihn in die Seite. Nur weil Craig ein Arsch war, sollte er sich nicht alles versauen.

Zum Glück kam Nicole in diesem Moment wieder und unterbrach so die unangenehme Situation.

Eine Weile quatschten wir noch über belanglose Themen, bis sich Damian mit einer entschuldigenden Geste erhob. »Craig. Vielen Dank für das klärende Gespräch. Ich freue mich sehr, dass du für das Kinderheim spenden möchtest. Leider müssen wir jetzt aber los. Ich rufe dich in den kommenden Tagen wegen der Details an.« Mittlerweile hatte er sich wieder gefangen und lächelte professionell.

Wir erhoben uns ebenfalls und Craig schüttelte Damian übertrieben freundlich die Hand.

»Ach, weißt du was, wieso rufe ich nicht deine hübsche Assistentin an? Dann muss ich dich mit dem Papierkram nicht in deiner Arbeit stören.« Sein Blick wanderte erneut über meinen Körper und er grinste breit.

Mir lief ein Schauer über den Rücken, aber ich zwang mich zu einer gelassenen Miene. Ich wollte Damian helfen und wenn ich dafür mit diesem Ekel telefonieren sollte, würde ich das tun.

»Natürlich können Sie mich jederzeit anrufen, Mr. Carter«, sagte ich mit zuckersüßer Stimme.

Daraufhin wurde das Grinsen des Mannes noch breiter und er angelte eine Karte aus seiner Tasche. »Hier ist meine Nummer. Ruf mich einfach in ein paar Tagen an und dann klären wir alles.«

Schnell nahm ich Craig die Karte aus der Hand.

»Wir melden uns bei dir. Schönen Tag noch«, sagte Damian ein wenig harsch und schob mich zu den Aufzügen.

Normalerweise würde ich mich nicht so herumschubsen lassen, aber ich war froh, von diesem Mann wegzukommen.

Diesmal war kein Angestellter da und wir stiegen allein ein. Kaum hatten sich die Türen geschlossen, presste mich Damian kraftvoll gegen die kalte Metallwand. Sofort lagen seine Lippen auf meinen. Freudig erwiderte ich den Kuss und klammerte mich an seiner Hüfte fest. Wie sehr ich dieses Gefühl vermisst hatte. Seine Hände fuhren über mein Gesicht und krallten sich in meine Haare.

Das Geräusch der aufschwingenden Tür riss uns aus der Trance. Ruckartig löste sich Damian von mir und richtete sein Hemd. Benommen fuhr ich mir durch die Haare und hoffte, dass sie nicht allzu zerzaust aussahen.

»Was war das denn?«, wisperte ich, während wir das Foyer durchquerten.

»Du gehörst zu mir. Und ich teile nicht«, antwortete er, als wäre es das Selbstverständlichste der Welt.

Ich musste lachen. Sollte mich seine Eifersucht jetzt freuen oder schockieren? »Craig will definitiv nichts von mir. Und selbst wenn, ich will nur dich.« Bei den letzten Worten wurden meine Wangen heiß.

Damian lächelte mich liebevoll an, dann schnaubte er. »Natürlich wollte er dich. Zum einen, weil du zu mir gehörst und das eine Frage von Macht ist und zum anderen, weil du die schönste Frau dort oben warst.«

Bei dem Gedanken an solche Machtspiele wurde mir schlecht. Das war, als wären wir Frauen irgendwelche Trophäen. Damians Kompliment machte diese Aussage auch nicht besser.

Als wir in das erhitzte Auto stiegen, zuckte ich zusammen. Scheiße, war das heiß. Sofort rutschte ich auf dem Leder hin und her. Damian warf mir einen verwirrten Blick zu, dann stieg er nochmal aus dem Auto aus und öffnete den Kofferraum. Einige Sekunden später kam er zurück und reichte mir ein Hemd. »Ich habe immer Ersatzklamotten im Auto. Setz dich ruhig drauf.«

Gerührt über seine Fürsorge beugte ich mich über die Mittelkonsole und hauchte ihm einen Kuss auf die Wange.

Schnell drehte Damian das Gesicht und presste seine Lippen fest gegen meine. Seufzend öffnete ich den Mund und strich mit den Fingern über seine Wange. Damian gab einen erstickten Laut von sich und griff nach meinem Oberschenkel. In meinem Bauch kribbelte es. Ich konnte an nichts anderes denken als an seine Hand auf meiner nackten Haut.

»Fuck, Milly«, murmelte er.

Seine Stimme klang kratzig und ein Schauer lief mir über den Rücken. »Was ist?«

Schwer atmend lehnte sich Damian zurück. »Ich bin auch nur ein Mann. Und wenn du nicht willst, dass ich dich hier und jetzt auf meinen Schoß ziehe, sollten wir besser fahren.«

Zwischen meinen Beinen pochte es. Ich wollte ihn genauso sehr. Aber nicht hier. Zitternd atmete ich ein und nickte.

Damian warf mir einen letzten, intensiven Blick zu, dann manövrierte er das Auto aus der Parklücke und wir fuhren zurück.

Kurz vor der Einfahrt zu dem Haus seiner Eltern klingelte mein Handy. Ich zog es aus der Tasche und sah Ambers Name auf dem Display aufleuchten. Entschuldigend warf ich

Damian einen Blick zu und nahm den Anruf entgegen. »Hey Amber.«

»Hallo Liebes. Ich weiß das ist etwas spontan, aber wir haben uns schon ewig nicht mehr gesehen und ich bin gerade zu Besuch bei Damians Eltern und da dachte ich, vielleicht können wir beide uns ja kurz in Richards Arbeitszimmer verkriechen und die aktuellen Pläne durchsprechen?«

Sofort nickte ich und erntete daraufhin einen belustigten Blick von Damian. »Ich könnte in zwei Minuten da sein«, antwortete ich.

Wir verabschiedeten uns und ich schaute zerknirscht zu Damian. Hoffentlich nahm er es mir nicht übel, dass sich unser gemeinsamer Abend wohl noch etwas nach hinten verschieben würde.

»Was ist los?«, fragte er sofort.

»Amber ist gerade bei deinen Eltern und hat gefragt, ob ich vorbeikommen kann.«

Damian nickte verständnisvoll. »Die Arbeit mit Amber ist dir wichtig, ist doch kein Problem. Außerdem wollte ich sowieso noch an den Skizzen für das Kinderheim arbeiten. Soll ich dich dann direkt bei meinen Eltern rauslassen?«

Ich bejahte seine Frage und keine zwei Minuten später stand ich vor deren Eingangstür.

»Hallo Emily, schön dich zu sehen.« Richard öffnete mir die Tür und führte mich auf direktem Wege in ein riesiges Arbeitszimmer. Dort saß Amber mit der Nase hinter ihrem Laptop. Als sie uns hörte, sprang sie jedoch auf und schloss mich in eine herzliche Umarmung. »Hallo Liebes. Danke, dass du gekommen bist.«

Richard murmelte noch schnell eine Entschuldigung und machte sich dann aus dem Staub.

Lächelnd setzte ich mich neben Amber und wir sprachen

die neuesten Änderungen an unserem Konzept durch. Als wir damit fertig waren, drehte sie sich mit einem ernsten Gesichtsausdruck zu mir. »Du weißt, dass ich dich wirklich gerne in meinem Team hätte. Aber irgendwann muss ich die Stelle besetzen. Eigentlich hatte ich die ganze Zeit gehofft, dass du es dir doch noch anders überlegst. Na ja, auf jeden Fall haben wir die nächsten zwei Wochen verschiedene Bewerbungsgespräche laufen. Danach muss ich eine Entscheidung treffen. Bitte denk also nochmal darüber nach, Emily.«

Ehrlich gesagt war ich davon ausgegangen, dass Amber die Stelle schon längst besetzt hatte. Der Job wäre ein Traum. Aber ich wollte mein Zuhause noch nicht aufgeben. Zumindest nicht sofort. Wenn Damian und ich uns trotz meiner Rückkehr nach Deutschland noch wollten, dann könnte ich immer noch darüber nachdenken.

»Ich würde gern für dich arbeiten. Aber ich werde demnächst zurück nach Deutschland fliegen und weiß nicht, wann ich wiederkomme. Das wäre kein guter Start in einen neuen Job.«

Ambers Augenbrauen zogen sich zusammen. »Aber was ist dann mit dir und Damian?«

Es war das erste Mal, dass sie mich so direkt nach unserer Beziehung fragte.

Ich seufzte. »Das ist eine gute Frage.«

Ich hoffte so sehr, wir würden das schaffen.

Sanft legte sie ihre perfekt manikürte Hand auf meine und tätschelte sie. »Ich kann mir vorstellen, wie schwer das für dich sein muss. Aber ich finde, Damian ist in den letzten Wochen richtig aufgeblüht. Und ich bin mir sicher, dass das dein Verdienst ist. Aber ich will mich nicht einmischen. Jetzt bekommen wir nächste Woche erstmal den Spatenstich für das Kinderheim über die Bühne und dann Ende des Monats die Veröffentlichung meiner Kollektion.«

Dankbar lächelte ich sie an und stand auf. »Das ist wirklich nett von dir. Du kannst dich auf jeden Fall immer melden, wenn ihr eine externe Beraterin braucht.«

Zufrieden nickte sie und umarmte mich. Dann verabschiedeten wir uns und ich lief über den gepflasterten Weg zurück zu Damians Haus.

Dort angekommen tippte ich schnell den Zugangscode für die Eingangstür ein und betrat das Erdgeschoss. Hoffentlich war er nicht enttäuscht, weil es mit Amber doch so lange gedauert hatte und wir eigentlich Zeit zu zweit verbringen wollten. Andererseits hatte er oft genug Termine. Er konnte es wahrscheinlich noch am besten nachvollziehen.

Langsam stieg ich die Treppe empor.

Schade, dass Amber jetzt Bewerbungsgespräche führte. Sollte ich mich dazu entscheiden, irgendwann zu Damian zu ziehen, wäre dieser Job echt perfekt.

»Du wolltest einen Test und hier hast du ihn.«

Ich blieb ruckartig stehen. Eine raue Frauenstimme erklang aus Damians Wohnung. Erst jetzt fiel mir auf, dass die Tür am Ende der Treppe offenstand.

Ich zögerte. Sollte ich einfach hineinspazieren? Aber wenn es geschäftlich war, wollte ich nicht hineinplatzen. Das wäre unprofessionell.

Darum bemüht, kein Geräusch zu machen, ging ich ein paar Stufen nach oben.

»Damian, jetzt sag doch endlich was. Hier steht es schwarz auf weiß. Das Baby ist von dir.«

Wovon redete diese Frau? Ein Baby? Mir wurde schlecht.

Mit zitternden Händen und klopfendem Herzen schob ich die Tür ganz auf und betrat den Eingangsbereich.

»Aber das kann nicht sein. Wir hatten nur einmal Sex«, antwortete Damian.

Meine Knie wurden weich. War es das, wonach es sich anhörte? Ich stolperte in das Wohnzimmer.

Damians Blick schoss zu mir. Seine Haut war aschfahl. Er hielt mehrere Blätter in der Hand. Eine große Brünette stand neben ihm und funkelte mich an.

»Milly.« Seine Stimme war nicht mehr als ein Krächzen.

»Wer ist das?«, fragte die Frau aufgebracht.

»Was ist hier los?« Mein Mund war staubtrocken und ich schluckte.

Die Sekunden vergingen, aber Damian starrte nur zwischen mir, der Frau und den Papieren in seiner Hand hin und her.

»Bitte. Wieso ist sie hier?« Ich hatte das Gefühl, der Raum würde sich drehen.

»Ich bin schwanger.« Die Frau stützte die Hände in die Hüften.

Schwanger. Das letzte Wort hallte in meinen Ohren nach wie ein Revolverschuss. Das konnte nicht sein. Mir wurde eiskalt.

»Ich habe es Damian schon vor einem Monat gesagt, aber er hat auf einen Vaterschaftstest bestanden. Und der ist eindeutig. 80 Prozent Übereinstimmung. Das ist für einen Test vor der Geburt ziemlich aussagekräftig.« Ihre Stimme klang dabei gelassen und irgendwie auch triumphierend.

Vor einem Monat? Damian wusste es seit einem Monat und hatte mir nichts davon erzählt? Meine Kehle wurde eng.

»Stimmt das, Damian?« Mehr als ein Flüstern brachte ich nicht zustande.

Auf einmal schüttelte er den Kopf und kniff die Augen zusammen. Er räusperte sich mehrmals, dann schaute er zu mir auf. »Lässt du uns bitte kurz allein?«

Zuerst dachte ich, er hätte mit der Brünetten gesprochen, doch als sich diese nicht von ihrem Platz bewegte, verstand ich. Er wollte, dass ich ging. Ich taumelte. Alles um mich herum begann zu schwanken. Wie konnte er mir das antun?

Ich presste die Lippen fest aufeinander, um bloß keinen Ton von mir zu geben, und erwiderte seinen Blick für einige Sekunden. Dann machte ich auf dem Absatz kehrt und lief in sein Schlafzimmer.

Meine Beine zitterten und ich ließ mich auf das Bett fallen. Was war da gerade passiert? Hatte Damian tatsächlich eine andere Frau geschwängert? Und ihr sogar Material für einen Test gegeben? Also hatte er gewusst, dass es ernst war. Und trotzdem hatte er es mit keinem Wort erwähnt?

Vor einem Monat. Ich schluckte.

Vor einem Monat hatte ich Damian betrunken auf der Brücke getroffen. War das der Grund für sein Besäufnis gewesen? Und ich Idiotin dachte, er wäre unzufrieden mit seinem Job.

Ich hielt die Fragen in meinem Kopf nicht mehr aus und sprang auf. Unruhig lief ich in dem Zimmer auf und ab. Damians gedämpfte Stimme erklang aus dem anderen Raum. Zögerlich ging ich auf die Tür zu. Hatte ich nicht irgendwie ein Recht darauf zu erfahren, was hier los war?

Bevor sich mein Gewissen einschalten konnte, öffnete ich leise die Tür und ging einige Schritte.

»Ich bin genauso geschockt wie du, Damian.« Im Gegensatz zu ihren Worten klang die Frau ziemlich gefasst. »Was glaubst du, werden meine Eltern sagen? Ich habe auch Angst.« Ihre Stimme war überhaupt nicht ängstlich. »Und was werden die Leute sagen, wenn sie es herausfinden? Los Angeles‘ Playboy schwängert Hotelerbin. Wir werden Gesprächsthema Nummer eins auf allen Veranstaltungen sein.«

Ich hörte ein dunkles Schnauben. »Es wurden schon öfter Kinder gezeugt. Als ob das jetzt so ein Skandal wäre.«

Versuchte sich Damian gerade Mut zuzureden, oder dachte er wirklich so locker über das Thema? Hatte er deswegen nichts gesagt?

Absätze klickten auf dem Boden. »Denk doch mal nach. Du baust gerade deine eigene Firma auf und jetzt hast du eine Frau geschwängert. Das wirft kein gutes Licht auf dich. Und über mich wird man auch urteilen, schließlich haben wir uns nicht einmal öffentlich gedated.«

Mein Hals fühlte sich an, als hätte jemand einen Strick darumgelegt. Panisch versuchte ich zu atmen, aber es gelang mir nur schwer. Mir wurde schwindelig und ich stolperte zurück ins Schlafzimmer.

Erst nachdem ich die Tür hinter mir geschlossen hatte, füllte sich meine Lunge wieder mit ausreichend Sauerstoff. Hatte diese Frau recht? Wir waren doch nicht mehr im Mittelalter. Als ob eine Schwangerschaft so tragisch wäre. Allerdings konnten Frauen ziemlich gehässig sein. Sie würden sich bestimmt die Mäuler über Damian zerreißen. Ich lief zwischen Bett und Schrank hin und her. Wahrscheinlich würde diese Nachricht tatsächlich seinem Business schaden. Potenzielle Kunden könnten denken, er wäre nicht zuverlässig. Was wusste ich schon, wie die Leute aus der Society tickten? Das durfte auf keinen Fall passieren.

Mein Magen krampfte sich zusammen und ich ließ mich zurück auf das Bett fallen. Damian mit einem Kind. Was würde das für uns bedeuten? Und wieso zum Teufel hatte er mich schon wieder angelogen?

Auf einmal ging die Tür auf und Damian betrat den Raum. Seine Hände umklammerten immer noch die Papiere. »Ich werde Vater.« Er klang emotionslos und sein Blick wanderte fahrig durch das Zimmer.

Ich wollte etwas sagen, aber meine Lippen gehorchten mir nicht.

»Claudia hat es mir vor einem Monat gesagt. Ich habe ihr nicht geglaubt, weil wir nur einmal Sex hatten und ich mir sicher war, dass wir verhütet hatten. Deswegen habe ich dir auch nicht davon erzählt. Aber ich war in der Nacht betrunken und offensichtlich …« Er wedelte mit den Blättern durch die Luft. »Offensichtlich haben wir das nicht.«

Soweit hatte ich mir die Geschichte auch schon zusammengereimt. Ich konnte nicht anders, als ihn anzustarren.

Bitte sag mir, wie es weitergehen soll. Sag mir, dass wir das hinbekommen. Meine Gedanken rasten.

Damian seufzte und fuhr sich durch die bereits wild abstehenden Haare. »Emily, ich bin dir für alles dankbar. Aber wir müssen unsere Beziehung beenden.«

Mein Herz blieb für einen Moment stehen, nur um dann doppelt so schnell weiterzuschlagen. »Bitte was?«

Wie konnte er das sagen? Meine Sicht verschwamm und Tränen brannten in den Augen.

Damian presste die Lippen aufeinander und nickte mechanisch. »Ich habe mir gerade so viel aufgebaut. Ein uneheliches Kind würde meinen Ruf zerstören. Also werde ich Claudia heiraten.«

Ich hatte die Worte zwar gehört, aber mein Gehirn wollte die Bedeutung von ihnen nicht verstehen. Heiraten. War das sein Ernst? Hatte ihm Claudia so Angst gemacht mit ihrem Gerede von schlechter Publicity? Beenden. Unsere Beziehung. Wegen ihr? Galle stieg meine Kehle empor. Ich schluckte. Das war doch keine Lösung! Der Gedanke, ihn zu verlieren war in diesem Moment tausend Mal schlimmer als der an sein ungeborenes Kind. »Damian, ich habe dir schon oft gesagt, dass wir gemeinsam alles schaffen werden. Und ich bin mir sicher, dass es auch hierfür einen Weg geben wird. Aber diese Frau zu heiraten, das kannst du doch nicht wollen. Ich bin mir sicher, man kann das auch anders regeln. Bitte lass das nicht zwischen uns kommen.«

Ich wusste selbst, wie armselig ich in diesem Moment klang. Ich flehte einen Mann an, bei mir zu bleiben, statt eine andere Frau zu heiraten. Und das, obwohl er sie geschwängert und mich belogen hatte.

Damian starrte auf die Wand hinter mir.

Ich machte einen Schritt auf ihn zu und legte meine Hand an seine Wange. »Wir können das schaffen. Du musst diese Frau nicht heiraten.«

Er seufzte. Dann ging ein Ruck durch seinen Körper. In einer einzigen Bewegung schmiss er die Blätter auf den Boden, griff nach meiner Taille und presste seine Lippen auf meine. Mein Herz machte einen Satz und ein Schauer ergriff mich. Sofort erwiderte ich den Kuss und krallte die Hände in seinen Nacken. Damian strich über meine Seiten. Zog mich noch näher. Seine Finger hinterließen heiße Spuren auf meinem Körper. Tränen brannten auf meinen Wangen und als wir uns voneinander lösten, glänzten auch seine Augen verdächtig.

»Es geht nicht«, wisperte er. »Es geht einfach nicht«, wiederholte er mit rauer Stimme. »Du kannst natürlich erstmal hierbleiben. Aber wir dürfen nicht zusammen gesehen werden. Sonst dichtet man uns noch eine Dreiecksbeziehung oder sonst was an. Nicht so kurz vor meinem Ziel.«

So kurz vor seinem Ziel? Wie hatte es Claudia geschafft, ihm diesen Schwachsinn einzureden? Und was war mit uns? In meinem Magen begann es zu brodeln. Wie konnte er nur?

»Hierbleiben? Denkst du wirklich, ich würde hierbleiben? Als was? Deine heimliche Geliebte? Du spinnst doch.«

Wütend schubste ich ihn zurück, lief zu meinem Rucksack und schmiss wahllos Klamotten hinein. »Ich hatte immer

Verständnis für dich. Ich habe dir immer alles verziehen. Aber das, Damian. Das ist das Dümmste, was ich je aus deinem Mund gehört habe.« Ich schaute ihn an.

»Milly, ich …«, Damian versuchte, nach meiner Hand zu greifen, aber ich zog sie beiseite.

»Wenn du mir nicht sagst, dass du diese Frau nicht heiraten wirst und nochmal über alles nachdenkst, hast du mir nichts zu sagen.« Meine Stimme klang selbstbewusster, als ich mich fühlte.

Ich lief hektisch durch das Zimmer, um all meine Sachen einzusammeln. Meine Augen brannten und ich konnte durch die Tränen kaum etwas sehen.

Irgendwann stolperte ich über meine eigenen Füße und fiel zu Boden. Kraftlos blieb ich liegen und weinte weiter. Es war mir egal, dass Damian noch mit im Raum war. Sollte er doch sehen, was er angerichtet hatte.

Auf einmal strich er mir zaghaft über den Kopf.

»Fass mich nicht an«, rief ich aufgebracht und richtete mich wieder auf.

»Emily, bitte. Du musst das verstehen.« Flehend schaute er mich an.

Ich lachte kalt auf. Nein, ich verstand es nicht. Wie konnte er die letzten Wochen so achtlos beiseite schmeißen. War ich ihm etwa so egal?

»Was muss ich verstehen, Damian?«, fragte ich. »Das du eine andere Frau geschwängert hast? Das du es schon seit wir uns kennen weißt, und es mit keinem Wort erwähnt hast? Das du mich wegen dieser Frau verlässt? Hast du es etwa nicht ernst mit mir gemeint? Hast du mich ausgenutzt, um dein Leben auf die Reihe zu bekommen? Das nenne ich mal perfektes Timing. Jetzt wo alles läuft, brauchst du mich ja nicht mehr.« Anklagend schaute ich ihn an. »Was hast du dir dabei gedacht?« Bei dem letzten Satz konnte ich ein Schluchzen nicht verhindern und ließ mich auf das Bett sinken. Mein Herz fühlte sich an, als würde es in tausend Teile zerspringen.

Damian machte einen Schritt auf mich zu, aber ich sah ihn böse an.

»Komm mir bloß nicht näher«, fauchte ich.

»Bitte, Emily. Lass es mich erklären.« Er raufte sich die Haare und starrte mich flehend an.

Ich hatte schon immer gewusst, dass ich viel zu gutmütig war, doch gerade jetzt bewies ich es erneut. »Du hast eine Minute.«

»Danke«, hauchte Damian erleichtert und machte wieder einen Schritt auf mich zu.

Sofort schüttelte ich den Kopf. »Das heißt nicht, dass du näherkommen darfst.«

Langsam nickte er, während er seine Hände knetete. »Ich habe wirklich nicht geglaubt, dass ich der Vater bin. Deswegen habe ich dir nichts davon erzählt. Ich wollte dich nicht ausnutzen. Ich habe jede Minute mit dir genossen. Scheiße. Du bist das Beste, was mir je passiert ist. Aber ich kann das jetzt nicht zulassen. Wenn die Leute das mit der Schwangerschaft rausfinden, verändert das alles. Ich könnte an Glaubwürdigkeit verlieren und niemand würde mit mir zusammenarbeiten wollen. Sponsoren würden abspringen. Hier geht es nicht nur um uns. Ich habe die letzten Wochen so hart gearbeitet.«

»Du sagst es. Könnte. Du könntest an Glaubwürdigkeit verlieren. Das ist doch gar nicht sicher. Wir leben im 21. Jahrhundert. Die Gesellschaft ist doch viel toleranter als früher.« Ich stand wieder auf und stützte die Hände in die Hüften. Das war doch idiotisch.

Damian schüttelte den Kopf. »Vielleicht übertreibe ich.

Aber ich kann das nicht riskieren. Ich kann das alles nicht einfach wegschmeißen.«

»Ach, aber unsere Beziehung kannst du wegwerfen?«, rief ich spöttisch.

Damian seufzte auf, sagte aber nichts mehr.

Enttäuscht presste ich die Lippen aufeinander und holte tief Luft. Seine Entscheidung stand also fest.

»Es freut mich, wenn deine Firma gut läuft und all deine Probleme gelöst sind. Ich verstehe, wenn du Prioritäten setzen musst. Auch wenn ich mir sicher bin, dass das der größte Fehler deines Lebens ist. Ich werde jetzt gehen. Dann musst du zumindest für mich keine Lösung mehr finden. Viel Glück noch, Damian.«

Als wäre ich ferngesteuert verschloss ich den Rucksack und schulterte ihn. Dabei fiel mein Blick auf die weiße Rose, die mir Damian in New York geschenkt hatte und die ich auf den Nachtisch gestellt hatte. Mit wackeligen Beinen ging ich zu ihr und drehte sie in der Hand. Anklagend schaute ich ihn an. »Nächstes Mal solltest du besser über deine Versprechen nachdenken.« Dann stellte ich die Blume zurück.

Damian stand einfach da und beobachtete meine Bewegungen. Ich wusste nicht einmal, was ich von ihm erwartete, doch diese Tatenlosigkeit schmerzte in jedem Winkel meines Körpers. Enttäuscht schaute ich ihm ein letztes Mal tief in die Augen und verließ das Zimmer.

Im Wohnzimmer saß Claudia und grinste mich an. »Schönen Tag noch«, sagte sie süffisant.

Bestimmt hatte sie unseren Streit mitangehört. Kopfschüttelnd öffnete ich die Haustür und lief die Treppe hinab.

Der Rucksack drückte schwer auf meine Schulter, schließlich hatte ich mittlerweile mehr Kleider und das MacBook. Aber ich lief weiter.

»Milly!« Damian stand an der Treppe und schaute zu mir herab.

Ich wollte nicht noch eine Entschuldigung hören. Stumm schüttelte ich den Kopf und warf ihm einen letzten Blick zu. Dann verließ ich das Haus.

19. Kapitel

An der frischen Luft atmete ich zitternd ein. Alles drehte sich und mir war speiübel. Ich blinzelte die Tränen weg und setzte einen Fuß vor den anderen. Nachdem ich das Anwesen hinter mir gelassen hatte, lief ich die menschenleere Straße entlang.

Damian und ich waren die letzten Wochen so mit der Arbeit beschäftigt gewesen, dass ich die Gegend um das Haus kaum kannte. Aber eigentlich wusste ich sowieso nicht, wohin ich sollte. Trotzdem blieb ich nicht stehen. Ich wollte nur weg.

Nach einigen Minuten setzte auch noch ein Platzregen ein und es dauerte keine fünf Sekunden, da war ich bis auf die Knochen durchnässt.

Das kalte Wasser vermischte sich mit meinen immer wiederkehrenden Tränen und meine Sicht verschwamm. Die Träger meines Rucksacks schnitten mir in die Schultern und irgendwann konnte ich nicht mehr. Schluchzend ließ ich mich auf den Bordstein nieder und vergrub mein Gesicht in den Händen.

Was war bloß geschehen? Und wieso gab es in diesem Viertel keine beschissene Bushaltestelle?

Mit klammen Fingern holte ich mein Handy aus der Tasche. Auch wenn ich nicht wusste, wen ich um Hilfe bitten konnte, musste ich hier weg. Ich hatte noch immer einen Scheck von Amber. Davon könnte ich mir ein Hotelzimmer leisten und dann überlegen, wie es weitergehen sollte.

Mit zitternden Fingern googelte ich nach einer Übernachtungsmöglichkeit und fand ein Motel einige Straßen von hier entfernt.

In meinen Knien begann es unangenehm zu pochen, als ich mich aufrichtete und den schweren Rucksack erneut schulterte.

Aber der Schmerz war eine willkommene Ablenkung zu den Gedanken an Damian. Ich biss die Zähne fest aufeinander und lief los.

Die nächsten drei Tage zogen regelrecht an mir vorbei. Ich hatte mich in dem Motelzimmer verkrochen, schaute einen Liebesfilm nach dem anderen und versank in Selbstmitleid. Hin und wieder zwang ich mich, an dem Projekt für Amber zu arbeiten. Das war ich ihr schuldig. Aber abgesehen von ein paar Mails zwischen mir und Logan hatte ich keinerlei Kontakt zur Außenwelt.

Ich fühlte mich unfassbar allein. Bis jetzt hatte sich niemand bei mir gemeldet. Aber wieso sollten sie auch?

Meine Freunde dachten schließlich, ich wäre glücklich mit Damian unterwegs. Bei dem Gedanken an ihn bildete sich automatisch ein Kloß in meinem Hals.

Am vierten Tag zwang ich mich, eine heiße Dusche zu nehmen. Danach fühlte ich mich wieder einigermaßen wie ein Mensch. Dann beschloss ich, Nicklas anzurufen.

Auch nach mehrmaligem Klingeln nahm er nicht ab und ich legte wieder auf. Wahrscheinlich schlief er noch. Gerade als ich das Telefon beiseitelegen wollte, leuchtete das Display auf.

Leider war es aber kein Rückruf von ihm, sondern Amber.

Ich wappnete mich vor dem Gespräch. Ob sie die Neuigkeit schon wusste?

»Hallo Amber.« Meine Stimme klang gefasster als erwartet.

»Guten Morgen, Liebes. Ich hoffe ich störe nicht. Es geht um den Spatenstich des Kinderheims in zwei Tagen. Craig, also Mr. Carter und ich haben gerade telefoniert und da hat er mir erzählt, dass er noch auf einen Rückruf von dir wartet. Seine Spende ist maßgeblich für das Projekt und ich vermute du und Damian hattet einfach viel um die Ohren. Also würdest du dich bitte noch heute bei ihm melden?«

Das hatte mir noch gefehlt. Ich hatte ganz vergessen, dass Mr. Carter mir bei dem Treffen seine Nummer gegeben hatte. Dabei wollte ich doch nichts mehr mit Damians Projekt zu tun haben.

»Ehm, Amber …« Ich schluckte. »Damian und ich haben beschlossen, getrennte Wege zu gehen.«

Einige Sekunden war es still in der Leitung.

»Oh Gott. Das tut mir leid. Wie geht es dir?«, Ambers fürsorglicher Tonfall trieb mir Tränen in die Augen. Auch wenn wir nie bestätigt hatten, dass wir zusammen waren, konnte sie sich mit Sicherheit ihren Teil denken.

»Es geht schon«, antwortete ich mit brüchiger Stimme. »Aber eigentlich möchte ich mich nicht mehr um dieses Projekt kümmern.«

»Das verstehe ich.« Amber seufzte. »Ich möchte ehrlich zu dir sein. Craig hat sich von seiner Freundin getrennt und er hat mir ziemlich von dir vorgeschwärmt. Er hat gesagt, wie sehr er sich darauf freut, dich bei dem Spatenstich wiederzusehen. Ich habe ein bisschen Angst, dass er abspringt, wenn du nicht kommst.«

Das konnte doch nicht ihr Ernst sein? Der Mann wollte mehrere hunderttausend Euro investieren und machte das abhängig von der Anwesenheit einer Frau? »Denkst du das wirklich?«

Amber seufzte erneut. »Leider ja. Er ist ziemlich willkürlich. Tut mir leid.«

Ich biss die Zähne zusammen. Bei dem Gedanken an Majas und Nicos traurige Gesichter, wenn der Umbau doch nicht klappen sollte, wurde mir flau im Magen. Das konnte ich ihnen nicht antun.

»Na gut«, knurrte ich. »Ich werde ihn anrufen und alles klären. Aber ich weiß ehrlich gesagt nicht, wie ich nach New Orleans kommen soll.«

Amber sicherte mir sofort zu, dass sie ein Flugticket besorgen würde. Aber das wollte ich nicht annehmen.

»Doch das kannst du«, sagte sie. »Ich hätte eigentlich auch bei diesem Event dabei sein sollen. Schließlich bin ich Vorsitzende unseres Fördervereins. Aber ich habe leider eine Terminüberschneidung. Also gehst du als meine Vertretung hin und schon kann ich das Ticket als Ausgabe des Vereins verbuchen. Glaub mir, das ist überhaupt kein Problem.«

Ich plusterte die Wangen auf. Anscheinend blieb mir nichts anderes übrig. Nachdem wir ein paar Einzelheiten geklärt hatten, legten wir auf.

Auch das noch. Jetzt musste ich mich mit diesem Arschloch namens Mr. Carter rumschlagen und Damian wiedersehen.

Genervt stand ich auf und durchwühlte meine Sachen nach Craigs Telefonnummer.

Schon nach dem ersten Tuten erklang seine schmierige Stimme. »Carter hier.«

Ich warf mir selbst ein übertriebenes Grinsen in dem kleinen Spiegel an der gegenüberliegenden Wand zu und antwortete bemüht fröhlich. »Hallo, Mr. Carter. Hier ist Emily Martin. Bitte entschuldigen Sie vielmals, dass ich mich erst jetzt melde. Ich wollte die Einzelheiten zu Ihrer Spende für das Kinderheim klären.«

Er lachte rau auf. »Ach Emily. Es freut mich so, von dir zu hören. Bitte nenne mich doch Craig. Sehen wir uns denn am Dienstag?«

Ich seufzte auf. Amber könnte recht haben.

»Ja, natürlich sehen wir uns.« Mein Magen rebellierte.

Er klatschte begeistert in die Hände. »Das freut mich zu hören. Ich habe sehr viel zu tun, weißt du. Und eigentlich kann ich es nicht einrichten zu kommen. Aber wenn ich weiß, dass du auch kommen wirst, dann verschiebe ich meine Termine. Es wäre schade, wenn ich meine Spende zurückziehen müsste, oder?«

Mein Spiegelbild verzog die Lippen zu einer Grimasse. Amber hatte sowas von recht. »Ach nein, das wäre wirklich schade.« Meine Stimme triefte vor Freundlichkeit. »Ich hatte mich schon so darauf gefreut, Sie zu sehen.«

Ein unangenehmer Schauer lief mir über den Rücken. Seit wann war ich so eine gute Schauspielerin? Diese Welt hatte schon zu sehr auf mich abgefärbt.

Dann kam Craig endlich zu den wichtigen Punkten und wir klärten alle offenen Fragen. Zum Glück konnte ich ihn davon überzeugen, Damian eine Mail mit der Bestätigung zu schicken. Ich wollte seine Stimme jetzt nicht hören. Nicht, nachdem ich mich einigermaßen gefangen hatte.

Nach dem Telefonat war meine Stimmung dennoch auf dem Tiefpunkt. Daran änderte sich auch die nächsten Tage nichts.

Mit zusammengekniffenen Lippen stand ich am Dienstagmorgen am Flughafen. Ich war froh, endlich aus diesem ekligen Motelzimmer rauszukommen. Gleichzeitig wurde mir speiübel, wenn ich an den heutigen Tag dachte. Meinen Rucksack hatte ich bereits bei der Gepäckaufgabe abgegeben.

Ungeduldig wartete ich auf das Boarding. Ich hatte am Tag zuvor noch einmal mit Amber telefoniert und sie hatte mir angeboten, für die kommenden drei Tage in ihrem Gästehaus zu wohnen. Danach würde ich, sehr zu ihrem Bedauern, zurück nach Deutschland fliegen. Nach Damian und meinem Streit freute ich mich umso mehr auf meine Freunde und Familie.

Zu meinem Entsetzen hatte ich beim Check-in erfahren, dass Amber für mich einen Flug in der ersten Klasse gebucht hatte. Das wäre nicht nötig gewesen. Dementsprechend durfte ich nun als erste das Flugzeug betreten. Suchend lief ich die Reihen entlang und ließ mich schließlich in den breiten Sitz fallen. Ich konnte mir ein Seufzen nicht verkneifen. Das letzte Mal war ich mit Damian in seinem Privatjet geflogen. Kaum zu glauben, dass diese Ereignisse nur drei Wochen her waren. Es fühlte sich an wie eine Ewigkeit.

»Emily!«

Bitte nicht. Die schmierige Stimme erkannte ich sofort. Ich zwang mich zu einem Lächeln und schaute auf. »Hallo Craig. Ich wusste nicht, dass Sie denselben Flug nehmen würden.«

Der Mann mit den dunkelblonden Haaren streckte mir die Hand entgegen und schüttelte sie wie auch schon bei unserem ersten Treffen unangenehm lang. »Ach, das freut mich, dich hier zu sehen. Schade, dass wir nicht nebeneinandersitzen. Aber sag, wie kommst du vom Flughafen zum Kinderheim?«

Ich zwang mich, mein Lächeln aufrecht zu erhalten. Zum Glück saßen wir nicht nebeneinander. Flugangst und Mr. Carter waren eine schreckliche Kombination.

»Ich werde mir ein Taxi nehmen«, antwortete ich auf seine Frage.

Craigs Blick wanderte viel zu auffällig über meine Brüste. Er lächelte. »Ach, quatsch. Mein Chauffeur holt mich am Flughafen ab. Ich nehme dich natürlich mit.«

Oh nein. Das würde ein Chaos geben. Kaum hatte er sich von seiner Freundin getrennt, tauchte er bei einem Event, bei dem viele bekannte Leute anwesend sein würden, mit einer anderen auf. Und nicht nur die Tratschweiber würden das mitbekommen. Auch Damian. Aber hatte ich eine Wahl?

Ich wurde von einer Antwort verschont, denn eine Stewardess bat Craig höflich, an seinen Platz zurückzugehen.

Ich atmete tief ein. Hoffentlich war dieser grausame Tag bald vorbei.

Wir landeten viel zu früh und mein Herz pochte immer schneller. Bald würde ich Damian wiedersehen. Ob er seine Verlobte mitbringen würde? Hatten sie es überhaupt schon bekanntgemacht? Amber hatte mich zumindest noch nicht auf Claudia angesprochen. Aber vielleicht war sie auch einfach zu höflich dazu.

Gedankenverloren holte ich meinen Rucksack vom Gepäckband und verließ den Flughafen.

»Emily!«

Mist. Craig hatte ich verdrängt. Ich lächelte verbissen, während er mich am Arm nahm und zu einem schneeweißen Auto zog. Unauffälliger ging es auch nicht.

»Na, los. Wir wollen doch nicht zu spät kommen.« Er lächelte mich an.

Ich ließ mir den Rucksack abnehmen und setzte mich auf die Rückbank. Craig rutschte übertrieben dicht neben mich und erzählte irgendetwas über sein Geschäft. Ich antwortete in den passenden Momenten mit einem vagen »Ah« oder »Oh«, während ich mit der aufkeimenden Panik kämpfte.

Am Kinderheim angekommen warteten einige Reporter

an der Seite des Hauses. Aus dem verdunkelten Fenster konnte ich Damian neben Sarah entdecken. Mein Puls beschleunigte sich. Schnell wischte ich meine feuchten Hände an den Beinen ab. Wie würde er sich mir gegenüber verhalten? Als der Wagen zum Stehen kam, richteten sich alle Blicke auf uns. Na, super.

Der Chauffeur öffnete die hintere Wagentür und Craig stieg zuerst aus. Breit grinsend beugte er sich zu mir und reichte mir die Hand. Mir wurde übel, als ich merke, wie sehr er diesen Auftritt genoss.

Mit zitternden Beinen stieg ich aus. Auch wenn Craig ein widerlicher Kerl war, war ich tatsächlich froh um seine stützende Hand.

»Oh, Emily!«, rief Maggy begeistert und kam auf mich zu.

Sofort schloss sie mich in eine liebevolle Umarmung. Ihre herzliche Art war Balsam für meine Seele.

»Es freut mich, dich wiederzusehen«, antwortete ich.

Dann ging ich schnurstracks zu Andrea und den anderen. Bloß weg von Craig. Andrea nahm mich ebenfalls in den Arm und Sarah streckte mir ihre giftgrün lackierten Finger entgegen. Mit einem Lächeln ergriff ich ihre Hand und zwang mich zu einer höflichen Begrüßung. Dann kam Damian an die Reihe.

Seine blauen Augen wanderten mit ausdrucksloser Miene über mein Gesicht. Wie gern ich mich jetzt in seine Arme werfen würde. Mein Mund wurde trocken und ich schluckte. Ich vermisste ihn so sehr. Wie es ihm wohl ging? Sein Blick flog zu Craig und wieder zurück zu mir. Bevor ich etwas sagen konnte, rief jemanden meinen Namen.

Ich drehte mich zu der Stimme um. Nico kam mit seinen kurzen Beinen und einem breiten Grinsen im Gesicht auf mich zu gerannt. Bei seinem Anblick rückte der Stress der letzten Tage in den Hintergrund. Mein Herz schwoll regelrecht an und ich ließ mich auf die Knie sinken. Keine Sekunde später hatte er seine dünnen Arme um mich geschlungen und mir stieg der Duft nach Apfelshampoo in die Nase. Meine Augen brannten und ich blinzelte einige Male. Ich durfte nicht hier vor allen Leuten weinen. Sanft erwiderte ich die Umarmung und stand mit dem Jungen auf dem Arm auf.

»Es ist so schön, dass du hier bist.« Er jubelte laut.

Ich drückte ihn noch ein wenig fester und musste lachen. »Es ist schön, dich zu sehen.«

Das war wenigstens nicht gelogen, auch wenn ich mich noch immer unwohl fühlte.

Dann setzte ich Nico wieder ab und schaute zu Maggy, die sich gerade räusperte. »Meine Damen und Herren, bitte folgen Sie uns in den Speisesaal. Dort wird Mr. O'Brian das Bauvorhaben vorstellen. Im Anschluss werden wir in den Garten gehen, um den ersten Spatenstich zu zelebrieren.«

Sofort rannte Nico durch die hölzerne Eingangstür und die Erwachsenen folgten ihm.

»Du und Craig also? Hätte nicht gedacht, dass du es so nötig hast«, raunte mir eine vertraute Stimme ins Ohr.

Ich blieb ruckartig stehen. Die Menschen hinter mir meckerten, liefen aber letztendlich an uns vorbei, während ich mich zu Damian drehte. »Das ist doch nicht dein Ernst«, fauchte ich zurück.

Seine Augen verengten sich. »Ach, komm schon. Ich habe gesehen, wie du aus seinem Wagen ausgestiegen bist. Bist du jetzt auch zu einer geldgeilen Schlampe geworden?«

Ich zuckte zusammen. Der Spruch hatte gesessen. Es fühlte sich an, als hätte er mir den Boden unter den Füßen weggerissen. Aber was hatte ich anderes erwartet? Damian wurde immer verletzend, wenn er mit einer Situation nicht umgehen konnte.

»Schön, dass du immer noch zum Arschloch wirst, wenn du nicht mehr weiterweißt. Ich dachte schon, ich hätte eine positive Wirkung auf dich gehabt.« Ich stemmte die Hände in die Hüften. »Aber dann ist ja alles beim Alten.« Ich machte auf dem Absatz kehrt und betrat den Speisesaal.

Vor der großen Backsteinwand waren eine Leinwand und ein Rednerpult aufgebaut worden. Die Kinder wuselten aufgeregt zwischen den Reportern und anderen Zuschauern umher. Das Stimmengewirr schmerzte mir in den Ohren und mein Kopf pochte. Wieso war ich nochmal hier?

Ich sah Craig zu meiner Linken und suchte mir schnell einen Platz weit von ihm entfernt. Dort blieb ich für die nächste Dreiviertelstunde stehen.

Damian war kurz nach unserem kleinen Gespräch an das Mikrofon getreten und erklärte auf der Leinwand verschiedene Skizzen und 3D Darstellungen des zukünftigen Heimes.

Ich musste schlucken. Er hatte beeindruckende Arbeit geleistet. Um mich von alldem abzulenken, checkte ich mein Handy. Amber hatte mir eine Nachricht geschrieben.

Ich hoffe, mit dem Flug hat alles geklappt. Wir hatten heute Bewerbungsgespräche. Eine Katastrophe nach der anderen …

Ich wusste, dass sie mich immer noch in ihrem Team wollte. Aber nach alldem hatte ich erst recht keine Motivation, länger in Amerika zu bleiben. Ganz egal, wie interessant dieser Job auch war.

Am Ende von Damians Rede applaudierten alle begeistert. Maggy richtete im Anschluss ebenfalls ein paar Worte an die Gäste und bat uns, in den Garten hinauszugehen.

Ich wartete, bis fast alle den Raum verlassen hatten, dann schlich ich hinterher. Unauffällig stellte ich mich hinter eine

Traube von Zuschauern und kämpfte gegen meine aufsteigenden Tränen an. Ich war unfassbar froh, dass wir den Kindern helfen konnten. Damian hatte wie versprochen eine Bibliothek mit eingeplant und auch eine rote Schaukel würde in Zukunft zum Herumtollen einladen.

Auf einmal zupfte jemand an meinem Arm. Ich schaute zur Seite und sah in Majas lächelndes Gesicht. »Kommst du mal mit? Ich möchte dir jemanden vorstellen.«

Ich erwiderte ihr Lächeln und nickte. Daraufhin zog sie mich zu einer Frau mit bereits leicht ergrautem Haar.

»Nun lerne ich endlich mal die fantastische Emily kennen.« Sie lachte mir entgegen.

Noch immer verwirrt streckte ich ihr meine Hand entgegen. »Ich wünschte, ich wüsste auch wer Sie sind.«

Die Frau lachte erneut und erwiderte meine Geste.

»Oh, Entschuldigung. Ich bin Jennifer Larson. Ich habe eine kleine Bäckerei neben der Schule. Nico und Maja kommen zwei bis dreimal die Woche nach dem Unterricht vorbei. Sie helfen mir ein wenig und dafür bekommen sie das ein oder andere Gebäck.« Während sie sprach, lächelte sie die beiden liebevoll an.

»Stimmt. Nico hat mir von dir erzählt. Freut mich dich kennenzulernen«, sagte ich schnell.

Sie seufzte. »Es sind so wundervolle Kinder, weißt du? Dieses Projekt ist unglaublich, aber ich wünschte trotzdem, ich könnte sie hier rausholen.«

Also wollten das nicht nur Maja und Nico.

»Aber was spricht denn dagegen?«

Jenny kniff die Lippen zusammen und senkte ihre Stimme. »Wir sind ein kleiner Familienbetrieb. Meinem Mann und mir fehlt das Geld, um zwei Kinder großzuziehen. Wir haben schon mehrere Anträge gestellt, um Fördergelder zu bekommen. Aber ohne einen Paten, der für die Kinder zahlt, dürfen wir sie nicht adoptieren.«

Das durfte doch nicht wahr sein. Da gab es eine wundervolle Familie, die sich um die Kinder kümmern wollte und dann wurde es abgelehnt? Selbst wenn Jenny und ihr Mann nicht viel Geld hatten, es würde Maja und Nico mit Sicherheit besser gehen als in diesem Heim. Jedes Kind sollte mit einer Familie und richtigen Eltern aufwachsen.

»Wie viel Geld braucht ihr denn? Vielleicht lässt sich ja ein Pate finden?«, fragte ich mit einem beklemmenden Gefühl im Bauch nach.

Jenny zuckte mit den Schultern. »Ich bin ganz ehrlich. Natürlich wäre das Geld knapp. Aber ich bin mir sicher, wir würden das hinbekommen. Es ist also eher eine Formsache. Ich denke, mit 200$ pro Kind wäre die Sache schon geregelt. Aber wer bezahlt schon für Kinder, die nicht zu ihm gehören und nicht bei ihm wohnen?«

Wegen 400$ sollten die Kinder in dem Heim bleiben? Das durfte doch nicht wahr sein. Mein Herz raste und ich schluckte. Ich musste eine Lösung finden!

»Entschuldigst du mich bitte kurz?« Ich holte mein Handy heraus und lief einige Schritte davon. In meinem Kopf ratterte es.

Schon nach dem ersten Klingeln knisterte es auf der anderen Seite der Leitung. »Emily? Ist irgendetwas passiert?«

Ich presste das Handy viel zu fest an mein Ohr. »Ich brauche deine Hilfe. Wir müssen einen Paten für zwei Kinder aus dem Waisenhaus finden. Sie brauchen 400 Dollar, um von einem netten Pärchen adoptiert werden zu dürfen.«

Ich hörte Amber seufzen. »Liebes, ich würde dir so gerne helfen. Genau deswegen haben wir die Stiftung gegründet. Aber wir suchen dauernd nach Paten, und finden selten Leute, die dauerhaft Geld geben wollen.«

Ich presste die Lippen aufeinander. Das durfte nicht sein. Das war einfach ungerecht.

»Wieso übernimmst du nicht die Patenschaft?«, fragte Amber plötzlich.

Ich schluckte. Natürlich war mir dieser Gedanke auch schon gekommen, aber es ging nicht. Konnte ich Amber vertrauen und die Wahrheit sagen? Ich schaute mich um und versicherte mich, dass mir niemand zuhörte.

»Ich kann nicht.« Meine Augen brannten. Ich wollte so gerne helfen.

»Ich verstehe, dass das eine große Sache ist. Aber bei der Gala hast du doch auch gespendet? Oder vielleicht unterstützen dich deine Eltern?«

Ich räusperte mich. »Ich habe Damian auf der Gala nicht ersteigert. Es war sein eigenes Geld, weil er keine Lust auf ein blödes Date hatte. Ich habe kein Geld. Zumindest nicht genug, um die Patenschaft zu übernehmen. Ich habe nicht mal einen Job in Deutschland.«

Eine Weile war es still auf der anderen Seite der Leitung. War es ein Fehler gewesen, Amber die Wahrheit zu sagen? Wobei, eigentlich konnte es mir egal sein, was sie jetzt über Damian dachte. Aber natürlich war es das nicht.

»Wow, damit habe ich nicht gerechnet. Versteh das nicht falsch, es spielt keine Rolle. Aber du hast dich so gut in unsere Gesellschaft eingefügt, da habe ich einfach nichts in Frage gestellt. Mir war nicht klar, dass Damian diese Versteigerung so sehr hasst.«

Ich seufzte. Ja, hätte Damian einfach offen über seine Gefühle gesprochen, wäre alles ganz anders gekommen.

Aber Claudia wäre immer noch schwanger.

»Na ja, du weißt, dass ich dir liebend gerne eine Stelle bei mir anbieten würde. Dann hättest du einen Job.«

War es vielleicht doch mein Schicksal, hier in Amerika zu bleiben? Es sprach so viel dafür, die Stelle bei Amber anzunehmen. Meine Familie würde ich sehr vermissen. Das wusste ich. Und nach der Sache mit Damian war die Situation noch viel komplizierter. Gleichzeitig war der Job ein Traum und ich liebte dieses Land. Sollte es einfach so sein?

»Aber kann ich mir mit dem Gehalt die Patenschaft leisten? Das Leben in Amerika ist leider verdammt teuer, ich bräuchte eine Wohnung und würde natürlich auch gerne Geld beiseitelegen, um regelmäßig nach Deutschland zu fliegen.«

»Gib mir einen Moment, dann rufe ich unsere aktuelle Gehaltsliste auf, um dir eine realistische Zahl zu sagen.« Ich konnte die Freude in Ambers Stimme regelrecht hören.

Ich schaute hinüber in den Garten. Die Menschenmenge applaudierte und Damian setzte gerade den symbolischen Spatenstich. Als er aufsah, trafen sich unsere Blicke. Mir wurde heiß. Seine Augen sahen traurig aus und flehten mich regelrecht an, ihm zu verzeihen. Aber ich konnte nicht. Nicht, solange er verlobt war.

»Bist du noch da?«

Ambers Stimme riss mich aus meiner Trance und ich löste den Blick von Damian. »Ja, entschuldige.«

»Ich kann dir etwas vorschlagen. Du bekommst ein reguläres Gehalt. Da müssen wir nochmal genauer drüber sprechen, aber ich kann dir versichern, es reicht für einen gewissen Lebensstandard und Flüge nach Deutschland. Zusätzlich kann ich dir dreihundert Dollar mehr zahlen. Dafür gehst du das ein- oder andere Mal als meine Vertretung zu Veranstaltungen wie heute. Dann kann ich deine Bezahlung rechtfertigen. Die anderen hundert Dollar müsstest du von dir nehmen, aber ich denke, das kannst du verkraften.«

Die Menge klatschte und brachte mich kurz aus dem

Konzept. Damian schüttelte die Hände einiger Leute und lächelte übertrieben. Mein Herz klopfte wild. Wie konnte er so tun, als wäre nichts? Ich zwang mich, zur Seite zu schauen, und konzentrierte mich wieder auf Amber. Schnell überschlug ich die Zahlen im Kopf. Hundert Dollar würde ich schon irgendwie zusammensparen können. Ich brauchte auch keine schicke Wohnung in der Upper-East-Side.

Mein Herz klopfte wild. Das war einfach verrückt und impulsiv, aber ich wollte den Kindern unbedingt helfen. Und war ich nicht diejenige gewesen, die Damian geraten hatte, auch mal spontan zu sein? Vielleicht sollte ich auf meinen eigenen Ratschlag hören. Oder ich wollte nach den ganzen negativen Ereignissen der letzten Tage einfach ein gutes Gefühl haben. Ich wusste selbst nicht genau, was mich antrieb.

»Einverstanden.«

Amber lachte begeistert auf. »Es freut mich sehr, dich als neues Teammitglied begrüßen zu dürfen. Wir können heute Abend, wenn du bei uns ankommst, die Details besprechen.«

Ich bedankte mich überschwänglich und legte auf. Dann versuchte ich, meinen Atem zu kontrollieren, aber es ging nicht. Mein Magen zog sich vor Aufregung zusammen, gleichzeitig bekam ich das Grinsen nicht mehr aus dem Gesicht. Ich hatte es getan. Ich würde hierbleiben. Und sogar noch etwas Gutes tun.

Mit schnellen Schritten lief ich auf Jennifer zu. Neben ihr standen Damian und Maggy, aber das ignorierte ich. Ich musste diese Neuigkeit mit ihnen teilen.

»Ich mach's!«

Ihre Augenbrauen wanderten fragend nach oben.

»Ich übernehme die Patenschaft.«

»Was?« Damians Mund klappte auf und er starrte mich an.

Ich ignorierte ihn und schaute zu Jenny. »Es ist alles geklärt. Ich mache das.«

Jennys Augen wurden groß und sie griff nach meinen Händen. »Meinst du das Ernst? Ich weiß, dass du dem Kinderheim eine große Summe gespendet hast. Aber willst du diese monatliche Belastung auf dich nehmen? Du bist doch noch so jung.«

Bei dem Gedanken an die Versteigerung und diese Lüge musste ich schlucken. Immerhin kannte Amber jetzt die Wahrheit. Dann zwang ich mich zu einem Lächeln. »Ich habe gerade einen neuen Job bei Amber Lincoln, der Vorsitzenden des Fördervereins, angenommen. Damit kann ich mir das leisten«, beantwortete ich ihre Frage.

Damian gab einen erstickten Laut von sich.

»Das sind ja großartige Nachrichten«, rief Maggy begeistert und trat auf uns zu. »Sollen wir direkt in mein Büro gehen und die Anträge ausfüllen?«

Ich nickte und wollte den beiden Frauen folgen, aber Damian hielt mich zum zweiten Mal an diesem Tag an der Hand fest.

»Du hast den Job bei Amber angenommen? Ich dachte, du wolltest unbedingt zurück.«

Ich wappnete mich vor seinem Blick. Bloß keine Schwäche zeigen. Selbstbewusst schaute ich ihm in die Augen. »Ja, habe ich. Hast du etwa ein Problem damit, dass ich nicht aus deiner Welt verschwinde?«

Damian schüttelte den Kopf. »Ich wollte nie, dass du aus meiner Welt verschwindest.«

»Dann hättest du unsere Beziehung nicht beenden dürfen.«

Er seufzte, dann nickte er und ließ meine Hand los. »Ich weiß. Und jetzt willst du die Patenschaft für Nico und Maja übernehmen?«

Ich verschränkte die Arme vor der Brust. »Ich bin eben doch keine geldgeile Schlampe.«

Damian zuckte zusammen. Unsicher fuhr er sich durch die Haare. »Es tut mir leid.«

Ein letztes Mal verlor ich mich in seinen blauen Augen. »Mir auch, Damian.« Dann drehte ich mich um und lief zurück ins Haus.

Nachdem wir die Papiere vorbereitet und unterschrieben hatten, verabschiedete ich mich von allen. Maja und Nico waren ganz aus dem Häuschen, seit Jenny ihnen die gute Nachricht verkündet hatte. Jetzt musste der Antrag nur noch vom Amt genehmigt werden. Aber laut Maggy sprach nichts dagegen. Jenny hatte mir angeboten, mich auf ihrem Heimweg zurück zum Flughafen zu fahren. Und ich war froh, nicht auf Craig angewiesen zu sein.

Gemeinsam tuckerten wir mit ihrem Wagen die holprige Straße entlang und mit jedem Meter, den wir uns vom Waisenhaus entfernten, verabschiedete ich mich innerlich von Damian.

Endlich in New York angekommen, nahm ich auf direktem Weg die Subway zu Ambers Adresse.

Breit grinsend öffnete sie mir die Tür ihres riesigen Hauses. »Es ist so schön, dich zu sehen.«

Ich ließ mich von ihr in eine feste Umarmung ziehen und atmete auf. Dieser Tag war furchtbar anstrengend gewesen und ich war immer noch ganz benommen von meiner spontanen Entscheidung, den Job anzunehmen.

Als hätte sie meine Gedanken gelesen, zog sie mich sanft ins Foyer. »Komm, ich zeige dir dein neues Reich. Deinen Vertrag können wir auch morgen besprechen.«

Dankbar folgte ihr über eine seitliche Tür zu einem Kiesweg, der durch den Garten und zu einem Nebengebäude führte.

Das Appartement war perfekt. Neben der Eingangstür war ein kleines, aber feines Badezimmer mit einladender Wanne. Ich würde mir direkt heute Abend ein heißes Bad gönnen. Dann gab es noch ein hell eingerichtetes Wohnzimmer mit integrierter Küche und ein farblich passendes Schlafzimmer mit einer riesigen Balkontür, die hinaus in den Garten führte.

»Danke Amber. Jetzt wo ich weiß, dass ich langfristig hierbleibe, werde ich mich natürlich schleunigst nach einer eigenen Wohnung umsehen.«

Sofort winkte sie ab. »Überhaupt kein Problem, Liebes. Du kannst bleiben, solange du möchtest. Hier sind die Schlüssel. Du hast ja schon gesehen, dass du durch unser Foyer in den Garten kommst. Hab keine Scheu einfach reinzugehen, du bist bei uns drüben jederzeit willkommen. Fühl dich einfach wie zu Hause.« Sie lächelte noch einmal und schloss die Tür hinter sich.

Ich setzte mich auf das himmelblaue Bett und kreiste meine verspannten Schultern. Ich würde also hierbleiben. Was meine Eltern wohl dazu sagen würden? Ich hatte mir vorgestern einen Flug nach Deutschland gebucht und den würde ich auch wahrnehmen. Wenn Amber zustimmte, könnte ich vielleicht die ersten drei bis vier Wochen von dort arbeiten, um alles zu regeln. Ein Visum musste ich auch beantragen. Aber bei all diesen Dingen würde ihre Rechtsabteilung bestimmt helfen. Außerdem sollte ich schnellstmöglich eine eigene Wohnung finden, auch wenn ich ihr Angebot hier zu wohnen zu schätzen wusste.

Am nächsten Tag fühlte ich mich zum ersten Mal seit meiner Trennung von Damian wirklich erholt. Das Bett war unfassbar bequem gewesen und auch wenn ich es vorher nicht für möglich gehalten hatte, nahm die Entscheidung bezüglich des Jobs eine große Last von meinen Schultern.

Ich verabredete mich mit Amber und antwortete auch auf die Nachrichten meiner Eltern und Nicklas. Bisher hatte ich niemandem von der Trennung erzählt, andererseits hatte in Deutschland auch keiner von der Beziehung gewusst.

Außerdem hatte Sam mir geschrieben. Sie wusste, dass ich ab heute wieder in New York war und in drei Tagen abreisen würde, aber um Details hatte ich mich bis jetzt gedrückt.

Hey Süße. Ich bin heute für eine Party bei Amber Lincoln in New York. Hättest du Lust auf Brunch?

Eine Party bei Amber? Davon hatte sie gar nichts gesagt. Vielleicht wollte sie mir nicht sagen, dass ich nicht eingeladen war, um mich nicht zu verletzen? Aber das hätte mich nicht gestört. Ich hatte genug von all den Partys.

Ich schaute auf die Uhr und schrieb Sam, dass wir uns in zwei Stunden treffen könnten. Dann schlüpfte ich in den Jumpsuit, den Damian und ich bei Marco gekauft hatten und verließ die Wohnung. Bei der Erinnerung erstarrte ich kurz in meiner Bewegung. Es fühlte sich an, als wären Monate seitdem vergangen. Ich presste die Lippen fest aufeinander und lief durch den Garten zu Amber. Ich wollte mich nicht mehr von dem Gedanken an Damian ausbremsen lassen.

»Hallo, Liebes. Hast du gut geschlafen?« Sie strahlte, als ich das Foyer betrat.

»Das Bett ist der Wahnsinn. Vielen Dank.«

Gemeinsam gingen wir in ihr Büro und besprachen die

Details meines Vertrages, des Visums und was mein Aufgabengebiet sein sollte. Wie ich gehofft hatte, war es für Amber kein Problem, dass ich zunächst von Deutschland aus arbeiten würde. Außerdem betonte sie, dass ich auch in Zukunft außerhalb von New York leben könnte. Es gab einmal im Monat ein Teammeeting und alles Weitere wurde meistens per Telefonkonferenz oder Mail besprochen. Das würde mir die Wohnungssuche deutlich erleichtern, denn New York war unfassbar teuer. Außerdem konnte ich so auch jederzeit meine Heimat besuchen.

Als wir gemeinsam zur Tür liefen, kam mir das Telefonat mit Sam in den Sinn. Sollte ich sie nach der Party fragen? Schließlich musste ich durch ihr Foyer, um an das Apartement zu kommen.

»Eine Freundin von mir hat erzählt, dass sie heute Abend auf einer Party von euch eingeladen ist«, sagte ich vorsichtig.

Amber nickte hektisch. »Ach stimmt, davon weißt du noch gar nichts. Patrick und ich geben um diese Jahreszeit immer eine kleine Sommerparty. Du bist natürlich herzlich eingeladen.«

Ich zögerte. »Bist du dir sicher? Ich möchte nicht stören und weiß ja, dass ich hier nicht so ganz dazugehöre.«

Ihre Augen weiteten sich, dann ergriff sie meine Hand. »Liebes, ich weiß nicht, was genau zwischen dir und Damian vorgefallen ist. Aber egal was war, das heißt nicht, dass du hier nicht reinpasst. Du arbeitest jetzt in meinem Team und wohnst bei uns, natürlich gehörst du dazu. Und lass dir von niemandem etwas anderes einreden. Versprich mir bitte, dass du kommst.«

Dankbar lächelte ich und drückte ihre Hand.

Dann verabschiedeten wir uns und ich machte mich auf den Weg zu meinem Treffen mit Sam.

»Heeeey!«, schrie die junge Frau schon von weitem, bevor sie sich überschwänglich in meine Arme warf.

Freudig erwiderte ich die Umarmung, bis mich Sam von sich schob und genauer betrachtete. »Also Madame. Was ist hier los? Du hältst mich seit ein paar Tagen ziemlich hin.«

Ich musste schlucken und zuckte mit den Schultern. »Damian und ich haben uns getrennt.«

Sams Augen wurden kugelrund und sie umarmte mich erneut. »Scheiße. Was ist passiert? Muss ich ihn umbringen?«

Ich seufzte. Sollte ich ihr erzählen, dass er eine andere Frau geschwängert hatte? Irgendwie ging es niemanden etwas an. Aber ich musste mit jemandem darüber sprechen.

»Ich werde dir alles erzählen. Aber lass uns bitte erst reingehen und bestellen. Ich sterbe vor Hunger.«

Sie nickte und wir suchten uns einen Platz.

Dankbar für diesen kurzen Aufschub studierte ich die Karte. Doch kaum hatten wir der Bedienung unsere Wünsche mitgeteilt, schaute mich Sam auffordernd an.

Ich wappnete mich vor den Erinnerungen. Mit zittriger Stimme erzählte ich von Claudia, von Damians Entscheidung sich von mir zu trennen, von dem gestrigen Tag im Waisenhaus und letztendlich auch, dass ich in Amerika bleiben würde.

Nachdem ich geendet hatte, starrte mich Sam mit großen Augen an. »Das ist ja ein ganz schönes Chaos.« Sie brachte damit mein Leben auf den Punkt.

Dieses Mal konnte ich ihr nicht widersprechen und seufzte.

»Liebst du ihn?«

Bei ihrem mitleidigen Blick zog sich alles in mir zusammen. Sofort bildete sich ein Kloß in meinem Hals. Aus Angst, meine Stimme könnte versagen, nickte ich nur.

»Kaum zu glauben, dass er sie heiraten will. Nur weil sie schwanger ist. Du hast definitiv etwas Besseres verdient.«

Zum Glück kam in diesem Moment unser Essen. Auch wenn sie es gut meinte, konnte ich damit nicht umgehen. Anscheinend hatte Sam gemerkt, dass dieses Thema zu viel für mich wurde, denn sie erzählte mit vollem Mund und einem breiten Lächeln im Gesicht von ihrer Verabredung mit der Kellnerin.

Dankbar hörte ich zu. Es freute mich, dass sich wenigstens ihr Liebesleben zum Guten gewendet hatte.

Mit einem Blick auf die Uhr bezahlten wir, schließlich mussten wir uns beide für die Party zurechtmachen.

»Süße, ich will dir nicht wehtun. Aber du solltest wissen, dass Damian später vermutlich auch kommen wird«, sagte Sam mit einem entschuldigenden Blick, während wir nach draußen gingen.

Ich zuckte mit den Schultern, damit hatte ich schon fast gerechnet. Schließlich gehörte er nun mal auch in diesen Kreis.

Wir umarmten uns ein letztes Mal, bevor sich unsere Wege trennten.

20. Kapitel

Daheim nutzte ich die Zeit, um mir ein ordentliches Wellnessprogramm zu gönnen und mich für den heutigen Abend zu wappnen. Ob Damian seine Verlobte mitbringen würde? Unsere Beziehung hatte er schließlich aus der Öffentlichkeit raushalten wollen.

Um mich abzulenken, stylte ich mich ein wenig mehr als sonst. Dann machte ich mich auf den Weg.

Musik schallte mir entgegen, als ich über den schmalen Kiesweg zu Ambers Haus ging.

Mit jedem Schritt klopfte mein Herz ein wenig schneller. Wieso hatte ich es nochmal für eine gute Idee gehalten, heute auf diese Party zu gehen? Das war doch bescheuert. Eigentlich wollte ich Damian gar nicht sehen. Und erst recht nicht diese Claudia. Bei dem Gedanken wurde mir augenblicklich übel. Aber ich hatte es Amber versprochen, also musste ich da jetzt durch.

Beruhigende Klaviermusik umhüllte mich, als ich das Foyer betrat. Einige Gäste standen bereits an Stehtischen, aßen Canapés und tranken Cocktails. Höflich nickte ich in alle Richtungen und schaute mich um.

Unruhig holte ich mein Handy aus der Tasche und schickte Sam eine SMS.

Wo bist du? Ich fühle mich total fehl am Platz.

Sie antwortete sofort, dass sie im Wohnzimmer war. Also bahnte ich mich durch die Menschen in Richtung einer riesigen Eichentür. Überrascht blieb ich nach einigen Schritten stehen. Hier war es wunderschön. Man konnte das Zimmer nicht mit dem modern eingerichteten Haus von Damians Eltern vergleichen. Es sah zwar ebenfalls sehr teuer aus, aber gleichzeitig auch urgemütlich. Zwei dicke braune Sessel standen vor einem Kamin und eine weitere Ledercouch vor dem gigantischen Fenster, welches einen fantastischen Blick auf den Garten offenbarte.

»Emily!« Ein knallgrünes Etwas stürmte auf mich zu und fiel mir um den Hals. »Schön, dass du da bist.«

Ich musste lachen. »Du tust gerade so, als hätten wir uns eine Ewigkeit nicht gesehen und nicht gerade erst heute Morgen zum Frühstück.«

Sam ließ mich los und grinste breit. »Es ist trotzdem wichtig, bei dieser Veranstaltung eine Verbündete zu haben.«

Ich seufzte. Das brauchte sie mir nicht sagen. »Hast du …«, druckste ich herum.

»Ob ich Mr. Arschloch gesehen habe? Nein, zum Glück nicht. Aber komm. Ich stelle dir ein paar Leute vor. Die sind zwar auch nicht die beste Gesellschaft, aber du wirst ja jetzt öfter auf solche Veranstaltungen gehen. Da sind ein paar Bekanntschaften nicht verkehrt.«

Bevor ich etwas dagegen sagen konnte, drehte sie sich schwungvoll um und ging zu der anderen Seite des Raumes.

»Madeleine, Chrystal, darf ich euch Emily vorstellen?«

Zaghaft lächelte ich den beiden jungen Frauen zu. Mit ihrem Auftreten erinnerten sie mich sehr an Tiffany und ihr Gefolge. Die beiden nickten mir kurz zu und redeten dann weiter. Ob ich solche Bekanntschaften wirklich brauchte?

»Wir hätten ahnen müssen, dass sie sich bald verloben. Jetzt stehen wir blöd da.« Chrystal echauffierte sich.

»Aber nachdem es die letzten Monate so ruhig um sie war, hätte doch niemand damit gerechnet.« Madeleine tätschelte ihr die Schulter.

Ich musste schlucken. Mein Hals war auf einmal staubtrocken und mein Kopf dröhnte. War klar, dass Damian Thema Nummer eins auf dieser Party sein würde. Also hatten sie es zumindest schon teilweise öffentlich gemacht. Sam schielte unauffällig zu mir herüber und hob entschuldigend die Schultern.

»Ich gehe mal an die frische Luft«, murmelte ich und lief durch die große Glastür hinaus in den Garten.

Erst nach einigen Minuten blieb ich stehen. Ich hatte gar nicht gemerkt, wie schnell ich gelaufen war, doch das Haus lag weit hinter mir. Hier war die Musik kaum noch zu hören. Mit einem flauen Gefühl im Bauch setzte ich mich auf eine Bank, welche neben einem schön angelegten Teich stand.

Was für ein Schlamassel. Vielleicht hätte ich den Job doch nicht so übereilt annehmen sollen. Jetzt würde mir Damian andauernd über den Weg laufen. Und wenn das Kind erstmal auf der Welt war … So weit wollte ich gar nicht denken.

Ein Knacken zu meiner Linken riss mich aus den Gedanken. »Hallo Emily.«

Ich zögerte. Noch mehr Aufregung konnte ich heute eigentlich nicht ertragen. Dann aber siegten meine guten Manieren und ich zwang mich zu einem Lächeln. »Hallo Tracey.«

Unsicher machte sie einen Schritt auf mich zu und deutete auf den Platz neben mir. »Darf ich mich zu dir setzen?«

Mechanisch nickte ich. Was wollte sie? Darauf herumreiten, dass ich jetzt nicht mehr an Damians Geld kommen würde, wie sie es mir immer unterstellt hatte?

»Ich weiß, dass ich mich bei unserem letzten Treffen danebenbenommen habe. Hast du bitte einen Moment Zeit für mich?«, fragte sie mit rauer Stimme. »Ich würde es dir gerne erklären.« Sie setzte sich.

»Okay«, erwiderte ich knapp.

Sie seufzte. »Wusstest du, dass ich mit Damian schwanger war, bevor Richard und ich verheiratet waren?«

Da mir Sam bereits davon erzählt hatte, nickte ich. Doch erst jetzt fiel mir die Parallele zu Damian und Claudia auf.

»Und wusstest du auch, dass ich neun Jahre jünger bin?«

Ich schaute auf. Mir war zwar aufgefallen, dass Tracey jung aussah, doch den Altersunterschied hätte ich nicht bemerkt. Ich zwang mich zu einer gleichgültigen Miene und schüttelte den Kopf.

Abermals seufzte sie und knetete ihre miteinander verschränkten Finger. »Damals haben sehr viele Leute über mich geredet. Sie sagten, ich hätte mich wegen Richards Geld von ihm schwängern lassen. Und andersrum, dass er sich ein junges Flittchen angelacht hätte.«

Das war exakt das, was ich über Claudia dachte. Worauf wollte sie hinaus?

»Wenn du von mir Mitleid für Claudia erwartest, kannst du lange darauf warten.« Meine Stimme klang leider nur halb so stark, wie ich es mir gewünscht hätte.

Traceys Augen weiteten sich, dann schüttelte sie eilig den Kopf. »Um Gottes Willen. Nein. Ich möchte mich bei dir entschuldigen. Ich war nicht besser als all diese Leute damals zu mir waren. Es tut mir leid, Emily. Du bist eine engagierte junge Frau, die hart für ihr Geld arbeitet. Ich war einfach verunsichert. Du bist noch so jung und Damian steht schon fest im Leben. Und auf einmal hat er sein Leben geändert, und zwar deinetwegen.«

Auch wenn ich ihr Verhalten noch immer nicht in Ordnung fand, konnte ich sie ein wenig verstehen. Sorgte sich nicht jede Mutter um ihr Kind?

»Aber jetzt ist mir klar geworden, wie gut du Damian getan hast. Seit ihr euch getrennt habt, lächelt er kaum noch. Früher wäre mir das nie aufgefallen. Aber durch dich hat sich so viel geändert. Wir haben uns auf einer ganz neuen Ebene kennengelernt. Und er hat endlich für etwas gebrannt. Das ist dein Verdienst. Ich weiß, dass du ihm sehr viel bedeutest.«

Ich kämpfte dagegen an, trotzdem wurden meine Augen feucht. »Anscheinend nicht genug.«

Traceys warme Hand legte sich auf meine. »Ich weiß nicht genau, was zwischen euch vorgefallen ist. Aber ich bin mir sicher, dass ihr das wieder hinbekommt und Claudia nur eine Phase ist.« Dann stand sie auf und lief zurück zum Haus.

Verdattert schüttelte ich den Kopf. Hatte Damian etwa nicht mit seinen Eltern über die Verlobung gesprochen? Sonst hätte sich Tracey doch definitiv anders verhalten. Oder war das eine gemeine Art von ihr, mich zu demütigen?

Unruhig strich ich mir eine Strähne aus dem Gesicht und machte mich auf den Weg, um nach Sam zu suchen.

Mittlerweile waren deutlich mehr Gäste in dem geräumigen Wohnzimmer und ich streckte meinen Kopf. Leider blieb meine Bemühung aber vergeblich.

»Hallo Schönheit. Du siehst aus, als würdest du jemanden suchen. Du hast Glück, denn du hast mich gefunden«, raunte mir auf einmal eine tiefe Stimme ins Ohr.

Ruckartig drehte ich mich um und starrte in zwei blaue Augen. *Damian*, schoss es mir durch den Kopf. Doch er war es nicht.

»Gefällt dir was du siehst?« Selbstsicher grinste er mich an.

Ich schüttelte den Kopf. »Äh, nein. Also, du hast mich nur an einen Bekannten erinnert.«

Der Fremde strich sich mit einer Hand durch das sonnengebleichte Haar und trank einen Schluck von seinem Cocktail. »Für dich bin ich, wer immer du möchtest.«

Ich musste lachen. Dachte er wirklich, dass diese Sprüche funktionierten? »Danke, aber ich passe.«

Ich wollte mich umdrehen, um weiter nach Sam zu suchen, doch der junge Mann hielt mich am Arm fest. »Darf ich mich wenigstens kurz vorstellen? Mein Name ist Cole O'Brian.«

Moment. »Cole O'Brian? Damians Bruder?«

»Jep, der bin ich.«

»Ah.« Mehr brachte mein Gehirn nicht zustande. Irgendwie hatte ich ihn mir anders vorgestellt. Er sah gut aus. Aber doch ganz anders.

»Mädchen, geht es dir gut? Ja, ich bin sein Bruder. Das schwarze Schaf der Familie. Aber ich hatte diese Woche Urlaub und dachte, ich mache mal einen Abstecher nach Hause.« Auch wenn er dabei lachte, wirkte Cole traurig.

Noch ein O'Brian mit Problemen? Was war nur in dieser Familie los? Bevor ich darauf eingehen konnte, klimperte jemand mit einem Glas.

»Darf ich um Eure Aufmerksamkeit bitten?«

Mein Herz sackte in die Hose und mir wurde augenblicklich schwindelig. Das war Damians Stimme.

Die Gäste stellten ihre Gespräche ein und schauten alle in Richtung des Kamins.

Und da stand er. In einem atemberaubenden dunkelblauen Anzug. Als ich den Blick weiter schweifen lief, presste ich meine Lippen fest aufeinander, um keinen Laut von mir zu geben. Neben ihm stand Claudia. Sie trug ein hautenges, dunkelrotes Kleid und schmiegte sich wie eine Katze an seinen Arm. Für eine Schwangere war sie noch ziemlich dürr.

»Hallo. Ich weiß, dass hier ist Ambers Party. Aber es gab in letzter Zeit sehr viele Gerüchte und Unruhen, die ich gerne klären würde.«

Ein Raunen ging durch die Menge.

»Was hat mein braver Bruder denn angestellt?«, murmelte Cole neben mir.

»Hört Ihr uns bitte zu?«, sagte Claudia mit ihrer schrillen Stimme.

»Ich mache es kurz.« Damian machte eine Pause und holte tief Luft. »Claudia und ich werden heiraten. Danke für eure Aufmerksamkeit und einen schönen Abend noch.«

Dann trank er, ohne mit der Wimper zu zucken, sein Glas leer und rannte regelrecht aus der Tür.

Mir wurde schwindelig. Jetzt war es also offiziell.

»Bitte was?«, fluchte Cole laut.

Mein Blick blieb an Tracey hängen, die mindestens genauso geschockt aussah. Ihre Augen fanden meine und ich konnte tatsächlich Bedauern in ihnen lesen.

»Sie ist schwanger von ihm«, antwortete ich leise.

Eigentlich ging das niemanden etwas an, aber sein Bruder konnte es ruhig wissen, oder nicht?

Tränen sammelten sich in meinen Augen. Es gab kein Zurück mehr. Sie würden heiraten.

»Mein Bruder hat sie auch geschwängert?«

Ich erstarrte. »Was?« Ich schaute verdattert zu Damians Bruder.

Er kratzte sich verlegen am Kopf. »Na ja. Als ich das letzte Mal im wunderschönen Hometown war, hat mich so ein Mädel auf eine Party eingeladen. Richtig gut, sag ich dir. Viel Alk. Ein bisschen von dem harten Zeug. Ich schweife ab. Auf jeden Fall war Claudia auch da und ich meine, schlecht sieht sie nicht aus. Sie war betrunken und ich wäre doch blöd, da nein zu sagen. Okay, letztendlich war es blöd, weil ich sie geschwängert habe, aber kann man ja nicht ahnen.«

Ich schnappte nach Luft. »Was?«

Cole packte mich an den Schultern. »Atmen nicht vergessen. Du siehst aus, als würdest du jeden Moment umkippen.«

Hektisch schüttelte ich den Kopf. Das konnte doch nicht sein. »Du hast sie geschwängert?«

Cole zuckte mit den Schultern und grinste entschuldigend. »Anscheinend schon. Zumindest stand sie zwei Monate später mit so einem pränatalen Vaterschaftstest vor meiner Tür. Da waren ziemlich viele genetische Übereinstimmungen, soweit ich das beurteilen kann.«

Meine Gedanken überschlugen sich. Konnte es sein, dass Claudia gar nicht von Damian schwanger war, sondern von seinem Bruder? Aber das machte doch überhaupt keinen Sinn, schließlich sah man ihr die Schwangerschaft noch gar nicht an. Aber Damian und ich kannten uns jetzt seit knapp zwei Monaten und sie hatten vor unserem ersten Treffen das Gespräch über den Vaterschaftstest. Und das mit Cole müsste auch noch davor gewesen sein. Mein Kopf pochte schmerzhaft.

»Wann hattet ihr Sex?«

»Na hoffentlich, bevor mein Bruder seinen Schwanz in sie gesteckt hat«, sagte Cole brüsk.

Ich keuchte. Wie konnte man nur so reden?

»Wann?« Ich musste es einfach wissen.

»Mann Mädchen, was willst du eigentlich von mir? Das war zu Moms Geburtstag, also vor fünf Monaten.«

Das ergab doch keinen Sinn.

»Du hast Claudia vor fünf Monaten geschwängert. Aber jetzt ist sie von Damian schwanger. Das kann doch gar nicht sein. Man kann nicht zweimal schwanger werden.«

Cole zuckte lässig mit den Schultern. »Sie hat das Kind verloren. Das soll jetzt nicht herzlos klingen, aber du weißt nicht, wie verdammt happy ich war, als sie mir das gesagt hat.«

»Ich brauche frische Luft«, stotterte ich entschuldigend. Dann rannte ich zum zweiten Mal an diesem Abend nach draußen.

Ich hatte das Gefühl, der Boden würde jeden Moment unter mir nachgeben.

»Emily.« Sam tauchte auf einmal vor mir auf. »Was ist los?«

Meine Hände zitterten und meine Atmung ging stockend.

»Hey, beruhig dich. Tief durchatmen.« Sie griff nach meiner Schulter.

»Damian. Claudia. Bruder«, stotterte ich.

»Hier, das hilft vielleicht.« Sam streckte mir ihr Glas entgegen.

Dankbar griff ich danach und trank einen großen Schluck. Igitt. Ich hasste Wodka. Der brennende Geschmack beruhigte mich allerdings.

»Danke. Cole, also Damians Bruder, hat Claudia vor fünf Monaten geschwängert. Aber sie hat das Kind verloren. Jetzt ist sie angeblich von Damian schwanger. Das kann doch gar nicht sein, oder?«

Sam klappte der Mund auf. »Oh mein Gott. Also ist diese Tussi gar nicht schwanger und benutzt das, damit Damian sie heiratet?«

Zögernd nickte ich. »Das wäre zumindest eine Möglichkeit. Sie hatte ja den Vaterschaftstest von Cole und da die beiden verwandt sind, haben sie vermutlich auch ähnliche genetische Merkmale. Theoretisch hätte sie nur das Datum ändern müssen. Wenn auf dem Bescheid O'Brian draufstand, würde ja niemand wissen, welcher von beiden gemeint war. Und Damian ist ein aufrichtiger Mann, er würde nie eine schwangere Frau allein lassen.« Ich strich mir eine Strähne aus dem Gesicht. »Und soweit ich Cole richtig verstanden habe, ist er selten zuhause. Wäre er jetzt nicht spontan vorbeigekommen, wäre diese Lüge wahrscheinlich nie aufgefallen.«

Sam zerquetschte regelrecht das Glas in ihrer Hand. »Und dann würde sie irgendwann behaupten, dass sie das Kind verloren hätte, und alle würden über ihren Verlust schweigen. Dieses Miststück. Du musst mit Damian reden.«

Ich schüttelte den Kopf. »Aber was ist, wenn meine Theorie nicht stimmt? Dann stehe ich wie die verrückte Exfreundin da.« Ich zupfte einen imaginären Fussel vom Kleid.

Sam nickte. »Das stimmt. Wir müssen schlauer an die Sache herangehen. Wie wäre es, wenn Cole seinem Bruder und dessen Verlobten zur Hochzeit gratuliert? Dann sehen wir ja ihre Reaktion.«

Ich dachte nach. Claudia hatte bestimmt nicht mit Cole gerechnet. Vielleicht könnten wir sie so austricksen. »Okay. Lass uns Cole suchen.«

Wir liefen eilig zurück ins Haus. Wie ich vermutet hatte, fanden wir ihn an die Bar gelehnt mit einem Drink in der Hand und zwei hübschen Frauen an seiner Seite. Auch wenn er deutlich schlanker war als Damian, war Cole definitiv ein Hingucker.

»Mädchen, dessen Namen ich immer noch nicht kenne«, sagte er grinsend und legte mir den Arm um die Schultern.

Sein Atem roch nach Alkohol und ich war mir sicher, dass das weder sein erster noch sein zweiter Cocktail war.

Bei dem Geruch musste ich an mein erstes Treffen mit Damian denken. Wie er mich betrunken dazu gezwungen hatte, mit ihm zu singen. Und wie hilflos er mich mit seinen großen Augen angestarrt hatte.

Schnell wischte ich die Gedanken beiseite und räusperte mich. »Ich bin Emily. Cole, ich brauche deine Hilfe.«

Seine Augenbrauen wanderten nach oben, dann nickte er aber. »Ladies, es war schön euch kennenzulernen, aber diese hübsche Dame braucht mich.« Mit diesen Worten verabschiedete er sich von den Frauen und ließ sich von mir in eine etwas ruhigere Ecke ziehen. Sam folgte uns schweigend.

»Worum geht's?«, fragte er.

Was hatte dieser Stimmungswandel denn zu bedeuten? Skeptisch musterte ich ihn.

»Schau nicht so überrascht. Du sahst aus, als würdest du ernsthaft Hilfe brauchen und die biete ich dir an. Also raus mit der Sprache, bevor ich es mir anders überlege.«

Anscheinend hatten alle O'Brian-Männer eine harte Schale, aber einen weichen Kern.

»Kannst du mit uns Claudia und Damian beglückwünschen gehen?«, fragte ich.

Cole kratzte sich am Kopf. »Dafür braucht ihr Hilfe?«

Ich nickte zaghaft. »Diese Schwangerschaftsgeschichte macht keinen Sinn und wir wollen Claudias Reaktion sehen, wenn du ihnen gratulierst.«

Ich hatte beschlossen, einfach ehrlich zu ihm zu sein. Was hatte ich schon zu verlieren?

Einen Moment überlegte Cole, dann lächelte er. »Ihr habt recht. Die Sache stinkt gewaltig. Vielleicht kann ich meinem Brüderchen endlich auch mal etwas Gutes tun.«

Auch wenn ich neugierig war, zwang ich mich, nicht auf seinen letzten Satz einzugehen.

»Damian ist bestimmt in der Küche, da ist meistens weniger los.« Cole deutete auf die Tür auf der rechten Seite.

Gemeinsam quetschten wir uns durch die Gäste und betraten den modern eingerichteten Raum.

Ich sah Damian sofort.

Er lehnte lässig an einem Tresen, während Tracey wild gestikulierend auf ihn einredete. Claudia stand daneben und machte ein Gesicht, als hätte sie in eine Zitrone gebissen.

»Kein Grund direkt zu heiraten«, sagte Damians Mutter, als wir zu ihnen stießen.

»Hey Brüderchen, Mom. Richtiges Familientreffen hier«, rief Cole begeistert.

Claudias Augen wurden groß und ich hatte Angst, sie würden jeden Moment aus ihren Höhlen hervorquellen.

»Cole!« Tracey war sichtlich begeistert. »Ich wusste ja gar nicht, dass du kommst.«

Überschwänglich zog sie ihn in eine Umarmung.

»Bruder. Emily.« Damian nickte knapp. »Ich wusste nicht, dass ihr euch kennt.«

Ich stemmte die Hände in die Hüfte. »Ich wüsste nicht, was dich das angeht.«

Kurz flackerte Reue in Damians Augen auf, dann verbarg er seine Gefühle wieder hinter der bekannten Maske.

Coles Blick wanderte fragend zwischen uns hin und her, dann schien er eins und eins zusammenzuzählen.

»Kinder, streitet euch nicht. Onkel Cole ist ja da. Und ich hatte vorhin ein sehr interessantes Gespräch mit Emily«, sagte er und legte mir den Arm um die Schultern. »Sie ist eine interessante Frau.«

Ob er Damian extra provozierte?

»Ich weiß«, knurrte Damian. »Und jetzt nimm gefälligst deine Finger von ihr.«

Claudia griff nach Damians Arm. »Lass ihn doch, Liebling. Wenn dein Bruder glücklich ist, sollten wir uns mit ihm freuen.«

Cole zuckte zusammen, doch außer mir schien das niemand zu bemerken.

Er drehte sich zu Claudia. »Wenn wir schon bei dem Thema glücklich sind. Du weißt gar nicht, wie glücklich du mich gemacht hast.«

Ihre Hautfarbe nahm einen ungesunden Ton an, dann lächelte sie gekünstelt. »Ja, die Nachricht mit der Schwangerschaft hat uns alle erfreut.«

Cole lachte auf. »Nein, Liebes. Ich meinte die Nachricht, dass du unser Baby verloren hast.«

Claudia wurde aschfahl im Gesicht.

Damians Mund klappte auf.

Tracey gab einen erstickten Laut von sich.

»Das war doch nur ein Missverständnis, Cole.« Claudias Stimme klang schrill.

»Ein Missverständnis? Das musst du uns erklären.« Selbstsicher verschränkte ich die Arme vor der Brust.

»Was machst du überhaupt hier? Das hier ist unsere Sache. Du hast hier nichts zu suchen.« Anklagend deutete sie mit dem Finger auf mich.

»Kann mir mal jemand erklären, was hier los ist?«, fragte Tracey verwirrt.

Ich fixierte Claudia. »Sagst du es ihnen, oder soll ich das machen?«

»Du sollst überhaupt nichts machen! Du sollst verschwinden.« Claudia drehte sich zu Tracey. »Es gab ein Missverständnis zwischen Cole und mir. Das können wir gleich in Ruhe klären. Aber diese Frau gehen unsere Familienangelegenheiten doch nichts an.«

Tracey runzelte die Stirn, dann schüttelte sie den Kopf. »Ich weiß nicht was hier los ist. Aber Emily ist eher in diese Familie involviert als du. Sie bleibt.«

Meine Brust schwoll regelrecht an. Also hatte sie ihre Entschuldigung ernst gemeint.

»Claudia. Wie kann es sein, dass du vor kurzem mein Kind verloren hast und jetzt schon wieder schwanger bist? Ich bin kein Arzt, aber ist das anatomisch überhaupt möglich?« Cole grinste süffisant.

In Claudias Augen sammelten sich Tränen. »Du hast ja keine Ahnung. Du weißt nicht, wie es ist, immer im Schatten von deinen großen Brüdern zu stehen. Diese Schwangerschaft. Das wäre MEINS gewesen. Mein Baby. Endlich etwas, bei dem es um mich geht.«

Coles Lächeln verblasste ein wenig. »Doch, ich kenne dieses Gefühl zu gut. Aber deswegen meinen Bruder zu verarschen, ist einfach nicht okay.«

Irgendwie tat sie mir leid.

Mit hängenden Schultern wanderte ihr Blick zu Damian. »Als meine Eltern von unserer Verlobung gehört haben, waren sie zum ersten Mal stolz auf mich. Ich würde die Familie weiterbringen, haben sie gesagt. Ich wollte doch nur dazugehören.«

Damians Mund öffnete und schloss sich. »Also bist du gar nicht schwanger? Aber was ist mit dem Test?«

Claudia bemühte sich um ein Lächeln. »Nein, ich bin nicht schwanger. Zumindest nicht mehr. Ich war von deinem Bruder schwanger. Deswegen auch der DNA-Test. Es tut mir leid.« Ohne ein weiteres Wort zu sagen, machte sie auf dem Absatz kehrt und floh aus der Küche.

Eisige Stille bereitete sich zwischen uns aus.

»Na, dann können wir ja jetzt wieder feiern«, rief Cole ein wenig zu euphorisch. Er klopfte Damian auf die Schulter, dann kniff er mir in die Wange und strich zuletzt seiner Mutter liebevoll über den Oberarm.

»Danke«, formte ich lautlos mit den Lippen.

Cole zwinkerte mir zu und ich fragte mich, ob nur ich seine gespielte Fröhlichkeit merkte. Dann verschwand er aus dem Zimmer.

»Nun, ich glaube wir sollten die Gäste darüber aufklären, dass ihr euch einen betrunkenen Scherz erlaubt habt.« Tracey strahlte förmlich, während sie das sagte. Dann verließen sie und Sam ebenfalls den Raum.

Damian starrte auf den Boden. Das musste ein ziemlicher Schock für ihn sein.

»Emily, ich …«, flüsterte er. Seine Augen suchten meine und er machte vorsichtig einen Schritt auf mich zu.

Zaghaft streckte er die Hand aus und strich mir über die Wange. Ich hatte gar nicht bemerkt, dass ich angefangen hatte zu weinen. Doch Damians Fingerspitzen glänzten von meinen Tränen, als er sie zurückzog.

»Sie ist nicht schwanger.« Ich konnte es immer noch nicht fassen. Mein Körper zitterte und ich hatte das Gefühl, jeden Moment umzukippen.

Endlich überbrückte er den Abstand zwischen uns und zog mich mit einer schnellen Bewegung an seine Brust. Sein Herz pochte wild an meinem Ohr und der Geruch seines Parfums stieg mir in die Nase.

Ich schluchzte auf. Der ganze Stress und die Demütigung der letzten Tage brachen über mir zusammen. Am liebsten würde ich mich in seine Arme schmiegen. Aber ich konnte nicht vergessen, dass er mit mir Schluss gemacht hatte. Bestimmend legte ich meine Hände auf seine Brust und drückte ihn von mir. »Ich kann nicht.«

Damian starrte mich an. »Milly, ich wollte immer nur dich. Bitte, das musst du mir glauben.«

Ich biss mir auf die Lippe und schüttelte den Kopf. »Wenn du mich gewollt hättest, hätten wir eine Lösung gefunden. Du hast mich einfach fallen gelassen.« Mit zitternden Händen griff ich nach einem Glas auf der Anrichte und schenkte mir Wasser ein. Meine Kehle war staubtrocken.

»Ich war so ein Idiot und einfach überfordert mit der Situation.« Damian strich mir über den Arm.

Meine Haut begann augenblicklich zu prickeln. Wieso musste ich so auf ihn reagieren? Ich seufzte. Natürlich wollte ich ihm verzeihen. Aber so leicht war das nicht.

»Die letzten Tage waren ziemlich anstrengend. Ich muss das erstmal verarbeiten.«

Er sah gekränkt aus, nickte aber. »Natürlich.« Er kratzte sich am Kinn. »Darf ich dich trotzdem in den Arm nehmen? Ich habe dich so vermisst.«

Diese Worte waren Balsam für meine geschundene Seele. Ich hob den Kopf. Unsere Blicke trafen sich und ich vergaß alles um mich herum.

Ich war hier.

Mit Damian.

Und das war alles, was ich wollte.

Zaghaft nickte ich. Damians Augen funkelten und seine Haltung entspannte sich. Sofort schlang er seine Arme um mich.

Die Wärme seines Körpers hüllte mich ein und ich seufzte auf.

»Ich habe dich so vermisst«, murmelte er erneut.

Seine Hände strichen unermüdlich über meinen Rücken, fast so als hätte er Angst, dass ich jeden Moment loslaufen könnte.

»Du hast mir auch gefehlt«, erwiderte ich mit brüchiger Stimme.

Behutsam legte er seine Hand unter mein Kinn und zwang mich, ihn anzuschauen. »Dich gehen zu lassen war ein Fehler. Und ich habe es jeden Tag bereut.«

Eine Träne bahnte sich den Weg über meine Wange. Damian presste seinen Körper noch enger an mich. »Ich lasse dich nie wieder gehen.«

Ich lächelte. Auch wenn ich benebelt von meinen Gefühlen war, wollte ich ihn zumindest ein wenig ärgern. So leicht konnte ich nicht alles vergessen. »Das musst du aber«, sagte ich ernst.

Damians Augen weiteten sich. »Nein. Milly, bitte. Gib uns nicht auf.«

Bei seinem ängstlichen Gesichtsausdruck machte mein Herz einen Satz. »Ich fliege in drei Tagen zurück nach Deutschland.«

»Aber ich dachte, du arbeitest für Amber?«, stotterte er.

»Die letzten Wochen habe ich doch auch alles von Zuhause aus gemacht.« Das war zumindest nicht gelogen.

»Dann komme ich mit dir.« Er hatte keine Sekunde gezögert.

»Meinst du das Ernst? Du würdest wirklich mit mir kommen?« Das war doch absurd, nachdem er sich all das aufgebaut hatte.

Damian strich mir eine Strähne aus dem Gesicht. »Ich lasse dich nicht noch einmal gehen. Wir finden eine Lösung. Ich kann zwischen Deutschland und Amerika pendeln. Oder vieles im Homeoffice machen.«

Seine Bemühungen ließen mein Herz schneller schlagen. »Du bist der Chef. Du kannst hier nicht weg.« Zärtlich strich ich ihm über die Wange. Seine Bartstoppeln kratzten an meiner Haut. Wie ich seine Nähe vermisst hatte.

»Aber wenn ich wieder zurück bin, können wir ja mal Essengehen.«

Damian erstarrte. »Du … Was?«

Länger konnte ich meine Fassade nicht aufrecht halten und grinste ihn an. »Ich fliege für drei Wochen heim, um alles Nötige zu regeln. Danach komme ich wieder her.«

Damian schaute mir fassungslos in die Augen. Dann lagen seine Lippen auf meinen. Als ich bereitwillig den Mund öffnete, seufzte er auf und küsste mich fester. Mein Körper ging in Flammen auf. Ich konnte einfach nicht ohne ihn.

Vorsichtig löste sich Damian nach einigen Sekunden von mir und lehnte seine Stirn an meine. »Bitte verzeih mir. Ich wollte dich nie verletzen. Ich dachte, ich mache das Richtige.«

Meine Finger strichen über seine Unterarme. »Ich glaube dir. Aber das heißt nicht, dass ich dir verzeihen kann«, sagte ich ehrlich.

Damians Gesichtsausdruck wirkte gequält und er fuhr sich durch die Haare. »Wie kann ich dir beweisen, dass ich es wert bin, mir zu verzeihen?«

Ich zögerte. »Ich weiß es nicht. Erstmal brauche ich Zeit, um das alles zu verarbeiten.«

»Das verstehe ich.« Er machte einen Schritt auf mich zu. »Ich habe ehrlich gesagt genug von dieser Veranstaltung. Magst du mit mir von hier verschwinden?«

Zweisamkeit mit Damian war genau das, was ich jetzt brauchte.

Auffordernd reichte ich ihm meine Hand. »Ich wohne in Ambers Appartement, falls du mit zu mir möchtest.«

Sanft nahm er meine Finger in seine und hauchte einen Kuss auf meinen Handrücken. »Nichts lieber als das.«

Gemeinsam verließen wir die Küche und ich hielt sofort Ausschau nach Sam. Auch wenn ich gerade komplett benebelt war, musste ich dringend mit einer Freundin sprechen.

»Schau mal, dahinten sind Dad und der Mann, den wir unbedingt als Berater wollen.« Damian zeigte nach links. »Erinnerst du dich an das verschobene Meeting nach unserem Besuch im Kinderheim? Die Firma ist nicht besonders groß, hat aber einen unglaublichen Ruf. Leider sitzt sie im Ausland und nimmt daher selten Kunden aus Amerika an. Zum Glück ist einer der Chefs für längere Zeit hier, sodass wir ihn immer noch von uns überzeugen können«, erklärte er weiter. »Kommst du mit?«

Glücklich nickte ich und wir machten uns auf den Weg. Schön, dass Damian und sein Vater mittlerweile Hand in Hand arbeiteten. Schon nach wenigen Schritten blieb ich allerdings überrascht stehen. Die beiden Männer kamen auf uns zu und Richard machte gerade Anstalten, uns einander vorzustellen, da fiel ihm der andere Mann ins Wort.

»Em! Meine Güte was machst du denn hier? Ich dachte, du wärst schon längst zurück in Deutschland?«

Väterlich zog er mich in eine Umarmung. Noch immer etwas perplex brauchte ich einen Moment, bevor ich die Geste freudig erwiderte.

»Hallo Thomas. Ja eigentlich hätte ich schon vor ein paar Wochen zurückfliegen sollen, doch dann gab es eine kleine Planänderung.«

Thomas schüttelte daraufhin den Kopf. »Ganz der Vater, kleine Em. Na, da werde ich Christian ordentlich was erzählen. Wie konnte er mir verschweigen, dass ich seine Tochter hier treffen würde.«

Zittrig lachte ich auf. Was war das für ein verrückter Zufall? Bevor ich allerdings etwas erwidern konnte, hatte mir Thomas bereits den Arm um die Schultern gelegt und sich an Richard gewandt.

»Jetzt sag mir nicht, dass Em für dich arbeitet. Ihr Vater und ich haben sie nach ihrem Studium regelrecht angefleht, in die Firma einzusteigen. Aber Madam möchte ja lieber ihren eigenen Weg gehen.«

Richard und Damian tauschten verwirrte Blicke aus, bis Damian ein Licht aufzugehen schien.

»Emily Martin. Keller & Martin Consulting. Du gehörst dazu?«

Unsicher lächelte ich in die Runde und war dankbar, dass Thomas für mich antwortete.

»Ganz genau. Ihr Vater ist mein Partner. Also Emily, was sagst du zu Pr'O'Brian?«

Alle Blicke lagen auf mir und mein Gehirn ratterte auf Hochtouren. Natürlich wollte ich für alle Beteiligten das Beste und nach den vielen Treffen mit Damian und Richard wusste ich, wie Ernst sie es mit der Firma meinten. Trotzdem wollte ich mich nicht von meinen persönlichen Gefühlen leiten lassen. Schließlich ging es hier um das Business.

»Zu der Firma selbst kann ich dir wenig sagen. Aber ich kann dir etwas zu dieser Familie sagen. Sie lieben Pr'O'Brian und würden alles dafür tun. Daher würde ich mich freuen, wenn ihr sie unterstützen würdet.«

Zufrieden nickte Thomas. »Den Eindruck hatte ich auch schon. Richard, wieso gehen wir nicht in dein Büro und unterzeichnen die Verträge?«

Mit einem ungläubigen Lächeln verabschiedete sich Richard und ließ Damian und mich zurück.

»Du bist die Tochter von Christian Martin«, sagte Damian verdattert. »Wow, ich kann es nicht fassen. Die Firma deines Vaters ist ein echter Geheimtipp.«

Ich zuckte mit den Schultern. »Na ja, für mich spielt das keine große Rolle. Ich wollte immer mein eigenes Ding machen.« Damian zog mich mit einem Grinsen im Gesicht näher an sich.

»Emily Martin, was soll ich nur mit dir anstellen?«, hauchte er und mein Körper kribbelte.

Zufrieden lächelte ich. »Mit mir von der Party zu verschwinden, wäre doch ein guter Anfang.«

Danksagung

Dieses Buch war ein riesiges Projekt für mich. Daher möchte ich allen danken, die mich auf diesem langen Weg begleitet haben.

Ein besonderer Dank geht dabei an meine Eltern. Ihr habt mich ermutigt, die Geschichte von Emily und Damian zu veröffentlichen; standet mir mit Rat und Tat beiseite und habt immer an mich geglaubt. Ohne euch läge das Manuskript vermutlich noch in der Nachttischschublade.

Außerdem möchte ich mich herzlich bei Isi bedanken. Du warst ab Tag eins dabei. Du hast nie die Geduld mit mir verloren; hast mich von der Namensfindung bis hin zum Korrekturlesen unterstützt und mich ausgehalten, wenn ich am Verzweifeln war. Das weiß ich sehr zu schätzen.

Ein großes Dankeschön geht natürlich auch an meine Lektorin, meine Buchsetzerin, meine Coverdesignerin und all diejenigen, die mich bei der Gestaltung und Veröffentlichung unterstützt haben.

Und zuletzt möchte ich mich bei dir, liebe*r Leser*in bedanken. Es freut mich, dass du dir die Zeit genommen hast, mein Buch zu lesen – und vielleicht empfiehlst du es sogar deinen Freund*innen und/oder schreibst mir eine Rezension auf Amazon. Durch dich wurde aus dem Buch im Regal eine Geschichte, die gehört wird.

Printed in Poland
by Amazon Fulfillment
Poland Sp. z o.o., Wrocław

85413531R00254